茅盾经典作品

茅 盾 著

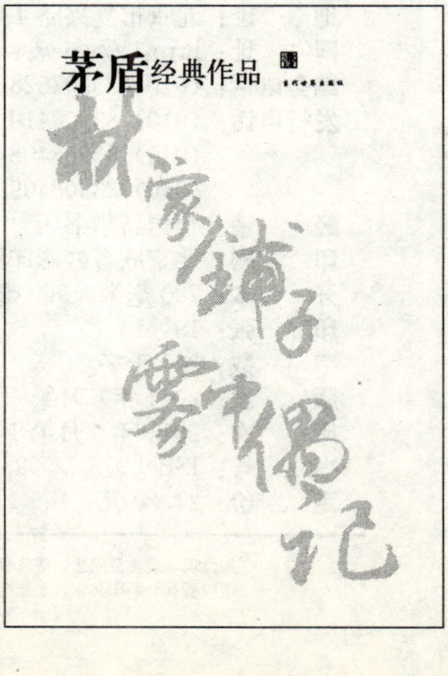

收藏书坊

当代世界出版社

责任编辑： 高玉琪

封面设计： 蒋宏工作室

图书在版编目（CIP）数据

茅盾经典作品/茅盾著．—北京：当代世界出版社，2010.5

ISBN 978-7-5090-0636-8

Ⅰ.①茅…　Ⅱ.①茅…　Ⅲ.①茅盾（1896～1982）—文集　②文学—作品综合集—中国—现代　Ⅳ.①I216.2

中国版本图书馆 CIP 数据核字（2010）第 065875 号

出版发行： 当代世界出版社
地　　址： 北京市复兴路 4 号（100860）
网　　址： http：//www.worldpress.com.cn
编务电话：（010）83907528
发行电话：（010）83908410（传真）
（010）83908408
（010）83908409
经　　销： 全国新华书店
印　　刷： 北京欣睿虹彩印刷有限公司
开　　本： 700 毫米×960 毫米　1/16
印　　张： 19
字　　数： 300 千字
版　　次： 2011 年 6 月第 1 版
印　　次： 2011 年 6 月第 1 次
书　　号： ISBN 978-7-5090-0636-8
定　　价： 24.80 元

目　录

小　说

散　文

小说

林家铺子

一

林小姐这天从学校回来就噘起着小嘴唇。她掼下了书包，并不照例到镜台前梳头发搽粉，却倒在床上看着帐顶出神。小花噗地也跳上床来，挨着林小姐的腰部摩擦，咪呜咪呜地叫了两声。林小姐本能地伸手到小花头上摸了一下，随即翻一个身，把脸埋在枕头里，就叫道：

“妈呀！”

没有回答。妈的房就在间壁，妈素常疼爱这唯一的女儿，听得女儿回来就要摇摇摆摆走过来问她肚子饿不饿，妈留着好东西呢，——再不然，就差吴妈赶快去买一碗馄饨。但今天却作怪，妈的房里明明有说话的声音，并且还听得妈在打呃，却是妈连回答也没有一个声。

林小姐在床上又翻一个身，翘起了头，打算偷听妈和谁谈话，是那样悄悄地放低了声音。

然而听不清，只有妈的连声打呃，间歇地飘到林小姐的耳朵。忽然妈的嗓音高了一些，似乎很生气，就有几个字听得很分明：

——这也是东洋货，那也是东洋货，呃！……

林小姐猛一跳，就好像理发时候颈脖子上粘了许多短头发似的浑身都烦躁起来了。正也是为了这东洋货问题，她在学校里给人家笑骂，她回家来没好气。她一手推开了又挨到她身边来的小花，跳起来就剥下那件新制的翠绿色假毛葛驼绒旗袍来，拎在手里抖了几下，叹一口气。据说这怪好看的假毛葛和驼绒都是东洋来的。她撩开这件驼绒旗袍，从床下拖出那口小巧的牛皮箱来，赌气似的扭开了箱子盖，把箱子底朝天向床上一撒，花花绿绿的衣服和杂用品就滚满了一床。小花吃了一惊，噗地跳下床去，转一个身，却又跳在一张椅子上蹲着望住它的女主人。

林小姐的一双手在那堆衣服里抓捞了一会儿，就呆呆地站在床前出神。这许多衣服和杂用品越看越可爱，却又越看越像是东洋货呢！全都不能穿了么？可是她——舍不得，而且她的父亲也未必肯另外再制新的！林小姐忍不住眼圈儿红了。她爱这些东洋货，她又恨那些东洋人；好好儿的发兵打东三省干么呢？不然，穿了东洋货有谁来笑骂。

“呃——”

忽然房门边来了这一声。接着就是林大娘的摇摇摆摆的瘦身形。看见那乱丢了一床的衣服，又看见女儿只穿着一件绒线短衣站在床前出神，林大娘这一惊非同小可。心里愈是着急，她那个“呃”却愈是打得多，暂时竟说不出半句话。

林小姐飞跑到母亲身边，哭丧着脸说：

“妈呀！全是东洋货，明儿叫我穿什么衣服？”

林大娘摇着头只是打呃，一手扶住了女儿的肩膀，一手揉磨自己的胸脯，过了一会儿，她方才挣扎出几句话来：

“阿囡，呃，你干么脱得——呃，光落落？留心冻——呃——我这毛病，呃，生你那年起了这个病痛，呃，近来越发凶了！呃——”

“妈呀！你说明儿我穿什么衣服？我只好躲在家里不出去了，他们要笑我，骂我！”

但是林大娘不回答。她一路打呃，走到床前拣出那件驼绒旗袍来，就替女儿披在身上，又拍拍床，要她坐下。小花又挨到林小姐脚边，昂起了头，眯细着眼睛看着林大娘，又看看林小姐；然后它懒懒地靠到林小姐的脚背上，就林小姐的鞋底来磨磨它的肚皮。林小姐一脚踢开了小花，就势身子一歪，躺在床上，把脸藏在她母亲的身后。

暂时两个都没有话。母亲忙着打呃，女儿忙着盘算“明天怎样出去”；这东洋货问题不但影响到林小姐的所穿，还影响到她的所用；据说她那只常为同学们艳羡的化妆皮夹以及自动铅笔之类，也都是东洋货，而她却又爱这些小玩意儿的！

“阿囡，呃——肚子饿不饿？”

林大娘坐定了半晌以后，渐渐少打几个呃了，就又开始她日常的疼爱女儿的老功课。

“不饿。嗳，妈呀，怎么老是问我饿不饿呢，顶要紧是没有了衣服明天怎样去上学！”

林小姐撒娇说，依然那样卷曲着身体躺着，依然把脸藏在母亲背后。

自始就没弄明白为什么女儿尽嚷着没有衣服穿的林大娘现在第三次听得了这话儿，不能不再注意了，可是她那该死的打呃很不作美地又连连来了。恰在此时林先生走了进来，手里拿着一张字条儿，脸上乌霉霉地像是涂着一层灰。他看见林大娘不住地打呃，女儿躺在满床乱丢的衣服堆里，他就料到了几分，一双眉头就紧紧地皱起。他唤着女儿的名字说道：

"明秀，你的学校里有什么抗日会么？刚送来了这封信。说是明天你再穿东洋货的衣服去，他们就要烧呢——无法无天的话语，咳………"

"呃——呃！"

"真是岂有此理，哪一个人身上没有东洋货，却偏偏找定了我们家来生事！哪一家洋广货铺子里不是堆足了东洋货，偏是我的铺子犯法，一定要封存！哋！"

林先生气愤愤地又加了这几句，就颓然坐在床边的一张椅子里。

"呃，呃，救苦救难观世音，呃——"

"爸爸，我还有一件老式的棉袄，光景不是东洋货，可是穿出去人家又要笑我。"

过了一会儿，林小姐从床上坐起来说，她本来打算进一步要求父亲制一件不是东洋货的新衣，但瞧着父亲的脸色不对，便又不敢冒昧。同时，她的想像中就展开了那件旧棉袄惹人讪笑的情形，她忍不住哭起来了。

"呃，呃——啊哟！——呃，莫哭，——没有人笑你——呃，阿囡……"

"阿秀，明天不用去读书了？饭快要没得吃了，还读什么书！"

林先生懊恼地说，把手里那张字条儿扯得粉碎，一边走出房去，一边叹气跺脚。然而没多几时，林先生又匆匆地跑了回来，看着林大娘的面孔说道：

"橱门上的钥匙呢？给我！"

林大娘的脸色立刻变成灰白，瞪出了眼睛望着她的丈夫，永远不放松她的打呃忽然静定了半晌。

"没有办法，只好去斋斋那些闲神野鬼了——"

林先生顿住了，叹一口气，然后又接下去说：

"至多我花四百块。要是党部里还嫌少，我拼着不做生意，等他们来封！——我们对过的裕昌祥，进的东洋货比我多足足有一万多块钱的码子呢，也只花了五百块，就太平无事了。——五百块！算是吃了几笔倒账吧！——钥匙！咳！那一个金项圈，总可以兑成三百块……”

“呃，呃，真——好比强盗!”

林大娘摸出那钥匙来，手也颤抖了，眼泪扑簌簌地往下掉。林小姐却反不哭了，瞪着一对泪眼，呆呆地出神。她恍惚看见那个曾经到她学校里来演说而且饿狗似的盯住看她的什么委员，一个怪叫人讨厌的黑麻子，捧住了她家的金项圈在半空里跳，张开了大嘴巴笑。随后，她又恍惚看见这强盗似的黑麻子和她的父亲吵嘴，父亲被他打了，……

“啊哟!”

林小姐猛然一声惊叫，就扑在她妈的身上。林大娘慌得没有工夫尽打呃，挣扎着说：

“阿囡，呃，不要哭，——过了年，你爸爸有钱，就给你制新衣服，——呃，那些狠心的强盗！都咬定我们有钱，呃，一年一年亏空，你爸爸做做肥田粉生意又上当，呃——店里全是别人的钱了。阿囡，呃，呃，我这病，活着也受罪，——呃，再过两年，你十九岁，招得个好女婿。呃，我死也放心了！——救苦救难观世音菩萨！呃——”

二

第二天，林先生的铺子里新换过一番布置。将近一星期不曾露脸的东洋货又都摆在最惹眼的地位了。林先生又摹仿上海大商店的办法，写了许多“大廉价照码九折”的红绿纸条，贴在玻璃窗上。这天是阴历腊月二十三，正是乡镇上洋广货店的“旺月”。不但林先生的额外支出“四百元”指望在这时候捞回来，就是林小姐的新衣服也靠托在这几天的生意好。

十点多钟，赶市的乡下人一群一群的在街上走过了，他们臂上挽着篮，或是牵着小孩子，粗声大气地一边在走，一边在谈话。他们望到了林先生的花花绿绿的铺面，都站住了，仰起脸，老婆唤丈夫，孩子叫爹娘，啧啧地夸羡那些货物。新年快到了，孩子们希望穿一双新袜子，女人们想到家里的面盆早就用破，全家合用的一条面巾还是半年前的老家伙，肥皂又断绝了一个多月，趁这里“卖贱货”，正该买一点。林先生坐在账台上，抖擞着精神，堆起满脸的笑容，眼睛望着那些乡下人，又带睄着自己铺子里的两个伙计，两个学徒，满心希望货物出去，洋钱进来。但是这些乡下人看了一会，指指点点夸羡了一会，竟自懒洋洋地走到斜对门的裕昌祥铺面前站住了再看。林先生伸长了脖子，望到那班乡下人的背影，眼睛里冒出火来。他恨不得拉他们回来！

“呃——呃——”

坐在账台后面那道分隔铺面与“内宅”的蝴蝶门旁边的林大娘把勉强忍住了半晌的“呃”放出来。林小姐倚在她妈的身边，呆呆地望着街上不作声，心头却是卜卜地跳；她的新衣服至少已经走脱了半件。

林先生赶到柜台前睁大了妒忌的眼睛看着斜对门的同业裕昌祥。那边的四五个店员一字儿摆在柜台前，等候做买卖。但是那班乡下人没有一个走近到柜台边，他们看了一会儿，又照样的走过去了。林先生觉得心头一松，忍不住望着裕昌祥的伙计笑了一笑。这时又有七八人一队的乡下人走到林先生的铺面前，其中有一位年轻的居然上前一步，歪着头看那些挂着的洋伞。林先生猛转过脸来，一对嘴唇皮立刻嘻开了；他亲自兜揽这位意想中的顾客了。

“喂，阿弟，买洋伞么？便宜货，一只洋伞卖九角！看看货色去。”

一个伙计已经取下了两三把洋伞，立刻撑开了一把，热辣辣地塞到那年轻乡下人的手里，振起精神，使出夸卖的本领来：

“小当家，你看！洋缎面子，实心骨子，晴天，落雨，耐用好看！九角洋钱一顶，再便宜没有了！……那边是一只洋一顶，货色还没有这等好呢！你比一比就明白。”

那年轻的乡下人拿着伞，没有主意似的张大了嘴巴。他回过头去望着一位五十多岁的老头子，又把手里的伞掂了一掂，似乎说：“买一把吧？”老头子却老大着急地吆喝道：

“阿大！你昏了，想买伞！一船硬柴，一古脑儿只卖了三块多钱，你娘等着量米回去吃，哪有钱来买伞！”

“货色是便宜，没有钱买！”

站在那里观望的乡下人都叹着气说，懒洋洋地都走了。那年青的乡下人满脸涨红，摇一下头，放了伞也就要想走，这可把林先生急坏了，赶快让步问道：

“喂，喂，阿弟，你说多少钱呢？——再看看去，货色是靠得住的！”

“货色是便宜，钱不够。”

老头子一面回答，一面拉住了他的儿子，逃也似地走了。林先生苦着脸，踱回到账台里，浑身不得劲儿。他知道不是自己不会做生意，委实是乡下人太穷了，买不起九毛钱的一顶伞。他偷眼再望斜对门的裕昌祥，也还是只有人站在那里看，没有人上柜台买。裕昌祥左右邻的生泰杂货店万牲糕饼店那就简直连看的人都没有半个。一群一群走过的乡下人都挽着篮子，但篮子里空无一物；间或有花蓝布的一包儿，看样子就知道是米：甚至一个多月前乡下人收获的晚稻也早已被地主们和高利贷的债主们如数逼光，现在乡下人不得不一升两升的量着贵米吃。这一切，林先生都明白，他就觉得自己的一份生意至少是间接的被地主和高利贷者剥夺去了。

时间渐渐移近正午，街上走的乡下人已经很少了，林先生的铺子就只做成了一块多钱的生意，仅仅足够开销了“大廉价照码九折”的红绿纸条的广告费。林先生垂头丧气走进“内宅”去，几乎没有勇气和女儿老婆相见。林小姐含着一泡眼泪，低着头坐在屋角；林大娘在一连串的打呃中，挣扎着对丈夫说：

“花了四百块钱，——又忙了一个晚上摆设起来，呃，东洋货是准卖了，却又生意清淡，呃——阿囡的爷呀！……吴妈又要拿工钱——”

“还只半天呢！不要着急。”

林先生勉强安慰着，心里的难受，比刀割还厉害。他闷闷地踱了几步。所有推广营业的方法都想遍了，觉得都不是路。生意清淡，早已各业如此，并不是他一家呀；人们都穷了，可没有法子。但是他总还希望下午的营业能够比较好些。本镇的人家买东西大概在下午。难道他们过新年不买些东西？只要他们存心买，林先生的营业是有把握的。毕竟他的货物比别家便宜。

是这盼望使得林先生依然能够抖擞着精神坐在账台上守候他意想中的下午的顾客。

这下午照例和上午显然不同：街上并没很多的人，但几乎每个人都相识，都能够叫出他们的姓名，或是他们的父亲和祖父的姓名。林先生靠在柜台上，用了异常温和的眼光迎送这些慢慢地走着谈着经过他那铺面的本镇人。他时常笑嘻嘻地迎着常有交易的人喊道：

“呵，××哥，到清风阁去吃茶么？小店大放盘，交易点儿去！”

有时被唤着的那位居然站住了，走上柜台来，于是林先生和他的店员就要大忙而特忙，异常敏感地伺察着这位未可知的顾客的眼光，瞧见他的眼光瞥到什么货物上，就赶快拿出那种货物请他考较。林小姐站在那对蝴蝶门边看望，也常常被林先生唤出来对那位未可知的顾客叫一声“伯伯”。小学徒送上一杯便茶来，外加一枝小联珠。

在价目上，林先生也格外让步；遇到那位顾客一定要除去一毛钱左右尾数的时候，他就从店员手里拿过那算盘来算了一会儿然后不得已似的把那尾数从算盘上拨去，一面笑嘻嘻地说：

“真不够本呢！可是老主顾，只好遵命了。请你多作成几笔生意吧！”

整下个午就是这么张罗着过去了。连现带赊，大大小小，居然也有十来注交易。林先生早已汗透棉袍。虽然是累得那么着，林先生心里却很愉快。他冷眼偷看斜对门的裕昌祥，似乎赶不上自己铺子的“热闹”。常在那对蝴蝶门旁边看望的林小姐脸上也有些笑意，林大娘也少打几个呃了。

快到上灯时候，林先生核算这一天的“流水账”；上午等于零，下午卖了十六元八角五分，八块钱是赊账。林先生微微一笑，但立即皱紧了眉头了；他今天的“大放盘”确是照本出卖，开销都没着落，官利更说不上。他呆了一会儿，又开了账箱，取出几本账簿来翻着打了半天算盘；账上“人欠”的数目共有一千三百余元，本镇六百多，四乡七百多；可是“欠人”的客账，单是上海的东升字号就有八百，合计不下二千哪！林先生低声叹一口气，觉得明天以后如果生意依然没见好，那他这年关就有点难过了。他望着玻璃窗上“大放盘照码九折”的红绿纸条，心里这么想：“照今天那样当真放盘，生意总该会见好；亏本么？没有生意也是照样的要开销。只好先拉些主顾来再慢慢儿想法提高货码……要是四乡还有批发生意来，那就更好！——”

突然有一个人来打断林先生的甜蜜梦想了。这是五十多岁的一位老婆子，巍颤颤地走进店来，手里拿着一个小小的蓝布包。林先生猛抬起头来，正和那老婆子打一个照面，想躲避也躲避不及，只好走上前去招呼她道：

“朱三太，出来买过年东西么？请到里面去坐坐。——阿秀，来扶朱三太。”

林小姐早已不在那对蝴蝶门边了，没有听到。那朱三太连连摇手，就在铺面里的一张椅子上坐了，郑重地打开她的蓝布手巾包，——包里仅有一扣折子，她抖抖簌簌地双手捧了，直送到林先生的鼻子前，她的瘪嘴唇扭了几扭，正想说话，林先生早已一手接过那折子，同时抢先说道：

“我晓得了。明天送到你府上吧。”

“哦，哦，十月，十一月，十二月，一总是三个月，三三得九，是九块吧？——明天你送来？哦，哦，不要送，让我带了去。嗯！”

朱三太扭着她的瘪嘴唇，很艰难似的说。她有三百元的“老本”存在林先生的铺里，按月来取三块钱的利息，可是最近林先生却拖欠了三个月，原说是到了年底总付，明天是送灶日，老婆子要买送灶的东西，所以亲自上林先生的铺子来了。看她那股扭起了一对瘪嘴唇的劲儿，光景是钱不到手就一定不肯走。

林先生抓着头皮不作声。这九块钱的利息，他何尝存心白赖，只是三个月来生意清淡，每天卖得的钱仅够开伙食，付捐税，不知不觉就拖欠下来了。然而今天要是不付，这老婆子也许会就在铺面上嚷闹，那就太丢脸，对于营业的前途很有影响。

“好，好，带了去吧，带了去吧！”

林先生终于斗气似的说，声音有点儿哽咽。他跑到账台里，把上下午卖得的现钱归并起来，又从腰包里掏出一个双毫，这才凑成了八块大洋，十角小洋，四十个铜子，交付了朱三太。当他看见那老婆子把这些银洋铜子郑重地数了又数，而且抖抖簌簌地放在那蓝布手巾上包了起来的时候，他忍不住叹一口气，异想天开地打算拉回几文来；他勉强笑着说：

“三阿太，你这蓝布手巾太旧了，买一块老牌麻纱白手帕去吧？我们有上好的洗脸手巾，肥皂，买一点儿去新年里用吧。价钱公道！”

“不要，不要；老太婆子，用不到。”

朱三太连连摇手说，把折子藏在衣袋里，捧着她的蓝布手巾包竟自去了。

林先生哭丧着脸，走回“内宅”去。因这朱三太的上门讨利息，他记起还有两注存款，桥头陈老七的二百元和张寡妇的一百五十元，总共十来块钱的利息，都是“不便”拖欠的，总得先期送去。他掐着指头算日子：二十四，二十五，二十六——到二十六，放在四乡的账头该可以收齐了。店里的寿生是前天出去收账的，极迟是二十六应该回来了；本镇的账头总得到二十八九方才有个数目。然而上海号家的收账客人说不定明后天就会到，只有再向恒源钱庄去借了。但是明天的门市怎样？……

他这么低着头一边走，一边想，猛听得女儿的声音在他耳边说：

“爸爸，你看这块大绸好么？七尺，四块二角，不贵吧？”

林先生心里蓦地一跳，站住了睁大着眼睛，说不出话。林小姐手里托着那块绸，却在那里憨笑。四块二角！数目可真不算大，然而今天店里总共只卖得十六块多，并且是老实照本贱卖的呀！林先生怔了一会儿，这才没精打采地问道：

“你哪来的钱呢？”

“挂在账上。”

林先生听得又是欠账，忍不住皱一下眉头。但女儿是自己宠惯了的，林大娘又抵死偏护着，林先生没奈何只有苦笑。过一会儿，他叹一口气，轻轻埋怨道：

“那么性急！过了年再买岂不是好！”

三

又过了两天，“大放盘”的林先生的铺子，生意果然很好，每天可以做三十多元的生意了。林大娘的打呃，大大减少，平均是五分钟来一次；林小姐在铺面和“内宅”之间跳进跳出，脸上红喷喷地时常在笑，有时竟在铺面帮忙招呼生意，直到林大娘再三唤她，方才跑进去，一边擦着额上的汗珠，一边兴冲冲地急口说：

“妈呀，又叫我进来干么！我不觉得辛苦呀！妈！爸爸累得满身是汗，嗓子也喊哑了！——刚才一个客人买了五块钱东西呢！妈！不要怕我辛苦，不要怕！爸爸叫我歇一会儿就出去呢！”

林大娘只是点头，打一个呃，就念一声“大慈大悲菩萨”。客厅里本就供奉着一尊瓷观音，点着一炷香，林大娘就摇摇摆摆走过去磕头，谢菩萨的保佑，还要祷告菩萨一发慈悲，保佑林先生的生意永远那么好，保佑林小姐易长易大，明年就得个好女婿。

但是在铺面张罗的林先生虽然打起精神做生意，脸上笑容不断，心里好像有几根线牵着。每逢卖得了一块钱，看见顾客欣然挟着纸包而去，林先生就忍不住心里一顿，在他心里的算盘上就加添了五分洋钱的血本的亏折。他几次想把这个“大放盘”时每块钱的实足亏折算成三分，可是无论如何，算来算去总得五分。生意虽然好，他却越卖越心疼了。在柜台上招呼主顾的时候，他这种矛盾的心理有时竟至几乎使他发晕。偶尔他偷眼望望斜对门的裕昌祥，就觉得那边闲立在柜台边的店员和掌柜，嘴角上都带着讥讽的讪笑，似乎都在说：“看这姓林的傻子呀，当真亏本放盘哪！看着吧，他的生意越好，就越亏本，倒闭得越快！”那时候，林先生便咬一下嘴唇，决定明天无论如何要把货码提高，要把次等货标上头等货的价格。

给林先生斡旋那“封存东洋货”问题的商会长当走过林家铺子的时候，也微微笑着，站住了对林先生贺喜，并且拍着林先生的肩膀，轻声说：

“如何？四百块钱是花得不冤枉吧！——可是，卜局长那边，你也得稍稍点缀，防他看得眼红，也要来敲诈。生意好，妒忌的人就多；就是卜局长不生心，他们也要去挑拨呀！”

林先生谢商会长的关切，心里老大吃惊，几乎连做生意都没有精神。

然而最使他心神不宁的，是店里的寿生出去收账到现在还没有回来，林先生是等着寿生收的钱来开销“客账”。上海东升字号的收账客人前天早已到镇，直催逼得林先生再没有话语支吾了。如果寿生再不来，林先生只有向恒源钱庄借款的一法，这一来，林先生又将多负担五六十元的利息，这在见天亏本的林先生委实比割肉还心疼。

到四点钟光景，林先生忽然听得街上走过的人们乱哄哄地在议论着什么，人们的脸色都很惶急，似乎发生了什么大事情了。一心惦念着出去收账的寿生是否平安的林先生就以为一定是快班船遭了强盗抢，他的心卜卜地乱跳。他唤住了一个路人焦急地问道：

“什么事？是不是栗市快班遭了强盗抢？”

“哦！又是强盗抢么？路上真不太平！抢，还是小事，还要绑人去哪！”

那人，有名的闲汉陆和尚，含糊地回答，同时睒着半只眼睛看林先生铺子里花花绿绿的货物。林先生不得要领，心里更急，丢开陆和尚，就去问第二个走近来的人，桥头的王三毛。

“听说栗市班遭抢，当真么？”

“那一定是太保阿书手下人干的，太保阿书是枪毙了，他的手下人多么厉害！”

王三毛一边回答，一边只顾走。可是林先生却急坏了，冷汗从额角上钻出来。他早就估量到寿生一定是今天回来，而且是从栗市——收账程序中预定的最后一处，坐快班船回来；此刻已是四点钟，不见他来，王三毛又是那样说，那还有什么疑义么？林先生竟忘记了这所谓“栗市班遭强盗抢”乃是自己的发明了！他满脸急汗，直往“内宅”跑；在那对蝴蝶门边忘记跨门槛，几乎绊了一跤。

“爸爸！上海打仗了！东洋兵放炸弹烧闸北——”

林小姐大叫着跑到林先生跟前。

林先生怔了一下。什么上海打仗，原就和他不相干，但中间既然牵连着“东洋兵”，又好像不能不追问一声了。他看着女儿的很兴奋的脸孔问道：

“东洋兵放炸弹么？你从哪里听来的？”

“街上走过的人全是那么说。东洋兵放大炮，掷炸弹。闸北烧光了！”

“哦，那么，有人说栗市快班遭强盗抢么？”

林小姐摇头，就像扑火的灯蛾似的扑向外面去了。林先生迟疑了一会儿，站在那蝴蝶门边抓头皮。林大娘在里面打呃，又是喃喃地祷告：“菩萨保佑，炸弹不要落到我们头上来！”林先生转身再到铺子里，却见女儿和两个店员正在谈得很热闹。对门生泰杂货店里的老板金老虎也站在柜台外边指手画脚地讲谈。上海打仗，东洋飞机掷炸弹烧了闸北，上海已经罢市，全都证实了。强盗抢快班船么？没有听人说起过呀！栗市快班么？早已到了，一路平安。金老虎看见那快班船上的伙计刚刚背着两个蒲包走过的。林先生心里松一口气，知道寿生今天又没回来，但也知道好好儿的没有逢到强盗抢。

现在是满街都在议论上海的战事了。小伙计们夹在闹里骂“东洋乌龟！”竟也有人当街大呼：“再买东洋货就是忘八！”林小姐听着，脸上就飞红了一大片。林先生却还不动声色。大家都卖东洋货，并且大家花了几百块钱以后，都已经奉着特许：“只要把东洋商标撕去了就行。”他现在满店的货物都已经称为“国货”，买主们也都是“国货，国货”地说着，就拿走了。在此满街人人为了上海的战事而没有心思想到生意的时候，林先生始终在筹虑他的正事。他还是不肯花重利去借庄款，他去和上海号家的收账客人情商，请他再多等这么一天两天。他的寿生极迟明天傍晚总该会到。

“林老板，你也是明白人，怎么说出这种话来呀！现在上海开了火，说不定明后天火车就不通，我是巴不得今晚上就动身呢！怎么再等一两天？请你今天把账款缴清，明天一早我好走。我也是吃人家的饭，请你照顾照顾吧！”

上海客人毫无通融地拒绝了林先生的情商。林先生看来是无可商量了，只好忍痛去到恒源钱庄上商借。他还恐怕那“钱猢狲”知道他是急用，要趁火打劫，高抬利息。谁知钱庄经理的口气却完全不对了。那痨病鬼经理听完了林先生的申请，并没作答，只管捧着他那老古董的水烟筒卜落落卜落落的呼，直到烧完一根纸吹，这才慢吞吞地说：

“不行了！东洋兵开仗，上海罢市，银行钱庄都封关，知道他们几时弄得好！上海这路一断，敝庄就成了没脚蟹，汇划不通，比尊处再好的户头也只好不做了。对不起，实在爱莫能助！”

林先生呆了一呆，还总以为这痨病鬼经理故意刁难，无非是为提高利息作地步，正想结结实实说几句恳求的话，却不料那经理又逼进一步道：

“刚才敝东吩咐过，他得的信，这次的乱子恐怕要闹大，叫我们收紧盘子！尊处原欠五百，二十二那天，又是一百，总共是六百，年关前总得扫数归清；我们也算是老主顾，今天先透一个信，免得临时多费口舌，大家面子上难为情。”

“哦——可是小店里也实在为难。要看账头收得怎样。”

林先生呆了半晌，这才呐出这两句话。

“嘿！何必客气！宝号里这几天来的生意比众不同，区区六百块钱，还为难么？今天是同老兄说明白了，总望扫数归清，我在敝东跟前好交代。”

痨病鬼经理冷冷地说，站起来了。林先生冷了半截身子，瞧情形是万难挽回，只好硬着头皮走出了那家钱庄。他此时这才明白原来远在上海的打仗也要影响到他的小铺子了。今年的年关当真是难过：上海的收账客人立逼着要钱，恒源里不许宕过年，寿生还没回来，知道他怎样了，镇上的账头，去年只收起八成，今年瞧来连八成都捏不稳——横在他前面的路，只是一条：“暂停营业，清理账目”！而这条路也就等于破产，他这铺子里早已没有自己的资本，一旦清理，剩给他的，光景只有一家三口三个光身子！

林先生愈想愈灰，走过那座望仙桥时，他看着桥下的浑水，几乎想纵身一跳完事。可是有一个人在背后唤他道：

"林先生，上海打仗了，是真的吧？听说东栅外刚刚调来了一支兵，到商会里要借饷，开口就是二万，商会里正在开会呢！"

林先生急回过脸去看，原来正是那位存有两百块钱在他铺子里的陈老七，也是林先生的一位债主。

"哦——"

林先生打一个冷噤，只回答了这一声，就赶快下桥，一口气跑回家去。

四

这晚上的夜饭，林大娘在家常的一荤二素以外，特又添了一个碟子，是到八仙楼买来的红焖肉，林先生心爱的东西。另外又有一斤黄酒。林小姐笑不离口，为的铺子里生意好，为的大绸新旗袍已经做成，也为的上海竟然开火，打东洋人。林大娘打呃的次数更加少了，差不多十分钟只来一回。

只有林先生心里发闷到要死。他喝着闷酒，看看女儿，又看看老婆，几次想把那炸弹似的恶消息宣布，然而终于没有那样的勇气。并且他还不曾绝望，还想挣扎，至少是还想掩饰他的两下里碰不到头。所以当商会里议决了答应借饷五千并且要林先生摊认二十元的时候，他毫不推托，就答应下来了。他决定非到最后五分钟不让老婆和女儿知道那家道困难的真实情形。他的划算是这样的：人家欠他的账收一个八成吧，他还人家的账也是个八成，——反正可以借口上海打仗，钱庄不通；为难的是人欠我欠之间尚差六百光景，那只有用剜肉补疮的方法拼命放盘卖贱货，且捞几个钱来渡过了眼前再说。这年头儿，谁能够顾到将来呢？眼前得过且过。

是这么想定了方法，又加上那一斤黄酒的力量，林先生倒酣睡了一夜，噩梦也没有半个。

第二天早上，林先生醒来时已经是六点半钟，天色很阴沉。林先生觉得有点头晕。他匆匆忙忙吞进两碗稀饭，就到铺子里，一眼就看见那位上海客人板起了脸孔在那里坐守"回话"。而尤其叫林先生猛吃一惊的，是斜对门的裕昌祥也贴起红红绿绿的纸条，也在那里"大放盘照码九折"了！林先生昨夜想好的"如意算盘"立刻被斜对门那些红绿纸条冲一个摇摇不定。

"林老板，你真是开玩笑！昨晚上不给我回音，轮船是八点钟开，我还得转乘火车，八点钟这班船我是非走不行！请你快点——”

上海客人不耐烦地说，把一个拳头在桌子上一放。林先生只有赔不是，请他原谅，实在是因为上海打仗钱庄不通，彼此是多年的老主顾，务请格外看承。

“那么叫我空手回去么？”

“这，这，断乎不会。我们的寿生一回来，有多少付多少，我要是藏落半个钱，不是人！”

林先生颤着声音说，努力忍住了滚到眼眶边的眼泪。

话是说到尽头了，上海客人只好不再啰嗦，可是他坐在那里不肯走。林先生急得什么似的，心是卜卜地乱跳。近年他虽然万分拮据，面子上可还遮得过；现在摆一个人在铺子里坐守，这件事要是传扬开去，他的信用可就完了，他的债户还多着呢，万一群起傚尤，他这铺子只好立刻关门。他在没有办法中想办法，几次请这位讨账客人到内宅去坐，然而讨账客人不肯。

天又索索地下起冻雨来了。一条街上冷清清地简直没有人行。自有这条街以来，从没见过这样萧索的腊尾岁尽。朔风吹着那些招牌，嚓嚓地响。渐渐地冻雨又有变成雪花的模样。沿街店铺里的伙计们靠在柜台上仰起了脸发怔。

林先生和那位收账客人有一句没一句地闲谈着。林小姐忽然走出蝴蝶门来站在街边看那索索的冻雨。从蝴蝶门后送来的林大娘的呃呃的声音又渐渐儿加勤。林先生嘴里应酬着，一边看看女儿，又听听老婆的打呃，心里一阵一阵酸上来，想起他的一生简直毫没幸福，然而又不知道坑害他到这地步的，究竟是谁。那位上海客人似乎气平了一些了，忽然很恳切地说：

“林老板，你是个好人。一点嗜好都没有，做生意很巴结认真。放在二十年前，你怕不发财么？可是现今时势不同，捐税重，开销大，生意又清，混得过也还是你的本事。”

林先生叹一口气苦笑着，算是谦逊。

上海客人顿了一顿，又接着说下去：

“贵镇上的市面今年又比上年差些，是不是？内地全靠乡庄生意，乡下人太穷，真是没有法子，——呀，九点钟了！怎么你们的收账伙计还没来呢？这个人靠得住么？”

林先生心里一跳，暂时回答不出来。虽然是七八年的老伙计，一向没有出过岔子，但谁能保到底呢！而况又是过期不见回来。上海客人看着林先生那迟疑的神气，就笑；那笑声有几分异样。忽然那边林小姐转脸对林先生急促地叫道：

“爸爸，寿生回来了！一身泥！”

显然林小姐的叫声也是异样的，林先生跳起来，又惊又喜，着急的想跑到柜台前去看，可是心慌了，两腿发软。这时寿生已经跑了进来，当真是一身泥，气喘喘地坐下了，说不出话来。林先生估量那情形不对，吓得没有主意，也不开口。上海客人在旁边皱眉头。过了一会儿，寿生方才喘着气说：

“好险呀！差一些儿被他们抓住了。”

“到底是强盗抢了快班船么?”

林先生惊极，心一横，倒逼出话来了。

“不是强盗，是兵队拉夫呀！昨天下午赶不上乘快班。今天一早乘航船，哪里知道航船听得这里要捉船，就停在东栅外了。我上岸走不到半里路，就碰到拉夫。西面宝祥衣庄的阿毛被他们拉去了。我跑得快，抄小路逃了回来。他妈的，性命交关!”

寿生一面说，一面撩起衣服，从肚兜里掏出一个手巾包来递给了林先生，又说道：

“都在这里了。栗市的那家黄茂记很可恶，这种户头，我们明年要留心！——我去洗一个脸，换件衣服再来。”

林先生接了那手巾包，捏一把，脸上有些笑容了。他到账台里打开那手巾包来。先看一看那张“清单”，打了一会儿算盘，然后点检银钱数目：是大洋十一元，小洋二百角，钞票四百二十元，外加即期庄票两张，一张是规元五十两，又一张是规元六十五两。这全部付给上海客人，照账算也还差一百多元。林先生凝神想了半晌，斜眼偷看了坐在那里吸烟的上海客人几次，方才叹一口气，割肉似的拿起那两张庄票和四百元钞票捧到上海客人跟前，又说了许多话，方才得到上海客人点一下头，说一声“对啦”。

但是上海客人把庄票看了两遍，忽又笑着说道：

“对不起，林老板，这庄票，费神兑了钞票给我吧!”

“可以，可以。”

林先生连忙回答，慌忙在庄票后面盖了本店的书柬图章，派一个伙计到恒源庄去取现，并且叮嘱了要钞票。又过了半晌，伙计却是空手回来。恒源庄把票子收了，但不肯付钱；据说是扣抵了林先生的欠款。天是在当真下雪了，林先生也没张伞，冒雪到恒源去亲自交涉，结果是徒然。

“林老板，怎样了呢?”

看见林先生苦着脸跑回来，那上海客人不耐烦地问了。

林先生几乎想哭出来，没有话回答，只是叹气。除了央求那上海客人再通融，还有什么别的办法？寿生也来了，帮着林先生说。他们赌咒；下欠的二百多元，赶明年初十边一定汇到上海。是老主顾了，向来三节清账，从没半句话，今儿实在是意外之变，大局如此，没有办法，非是他们刁赖。

然而不添一些，到底是不行的。林先生忍痛又把这几天内卖得的现款凑成了五十元，算是总共付了四百五十元，这才把那位叫人头痛的上海收账客人送走了。

此时已有十一点了，天还是飘飘扬扬落着雪。买客没有半个。林先生纳闷了一会儿，和寿生商量本街的账头怎样去收讨。两个人的眉头都皱紧了，都觉得本镇的六百多元账头收起来真没有把握。寿生挨着林先生的耳朵悄悄地说道：

“听说南栅的聚隆，西栅的和源，都不稳呢！这两处欠我们的，就有三百光景，这两笔倒账要预先防着，吃下了，可不是玩的!”

林先生脸色变了，嘴唇有点抖。不料寿生把声音再放低些，支支吾吾地说出了更骇人的消息来：

“还有，还有讨厌的谣言，是说我们这里了。恒源庄上一定听得了这些风声，这才对我们逼得那么急，说不定上海的收账客人也有点晓得——只是，谁和我们作对呢？难道就是斜对门么?”

寿生说着，就把嘴向裕昌祥那边呶了一呶。林先生的眼光跟着寿生的嘴也向那边瞥了一下，心里直是乱跳，哭丧着脸，好半天说不出话来。他的又麻又痛的心里感到这一次他准是毁了！——不毁才是作怪：党老爷敲诈他，钱庄压逼他，同业又中伤他，而又要吃倒账，凭谁也受不了这样重重的磨折吧？而究竟为了什么他应该活受罪呀！他，从父亲手里继承下这小小的铺子，从没敢浪费；他，做生意多么巴结；他，没有害过人，没有起过歹心；就是他的祖上，也没害过人，做过歹事呀！然而他直如此命苦！

“不过，师傅，随他们去造谣吧，你不要发急。荒年传乱话，听说是镇上的店铺十家有九家没法过年关。时势不好，市面清得不成话，素来硬朗的铺子今年都打饥荒，也不是我们一家困难！天塌压大家，商会里总得议个办法出来；总不能大家一齐拖倒，弄得市面更加不像市面。”

看见林先生急苦了，寿生姑且安慰着，忍不住也叹了一口气。

雪是愈下愈密了，街上已经见白。偶尔有一条狗垂着尾巴走过，抖一抖身体，摇落了厚积在毛上的那些雪，就又悄悄地夹着尾巴走了。自从有这条街以来，从没见过这样冷落凄凉的年关！而此时，远在上海，日本军的重炮正在发狂地轰毁那边繁盛的市廛。

五

凄凉的年关，终于也过去了。镇上的大小铺子倒闭了二十八家。内中有一家“信用素著”的绸庄。欠了林先生三百元货账的聚隆与和源也毕竟倒了。大年夜的白天，寿生到那两个铺子里磨了半天，也只拿了二十多块来；这以后，就听说没有一个收账员拿到半文钱，两家铺子的老板都躲得不见面了。林先生自己呢，多亏商会长一力斡旋，还无须往乡下躲，然而欠下恒源钱庄的四百多元非要正月十五以前还清不可；并且又订了苛刻的条件：从正月初五开市那天起，恒源就要派人到林先生铺子里“守提”，卖得的钱，八成归恒源扣账。

新年那四天，林先生家里就像一个冰窖。林先生常常叹气，林大娘的打呃像连珠炮。林小姐虽然不打呃，也不叹气，但是呆呆地好像害了多年的黄病。她那件大绸新旗袍，为的要付吴妈的工钱，已经上了当铺；小学徒从清早七点钟就去那家唯一的当铺门前守候，直到九点钟方才从人堆里拿了两块钱挤出来。以后，当铺就止当了。两块钱！这已是最高价。随你值多少钱的贵重衣饰，也只能当得两块呢！叫做“两块钱封门”。乡下人忍着冷剥下身上的棉袄递上柜台去，那当铺里的伙计拿起来抖了一抖，就直丢出去，怒声喊道：“不当！”

元旦起，是大好的晴天。关帝庙前那空场上，照例来了跑江湖赶新年生意的摊贩和变把戏的杂耍。人们在那些摊子面前懒懒地拖着腿走，两手扪着空的腰包，就又懒懒地走开了。孩子们拉住了娘的衣角，赖在花炮摊前不肯定，娘就给他一个老大的耳光。那些特来赶新年的摊贩们连伙食都开销不了，白赖在“安商客寓”里，天天和客寓主人吵闹。

只有那班变把戏的出了八块钱的大生意，党老爷们唤他们去点缀了一番“升平气象”。

初四那天晚上，林先生勉强筹措了三块钱，办一席酒请铺子里的“相好”吃照例的“五路酒”，商量明天开市的办法。林先生早就筹思过熟透：这铺子开下去呢，眼见得是亏本的生意，不开呢，他一家三口儿简直没有生计，而且到底人家欠他的货账还有四五百，他一关门更难讨取；唯一的办法是减省开支，但捐税派饷是逃不了的，“敲诈”尤其无法躲避，裁去一两个店员吧，本来他只有三个伙计，寿生是左右手，其余的两位也是怪可怜见的，况且辞歇了到底也不够招呼生意；家里呢，也无可再省，吴妈早已辞歇。他觉得只有硬着头皮做下去，或者靠菩萨的保佑，乡下人春蚕熟，他的亏空还可以补救。

但要开市，最大的困难是缺乏货品。没有现钱寄到上海去，就拿不到货。上海打得更厉害了，赊账是休转这念头。卖底货吧，他店里早已淘空，架子上那些装卫生衣的纸盒就是空的，不过摆在那里装幌子。他铺子里就剩下些日用杂货，脸盆毛巾之类，存底还厚。

大家喝了一会闷酒，抓腮挖耳地想不出好主意。后来谈起闲天来，一个伙计忽然说：

“乱世年头，人比不上狗！听说上海闸北烧得精光，几十万人都只逃得一个光身子。虹口一带呢，烧是还没烧，人都逃光了，东洋人凶得很，不许搬东西。上海房钱涨起几倍。逃出来的人都到乡下来了，昨天镇上就到了一批，看样子都是好好的人家，现在却弄得无家可归！”

林先生摇头叹气。寿生听了这话，猛地想起了一个好办法；他放下了筷子，拿起酒杯来一口喝干了，笑嘻嘻对林先生说道：

“师傅，听得阿四的话么？我们那些脸盆，毛巾，肥皂，袜子，牙粉，牙刷，就可以如数销清了。”

林先生瞪出了眼睛，不懂得寿生的意思。

“师傅，这是天大的机会。上海逃来的人，总还有几个钱，他们总要买些日用的东西，是不是？这笔生意，我们赶快张罗。”

寿生接着又说。再筛出一杯酒来喝了，满脸是喜气。两个伙计也省悟过来了，哈哈大笑。只有林先生还不很了然。近来的逆境已经把他变成糊涂。他惘然问道：

“你拿得稳么？脸盆，毛巾，别家也有，——”

“师傅，你忘记了！脸盆毛巾一类的东西只有我们存底独多！裕昌祥里拿不出十只脸盆，而且都是拣剩货。这笔生意，逃不出我们的手掌心的了！我们赶快多写几张广告到四栅去分贴，逃难人住的地方——嗳，阿四，他们住在什么地方？我们也要去贴广告。”

“他们有亲戚的住到亲戚家里去了，没有的，还借住在西栅外茧厂的空房子。”

叫做阿四的伙计回答，脸上发亮，很得意自己的无意中立了大功。林先生这时也完全明白了。心里一快乐，就又灵活起来，他马上拟好了广告的底稿，专拣店里有的日用品开列上去，约莫也有十几种。他又摹仿上海大商店卖“一元货”的方法，把脸盆、毛巾，牙刷，牙粉配成一套卖一块钱，广告上就大书“大廉价一元货”。店里本来还有余剩下的红绿纸，寿生大张的裁好了，拿笔就写。两个伙计和学徒就乱哄哄地拿过脸盆，毛巾，牙刷，牙粉来装配成一组。人手不够，林先生叫女儿出来帮着写，帮着扎配，另外又配出几种“一元货”，全是零星的日用必需品。

这一晚上，林家铺子里直忙到五更左右，方才大致就绪。第二天清早，开门鞭炮响过，排门开了，林家铺子布置得又是一新。漏夜赶起来的广告早已漏夜分头贴出去。西栅外茧厂一带是寿生亲自去布置，哄动那些借住在茧厂里的逃难人，都起来看，当做一件新闻。

“内宅”里，林大娘也起了个五更，瓷观音面前点了香，林大娘爬着磕了半天响头。她什么都祷告全了，就只差没有祷告菩萨要上海的战事再扩大再延长，好多来些逃难人。

一切都很顺利，一切都不出寿生的预料。新正开市第一天就只林家铺子生意很好，到下午四点多钟，居然卖了一百多元，是这镇上近十年来未有的新纪录。销售的大宗，果然是“一元货”，然而洋伞橡皮雨鞋之类却也带起了销路，并且那生意也做的干脆有味。虽然是“逃难人”，却毕竟住在上海，见过大场面，他们不像乡下人或本镇人那么小格式，他们买东西很爽利，拿起货来看了一眼，现钱交易，从不拣来拣去，也不硬要除零头。

林大娘看见女儿兴冲冲地跑进来夸说一回，就爬到瓷观音面前磕了一回头。她心里还转了这样的念头：要不是岁数相差得多，把寿生招做女婿倒也是好的！说不定在寿生那边也时常用半只眼睛看望着这位厮熟的十七岁的“师妹”。

只有一点，使林先生扫兴；恒源庄毫不顾面子地派人来提取了当天营业总数的八成。并且存户朱三阿太，桥头陈老七，还有张寡妇，不知听了谁的怂恿，都借了“要量米吃”的借口，都来预支息金；不但支息金，还想拔提一点存款呢！但也有一个喜讯，听说又到了一批逃难人。

晚餐时，林先生添了两碟荤菜，酬劳他的店员。大家称赞寿生能干。林先生虽然高兴，却不能不惦念着朱三阿太等三位存户要提存款的事情。大新年碰到这种事，总是不吉利。寿生忿然说：

“那三个懂得什么呢！还不是有人从中挑拨！”

说着，寿生的嘴又向斜对门呶了一呶。林先生点头。可是这三位不懂什么的，倒也难以对付；一个是老头子，两个是孤苦的女人，软说不肯，硬来又不成。林先生想了半天觉得只有去找商会长，请他去和那三位宝贝讲开。他和寿生说了，寿生也竭力赞成。

于是晚饭后算过了当天的“流水账”，林先生就去拜访商会长。

林先生说明了来意后，那商会长一口就应承了，还夸奖林先生做生意的手段高明，他那铺子一定能够站住，而且上进。摸着自己的下巴，商会长又笑了一笑，伛过身体来说道：

“有一件事，早就想对你说，只是没有机会。镇上的卜局长不知在哪里见过令嫒来，极为中意；卜局长年将四十，还没有儿子，屋子里虽则放着两个人，都没生育过；要是令爱过去，生下一男半女，就是现成的局长太太。呵，那时，就连我也沾点儿光呢！”

林先生做梦也想不到会有这样的难题，当下怔住了做不得声。商会长却又郑重地接着说：

“我们是老朋友，什么话都可以讲个明白。论到这种事呢，照老派说，好像面子上不好听；然而也不尽然。现在通行这一套，令爱过去也算是正的。——况且，卜局长既然有了这个心，不答应他有许多不便之处；答应了，将来倒有巴望。我是替你打算，才说这个话。”

“咳，你怕不是好意劝我仔细！可是，我是小户人家，小女又不懂规矩，高攀卜局长，实在不敢！”

林先生硬着头皮说，心里卜卜乱跳。

“哈，哈，不是你高攀，是他中意。——就这么吧，你回去和尊夫人商量商量，我这里且搁着，看见卜局长时，就说还没机会提过，行不行呢？可是你得早点给我回音！”

“嗯——”

筹思了半晌，林先生勉强应着，脸色像是死人。

回到家里，林先生支开了女儿，就一五一十对林大娘说了。他还没说完，林大娘的呃就大发作，光景邻居都听得清。她勉强抑住了那些涌上来的呃，喘着气说道：

“怎么能够答应，呃，就不是小老婆，呃，呃——我也舍不得阿秀到人家去做媳妇。”

“我也是这个意思，不过——”

“呃，我们规规矩矩做生意，呃，难道我们不肯，他好抢了去不成？呃——”

“不过他一定要来找讹头生事！这种人比强盗还狠心！”

林先生低声说，几乎落下眼泪来。

“我拼了这条老命。呃！救苦救难观世音呀！”

林大娘颤着声音站了起来，摇摇摆摆想走。林先生赶快拦住，没口地叫道：

“往哪里去？往哪里去？”

同时林小姐也从房外来了，显然已经听见了一些，脸色灰白，眼睛死瞪瞪地。林大娘看见女儿，就一把抱住了，一边哭，一边打呃，一边喃喃地挣扎着喘着气说：

“呃，阿囡，呃，谁来抢你去，呃，我同他拼老命！呃，生你那年我得了这个——病，呃，好容易养到十七岁，呃，呃，死也死在一块儿！呃，早给了寿生多么好呢！呃，强盗！不怕天打的！”

林小姐也哭了，叫着“妈！”林先生搓着手叹气。看看哭得不像样，窄房浅屋的要惊动邻舍，大新年也不吉利，他只好忍着一肚子气来劝母女两个。

这一夜，林家三口儿都没有好生睡觉。明天一早林先生还得起来做生意，在一夜的转侧愁思中，他偶尔听得屋面上一声响，心就卜卜地跳，以为是卜局长来寻他生事来了；然而定了神仔细想起来，自家是规规矩矩的生意人，又没犯法，只要生意好，不欠人家的钱，难道好无端生事，白诈他不成？而他的生意呢，眼前分明有一线生机。生了个女儿长的还端正，却又要招祸！早些定了亲，也许不会出这岔子？——商会长是不是肯真心帮忙呢，只有恳求他设法——可是林大娘又在打呃了，咳，她这病！

天刚发白，林先生就起身，眼圈儿有点红肿，头里发昏。可是他不能不打起精神招呼生意。铺面上靠寿生一个到底不行，这小伙子近几天来也就累得够了。

林先生坐在账台里，心总不定。生意虽然好，他却时时浑身的肉发抖。看见面生的大汉子上来买东西，他就疑惑是卜局长派来的人，来侦察他，来寻事；他的心直跳得发痛。

却也作怪，这天生意之好，出人意料。到正午，已经卖了五六十元，买客们中间也有本镇人。那简直不像买东西，简直像是抢东西，只有倒闭了铺子拍卖底货的时候才有这种光景。林先生一边有点高兴，一边却也看着心惊，他估量“这样的好生意气色不正”。果然在午饭的时候，寿生就悄悄告诉道：

“外边又有谣言，说是你拆烂污卖一批贱货，捞到几个钱，就打算逃走！”

林先生又气又怕，开不得口。突然来了两个穿制服的人，直闯进来问道：“谁是林老板？”

林先生慌忙站了起来，还没回答，两个穿制服的拉住他就走。寿生追上去，想要拦阻，又想要探询，那两个人厉声吆喝道：

“你是谁？滚开！党部里要他问话！”

六

那天下午，林先生就没有回来。店里生意忙，寿生又不能抽空身子尽自去探听。里边林大娘本来还被瞒着，不防小学徒漏了嘴，林大娘那一急几乎一口气死去。她又死不放林小姐出那对蝴蝶门儿，说是：

“你的爸爸已经被他们捉去了，回头就要来抢你！呃——”

她只叫寿生进来问底细，寿生瞧着情形不便直说，只含糊安慰了几句道：

“师母，不要着急，没有事的！师傅到党部里去理直那些存款呢。我们的生意好，怕什么的！”

背转了林大娘的面，寿生悄悄告诉林小姐，“到底为什么，还没得个准信儿，”他叮嘱林小姐且安心伴着“师母”，外边事有他呢。林小姐一点主意也没有，寿生说一句，她就点一下头。

这样又要照顾外面的生意，又要挖空心思找出话来对付林大娘不时的追询，寿生更没有工夫去探听林先生的下落。直到上灯时分，这才由商会长给他一个信：林先生是被党部扣住了，为的外边谣言林先生打算卷款逃走，然而林先生除有庄款和客账未清外，还有朱三阿太，桥头陈老七，张寡妇三位孤苦人儿的存款共计六百五十元没有保障，党部里是专替这些孤苦人儿谋利益的，所以把林先生扣起来，要他理直这些存款。

寿生吓得脸都黄了，呆了半晌，方才问道：

“先把人保出来，行么？人不出来，哪里去弄钱来呢？”

“嘿！保出人来！你空手去，让你保么！”

“会长先生，总求你想想法子，做好事。师傅和你老人家向来交情也不差，总求你做做好事！”

商会长皱着眉头沉吟了一会儿，又端相着寿生半晌，然后一把拉寿生到屋角里悄悄说道：

“你师傅的事，我岂有袖手旁观之理。只是这件事现在弄僵了！老实对你说，我求过卜局长出面讲情，卜局长只要你师傅答应一件事，他是肯帮忙的；我刚才到党部里会见你的师傅，劝他答应，他也答应了，那不是事情完了么？不料党部里那个黑麻子真可恶，他硬不肯——”

“难道他不给卜局长面子？”

“就是呀！黑麻子反而啰哩啰嗦说了许多，卜局长几乎下不得台。两个人闹翻了！这不是这件事弄得僵透？”

寿生叹了口气，没有主意；停一会儿，他又叹一口气说：

“可是师傅并没犯什么罪。”

“他们不同你讲理！谁有势，谁就有理！你去对林大娘说，放心，还没吃苦，不过要想出来，总得花点儿钱！”

商会长说着，伸两个指头一扬，就匆匆地走了。

寿生沉吟着，没有主意；两个伙计攒住他探问，他也不回答。商会长这番话，可以告诉“师母”么？又得花钱！“师母”有没有私蓄，他不知道；至于店里，他很明白，两天来卖得的现钱，被恒源提了八成去，剩下只有五十多块，济得什么事！商会长示意总得两百。知道还够不够呀！照这样下去，生意再好些也不中用。他觉得有点灰心了。

里边又在叫他了！他只好进去瞧光景再定主意。

林大娘扶住了女儿的肩头，气喘喘地问道：

“呃，刚才，呃——商会长来了，呃，说什么？”

“没有来呀！”

寿生撒一个谎。

“你不用瞒我，呃——我，呃，全知道了；呃，你的脸色吓得焦黄！阿秀看见的，呃！”

“师母放心，商会长说过不要紧。——卜局长肯帮忙——”

“什么？呃，呃——什么？卜局长肯帮忙！——呃，呃，大慈大悲的菩萨，呃，不要他帮忙！呃，呃，我知道，你的师傅，呃呃，没有命了！呃，我也不要活了！呃，只是这阿秀，呃，我放心不下！呃，呃，你同了她去！呃，你们好好的做人家！呃，呃，寿生，呃，你待阿秀好，我就放心了！呃，去呀！他们要来抢！呃——狠心的强盗！观世音菩萨怎么不显灵呀！”

寿生睁大了眼睛，不知道怎样回话。他以为“师母”疯了，但可又一点不像疯。他偷眼看他的“师妹”，心里有点跳；林小姐满脸通红，低了头不做声。

“寿生哥，寿生哥，有人找你说话！”

小学徒一路跳着喊进来。寿生慌忙跑出去，总以为又是商会长什么的来了，哪里知道竟是斜对门裕昌祥的掌柜吴先生。

“他来干什么？”寿生肚子里想，眼光盯住在吴先生的脸上。

吴先生问过了林先生的消息，就满脸笑容，连说“不要紧”。寿生觉得那笑脸有点异样。

“我是来找你划一点货——”

吴先生收了笑容，忽然转了口气，从袖子里摸出一张纸来。是一张横单，写着十几行，正是林先生所卖“一元货”的全部。寿生一眼瞧见就明白了，原来是这个把戏呀！他立刻说：

“师傅不在，我不能做主。”

“你和你师母说，还不是一样！”

寿生踌躇着不能回答。他现在有点懂得林先生之所以被捕了。先是谣言林先生要想逃，其次是林先生被扣住了，而现在却是裕昌祥来挖货，这一连串的线索都明白了。寿生想来有点气，又有点怕，他很知道，要是答应了吴先生的要求，那么，林先生的生意，自己的一番心血，都完了。可是不答应呢，还有什么把戏来，他简直不敢想下去了。最后他姑且试一试说：

“那么，我去和师母说，可是，师母女人家专要做现钱交易。”

“现钱么？哈，寿生，你是说笑话吧？”

“师母是这种脾气，我也是没法。最好等明天再谈吧。刚才商会长说，卜局长肯帮忙讲情，光景师傅今晚上就可以回来了。”

寿生故意冷冷的说，就把那张横单塞还吴先生的手里。吴先生脸上的肉一跳，慌忙把横单又推回到寿生手里，一面满口应承道：

“好，好，现账就是现账。今晚上交货，就是现账。”

寿生皱着眉头再到里边，把裕昌祥来挖货的事情对林大娘说了，并且劝她：

“师母，刚才商会长来，确实说师傅好好的在那里，并没吃苦；不过总得花几个钱，才能出来。店里只有五十块。现在裕昌祥来挖货，照这单子上看，总也有一百五十块光景，还是挖给他们吧，早点救师傅出来要紧！”

林大娘听说又要花钱，眼泪直淌，那一阵呃，当真打得震天响，她只是摇手，说不出话，头靠在桌子上，把桌子捶得怪响。寿生瞧来不是路，悄悄地退出去，但在蝴蝶门边，林小姐追上来了。她的脸色像死人一样白，她的声音抖而且哑，她急口地说：

“妈是气糊涂了！总说爸爸已经被他们弄死了！你，你赶快答应裕昌祥，赶快救爸爸！寿生哥，你——”

林小姐说到这里，忽然脸一红，就飞快地跑进去了。寿生望着她的后影，呆立了半分钟光景，然后转身，下决心担负这挖货给裕昌祥的责任，至少“师妹”是和他一条心要这么办了。

夜饭已经摆在店铺里了，寿生也没有心思吃，立等看裕昌祥交过钱来，他拿一百在手里，另外身边藏了八十，就飞跑去找商会长。

半点钟后，寿生和林先生一同回来了。跑进“内宅”的时候，林大娘看见了倒吓一跳。认明是当真活的林先生时，林大娘急急爬在瓷观音前磕响头，比她打呃的声音还要响。林小姐光着眼睛站在旁边，像是要哭，又像是要笑。寿生从身旁掏出一个纸包来，放在桌子上说：

“这是多下来的八十块钱。”

林先生叹了一口气，过一会儿，方才有声没气地说道：

“让我死在那边就是了，又花钱弄出来！没有钱，大家还是死路一条！”

林大娘突然从地下跳起来，着急的想说话，可是一连串的呃把她的话塞住了。林小姐忍住了声音，抽抽咽咽地哭。林先生却还不哭，又叹一口气，哽咽着说：

“货是挖空了！店开不成，债又逼的紧——”

“师傅！”

寿生叫了一声，用手指蘸着茶，在桌子上写了一个“走”字给林先生看。

林先生摇头，眼泪扑簌簌地直淌；他看看林大娘，又看看林小姐，又叹一口气。

“师傅！只有这一条路了。店里拼凑起来，还有一百块，你带了去，过一两个月也就够了；这里的事，我和他们理直。”

寿生低声说。可是林大娘却偏偏听得了，她忽然抑住了呃，抢着叫道：

“你们也去！你，阿秀。放我一个人在这里好了，我拼老命！呃！”

忽然异常少健起来，林大娘转身跑到楼上去了。林小姐叫着“妈”，随后也追了上去。林先生望着楼梯发怔，心里感到有什么要紧的事，却又乱麻麻地总是想不起。寿生又低声说：

“师傅，你和师妹一同走吧！师妹在这里，师母是不放心的！她总说他们要来抢——”

林先生淌着眼泪点头，可是打不起主意。

寿生忍不住眼圈儿也红了，叹一口气，绕着桌子走。

忽然听得林小姐的哭声。林先生和寿生都一跳。他们赶到楼梯头时，林大娘却正从房里出来，手里捧一个皮纸包儿。看见林先生和寿生都已在楼梯头了，她就缩回房去，嘴里说“你们也来，听我的主意”。她当着林先生和寿生的跟前，指着那纸包说道：

“这是我的私房，呃，光景有两百多块。分一半你们拿去。呃！阿秀，我做主配给寿生！呃，明天阿秀和她爸爸同走。呃，我不走！寿生陪我几天再说。呃，知道我还有几天活，呃，你们就在我面前拜一拜，我也放心！呃——”

林大娘一手拉着林小姐，一手拉着寿生，就要他们“拜一拜”。

都拜了，两个人脸上飞红，都低着头。寿生偷眼看林小姐，看见她的泪痕中含着一些笑意，寿生心头卜卜地跳了，反倒落下两滴眼泪。

林先生松一口气，说道：

“好吧，就是这样。可是寿生，你留在这里对付他们，万事要细心！”

七

林家铺子终于倒闭了。林老板逃走的新闻传遍了全镇。债权人中间的恒源庄首先派人到林家铺子里封存底货。他们又搜寻账簿。一本也没有了。问寿生。寿生躺在床上害病。又去逼问林大娘。林大娘的回答是连珠炮似的打呃和眼泪鼻涕。为的她到底是“林大娘”，人们也没有办法。

十一点钟光景，大群的债权人在林家铺子里吵闹得异常厉害。恒源庄和其他的债权人争执怎样分配底货。铺子里虽然淘空，但连“生财”合计，也足够偿还债权者七成，然而谁都只想给自己争得九成或竟至十成。商会长说得舌头都有点僵硬了，却没有结果。

来了两个警察，拿着木棍站在门口吆喝那些看热闹的闲人。

“怎么不让我进去？我有三百块钱的存款呀！我的老本！”

朱三阿太扭着瘪嘴唇和警察争论，巍颤颤地在人堆里挤。她额上的青筋就有小指头儿那么粗。她挤了一会儿，忽然看见张寡妇抱着五岁的孩子在那里哀求另一个警察放她进去。那警察斜着眼睛，假装是调弄那孩子，却偷偷地用手背在张寡妇的乳部揉摸。

“张家嫂呀——”

朱三阿太气喘端地叫了一声，就坐在石阶沿上，用力地扭着她的瘪嘴唇。

张寡妇转过身来，找寻是谁唤她；那警察却用了亵昵的口吻叫道：

“不要性急！再过一会儿就进去！”

听得这句话的闲人都笑起来了。张寡妇装作不懂，含着一泡眼泪，无目的地又走了一步。恰好看见朱三阿太坐在石阶沿上喘气。张寡妇跌撞似的也到了朱三阿太的旁边，也坐在那石阶沿上，忽然就放声大哭。她一边哭，一边喃喃地诉说着：

“阿大的爷呀，你丢下我去了，你知道我是多么苦啊！强盗兵打杀了你，前天是三周年……绝子绝孙的林老板又倒了铺子——我十个指头做出来的百几十块钱，丢在水里了，也没响一声！啊哟！穷人命苦，有钱人心狠——”

看见妈哭，孩子也哭了；张寡妇搂住了孩子，哭的更伤心。

朱三阿太却不哭，努起了一对发红的已经凹陷的眼睛，发疯似的反复说着一句话：

“穷人是一条命，有钱人也是一条命；少了我的钱，我拼老命！”

此时有一个人从铺子里挤出来，正是桥头陈老七。他满脸紫青，一边挤，一边回过头去嚷骂道：

“你们这伙强盗！看你们有好报！天火烧，地火爆，总有一天现在我陈老七眼睛里呀！要吃倒账，就大家吃，分摊到一个边皮儿，也是公平，——”

陈老七正骂得起劲，一眼看见了朱三阿太和张寡妇，就叫着她们的名字说：

“三阿太，张家嫂，你们怎么坐在这里哭！货色，他们分完了！我一张嘴吵不过他们十几张嘴，这班狗强盗不讲理，硬说我们的钱不算账，——”

张寡妇听说，哭得更加苦了。先前那个警察忽然又踅过来，用木棍子拨着张寡妇的肩膀说：

“喂，哭什么？你的养家人早就死了。现在还哭哪一个！”

“狗屁！人家抢了我们的，你这东西也要来调戏女人么？”

陈老七怒冲冲地叫起来，用力将那警察推了一把。那警察睁圆了怪眼睛，扬起棍子就想要打。闲人们都大喊，骂那警察。另一个警察赶快跑来，拉开了陈老七说：

“你在这里吵，也是白吵。我们和你无怨无仇，商会里叫来守门，吃这碗饭，没办法。”

“陈老七，你到党部里去告状吧！”

人堆里有一个声音这么喊。听声音就知道是本街有名的闲汉陆和尚。

“去，去！看他们怎样说。”

许多声音乱叫了。但是那位作调人的警察却冷笑，扳着陈老七的肩膀道：

“我劝你少找点麻烦吧。到那边，中什么用！你还是等候林老板回来和他算账，他倒不好白赖。”

陈老七虎起了脸孔，弄得没有主意了。经不住那些闲人们都撺怂着“去”，他就看着朱三阿太和张寡妇说道：

“去去怎样？那边是天天大叫保护穷人的呀！”

“不错。昨天他们扣住了林老板，也是说防他逃走，穷人的钱没有着落！”

又一个主张去的拉长了声音叫。于是不由自主似的，陈老七他们三个和一群闲人都向党部所在那条路去了。张寡妇一路上还是啼哭，咒骂打杀了她丈夫的强盗兵，咒骂绝子绝孙的林老板，又咒骂那个恶狗似的警察。

快到了目的地时，望见那门前排立着四个警察，都拿着棍子，远远地就吆喝道：

“滚开！不准过来！”

“我们是来告状的，林家铺子倒了，我们存在那里的钱都拿不到——”

陈老七走在最前排，也高声的说。可是从警察背后突然跳出一个黑麻子来，怒声喝打。警察们却还站着，只用嘴威吓。陈老七背后的闲人们大噪起来。黑麻子怒叫道：

“不识好歹的贱狗！我们这里管你们那些事么？再不走，就开枪了！”

他跺着脚喝那四个警察动手打。陈老七是站在最前，已经挨了几棍子。闲人们大乱。朱三阿太老迈，跌倒了。张寡妇慌忙中落掉了鞋子，给人们一冲，也跌在地下，她连滚带爬躲过了许多跳过的和踏上来的脚，站起来跑了一段路，方才觉到她的孩子没有了。看衣襟上时，有几滴血。

“啊哟！我的宝贝！我的心肝！强盗杀了人，玉皇大帝救命呀！”

她带哭带嚷的快跑，头发纷散；待到她跑过那倒闭了的林家铺面时，她已经完全疯了！

一个女性

一

十四岁的一年，琼华从初级中学毕业了。她永远不能忘记行毕业礼那一天；她永远不能忘记她代表毕业同学致答辞时那一片狂热的鼓掌声；并且她也永远不会忘记从此以后就有多少村的俏的青年男子想尽方法要接近她，几个胆大的竟直捷了当写了“请你看我够不够朋友”的信来。

对于这些纠缠，琼华是不知道畏惧，也不觉得厌恶，也无所谓高兴。她只觉得好玩。她的幼稚而天真的心坎中，饱贮着青春的朝露，使她的所见所闻都蒙上一层绯色。她不大相信——竟可以说是不大理会得，世上当真有凶险的人，当真有悲惨的事。自然她也感觉到那些追随在她左右前后的人们是抱有某种热望的，然后她深信他们没有恶意，正像她自己在花丛中追逐一只彩蝶，动机只是爱美而好玩罢了。和她友好的某女伴常常说男子们可恨，说他们像贪婪的苍蝇似的钉住一个女子是为了自私的龌龊的心肠，是把那女子当作玩物；琼华虽然口头上不反驳，心里却不以为然。她觉得这样的存想，是自己心中先有了渣滓。但她也不很满意那和她自己一样有若干男子围绕着的张小姐的态度。尤其使她不满的，是张小姐有一次批评那位憎恨男性的女伴，竟说她是因为没有男子爱，才发此貌似澈悟的议论。爱？怎样才算是爱呢？有男子爱，是值得骄傲的么？难道一个女子必须要个男子来爱么？是不是每一个女子注定了总有一个男子来爱？小了两岁的琼华，对于这些问题是向来不理会的；她只觉得有多少青年男子很小心殷勤很恭顺谦卑地追随她，并不是一件怎样不乐意的事。

如果男子们不是那样的小心恭顺，琼华或者会赞同她的女伴的意见，或者也许会同情于张小姐的态度；那时，她会更像一个现代人——现代的女性，而且会有了现代女性的苦闷和幽怨。但巧而又不巧的是琼华出身于本镇的望族；命注定了该受周围五十里内的青年男子的崇拜。父亲是“民元”的新党，现今退休在家，尚不失为在野的名流。虽然时移势迁，在野之类已经日渐失其重要，但在本地的小环境内还有相当的声望。父亲因为没有儿子，自小即把琼华男装；母亲因为渴望生一个男儿，直到如今也还讳说琼华是女性。琼华自己向来就不大理会是男是女；直到毕业礼那天的鼓掌声把她的少女的灵魂从中世纪式的梦幻里觉醒过来，她这才感到了几分自身的真实，然而新的体认和旧的梦幻随即又渗和了，成为现在的她。

父亲酒后喜欢发议论；那时候，就来了卢骚，福耳特，罗兰夫人，贞德，花木兰，还有秦良玉，——父亲时常口误，说成了左良玉，——这一串人名，便和夏天的急雨似的向琼华脸上直洒。父亲虽然把琼华男装，却又喜欢对她讲中外古今的女英雄；但琼华所醉心的，却是卢骚。“复归于自然”成为她的中心信仰。她觉得男子追随女性是“自然”，女子呢，亲热的而又坦白的和男子周旋，也是“自然”；两者都不足怪。

就是抱了这样的见解和态度，琼华很悠闲地度过了十四五的芳年，一切都是又光明又甜蜜。

二

围绕着琼华的一伙中，有一个比她大两岁的少年；很温恂的人儿，但是很和别的少年合不来。琼华常常看见他涨红了脸，怒目疾顾，像是一匹被追窘了的野兽，正在那里伺隙反噬；而此时四周的五六张恶意的笑嘴里便用了更撩拨的调子齐声高喊着：

“遗产，遗产！哈，遗产兄，遗产先生！”

琼华也时常附和地笑着，虽然不很明白这个诨名的来历，并且她也从没叫过一次“遗产”。可是她又觉得为了一个诨名和人家呕气，“遗产先生”也未免太认真一点儿。有一天，少年们又演这恶把戏，不知是谁说了句很轻薄的话，“遗产先生”忿然跳起来，眼睛里闪着挑战的红光，拳儿捏得紧紧的。嘲笑着的嘴巴都闭紧了，也用了轻蔑和敌视的眼光回答。琼华不能再笑了；在众寡悬殊的形势下，她有些可怜这位被呼为“遗产”的少年了。她直觉到这并不见得十分讨厌的诨名后面，一定有些伤心史，够使一个骄傲自尊的青年心里作痛。

“你们看见过青蛙，小小的青蛙发脾气么？没有？那是值得看看的哪！哈，哈，哈！”

一个姓黄的声音从威胁的沉默中透出来，于是少年们又都哄然笑了。琼华看见那被侮辱者的脸色转成灰白，看见他的眼眶边有些红了，看见他的嘴角微微下垂，但突然又用了惊人的力量缩紧来，眼睛睁得更大些，全面部耀出自克的不屈的光彩来。一种强烈的同情心也在琼华心中发动，她温婉地然而严肃地说：

“不要再开玩笑了罢。倒好像大家故意和张先生为难似的。彦英先生，也希望你不要放在心上。”

这几句话使得张彦英的脸色平静下去了，但当他看见那些少年们的嘴角上仍然挂着冷冷的轻笑，而且没有一个人对他看一眼，说一句抱歉的话，他的血便又往上冒；他很恭敬地对琼华行一个鞠躬礼，凛凛然走了出去，再也不管身后的断断续续的冷笑。

琼华惘然看着这位受伤者的孤独的背影，很替他不平了；她霍地站起来追到张彦英身边，轻轻地说：

“至少我是并没存心嘲笑你，况且我也不知道他们嘲笑的究竟是怎么一回事；张先生，难道你不能多坐一下子？”

“杨小姐，感谢你的好意；我不妨对你谈谈我自己的历史，但是我决意从今天起不愿再见他们那一伙人儿！现在，杨小姐，再会！”

又很恭敬地点一下头，这位傲气的然而伤心的青年便自坚决地走了。

第二天，琼华在家里接受了张彦英的访问。在十多分钟的谈话以后，琼华这才知道“遗产”的诨名无非因为张彦英是“遗腹子”。一些恶意的谣言家更说他是不知什么地方抱来的“弃儿”；这在素重“身家清白”的乡间便仿佛是犯了大罪，人人得而唾骂之。彦英愤慨地结束着说：

“在这里，姨太太，童养媳，都看做良风美俗；丈夫在外边宿娼，妻子在家里偷汉，生了的儿子，因为有名义上的父母，社会便不以为怪；然而我……”

琼华忽然面赪，打断了彦英的话头；她，这位天真的小姐，一向在美幻的仙乡里做梦，何尝想到现实人生真有那样的丑恶。但也因为她是那样的天真，所以倒也并没嗔怒这位也还不过是泛泛之交的张彦英的太失检点的话语。

“然而你——怎样?”琼华垂下眼光，轻声地问。

“我，一个孤儿，即使是不知什么地方抱来的弃儿，也该和私生子有同样的权利罢?然而我，没有。我是到处受侮辱!”

这声音略带些咽，但随即转为高亢，接下去说：

“在小学校的时候，我是早已受到这样的待遇来了；那时我知道我的同学大都是些什么家庭里的人，我看轻他们。我用了比他们的更强烈些的轻蔑支撑着自己。现在是全镇的所谓有教育的优秀分子也来玩小学生的把戏了；我也将用十倍百倍千倍千万倍的对于他们的轻蔑来支撑我自己！他们最愿意见的，大概是我的沮丧而哭泣罢！可是我永远忍住了眼泪，我用忿恨报答!”

“希望他们只是一时的开玩笑。张先生，你看来不是么?”

“我也曾经这么希望着。但是那个何求已经公开地和我说过了。他说——杨小姐，请恕我的话语太率直——他说，老张，你要我们不叫你‘遗产’，就赶快离开我们这圈子，赶快离开了密司杨。”

琼华心里一跳。密司杨?不就是她自己么?这也关连着她么?她寻求意义似的看了张彦英一眼，可是那坦白的面孔告诉她不是撒谎。

“是的，何求是这么说着；黄胖子的话更难听了。我几乎打他一个耳光。他们那卑劣的心肠！威吓对于我是无用的。可是，杨小姐，今天我特来和你告别了。”

琼华不置可否的点一下头，没有说话。另一些事在她脑子里旋转。一个很模糊的观念在那里要求她认识，一个残酷的现实在那里要求她接受。她的少女的心灵第一次感得了所谓烦闷。也是第一次被揭开了来体察现实人生的丑恶。

“我立刻要离开这个地方；不是为了他们的造谣侮辱威胁，却是为了我自己的将来。”

“哦，所以你说是来告别么?”

“是，永久的告别！如果这还算是我的故乡，我将永别这故乡，我永远离开了这里可憎可恨可鄙的一切；我也将永远离开这里仅有的我永远的所敬和所爱！我将悄悄的离开，像一个亡命客。我只让两个人知道，杨小姐，你，和我的妈妈！”

突然彦英的声音又带些咽塞了。他想起母亲十多年来含辛茹苦的生活所指望者，就是他，然而现在她将不再看见她的儿子了；纵使是暂时的分离，对于早衰的母亲也该是难堪的罢。彦英本来还有许多话要对琼华说，但现在有这蓦地闯来的排解不开的悲哀压在心上，他不能再多说了。他看了琼华一眼，默然垂下头去，忍受那最难堪的悲哀的啃啮。

“你到什么地方去呢？难道就永久不回来了么？”

在片刻的沉默后，琼华找出了这一句话。

彦英摇了摇头；但随即站起来慨然说道：

“没有把自己造成为一个人，我是未必回来；但即使回来，那也差不多等于作客，那也该是风景不殊，人物已非罢；那时你们都该已换了新环境罢；我是决意和这个不容我的故乡永别了。但愿这不容我的故乡对于尊贵的人儿能够永远爱护着爱护着！”

行了个严肃的半鞠躬礼，张彦英昂然走了；到门首时，他回头看了送他出来的琼华一眼，轻声地说：

“密司杨，永别了；但愿我所逃避的故乡能够永远永远尊敬你爱护你！”

三

被呼为“遗产”的张彦英虽然已经走了，但“遗产”的声浪还时常在琼华耳边响。围绕着琼华的那一伙人还不肯放弃这他们视为笑谈的材料。

琼华却有些讨厌他们这种太无聊的玩笑。她对于这位被侮辱者，不但有同情，并且也很感激着；在他的告别的谈话中，她学到了人生学校中的一课新书了。虽然她的平静天真的处女心被这课新书所烦扰，然而她愿意，她已经承认学习这样的新书是必要。同时她也不免慨叹：人生原来竟是这样的丑恶么？围绕在她左右的人们竟是这样的鬼蜮可怕么？“复归于自然”只是一句空话么？古来的圣哲叫我们爱人类，但是张彦英却憎恨人类，为的他不能从社会得到公平，这样的见解是合理的么？她都得不到解答。她也曾经问过父亲，不料父亲却笑她傻气，说是像她那样小小的年纪不应该就有这种样的思想。

但无论如何，张彦英关于他自己身世的几句话早已是粘在琼华脑膜上不肯消灭了。她仿佛由这几句短短的话里窥见了社会的矛盾，而且这几句短短的话也启发了她的社会观察的途径。她渐渐感到了家乡的小环境里到处染着不合理和不可解。可是第一次把这骇人听闻的意见出之于口，也还是为了张彦英。

那一次因为少年们又提起"遗产"的话头，琼华便很替张彦英分辩了几句。她并没多说，只引用了那天彦英自己说的话语。可是已经把四五张嘴都撅了起来。他们都是本地的望族，都是特殊阶级，自然不能承认这个意见。然而也因为他们究竟都是"尊重"琼华的，不好发作，只有素来不得琼华喜欢的尖刻的黄胖子似笑非笑地说了这么一句：

"杨小姐，替一个男子辩护，不是可以随随便便的！"

当时琼华并没理会这句话。十多天以后，她听见一些奇怪的流言了；来报告她的，正是那个何求。

"有一些人暗中捣鬼呢！密司杨，光景你自己是不会听到的。我已经把那个造谣的人狠狠地骂了一顿了。我警告他：不许再到你这里。"

何求很卖弄地说；他的圆脸儿上露出十二分讨好的意思。

"是什么谣言呢？我简直毫无头绪。"

琼华迟疑地追问。阴郁骤然掩上了她的心，她仿佛看见翕翕地闪动的鬼蜮的黑影，她不愿看，然而有一种不可说的力又在她心中鼓励她正视这黑影。

"谣言总是谣言，关于密司的谣言又总是那种关于密司的谣言。造谣的人自然是卑鄙的小人，可是密司杨，你以后顶好不要再提到'遗产'，犯不着袒护这个没有根底的小子！"

"张彦英！和他什么相干？"

琼华切进来似的急问。

何求似乎一怔，他睁大了眼睛看着琼华足有半分钟，然后又似笑非笑的把一对眼睛挤成了两条细缝，这衬托在他的塌鼻梁旁边，构成了非常滑稽的形容。他慢吞吞地说：

"谣言就是说到你和'遗产'呢！刚才我不是说过么？关于密司的谣言总是那种关于密司的谣言。密司杨，你大可不必追究；反正造谣的人已经不敢再放半个屁，我惩治的够他受！"

琼华很了然似的微微一笑，也不打算再多问再多说了；她略一颔首，便旋转脚跟要走，可是何求又近前一步很鬼祟地说：

"然而，密司杨，你不可不知道造谣的是谁。像这样不光明的人，是应该认清楚了时时刻刻提防的。你身边的人儿中很有些坏人。"

琼华站住了；第二次感到阴影的压迫。感情上她真是不愿再听，但理智强迫她去认识这些阴影。

"就是那个黄胖子！"何求加足一句。

琼华默然点头，谢何求的好意，但也不让他再说话，就匆匆地走了。虽然她平日对于这个何求颇为淡漠，此时却也感激他；不是感激他所自夸的惩治造谣者，而是感激他也教给她一课新书。

她心头沉重地走回家去，觉得一切事物上的绯色渐渐消褪，不知道什么时候都换上了灰色了。她开始重新考虑那位憎恨男性的女伴的意见，以为也有片面的理由了；她又想到张小姐对付男子的态度，她又比较着追随在身后的三五个少年对于自己的态度，她努力想得一个结论，但终于她迷失在复杂矛盾中。

第二天她闷在家中，一个名叫李芳的少年也来访问了。这一位颀长机警的少年在随便谈了十多分钟以后，到底也转入了"谣言"问题上。他很恳切地说：

"造作那些不利于女士的流言的，黄胖子和何求都有份，不过黄胖子的话更难听。"

他也忠告琼华须得对于这些人留神；但他居然不说张彦英的坏话，他反而称赞他还有志气。

"你看他们造这些谣言是什么用意？"

琼华突然问，看定了李芳的乌溜溜的眼睛。

"啊，这个，这个，谁知道呢。我们不好说他们存什么恶意，可是，密司杨，你看，他们就是这样的无聊，不知轻重的人！"

琼华觉得这句话也还中听。她素来不喜欢专说别人坏话，把别人说成一钱不值的那样的人。而昨天烦扰她的问题至此也像得了个结论：人们即使不是你所想象的那样无邪气，却也不是你所想象的那样阴险鬼祟。

于是绯色的彩霞又在她眼前飘浮。

送走了李芳以后，琼华的心上忽又阴暗起来。何求也造谣！然而他居然先来报告呢！这岂是仅仅的无聊，不知重轻？如果把何求已经先来献过殷勤这件事，也对李芳说了，不知他还有什么批评！人们到底还是那样的阴险鬼祟？她的天真的心灵上并没怀疑到李芳，然而她不能不感到自己四面都是阴森森的恶鬼。

她冥想别人是不是也有同样的感觉。为什么总没听得别人说起过也有那样幽暗的包围？她记起了有一次和张小姐谈到报纸上几个女子的凶悍无行，张小姐便说是男子教坏了女子，原来女子是天真纯洁的；也许当真这话有几分合理罢？难道自己也终于不免被教坏？想到这里，琼华很担心自己，仿佛眼前就有一个大黑坑张开了吞噬的大嘴在等候她跌下去。她忍不住要哭了。

然后她又想起了父亲有一次对她讲起历史上的英雄，曾经很慨叹的说：历史上很少全始全终的英雄，就为的往往半途害于妇人女子之手。

为什么女子的张小姐和男子的父亲会有如此不同的议论？究竟是谁教坏了谁？琼华直觉到还是张小姐的意见对些。她忽然又想到张小姐有一次说她"太少阅历"；什么是"阅历"？许就是她自己近来所谓"学了一课新书"。她觉得应该去找张小姐谈一回了。

在镇外的古微园内，琼华遇到了张小姐。因为还是初秋，这个半公园式的园子里很有些人。张小姐和一个男同伴在豆棚下喝茶；她看见了琼华，就很神秘地一笑，迎上来拉她到较静的角落里问道：

"只你一个人来？"

琼华微笑点着头，同时感到这句话来势突兀。

"有几句正经话告诉你。近来外边说得你很不好听呢！我知道全是谣言，但是你当真替身家不清白的张彦英辩护过么？"

琼华透了一口气，颇有些后悔这一来了，但也不能不答：

"我只说他即使是不知什么地方抱来的孩子，也不应当侮辱他。"

“但是，我的好小姐，人家就造了谣呢!”

“我也知道一些。有人告诉我是黄胖子。”

张小姐摆出很可怜琼华的样子瞟了一眼，但看见琼华只微微一笑，没有作声，就赶快接着说：

“岂止他一个人呢！所有你的男朋友都有份。虽然不好说他们是共同造谣，至少是附和者；我亲耳听得的。”

“李芳也在内?”

琼华直捷地迫切地追问了。

“他也是个附和的人。所以，小妹妹，我常说你得十分留神。你不要太高兴有那些少年们追随你；他们当面恭维你，可是转过背去又在说你的坏话呢!或者他们还要在你面前互相攻讦，讨你的欢喜。可是这个只有你自己知道了。”

琼华忽然纵声笑起来。她感得有一种异样的荒凉的悲哀兜上她心头，如果此时她是在母亲膝前，她一定要放声哭了；但站在这位颇有幸灾乐祸意味的俏媚的张女士前，她只能借狂笑来发泄胸中的悒垒。她本就预备着有许多话要对张小姐说，但现在什么都不愿意说了，现在她只想逃回家去。她骤然感得人类是比想象中的阴险还要阴险些。她分明看见在她身旁憧憧往来的都是些魔鬼，都是在你跟前献媚而转过背去笑你，说不定眼前的张小姐也在内。

“张姊姊，谢谢你的美意。可是你有朋友在那边，请自便罢，我们再会。”

笑定了后，琼华很有礼貌地说，就飘然自去。

她坐在一棵僻静的槐树下沉思。她并不忿忿于别人的欺骗她，是一些更大的问题在她脑海中萦回。对于人类的憎或爱的问题又浮上来了。她先想到人类是应该憎恨的，她决意从此不理那些少年，不理一切人，学张彦英的逃避。但是转念后，又觉得除非逃避到棺材里去，不然，人们还是要来找着你，使你受气。而逃避到棺材里也是她所不愿意，并非为的死是恐怖，却为的死是丑恶。那么，试来热爱人类如何?她又觉得像猪猡一般喜欢在泥淖里打滚，喜欢受了鞭笞然后动的人类，是不配受热爱的。她试想从父亲说过的古圣先哲的理论中找一个解答，她又试想从自己特喜的卢骚的学说里找一个解答，但是都没有。对于这些学说，她本来仅是耳食，零零碎碎的，一知半解的；

在当时随便听听，似乎颇有会心，可是现在细按起来，只觉得空，空，空；她发狠地想道：这些也都是骗人的！

她的头脑发涨了，她终于打算抛弃了这无结果的思索，逃回家去；忽然一条槐蚕冷冰冰的落在她颈际，使她全身一震。像是思想上开了一条缝，她猛记起植物学上所说的虫豸顺应环境的天生的本能来了；一个新感念闪电似的在她脑膜上掠过：

"不憎也不爱，只是本能的生活着罢！即使围绕在我四周的都是魔鬼——也好，我要从这些魔鬼那里学习人生学校中的基本功课。"

四

除了父亲和母亲，琼华将一切人都看作"魔鬼"；她坦然在他们中间周旋，努力学习"魔鬼"的功课。她学习他们的思想方式，他们的言语举止，他们的小巧小智，他们的待人接物的勾心斗角。最初她也感得几分不自在，但十六岁的她是容易改变过来的，所以不久就成了"青出于蓝"。她自己锻炼成怎样在衷心想笑的时候偏偏不笑，而在悲凉凄怆的时候反而狂笑；她学会了怎样在可憎的人前晏然谈笑；她又知道怎样在人们的眉眼中猜测他们的内心的动机，怎样在人们的言语中寻求反面的意义。每天她藏过了她的"真我"，用她的私心鄙夷的"假我"对付人，然而这"假我"却帮助她在社会上高高的升上去，她成了交际的明星，成了一乡的女王！

但在静夜独坐的时候，琼华却只有冷笑。这是藐视的冷笑，也是得意的冷笑，是胜利者的冷笑，也是失败者的冷笑。她想起从前她以纯挚光明待人，然而所得的回答是欺骗，现在她以诈巧阴狠待人，可是人们的回答却是加倍的虔敬和崇拜。这不是正当的生活罢？然而这就是人人所愿意所赞美所奉行的生活；这就是"真实的"人生！

"人类就是这么一种贱货呵！你无须给他美的和香的，你只须给他丑的和臭的！"

在痛快而又悲凉的情绪中，琼华嘴角上堆着的冷笑似乎常常是这么说。

有时她也反省：或许自己太走远了一步？或许时间久了成为性习，无意中形成了自己的精神的堕落？然而她立刻很坚决的自己否认了！她有充分的理由拥护自己的行为，她又找不出自己的行为的动机有一丝一毫的不对；叭儿狗喜欢矢橛，就给它矢橛罢！

但假使琼华也曾有一分钟想到这样不憎不爱的冷酷的生活对于自己究竟有什么意思，那她或者要发生一些新的烦扰；但是对于十六岁的意气愤激的少女，我们还不能希望这个。

父亲偶而也忧虑着琼华的性格的转变。他不怕他的女儿“变坏”，他全权的自信着“他的”女儿是不会变坏的；他只忧愁着琼华的“太早熟”。他自己在十六七时是浑浑噩噩的，所以觉得十六岁的女孩子便那么练达人情世故不是“寿相”。父亲想到这里，往往要抱怨他的夫人为什么舍不得琼华出外读书，以至初中毕业后便登上了本地的交际社会。虽是这么说，老头儿看见琼华成为一个超群拔萃的女王，也未始不感着十分愉快。

琼华是一天一天的往上升。昔时追随她的少年们现在是低低地伏在她脚边了。他们现在十二分虔诚地崇拜她敬畏她，以前黄胖子敢因琼华不大理睬他而怨恨，而甚至于敢借张彦英的事在背后造谣，但现在则黄胖子万万不敢了。他觉得琼华的锐利的眼光能够烛照到他的心，使他不敢起丝毫欺罔的念头，却又觉得这同时又很妩媚的眼光能够熨平他的半分之半的怨意，使他绝对地屈伏绝对地崇拜。琼华已经不再是天真少女的琼华，而是一颦一笑中有生杀予夺之权的一乡的女王！对于天真少女的琼华，少年们敢存“获得”之想——这是个人本位主义的获得；但对于女王的琼华，少年们只能完全伏在地上静候她的“垂青”了。以前少年们在背后私谈，还敢对于她有些不敬的游词，但现在则“琼华”成为神圣的化身，谁敢有半分不敬的意思表露出来，谁就成了众矢之的了。

只有颀长的李芳尚敢一望琼华的项背。这在从前或者要引起多人的嫉妒，因而会造出一些谣诼，但现在则够不上一望项背的少年们只能自叹命运不佳，只能更虔诚地默祷佳运也来到自己头上，即使只是琼华的偶一顾盼也好。

张小姐身后追随的，本来只有第二流以下的少年，现在连这第二流以下的群众也离开了她，把张小姐撇成很孤独了。她只能曲意交好琼华，希望捞回这么一两个，妒恨的意思也是不敢存想。

虽则周围的人们是那样的改变了面目，而在琼华的眼中心中，他们仍是一些魔鬼；不过从前是张牙舞爪攫噬的凶恶的魔鬼，而现在是阴柔乞怜，伺隙诱人的可怜相的魔鬼罢了。她并不希罕这些“魔鬼”的崇拜，但也不拒绝。她也知道这些“魔鬼”少年们对于她的崇拜是为了某种目的，可是她并不惊异，也没喜悦，她还是只有冷笑。

她的十七岁的初度，恰在三月艳阳天。不知道是什么人造意，也不知道是什么人附议，那一天的古微园中忽然齐集了本地的“裙屐少年”，——也还有些豪兴犹在的老辈，为这一乡的女王上寿。父亲和母亲也被他们的卑辞隆礼请了来，被包围在众口的谄谀中。琼华自己呢，自然更是注意的焦点。在桃李的交荫下，有二三老的少的在那里切切私议；议的是什么呢？是对于琼华的颂赞！在圆卵石径畔的小篱侧，在半泓清水的金鱼池边，有人在那里遥望，也为的琼华正从那边姗姗而来。

“三月十七！这个可纪念的日子将永久成为本地历史上的佳节！”

李芳捉空儿对琼华轻轻地这么说。

琼华的回答只是个令人难以捉摸的微笑。她的冷酷的少女心中却像水面微沤似的漾起一个新感触：一生能有几个三月十七！

“我希望明年，后年，大后年，或者是大大后年，将有另是一番风光的三月十七的佳节！”

李芳又轻轻地逗着说；他的机警的黑眼波在酡红的琼华的颊上掠过，是十七岁的少女见了都会迷乱。然而琼华不动心。她用了庄严的然而婉曼的口吻针对着李芳的语意回答：

“也许还有几个三月十七留给我，但都是今天那样的一个；我不要别有一番风光的一个！”

于是她很有礼意地对李芳一颔首，便转过去和另一个少年周旋。

那天晚上回到家里时，母亲对琼华说：

“琼儿，你这么一点小小的年纪，轰动了那许多人来和你做寿，恐怕会折了你的福。

“是他们自己要来；而且先前并没人说起呢。妈，你想，阎罗王自然也明白，未必会就折了我的福。”

琼华倚在母亲肩头艳笑地回答。

“你已经是十七岁了，我们还只有你一个。医生说你的爸爸是酒养着命，可是究竟也伤了身体。琼儿，但愿明年此时我们家里多一个人——你有一个心投意合的官人。”

琼华低了头不响。她并不是害羞，她是又感到了空虚的悲哀，她把脸儿贴在母亲的颈间，忍不住要掉下眼泪来。她心里说：“妈，你宝贝的女儿恐怕要使你失望呢。”她很想把自己的衷曲对母亲诉说，很想这么问：“妈，当你还是少女的时代，是不是也有那么多的魔鬼的？老了的妈大概不知道世界已经变得很坏！”

但终于只抬起头来对母亲微微一笑，一个字也没有说。她决意深藏她的寂寞的悲哀，即使在最亲爱的母亲跟前，现在她还是不愿意说。

五

然而有一个异样的东西现在一天一天的在琼华心中觉醒起来，给她多少的扰乱。

春去了，夏来到人间，原野染遍了绿色；往时琼华最喜欢这一望无际的碧绿的海，但现在却感得了凄惨。她恨蝉噪聒耳，她又嫌莲花红的太可怜。她渴望黄花的秋季。她梦想飒爽的秋气将给她精神上的晶明安谧。可是秋天当真到了时，她又觉得太萧瑟。秋的那种肃杀的气氛，原和她的无憎亦无爱的情调有些相合，但现在她则以为太冷酷了。她暗地惊讶自己的变态，她要搜求这变态的所以然；夏和秋还是去年的夏和秋，本地的小环境还是去年的小环境，一切自然的和社会的都没改变；改变的只是她自己的心情。她渐渐的体察出来，是有一股不可抗的力在她心中作怪，但究竟是什么力，是什么性质的力，她还是不明白。

她的周围也在不知道什么时候有了些改变；几个常日追随她的人儿忽然褪色似的不见了。这本不是怎样值得奇怪的事，她本来不稀罕；可是也不能说竟没有像骤然短少了什么东西似的异感。而况她的自尊心也不免受了些损伤。她本来鄙夷这些人，这些魔鬼，但是受他们的崇拜既成了习惯，便觉得他们的忽然逃亡，是一种不敬的举动了。琼华也知道如此耿耿是没有理由并且不值得，但在感情上终有些放不开。她疑惑自己是变得俚俗了，但又自己分辩着：事情不是这么简单！渐渐的她又辨认出来，这还是那股不可抗的力的作怪。

只有李芳还照旧很殷勤的追随在她左右，琼华也照旧看待他是一个伶俐温和的魔鬼。但是这魔鬼有一天却说出几句震撼着琼华的心灵的话来了。大概是在琼华家的会客室内，正谈着一些相识者的近况的时候，这位李芳突然转换了词锋问道：

"密司杨，你看，不是何求他们近来少见了么?"

琼华看着窗外的零落的黄花，默然点头。

"何求他们真是何求呵!"

李芳歌吟似的接着说。

回过脸来的琼华看了李芳一眼，似乎是等待他的下文。

"曾经听得张小姐批评过一些接近她的男子来。说他们刚和她认识了做朋友，便打算着进一步的要求；至多忍耐着守到三个月，便又望望然去之了——"

琼华很有兴味似的听着，突然微微一笑，紧接上来说：

"这就是说明了你不是那样的人?"

李芳心里一跳。纵使他是十分机警，此时也不能立刻辨出琼华的用意究竟怎样。他很快的对琼华看了一眼——几乎可以说就是瞟了一眼，等待琼华的下文。

没有下文，只有沉默。

"密司杨，有些人喜欢说明自己，我却愿意自己让别人来说明。有些人心里所要的是甲，然而所说所行的却偏偏是乙；也许是故意，但因此又会感到环境的拂逆。极聪明的人往往会做出这些极矛盾的事来。张小姐有许多地方不足取，可是她知道自己心里的要求是什么，毫无掩饰地去寻觅，所以她没有多大的精神上的苦闷。自然她是浅了一些，可是太深湛的人便会有自己也不很明白的难以排解的忧愁。"

李芳像指定着什么，然而又很闪烁地说。

"哦，所以我是那么无忧无虑的；是不是做浅人反倒容易过活些?"

琼华也闪烁地回答；同时又露出一个难以捉摸的微笑。她的心里却忍不住不这么想：呵，这个机警的魔鬼窥见我的心曲了。

"密司杨，你自己知道你这句话的正确意义。并且你自然也知道别人的意见刚刚和你这句话表面的意义相反呢。"

琼华长笑了一声，把话岔开去，再没有机会给李芳拾取那掉落的问题来饶舌了。

晚上是很好的月色。琼华独坐在窗前，白天李芳的话，又在她心里盘旋。她惘然毫无系统地想：自己近来的变态，大概有多少人已经觉得了罢？内心的要求？什么是自己的内心的要求啊！对于人类早已无憎亦无爱，还有什么要求？然而近来心灵上的扰乱？难道这不可抗的动乱着的力，就是潜伏的内心的要求？琼华不得不承认"是"，可是仍然不明白这要求是什么？

月光泻在她身上，便仿佛浸浴在冷泉里一般，使她起了清凉之感。不仅是清凉，还带着些凄怆的味儿来。她望着那一轮满月，思想更飞得远远的。月亮里果真有嫦娥么？科学家说是已死的星球呢！自然是科学家的话合理些，但月亮有那样感人的魔力，或者应该说它有一个仙人的嫦娥更恰当些罢？但嫦娥也太孤独了，高高在上的，只有小小的白兔作伴侣。于是琼华想起了《月明之夜》的歌词。她记得曾经有人说这一篇歌词的意境是从李义山的两句诗"嫦娥应悔偷灵药，碧海青天夜夜心"，脱胎而来。该是不错的罢？即使是高高在上做了神仙，也不能不感到寂寞的悲哀，也不能不想着爱的抚摩罢？爱！这神秘的东西！没有爱的生活，即使是神仙，也不能不感到缺憾！爱，爱，爱啊！但是何处有爱呢？何处是爱呢？

琼华忽然不自觉地掉下两点眼泪来。风是这样的软软，月色是这样的皎洁，夜是这样的静默，然而她，她，她是这样的孤独忧悒！在她的轻轻地颤动的胸脯下，有一颗温暖的心，在这温暖的心里有甘泉似的连珠似的话语要倾泻出来；诉给月亮听罢，月亮是太高了，听不见；诉给风听罢，风儿飕飕地去了；诉给夜听罢，夜板起了沉默的死脸不理睬！只要有一头猫，一头狗，——便是一个虫也好哪，她将拥抱着，诉说她的荒凉之感。然而什么都没有，她只能空虚地拥抱了自己的紧满莹白的胸怀！她看着自己的处女的胸脯，处女的腰肢，突然颞颥部的血管轰轰地跳起来，脸上觉得了烘热。蓦地一句久已遗忘的话从记忆的灰尘中跳出来：一生能有几个三月十七！哦，一生只有一个十七的芳年！

她的神经像通了电流似的敏活起来，但是闪闪地纷乱地没有中心点。她想到了儿时的琐事，想到了学校的毕业礼，想到了此后的一切一切，然后又回转去想到了六七岁时所受的母亲的爱。她猛然发见了一个新秘密：她比较着儿时的母亲和现在的母亲，没有什么分别，但她自己是不同了。她不能仅仅以母亲的爱自足，她还需要一些别的爱。一句母亲的话倏又闯到她眼前：母亲期望她及早有一个心投意合的他！呵，他，他，他是何等样的人呢？在辽远的地方？抑在左右前后的身旁？这个他就能安慰寂寞苦闷么？这个他正在施施然来么？如果他此时像梦幻似的突然出现，她一定得倒在他怀里么？但愿他正在此时出现呀！

琼华睁大了眼，痴望远处的树影。她想：这不就是他么？这总该是他罢！为什么迟疑地不上前来？她惘然机械地想着，看着，突然那树影幻化为颀长的人形，像投射出的一颗石子似的直奔过来。呵，原来是他，李芳，“这个机警的魔鬼！”琼华的下意识拨动了这一句话来，可是意识到的她却对投奔过来的幻影说：“你就是安慰我的凄凉的他么？即使是你啊，我也将接受！”她张开了两臂要去拥抱这幻影，然而什么都没有了，只剩下孤独幽怨的她自己。

琼华颓然伏在窗棂上，忍受那初觉醒的恋爱的磨折。

终于她又较为清醒地反省着：生活没有爱是难堪的罢？但爱的不可分离的伙伴却又是憎呢！为了爱，便是憎亦较为可耐么？人们毕竟不是那样的不能爱而且亦不屑憎么？人们未必竟是魔鬼罢？当真自己是学得太坏，变成了太冷酷么？如果自己不是那样的冷酷，或者人们亦不会像自己所见的那样坏罢？从前学习着如何不憎不爱，结果岂不是止成了憎？现在便该学习着如何去爱么？该去试试爱李芳么？如果他不是怎样的不值得爱！

琼华偷偷地轻轻地在自己手背上印了一个吻，似乎这就是部分的李芳。

但在白昼时，刚毅和冷酷又支配了琼华。她仍是那种俨然的态度，机巧的令人不可捉摸的颦笑，在人们眼前周旋。她第一眼看见李芳时，也觉得心里一动，但“习惯的力”随即将她挺直，她还是以前的她，给李芳以落落难合。虽然在静夜的深闺，她又自悔白昼的言行，她又幽怨地渴望爱的抚慰，可是第二天又在人前时，她仍旧让刚毅和冷酷支使她，毫无挣扎。

“究竟何者是我的真我呢：是晚上的脆弱的渴求爱的安慰的我，抑是白昼的冷酷狷傲的独往独来的我?”

琼华在独自的时候，常常这么问；可是她看来她终于是无法解决这本身的矛盾了。

六

在这矛盾苦闷的心情下，琼华像做梦似的又度过了半个月。“双十”那一天，父亲喝多了酒，独睡在书房里，不知怎的忽然火烧起来。待到琼华他们发觉了时，书房的门窗边都已经冒出黑烟。母亲发痫似的喊着，几次要冲进书房去，都被家下的女仆下死劲拖了回来。琼华用长凳撞开了书房门，从浓烟中钻到父亲榻边，却见父亲的下半身还搁在榻沿，头倒植在地上，面目已经焦黑。琼华惊号了一声，扑在父亲尸身上，便失了知觉。

琼华被救醒来时，看见母亲躺在地上狂吃，看见乱哄哄的不知有多少人在前前后后的跑着嚷着。红光是看不见了，焦臭的气味充满了全空间。虽只烧去了书房，然而父亲已经死了。

父亲的丧事刚完，母亲便病倒在床上。在几天之内，母亲是老了十年。琼华也突然消瘦，脸上的处女红早已消失了。反是她的左上颊受了一点小灼伤，现在有指头般大的一个红疤。并且这太强烈的悲伤的袭击又将她变成了麻木。她每天坐在母亲的病榻旁常是呆呆地瞪视；她不但忘记了笑，并且也忘记了哭。

母亲的病只是不轻不重的缠绵着；她不能一刻离开琼华。然在第一次的冰雪到来时，母亲的病突然转重。经济的压迫也渐渐感得了。亲戚故旧，早已疏远；便是那追随琼华最勤的李芳也有许久时候不见了。琼华的骤然丧失了爱娇，使得这个“有耐心”的少年也终于绝望。

谁曾从丰裕跌落到贫乏，从高贵跌落到式微，那他对于世态炎凉的感觉，大概要加倍的深切罢?琼华想起半年前尚被尊为一乡的“女王”，现在则连普通的女子都不如，到处受人冷淡，受人奚落，似乎正因为从前他们的崇拜太过当，所以现在要来加倍的取偿：想到了这一切，琼华便连忧虑母亲病况的心情也减少，只忿忿的要报复。兀坐在母亲的病榻旁，听着母亲的断断续续的呓语，琼华常常冥想将来如何报复那些无耻不义的人们；她时常想的很远，很兴奋，便恍惚已经回到昔日的尊荣，恍惚她正在大声痛骂那些战栗地俯伏在她脚边的人们。可是现实的镜子突然一动，琼华照见自己已是那样的憔悴可怕，已经失却了颠倒男子的魔力，便又浑身冰冷，低叹了一声，忍不住簌簌地落泪了。

她也时常放开一步想：从前将他们当作魔鬼，现在才知道他们还不配，他们只是些蛆虫；和蛆虫们呕气，真是何苦来呢！于是她悟彻了一切似的心地开朗起来，她想到母亲的病不久总可全愈，想到自己如何在社会上安身立命，想到如何到一个更大更开明的环境里追求高远雄伟的憧憬，“高飞远走去罢，剩这些蛆虫们在粪窖里攘争！”可是她的狷傲的本性也在此时反攻，她觉得就如此轻轻放过，太便宜了那些蛆虫；她宁愿再辱没自己一次，再做一次“粪窖”中的“女王”，给蛆虫们一个严厉的教训，然后丢手。

但无论如何，总须先得母亲病愈。一切希望，一切计划，都得等母亲病愈了，然后有实现的可能。琼华每天去找医生，照例是下列的一串质问：怎么昨天的药吃了也不见效？怎么还是昏迷不醒？怎么只是出冷汗？怎么只是嚷着要搬家？怎么……怎么……怎么？

医生的回答却只是同样的一句：

“杨小姐，尊堂的病，十天八天是不会好的；今天下午我再到府上来诊视，换一种药试试罢。”

在母亲生病期内，琼华家中的来客就只有这位医生。待到过了旧新年，便连这位医生的脚迹也不常见了。长日的医药费的负担，早已感得太重，但也还勉强支持，可是旧年关的债务的掺逼使得琼华不得不克减到这方面了。陈债和新欠，容易地将这一乡的望族推倒。家中的老女仆曾经对琼华这么说：

“许多陈债都不是我们自己的，都是老爷替人家担保受累下来的；老爷在的时候，从没见他们来要过，怎么现在一齐都来追讨了！琼小姐，不要理他们！就是那些新欠也可以说几句好看话，拖延过年关的。”

但是琼华太高傲了，不能接受这个实际主义的忠告。她变卖了产业，应付这些债务；当她将钱票掷在那些满堆着笑容的白痴样的脸前的时候，她便觉得这是对于无耻的蛆虫们施行了千分之几的报复！

“我并没像你们所猜想的那样可怜，颓唐，没落；我永远是高傲的，我永远鄙夷你们！”

缀在琼华嘴角的冷笑似乎这么说；这时为了太兴奋，她的瘦削的脸上突然升起了两片红晕，她的眼睛闪闪地放光，她还是不平凡，还能颠倒众生，还有复仇的资格。

医生不常来，母亲的病反倒渐渐有起色了。琼华的眼前又架起粉红色的希望。春的气息吹入琼华的心坎，她的脸上又回复了迷人的朝霞；她的曾被火伤的左鬓，现在又是乌黑黑地，而在黑发与粉颊间的一粒红疤更增加了几分撩人的妩媚。虽然瘦削了些，可是别有一种清奇的美，复然不同凡俗。

三月十七又曳近来了。母亲已能起床。琼华为的要表示她并未没落，也为的要实现她计划中的报复，便又常常出外。她的再现于社会，就如一个彗星，引起了大众的新的注目。人们像忘记了过去的种种似的渐渐地又围绕在她四周了。可是已经没有尊敬崇拜的意味，只是好奇，只是侮狎。

在琼华呢，也感得了一些异样；旧日的裙屐少年大多数不见了，一半是离开了本地，一半是已有所属，躲在新房里了。现在围绕她的，只是旧日的第二流以下的人物；这“降格”的感念，也很烦恼了琼华，而况复仇的意志又在心中沸腾着，所以她比从前更加高傲，几乎有些近于暴躁了。

一些大不敬的话语也常在人们嘴边响：

“看哪，她还是那么骄傲，咄！”

“这叫做：人苦不自知！她的名流父亲是烧死了，她的家产也完了，她只是个任人播弄的孤女罢了；大家还给她一点面子，她反倒更加狂妄！”

“其实那怪瘦的猴子脸也引不起人们发狂了，真是可笑！”

“她也和她的父亲一样，只靠从前的虚名过日子了；哈，哈！”

“…………”

这些私议，琼华也微有所闻；即使听不到，她也能够在他们的眼光中看出来。她倒并不激怒。她早已看透了他们，她只想得一个机会狠狠地报复一下，便踢开他们。她预计要在三月十七日举行报复。

终于三月十七姗姗地来了。可是没有古微园中的不期而会。琼华在古微园中徜徉，虽然也遇见了几个人，但都只佯笑着向她点头，敷衍了几句，便懒懒地走开。去年的事，好像他们都已忘却。琼华突然认识她是完全失败了。过去的豪华不会再来，因为今年是今年，不是去年了！

七

从古微园中回来，琼华便病了。这是长期的悲伤辛苦愤怒的总爆发。病中高热时的谵语只是一句话："我们搬了家呀，离开这粪窖！"

母亲把仅存的几个现钱都用作琼华的医药费。高热期虽然度过，病褥的缠绵又开始了；医生说，这是"女儿痨"！

母亲听着变了脸色，嘴唇也发抖。琼华却凄惨地一笑。她现在是当真厌倦了这罪恶的世界，她祈望早些死；她劝母亲不必为她的病多花钱，她是无望了。她也常想到自己死后的母亲将更孤独，为了可怜的母亲，她应该求活；可是她想不出一条路给自己勇敢地活着。她没有勇气再在这罪恶的世间孤身奋斗了。

于是久已退隐的恋爱的觉醒又在她的创痛的心中漾动了。如果有一个他呀！只要还有一个他，便一切都不同了罢？然而上帝吝惜这个他！

夏来了又去，新秋的爽气似乎把琼华刺激起几分精神来。她时常倚了枕头望着窗外的秋色，时常起了无数的冥想。她更多地想着过去。最辽远的过去，也被她挖了出来。一幕久已遗忘的故事蓦地再现出来。张彦英的勇毅果决的面孔像魔术里的月亮似的放大起来，塞满了她的房间。呵，这个逃避故乡的少年，近来可安好？他的最后的一句话，此时突然跳出在琼华的心上："密司杨，永别了；但愿不容我的故乡，但愿我所逃避的故乡，能够永远永远地尊敬你爱护你！"真料不到这一句诚挚的祝福到现在却成了凄惨的反讽呀！琼华听得耳管里轰轰然响起来，她又看见天花板在她头顶旋转；然后她又看见张彦英的面相从窗外飞来，从天花板上飞来，从桌上，从她的药碗里飞来，都联成一长串，像颈饰似的挂在她眼前；她又看见这些面相都发出一声轻轻地叹息：“不容我的故乡现在也不容你了呵！我们是同命者，我们曾经相怜，现在让我们相爱罢！”

琼华松了口气，一切幻境，都归消灭。但是她心头却感到一种温暖。她又想起张彦英告别时的另一句话：“我将悄悄的离开，像一个亡命客；我只让两个人知道，杨小姐，你，和我的妈妈！”

这就是恋爱的表示么？他深藏着这个爱？是的，他一定深藏着这个爱到现在！这个奇特的少年在这两年来一定是为了这深藏的爱而奋斗呀！琼华十分自信地想着。她深信这个少年不久将回来，回到她身边。她深信这便是上帝赐给的他。她又深信自己过去的种种似乎都和张彦英直接间接有关。这便是所谓命运罢！

于是希望的火又从冷灰里复燃了；琼华要母亲去探听张家的消息，这才知道张彦英的母亲也在春间出去了，没有人知道他们的下落。琼华不失望。她深信张彦英一定会回来的。不是他曾经说过么：“没有把自己造成一个人，我是未必回来”；现在过了三年了，该已造成了罢？

琼华隐藏她的欢喜在盼望中。她早晨从喜鹊嘴里听取好音，她又在月明之夜暗祷；她看见木芙蓉花开的很早而鼓舞，她又暗伤寒风将吹零了众芳。她觉得大自然的流转就是她自己的命运的节奏，她从每一个鲜明的彩色里看出自己的将到的幸运，她又从每一张树叶的飘落声感得了阴影的袭迫。她从秋盼到冬，从瀼瀼的白露盼到凛凛的严霜，她只是永久的自信的静默的期待着。

终于冰和雪又包围了这大地。琼华的胸中却满贮着炽炭似的热望，熏红了她的双颊，又刺激她不能睡眠。她终夜张开了期待的倦眼，望着神秘的黑暗；她看见一点一点的火星在满房里游荡，黄的绿的飘带在她床里舞蹈；她又听得跫跫然的足音，远远的近来，近来，直到她房门外。“那不是他终于来了么?”她喘息地想，心在胸膛里狂跳。然后她又听得响亮混乱的杂声一时并作，似乎屋顶就在她头上倒塌。

这样的直到天明，她觉得眼睛里像塞进一块炽炭那样的燥涩，舌头僵硬得像一块木片，冷汗湿透了衣服；于是在艰苦的喘息后，她勉强有几分钟的朦胧。

医生悄悄地对母亲下警告。老女仆也时常背过了琼华在母亲面前摇头。但神圣的期待还在琼华心中跳跃。她并没留心到满面阴暗的母亲近来偷偷地忙着的一些事。

那一天突然燠热。琼华从上午起就有些昏谵。她瞪直了眼睛，只反复地说着：“逃避呀……这些蛆虫……这粪窖……我是专等候着你来。”在她的昏眊的眼前，展开了过去生活的全景，都颠倒错乱地闪闪地迸窜。

“琼儿，琼儿，醒一醒呀，妈在你身边。”

母亲抱住了琼华，噙着眼泪，低声唤。

琼华像是清醒了些。她呻吟了一声，慢慢地闭上她的枯涩的眼睛；突然又出惊地睁开来，睁得怪大的。她看见儿时玩弄的一个小洋娃娃很大方地从屋角里闪出来，向左右顾盼，像是一个满腔心事的大人。扎拉，扎拉，那边又跳出一个女形的洋娃娃来；那正是先前出来那一个的配偶。他们携了手，向着琼华慢慢地踱过来。琼华认识他们正是自己儿时常常替他们举行结婚礼的那一对。现在他们慢慢地踱过来，更加近了，更加大了，直到成为两个大人，赫然站在琼华面前。琼华举起微抖的手来，正待招呼这两位，蓦地认出那男的一个却正是张彦英。于是一阵奇突的晕眩便击中了她。

母亲看见琼华的手指向空抓着，眼睛翻了白，忍不住惊喊起来。老女仆也跑进来。她们抱住了琼华叫唤。外面此时正腾起一片寒风，卷出三三两两的雪花来。

雪是无声地飞舞，室中的两个老妇人是哀默地垂泪，琼华还是若断若续地谵呓着。

八

下午，琼华又像是清醒些了；她静些了，时时睁开眼来，她看见室内的人形物件都有一圈淡晕，而且闪闪地摇晃。她听得有一些声音在远远地远远地唤着；她还有想听一听清楚的意识，可是那声音在倏地一曳近的时候，又远远地远远地飘开去了。她又仿佛觉得自己的头发被揪着，唇中被掐着，然后母亲的声音突然像尖针一般刺醒了她：

“琼儿，张先生来看你了，张彦英先生！”

张彦英，他，他么？

琼华的残余的生命力就像闪电似的攒集注射在这三个字上！她的眼前突现了轮廓分明的含愁的面庞，正是期待得那么久的他！而且旁边并没有另一个她！

一个微笑浮上琼华的嘴角。她的苍白的两颊又泛出了红潮。她美妙地再瞬一眼，然后慢慢地阖了眼皮，像春困的少女，软倒在母亲的怀里了。

色　盲

一

突然西方的天空腾起一片红霞，人们都浴在绛气中，似乎他们的素色衣裳也染成了浅绯色。

向晚的飘风，霍霍地吹弄着赵女士的月白色印度绸旗袍；她时时有意无意地用手去按抚，似乎恐怕那好事的晚风竟把钮扣都吹解。大概是站久了有些疲倦，她现在半扭着纤腰，头微向左倾，眼波注在地下；她的黑绒丝似的短发覆到眉尖，她的小嘴唇边绽着笑影：这就有一种幽怨妩媚的香味从她的庄严干练中透露。半晌，她抬起头来，左手掠着纷披的短发，温柔地慢慢地说：

“那些事，比做梦还奇怪；真叫人想不到。——啊哟！蕙芳在那里干什么？”

在她对面的西装少年转过脸去，看见靠近江岸的一株绿杨树上有一团浅紫色的东西在簌簌地动，他不禁急口地扬声叫起来，同时已经移动了脚步：

“密司李，掉下水去可不是玩的！我帮助你下来？”

杨树上传来一阵吃吃的艳笑声，随即是个娇小的人形在绿浪中剖出来，转瞬间已在地上，却又伛在那里不知做些什么，渐劲的晚风吹开了紫色旗袍的下缘，露出蜜色长统丝袜上的浅红色吊带。

“她比我还淘气些，”少年松了口气说，转过身来对赵女士笑了一笑，又拾起对话的端绪，“人生原是个大梦。做梦也是好的，就可惜做梦的时候自己不知道是梦。”

“知道了是梦时，也还做下去呢不做下去？”

赵女士的声音很低，像是对自己说；她用左手轻轻地抚着左鬓角，凝眸遥望黄浦江那一面水天相接处像乱山似的紫色的云堆。

“那不是有点像龟山么，密司赵？”

西装少年追踪赵女士的眼光看过去，转换了谈话的方向。

回答是一个嫣然的微笑，去年今日的往事又像轻烟似的在赵女士脑膜上浮出来了；她很不愿意回想这些往事，她淡然相忘，亦既有半年多了，但今天听了林白霜——那西装少年的许多话，禁不住又回顾了。原来可说是“事不关己”，然而不知怎地，想到那些事情时，总有一种说不明白的烦躁把她压到透不过气来。她疑问地对林白霜看了一眼，似乎想探索这位少年的炯炯的目光已否窥见她的心曲。他们的视线刚成了正接触，赵女士忽然心里一动，脸上泛了红晕，她立刻感得这样的杂念太可笑，正想用话来掩饰，猛然有个毛茸茸的东西碰到她的后颈上，把她吓了一跳。

“蕙芳你——”

赵女士急旋过身去，刚和李蕙芳贴胸地撞个正着。李女士憨笑了一声，侧着身体，左手揽住了赵女士的腰，右手向空一扬，便有个灰色的小东西扑索索地落在林白霜的肩上。

“亏你也曾革过命来！见了小麻雀，也要怕。”

李女士用手指搔着赵女士的面颊，带笑地说。林白霜已经把那可怜的小麻雀抓在手里，一面看，一面随便地问：

“就是那杨树上弄来的么？还不会飞呢？放了它罢？”

没等李女士回答，赵女士便从林白霜手里抢过那小麻雀来，往草地上一丢；那小东西怪样地拍着翅膀，很想就此高飞，然而只飞了两三尺远近，终于掉了下去。赵女士回过头来向李蕙芳睃了一眼，佯嗔地说：

“你才是革命家呢！你会革麻雀的命！蕙芳，再拿革命和我开玩笑，我是不依的呢！什么革命，谁革过命？几时见我革命？”

“不要发牢骚了，好姊姊。”蕙芳扭搭在赵女士臂上，玩皮地说。

“不是牢骚。我又不是下野放洋的伟人，有什么牢骚？”

“筠秋说的很对，”林白霜插进来说，“牢骚不是我们的事，只是愤慨，只是幻灭罢了。刚才我说，近来我感得人生异常虚空，也就是这个意义。我自然相信世上决没有翻天覆地那样的英雄，一般人眼中的英雄实在也不过是人类历史这大机械中的一个轮子罢了，可是我又感得自己的渺小，不但渺小，竟还是人类大机械中的一个不入流者；在现代人生这大机械中，我的地位，连一粒螺丝钉也不如，我只是一粒废铁，偶然落在这大机械中，在无数量的大轮小轴中间被搬动被轧轹罢了。”

林白霜不能自已地说了一大段。他并没留意到倚在赵女士肩头的李蕙芳正在演“双簧”似的摹仿他的说话的姿势。当他说到最后的一个“罢了”，李女士蓦地把右手平举到下巴边，掌心向上，指尖对着林白霜，然后往前一送，夹着笑声喊道：

“罢了。这就是罢了论。”

这引得林白霜和赵筠秋都笑了出来。可是李女士反而收了笑容，学着林白霜的音调，严肃地加了一句：

“罢了，罢了；林白霜是罢了，人家却不肯罢休！”

“那自然是刮地皮的人。”

林白霜轻声说，同时噫了一口气。

“那自然不——但——是刮地皮的人，”李女士又笑了起来，“那自然——还——有——被刮的人，不但不肯罢休，竟还要算账呢。”

林白霜疑问地一笑，没有说话。

“听我哥哥说，这一向，他们付的垫款，少说也有四五千万；他说，这一笔账，一定要算的。他们不能把血汗资本随随便便就奉送了贪官污吏多弄几个姨……”李女士突然缩住话头，偷偷地向赵女士瞥了一眼。赵女士惘然望着一条出口的大轮船，似乎始终没有留意到林白霜他们的谈话。李女士抿嘴笑了一笑，转过口来接着说：“不谈那些算账问题了。我们过去看那条轮船罢。倘使是江安，我的表哥便在船上。”

拉着赵女士的手，李蕙芳就往江岸跑，但轮船已经去远，只有烟囱上的一段黄色尚表示它确是招商局的船。其时烟囱里吐出一簇浓烟来，渐渐的似乎曳长了，拖在半空中，像是一条尾巴。江面也有一条尾巴，那是暗轮叶子激起的白沫，从轮船的屁股里拉出来。赵筠秋惘然看着，猛想起了远隔天南的孤独的母亲，不禁眼眶里有些潮润了。

李女士也浸入了深思中，然而是不同的性质；她的思想翩翩地正在轮船的周围飞翔。她最喜欢那海天空阔的生涯。每次她从家乡到上海来，便怨恨那甬兴轮船走得太快，只给她一夜又半日的海上经验。她忽然自已笑起来。回眸看着静静地站在旁边的林白霜说：

“林先生，你说什么事情顶有趣？我想来便是做一只大轮船的船主！你想想，他，不但，天天在海上，并且，——对不起，林先生，我又学你的调子了；并且，他有许多水手茶房受他的指挥，有许多客人仰仗他的能力，他就好像是一个总司令，一个国王，可不是？在船上，他是唯一的迭克推多[①]!”

说到最后的四个字，她突然拥抱了赵女士，格格地憨笑着。

“嘿！刚才你取笑人家革命，现在不打自招，要做迭克推多了!”

赵筠秋一面说，一面软软地推开了李蕙芳的臂膊；即使拥抱她的人也是个女子，她总觉得有点不自在。

“隔门，”李蕙芳学着赵筠秋的粤腔，便高声的笑起来，“我并没反对过呀！迭克推多，我只要做一只船上的。”

“等你做了船主时，密司李，我来当茶房罢。

林白霜企图把话头岔开。

“如果收女茶房。我也来!”

赵筠秋却又逼进了一句。

这时草间忽然跳出个虾蟆，凸着眼睛对他们三个看。李蕙芳赶快拾起一片碎瓦，正想掷过去，那虾蟆一跳，便不见了，随手将瓦片丢开，她挺直了身体，慢慢地然而严肃地说：

“不要取笑。究竟不是上天成仙。明后年我可以去学航海，再过五六年，我父亲也许要办轮船公司，为什么我就不能做船长？野心，是应该有的。我的哥哥说，三四年前是在商言商，现在呢，政治的后台老板，我们要支配政权。为什么不应该呢？他们有的是钱！我现在只想做一个船主，为什么不应该?”

暂时的沉默。只有风吹弄着两位女士的衣服，霍霍地作响。李女士是三人中间最矮的一个，却是比较的最胖；圆圆的脸儿，小而圆的眼睛，微弯而不大浓的眉毛，猩红的笑口，丰满结实的身体，活泼的举动，虽然不及赵筠秋那样苗条妩媚，但是娇憨天真，似乎有一种特别令人目眩的光芒。现在她俨然地站着，婀娜中间带了刚健，更增加了几分摄人的魔力。

“密司李，佩服你的勇气！四五年以后的事，你那样的有把握!”

林白霜打破了静默。他立刻觉得自己的语气很像是嘲笑李女士的壮志，就急急地加上个申明：

“乐观是好的；这是强者的态度。我时常想摆脱我自己的灰色暗淡的人生

---

① 迭克推多，英语 Dictator 的音译，独裁之意。

观，不幸总是不成功。我看见理想的泡沫一个一个破灭，我像在巨浪中滚着，感觉到一种昏晕的苦闷。我对于将来的希望，就不敢说有把握。但是，密司李，刚才你这番话，确使我兴奋起来了。”

李蕙芳微微一笑，似乎是谦逊，又似乎是得意。忽然先前已经不见的癞虾蟆又在她脚边跳出来，正落在她的脚背上。李蕙芳本能地将腿一扬，那小东西便跌在五尺以外；它似乎很狼狈，却又仍转它的蹒跚的身体来对李蕙芳蹲着。这使得淘气的李女士忍不住不去追赶了。

林白霜目送她的活泼的背影，心里浮出个模糊的观念：“新兴资产阶级的女儿!”于是许多复杂的冥想同时奔凑到他的意识界，他忘记了自己在什么地方。但这个是极暂时的，他立即回到了现实，像梦醒似的忙向周围一瞥，却见赵筠秋的脉脉的眼波正在他脸上回荡。他全心灵一震，不自觉地向赵筠秋走进一步；许多话在他喉头抢着要出来，但不知道让哪一句先出来好。

有几秒钟光景，沉默占据了他们俩。

“林先生，记得你从前的调子不是现在那么样，”终于是赵女士先发言，“自然，从前我们并没有过长谈，可是你在讲台上的议论多么积极多么乐观的。”

“是么?”林白霜迷惘地回答，他的眼前就浮现出一个布制服的赵女士，向他举手敬礼的形象，然而像电光似的一闪，仍旧是温柔明艳的她。

似乎是觉着了林白霜的神情不属，赵筠秋低下眼波去微微一笑。

“因为现在是现在了。”林白霜较安详的接着说，“在巨浪中滚着的徘徊无定的心情，从前何尝没有；只不过被强猛的光线一般的环境所罩，仅能蛰伏在心的深处罢了。不但蛰伏，并且像是已经死了。然而一旦外力既去，它就很明白地显现出来，并且加倍有力，不但有力，并且又掺杂了苦闷颓丧的气味。现在我看见前面只是一片灰黑。自然我知道那灰黑里就有红黄白的色彩，很尖锐地对立着，然而映在我的眼前，只是灰黑。筠秋，最使我痛苦的，就是我这自己不愿意的精神上的色盲!”

“你大概也不看见前面有一线的光明?”

赵女士轻声问；那宛转的音调中充满了同情。

回答是黯然的点头。这是个无可奈何的点头，正好像是有良心的医生不得不直言病人已经无望时候的那个点头。

“所以你说生活是空虚么？你觉得广大的世间竟没有一处比较可喜的地方？”

赵女士再追进一句；她的迫切的语调中似乎带着颤音。这就像一股清泉，沃在林白霜的胀闷悒热的心头。

“应该是有的。”林白霜很鼓舞了，“远在千里，近在目前；”于是忽然一顿，他的眼光在赵女士脸上掠过，下一个模糊的结论：“不可知的是运命。”

赵女士只淡淡地一笑；她转过头去，看见李蕙芳爬在远远的岸石上往水里瞧。暮色渐渐下来了，但尚能辨认出李女士手里拿的是一枝绿杨的柔条。

“李蕙芳的乐观，你觉得不能赞同么？”

赵女士随随便便地问，仍旧脸向着李女士那方，似乎十分有味地在观察，可是一种惴惴然盼切的神情也在她对于林白霜的偷偷一眄中尽情暴露了。然而林白霜全都没有留意到。

“如果能够照她的想望，那也何尝不好。就可惜人事的变幻，难以预料。”

林白霜毫不经意地回答。另一件事在他心上考量：他觉得赵筠秋是故意岔开话头，故意装作滑过了他那一句“近在目前”的意义双关的话。他微微感得了一点空虚。他正想再用别的话来叩询赵女士的心曲，可是李蕙芳跳跃着来了。她的弥满着青春活气的声音从苍茫的暮色中传过来：

“癞虾蟆已经投江。我们也回去罢！”

林白霜和赵筠秋都似乎出惊地回过头去。炮台湾车站上，电灯已经放光；他们来时的汽车就在车站左侧，汽车夫从车窗里伸出头来望着他们，大概等得很不耐烦了。

回去的路上，只有李女士很愉快地说笑。赵女士似乎很倦，林白霜颇有些懊丧的气色，好像做坏了一件什么事。车到了百老汇路，赵女士先下去，她微笑地向车里说：

“林先生，请你送蕙芳回家罢。时间很早，你们还可以去看戏。”

车里的林白霜心上一动，他望着赵筠秋的苗条的背影在一家大商店的玻璃窗前移过，终于隐没入那比较暗些的街角，便好像失去了什么宝贝，非常的怏怏。他低低噫一口气，仰后靠着弹簧的车垫，闭了眼睛。汽车又开动了。在车身往前一曳似的震撼中，林白霜的肩膀碰着了一些温暖柔软的东西，同时有一股醉人的异香钻进了他的鼻孔。似乎这香味压迫着他的肺叶，他用力吸了一下。他忍不住斜过眼去看，恰好和那一对有精神的圆而小的眼睛相接触。李蕙芳正在用心地瞧他！

“密司李常常出来逛么？”

林白霜很不自然地说，企图解除这异样的带些窒息性的沉默。和青年女子独对，而且在一个汽车里，这在他还是第一次，虽然不至于手足无措，确有几分傍徨无主了。然而李蕙芳是扬扬自若。她笑了一笑说：

“林先生学校里的功课不忙么？”

“不忙，一星期三次课，有时一次也没有。”

“听筠秋说，去年你在武汉教书的时候，很忙。”

“那是情形不同。这里是教员多，学生少，并且学生又常常放教员的假。譬如下星期，我的课就放完了。”

李蕙芳笑了。她用右臂支着车门，扭了腰，斜靠在软垫的右角。更亲切地觑着林白霜。车厢顶的电灯放出淡黄色的晕状的光，把他们两个罩在神秘的波动中。

“听说去年武汉的学校里兴行一门恋爱哲学；真有这件事么？”

问这话时，李女士的态度非常严肃，连那常在的笑影也没有了。

“没有的事！”

林白霜急忙地下了个绝对的否认。

暂时都没有话。随后李女士忽然笑起来了，是那样的憨笑，林白霜看见紫色绸下那一对处女的乳峰也在轻轻地颤动。此时汽车转进了一条较僻静的马路，车外是一片灰黑，车厢顶的电灯也入睡似的昏暗起来。林白霜猛觉得毛发直竖。李蕙芳的笑声使他恐怖。他觉得那血红小口里的两排晶莹的牙齿仿佛会吃人，然而这些异样的情绪只有一刹那间的浮现，少女的暖香又将林白霜送进了陶醉的迷云。他的眼光注在李女士的丰满的胸脯上，他自己的脸孔便有些热烘烘了。

“没有么？但是人家都说有，总不至于全没影响。”

李蕙芳笑定了再问。

“的确没有。不信，可以问密司赵。”林白霜镇静地回答，“如果说那时的人有些恋爱狂，却也是事实。”

“听说是不和别人恋爱，便要受攻击；也是真的罢？”

林白霜微微颔首，心里纳罕着；但一转念，便以为这是少年女郎常有的好奇心，并不值得怎样的奇怪。

“筠秋被人家攻击过么?”

李蕙芳笑了一笑又问。

林白霜愕然。他实在不知道赵女士过去生涯的详情，他无从置喙。然而李蕙芳的一双小眼睛是那样的灼灼地瞧住了他，使他不能不含糊地回答：

“那个，并没听人说起过。”

“你们从前不是常常在一处么?”

“常常也不见得。实在那时很少见面谈话。”

林白霜淡淡地回答。他觉得有些窘了。他很想抛开这个怪难以作答的题目。并且他亦稍稍不满于李蕙芳这种好探人阴私的态度。他不让李蕙芳再有发问的时候，紧接着说：

“这半年来，我是十分有闲，去年今日便很不同。那时是紧张兴奋的时代。时局是一天一天在开展，几乎每小时有新的事变出来。各方面都需要更多的人手；是的，更多的精神和活动，去应付那一刻一刻在开展的局面。在这样的热空气中，只嫌太阳跑的太快！密司李，你看现在就不同了。虽然依旧是多事之秋，但空气是不热。我时常感得荒凉，感得虚空寂寞。”

他突然煞住了话头。感情将他带走得太远，他猛觉得心里一阵悲酸。像一个受了委屈的小孩子，他现在的渴望是一双温柔的抚慰的手。他对李蕙芳的圆脸瞥了一眼，便垂下头，低声噫一口气，将左手支住了前额。

“哦，空气不热……现在不同……荒凉，虚空，寂寞。”

李蕙芳低声沉吟着。于是怀疑的冷笑在她嘴角一闪。蓦地她又提高了声音说：

“果然这里是上海，不是武汉，但现在你重新逢到了曾经同在热空气中过活来的同伴，至少也可以医好你的荒凉虚空寂寞罢!”

沉溺在幻灭中的林白霜好像是把头微微点了一下，但没有回答。

汽车夫突然将喇叭捏得怪响，车又转了弯，前面又是灯火辉煌的闹街。林白霜猛抬起头，慌张地四顾，似乎刚从睡梦中醒过来。

“右首的大洋房就是我的家。”

李蕙芳脸上颇有几分和谁呕气的神气，然而还是笑吟吟地说。

二

已经是两星期以后了。林白霜坐在书桌前准备答复一封信。

自来水笔拈在手里，他尽管对着面前的还是空白的信笺出神。他的眉头微微皱锁，他的嘴唇角却浮着笑影。太阳光从东窗进来，被镂空细花的纱窗帘筛成了斑驳的淡黄和灰黑的混合品，落在林白霜的前额，就好像是些神秘的文字。

书桌上杂乱地堆着几本硬面的西文书，和花花绿绿封面的杂志，还有几张请客柬和一些写了几行字的原稿纸。而在这一切之上，高高地踞着，像是女王头上的宝冕的，是秀媚笔迹的一张浅紫色的信笺。

这就是林白霜正要答复的来信。虽然只是短短的一封信，但是林白霜的踌躇深思的神情也就说明了这短短的一张纸却有不很短的背景。

放下了自来水笔，仰起头来松一口气，林白霜的眼光就落在那浅紫色的信笺上。信里的字句，他几乎可以背诵，原也不过是平常酬答的话语，并没有什么难以解决的问题值得那样的煞费推敲，但因这已是第十封信，所以林白霜觉得应该有一个不寻常的深刻的答复。他闭了眼睛，回忆十多天来衔接着往返的九次通讯。从客客气气的“请林先生指教”，到“谈谈自己的感想”，每次表示着深一层的感情上的接近。而况还有两三次晤谈的欢洽。

林白霜微微一笑，嘴角边现出两个酒涡。他拿起自来水笔，在空白的信笺上写了“蕙芳”二字，忽然在他眼前，浮出个颀长细腰的倩影，一副略带幽怨气分显露出胸中的委屈的眉目。林白霜手里的笔，不知不觉就停下来了。一个细小的声音在他的心里响：“她不是更可爱么？而且她的性格不是你所更了解么？”像是回答这隐秘的呼声，林白霜的头点了一下。更可爱，更了解，他不否认。然而近来是和她更疏远这事实，也不能抹煞。他放下笔，站起来，在房里踱着；他搜求那日渐疏远的原因。于是活泼的圆脸，娇憨的笑声，滔滔不绝的大胆的话语，又一齐奔凑到他面前，包围了他；并且恍惚还嗅到了醉人的暖香，最后显现在他幻觉上的，是燕子似的连翩飞来的九封信。

“因为这一个是活泼，容易和你亲热，所以弄成了反倒疏远着那一个么？”

这样的自问着，林白霜忍不住苦笑了。写回信的意思，暂时被搁起来，他忙着比较这两个意中人了。一星期来，他颇为这件事所窘。虽然他热心地和李蕙芳通讯，但是每次写信时，总想到了赵筠秋。最初，不知道根据了什么理由——大概因为是相识已久罢，他认为赵筠秋对他有特殊的感情，所以他用了“友谊何尝不可”的解辩鼓励着自己和李蕙芳通信。但当来信既多且密以后，他就有些迷惑了，他觉得李蕙芳对于他似乎也不是泛泛的。有时想到赵筠秋的竟没有信来，仿佛是对他表示“谢绝”的意思，可是一转念，便又以为这是赵筠秋的孤僻的性格原来如此。她是静默的，她是理性的，她是属于旧时代的蕴藏深情而不肯轻易流露的那一类人物。

“是的，她是封建社会之附庸的官僚阶级的叛逆的女儿！”

林白霜很肯定地对自己说，回到书桌前的椅子里。社会科学的理论在他的脑筋里开始活动了。他想到赵筠秋的家世，一幅官僚家庭的黑暗而冷酷的活动影片便呈现在眼前；他仿佛看见赵筠秋孤立在一些宠妾和悍婢的四面围攻中，常常忍住了眼泪，不肯示弱；他又仿佛看见孤灯独坐的赵筠秋想起了被摈弃在寂寞的家园的母亲，便诅咒她的恶浊的家庭，她的腐化的父亲，诅咒封建社会的一切制度和习惯。

林白霜脸上的肌肉忽然缩紧了，血冲上他的眼，“兴奋”凝成了块，在他胸中奔突；他猛然尖厉地喊起来：

“呵！这就是孤臣孽子所以能够锻炼出坚毅卓拔的气魄来！这就是恶浊腐败的废墟里会爆出革命的火花来！这就是去年的她所以要脱下了绣衣换穿灰布的制服呀！”

现在林白霜的热情完全向着赵筠秋这边了。他坚决地拿起笔来就在那张等候已久的信笺上飕飕地写下去，仍旧给一个不过友谊的酬答。

当他折叠好信笺，纳入封套的时候，李蕙芳的影子又忽然在他心头一闪。但是不相干。他一面写信封，一面更深湛地想：

“自然李蕙芳也不是浅浅者。性格是活泼的，勇气是有的，野心而且乐观；但好像初生之犊不畏虎，因为她是未经艰苦罢了。因为她是新兴资产阶级的女儿。”

这样的论定了她们两个，林白霜随手把写好的信撩在一边，很安闲地向桌上瞥了一眼。他这才注意到两星期来不知不觉已经压积着许多事了。“无非为了忙着恋爱！”他轻轻地自己责备。同时也便起了幸而已告一段落的快感，他敏捷地从桌上的乱纸堆中检出一张未完的文稿，低了头就写。

三

还没有写满一张原稿纸，就有人闯进林白霜的房间；劈头一句话是：

“杨秘书长请客，你不去么?”

林白霜听口音知道是同事的何教官，只把身子略动了一下，手里依然在写。随随便便回答了一句：

“还没到时间罢?”

“时间是快到了罢？我是因为感冒还没有好，本来打算不去的。”

何教官一面说，一面就坐在书桌横头的一个椅子里，随手拿起一本杂志来乱翻；他的猫脸上的一对圆眼睛骨碌骨碌地从杂志上移到书桌，又从书桌上回来。

“那么我也不去了。应该是上星期交卷的一篇文章，到现在还没有做好。”

林白霜说；放下笔，伸了个懒腰。

一个笑容偷上了何教官的脸；只能说是偷笑，因为在他那样猫儿脸的口吻边，正确意义的笑是没有的。他用半只眼睛觑着杂乱的书堆上的那张浅紫色信笺，轻声说：

“所以近来有人说你浪漫了，颓废了。”

林白霜的肩膀一耸，似乎对于这个批评很不屑置辩。但是何教官那猫脸上的嘴角皮又是代替笑似的一皱，接下去说：

“我觉得你近来很消极；是不是？前天我们谈论济南惨案将来的结果，你的议论就是十二分的消极。我们讲到国际政治的推移，你又说你只见一片昏黑，你成了精神上的色盲。老林，究竟你自己是否知道你这苦闷的原因?”

这几句简短的话，是用了强烈的同情的声浪说出来的，所以林白霜感觉得异样的亲切，然而也是更加引起了他的怅惘，近来他听见了许多关于他的批评和疑问，从朋友的口以及朋友的朋友。对于那些说他是落伍，是动摇，是软化一类的厉声斥责，他只用微笑去接受；微笑的用法有多种；他在此等时所用的是带有怜悯意义的一种，他可怜那些厉声责人的勇士们竟用了从前别人骂过他们的话语来骂人，他更可怜他们在不久的将来大概又要用现在骂人的话来恭维自己了。他很知道这一班勇士是在那里购买“将来社会”的彩票，他们自信此项彩票在三年内一定要开彩，所以拼命地想做一个捷足先得的英雄，一旦不如他们所预期时，他们的懊丧软化的丑态便有他们过去的行为可以作证，他们实在只是一些太热中的自私的可怜虫！然而对于同情的质问像何教官的那一番话，林白霜于铭谢之余，便又感得了无穷的怅惘。

他暂时没有回答，两只眼定定地瞧着这位朋友的猫脸。他有一句话在心头回旋，但是不肯说出来，他知道猫脸的热心朋友一定不了解。

“我代你说出来罢。你的苦闷的原因是恋爱!”

猫脸朋友得意地笑着说，眼光向书桌上的浅紫色信笺一掠。

似乎很觉得意外，林白霜的浓眉毛轻轻地动了一动，接着便笑起来了。

“要恋爱便去恋爱；和一个碰到手头的女子恋爱，可以；特地去找一个，也可以，只是不要苦闷，——又何必苦闷呢!”

何教官补足了他的意见，他的猫脸上到底露出很纯正的笑容来了。同时他抡开右手的五个指头很神气地向空间作了个捞捕的姿势，很像已经抓进了一个碰在手边的女子。

“我不能不说你的论断不合实际。”

“谁的实际?”

猫脸朋友紧追进来问。

“自然是我的实际。我承认，我方有事于恋爱，但是并非为了恋爱而苦闷，却是为了苦闷，然后去找恋爱。”

“但是找得了恋爱，又有苦闷?”

猫脸朋友再逼紧一句。

“还是不对。老实说罢，我的苦闷是一种昏晕状态的苦闷。我在时代的巨浪中滚着，我看见四面都是一片灰黑，我辨不出自己的方向；我疲倦了，我不愿意再跟着滚或是被冲激着滚了，我希望休息，我要个躲避的地方，我盼望那浩淼无边的黑涛中涌出个绿色的小岛，让我去休息一下，恋爱就是绿色的小岛。”

这最后的一句，林白霜是用了虔信的口吻说着，那态度是异常的庄严，所以何教官虽然觉得好笑，却也没有笑。然而他忍不住掷过一句半讥诮的话来：

“这是你的恋爱救命论了。”

林白霜的嘴角皮动了一下，似乎表示不能接受这样尖刻的讥讽。

“还不是恋爱救命论么？你说你在时代的巨浪中滚得昏晕了，因此恋爱的绿岛便是你的救命的绿岛！”

何教官用了“力争决议”的态度很高声地说。所以林白霜也不能不抗议了。先前堵在他喉头而未曾说出来的话，现在是再捺不住了：

“猫兄，我们还是回到苦闷的原因这个根本问题罢。我说我看出来是一片灰黑，我并没说因为我悲观，所以只看见灰黑。——慢着，等我说完了你再来驳罢。——我明明知道在这世间，尖锐地对立着一些鲜明的色彩。我能够很没有错误地指出谁是红的，谁是黄的，谁是白的。但是就整个的世间来看时，我就只看见一片灰黑。我自己也不知道是什么原故会有这样的病态。我只能称为自己精神上的色盲。这里就伏着我的苦闷的根源！”

他顿了一下，仰起头来闭了眼；他恍惚觉得自己站在半空中看见那老地球蹒跚地滚着，它的脸上的伤痂分涂了红黄白的色彩，忽然愈滚愈快，一切色彩便混成一片灰黑。林白霜嘘一口气，接着说下去：

“还是一片灰黑，从静的分析的立场看，是完全不同的三种色彩；从动的综合的立场看，就成为一片灰黑。哎！我不知道是怎么的一回事？有时闷极了，也曾这样想过来：什么都好，只不要灰黑。刚才你不是说我很消极的样子么？不是消极，我只想歇一歇。我觉得我的色盲也许是因为谛视人生太久的缘故，正好像对太阳看久了就一定会眼前昏黑。因此我近来只想有什么绿的小岛去躲避一下。我想借此得个暂时的慰安，免得闷急了要自杀。”

林白霜愉快地笑了一笑，走到窗前行了次深呼吸，外边是耀眼的阳光，夹着热蓬蓬的南风。这在正想寻求绿色的清凉的林白霜也似乎难堪，随手把百叶窗关上。房里骤然阴暗了许多，坐在窗前墙角的何教官便化成了白茫茫的一堆。

“就照你的说法，也还是恋爱救命论！”

何教官固执地说，站起来一伸手便将百叶窗推开，又加上一句：

“你有了恋爱，便连光明也不要了么？”

“相反的，有了光明便可以不要恋爱。”

“那简直是醇酒妇人的观念，不是颓废是什么？”

何教官大声说，仍旧回到原来的椅子里。他的猫脸上斗然透出一股“大不以为然”的气味来。他看着林白霜的面孔，等候回答；而在既已得了仅仅一个微笑的答复后，他又郑重地说：

“老林，你的恋爱观都是错误的。你应该接受我的恋爱观：见着要爱就尽管去爱，爱不到的时候就丢开，爱过了不再爱时也就拉倒。恋爱只是这么一回事，既然说不上什么救命，也不是让你躲避着去休息的绿岛。”

林白霜睁大了惊异的眼睛看着这位猫脸朋友的说话像铅块似的一句一句落下来。自然他不能且不愿赞成这样类乎颓废派的见解，但是他亦无法摆脱这些句子投射到他心上的影响；他暂时惘然看着空间，没有回答。

“你大概以为我的议论就是颓废就是浪漫？不是的。这是新写实主义。浪漫主义把恋爱当作神秘的圣殿，颓废主义又以为是消忧遣愁的法宝。这都是错误的，恋爱只是恋爱。犹之乎打球只是打球。”

似乎看到了林白霜心里的非议，何教官又加以说明了；他的神气就很像是一位研究恋爱哲学的专家。

但是这些议论，林白霜只听了一半进去。在他的幻觉的眼前，并排地站着一长一短的两个女子，都用了疑问的眼光对着他看。

“那么你有没有选择？”

林白霜像是刚从梦中醒过来，突然发了这个迷离恍惚的问句。

没有回答。只有何教官的两颗圆眼睛灼灼地瞧着林白霜的脸。

“譬如说，你同时碰着两个可以爱的女子，你怎么办呢？”

林白霜镇静地补足了他的意思。

“自然爱那个更可爱的。”

“如果你觉得一样的可爱呢？如果，譬如说一个是活泼的，热情的，肉感的，知道如何引你去爱她，而又一个是温柔的，理性的，灵感的，知道如何来爱你。那么，你怎样办呢？”

“两个同时都爱！”

林白霜忍不住笑起来了。他又问：

“同时两个都爱却又不可能——”

“那就先爱了一个，然后再爱另一个。”

这是抢着说出来的回答。

林白霜眉毛一挺，异样地笑了一笑；他不料男女关系的最原始的形式到现在又成为新主义新学说了。他觉得这样的事太滑稽。但是何教官的猫脸上却是板板地没有一条皱纹，那种严肃的态度就宛然是在课堂上回答学生的疑问。

忽然房门口传来了一声："报告。"林白霜回过头去，看见当差的拿了一张小纸直挺挺地站在门外。当那张纸递上来时，林白霜瞥了一眼，心里就是一跳。这小小的会客单的"来客姓名"项下写着更小的"赵筠秋"三字，映在此时的林白霜的眼中却比学校的招牌字还要大。

"你有客么？一定是女客！请不要忘了我的恋爱论，再见罢。"

猫脸的何教官说着就走了。林白霜惘然看着手里的会客单，刹那间起了无数杂乱的感想；然后轻轻地笑了一声，赶快穿好衣服，拿了帽子，又把写好给李蕙芳的那封信藏在衣袋里，就向会客室跑。

刚把会客室的门拉开，林白霜陡然变了脸色。抛过一个浅笑来欢迎他的，不是赵筠秋，却是李蕙芳。

"来得不巧罢？我看见你的神气有些异样。"

李蕙芳睃了林白霜一眼，淡淡地说。

"笑话。没有什么事，没有什么事，不过我记得会客单上的名字好像是赵筠秋罢？"

林白霜急口地分辩着，一面用右手在衣袋里掏摸那张会客单。

"她也来看你么？那么，你是走错了会客室了！"

李蕙芳格格地笑着说。她将两手互挽，衬在后颈上，优闲地旋转着身体，然后坐在一张椅子里，眼睛盯住了林白霜，又加一句：

"请不要客气，先去找她一下罢。"

林白霜已经将会客单摸出来；仔细一看，分明写着"赵筠秋"，但是李蕙芳的笔迹。他料到是李蕙芳又在淘气了，微微一笑，就在李蕙芳对面坐下。

"告诉你实话罢。筠秋在月宫饭店等着，我是奉迎你的专使。摩托卡在外边。赶快走罢！"

李蕙芳说得很认真，林白霜也不能不相信，虽然事情是太兀突可怪。他很想先晓得是什么事，但是李蕙芳已经站了起来，催他快走。

在路上，李蕙芳是破例的少说话。她缩在车角里，一对乌溜溜的眼睛闪闪地向四处瞧，很像有了什么大问题在心上。林白霜几次把谈话转到赵筠秋等候在月宫饭店有什么事的问题，都被李蕙芳一个微笑岔开了，林白霜狐疑地看着李蕙芳的圆面孔，红嘴唇，白手膊，忽然想起何教官的高论来，随即又被“在月宫什么事”这疑问吹断了。他想象着赵筠秋一定有什么要紧的事，或许是家庭中出了什么变故；但是为什么又请了李蕙芳做中间人呢？他简直迷乱了，他猜不透。他机械地斜过眼去看李蕙芳。多么鲜艳的服装啊！银红色的旗袍，长仅及膝弯；鹅黄色的丝袜里饱涨着肉红色的肥腿；而在活泼的圆脸上是一顶雪白的上等草帽。哎！红的黄的白的！像有一个轮子在林白霜脑壳里滚动，他的眼睛忽然昏眊了，他看见李蕙芳从腰部折过来，成为一个球，带着三个颜色喘着气。

林白霜举起手来在眼皮上用力揉着，幻象没有了，却见李蕙芳抿着嘴笑。忽然她的身体摇侧过来，一条肥白的手臂就按在林白霜肩头了。一种熟习的香气就灌满了林白霜的头脑。

这个时候，车身突然一震；林白霜惊觉似的望外看，正当车窗外有一对美丽的装玻璃的大门像是往后倒退一般晃了一下，就立住了，李蕙芳已经把车门推开，将她的肥身体往外挤。

林白霜跟着下了车，又跟着上了二楼，跟着进了一间餐室。他向空荡荡的四壁瞥了一眼，轻声地似乎对自己说：

“原来赵筠秋还没来呢！”

“你如果要她来，不妨写个请客条去试试看。”

李蕙芳这一句淡淡的话，将林白霜怔住了。他看着她的面孔，不知道怎样回答才好。他觉得这位娇憨女郎做的事太不可测。

“再对你老实说罢。今天是我请客。本来约筠秋来的，可是她知道有你在，便推托身子不好，无论如何不肯来了。是什么道理，大概你心里明白。——时间已经快十二点，就叫菜罢。”

李蕙芳接着很快地说，就像一阵急雨打在林白霜脸上。

林白霜觉得背脊上冰冷了。他勉强笑了一笑，随随便便向李蕙芳递到他面前的菜单看了一眼，很不自然地说：

“就是公司菜罢。酒是长久不喝了，因为身体不好。”

他很想问为什么有了他在坐，赵筠秋就不肯来；他很想知道是什么地方开罪了赵筠秋；但是再思的结果，便决定不问了。他勉强镇定着，搜索出一些话来和眼前的女主人酬答。

在还算活泼的对话中，把一顿饭吃完。最后是咖啡上来了。

因为喝了两杯香槟，李蕙芳的脸上微现红光，很有劲地谈着她自己家里的事。她又提起要做船长的话儿。她看定了林白霜的面孔说：

“虽然女子也可以做官，我还是只想当船长。文明国的官，只是个傀儡，一举一动都听后台老板的指挥。美国的大总统也不过是几个大银行家的公用傀儡——记得你也说过这样的话。我不喜欢做傀儡，我要做傀儡的牵线人。”

“然而在中国，官还是有无上威权的呢!”

林白霜啜着咖啡，慢慢地加进了一个插句。

“然而在中国，官快要没有无上威权的呢!”

李蕙芳学了林白霜的语调憨笑着说。她仰起了面孔，把后颈枕着坐椅靠背的上端，这就把胸部的曲线拉平了几许，可是两粒钮子一样的东西却在银红色的薄绸底下高了出来。

“你就拿得那么稳?”

林白霜软软地反驳着，很异样地把头一偏；这是他表示温情的抗议时常有的姿势。

“你就那么的拿不稳?”

李蕙芳又学着林白霜的口吻，格格地笑了。突然一个摇晃，身体失了平衡，她的肩膀一歪，便从椅子里磕下来，几乎撞在林白霜身上，同时那一股惹人的香味直钻进林白霜的鼻子，把他的血都冲到了面部。强烈的冲动迷住了他了，他不知不觉伸出手去搀住了李蕙芳的臂膊。李蕙芳一笑，很自然地从林白霜的手掌中滑出那条被握着的小臂来，便在近旁的一张椅子上坐了。

忽然静默起来，两个人都没有话。

林白霜觉得手指上还留着滑腻的感觉，心却渐渐地跳得快了。在初进这间餐室的时候，他对于这位颇有点骄蹇放浪的女郎，尚存着“不敢亲近”的意思，现在却不然了；他完全迷住了，说得确实些，他是完全被抓住了。这一种“被抓住”的感觉，他在游吴淞那天送李蕙芳回家的汽车中曾经有过片刻的经验，以后他们俩接近的时候，亦常常触发，然而每次他都能安然出险；现在则他不能脱逃，无法脱逃，且亦不愿脱逃。

他贪婪地看着李蕙芳的白手臂，丰满的胸脯，猩红的小嘴唇，肥硕的腿。

“你知道筠秋近来的事么?”

李蕙芳似有所感的轻声地打破了粉霞样的沉寂。

林白霜下意识地摇着头，可是心里不禁怦然一动了。

“何必骗我呢?你是一定知道的很明白!”

李蕙芳娇声说。她的眼睛很慢地转动了一下，似乎很不高兴的样子。

“当真完全不知道。两星期来，没有通过信，也没有见过面。”

这样急忙的自白，使得李蕙芳笑起来了。她忽然转了口：

“那么，你还是不闻不问为妙，永远不知道更好!”

林白霜张大了嘴，无从回答。这一句突兀的话将他拔出了迷惘陶醉的云雾，回到清醒的他了。一种富有强烈的粘着性的挂念的心情逼迫他一定要问个水落石出。他毫无瞻顾地钉住了说：

“如果你觉得告诉了我是和赵筠秋无碍，还是请你直说罢!”

李蕙芳似乎很出惊。她对林白霜看了好一刻工夫，方才淡淡地说：

“事体呢，你是一定知道的。不过既然你要听，我就说一遍罢。筠秋的父亲替筠秋定了亲了。是一个军官。当然这有作用，至少也是‘纳交权门’的一种手段。旧官僚想要再上台，简直是无论什么手段都会用出来的!”

“筠秋的意思怎样?”

林白霜睁大了眼睛迫切地追问。

“自然说不上愿意，可是她也没有办法；——你想，有什么办法?”

李蕙芳还是轻描淡写地说。

没有回答。林白霜只吁了一声，眼睛定定地望着空间。他这种干着急的神气，似乎颇使李蕙芳起了不忍之心，虽然同时亦不免微有妒意。她笑了一笑，轻轻地又接着说：

“现在她想用消极抵抗手段。她说是终身不嫁，她已经对她父亲宣言：宁死，终身不嫁，她现在是天天说抱独身主义；她连男朋友都断绝了往来了。难道你完全不知道?”

林白霜再摇了一下头，没有说话。这个突如其来的事件将他压扁了。只有一句话在他心里乱转：“因此她长久不理我么?她因此长久不理我呀!”

“真不料赵筠秋是这样的懦弱!”

李蕙芳慨叹似的说。

“当真没有第二条出路么？她可以——反抗！”

林白霜突然振作起来，但不知道是太激昂的缘故呢抑是为了悲哀，他说这话时的声音却有些颤抖了。

“我也这样说过。但是她不肯听。她说，男人都是靠不住的；如果反抗出来却仍旧是遇人不淑，那就更糟。她不肯落人话柄，受人非笑。男子都靠不住。林先生，你是她的旧交，你总该明白这句话有什么背景罢！”

李蕙芳向林白霜睃了一眼，嘴角边偷上一个疑问的浅笑。

那天游了吴淞回去时在汽车中李蕙芳探询赵筠秋在武汉时有无浪漫历史的往事，倏又浮上林白霜的记忆了，他觉得像有一块冰，塞在胸口，骤然全身的血液都冻结了。

在悲哀的迷惘中，林白霜似乎听得李蕙芳轻轻叹了口气。

“我们走罢。今天我的任务是完了。”

又是一句奇突的话。这也像一支尖针在林白霜的意识上猛刺一下。他慌慌张张抬起头来，看着李蕙芳的面孔，似乎说：“我不懂你这句话。”

李蕙芳笑了一笑，伸手去按壁上的电铃纽，加着说：

“不是么？刚才我对你说，我是奉迎你的专使，我想我向来的作用亦不过是你们中间的一个陪客，免得赵府上的姨太太滥造些谣言来中伤筠秋罢了。但是现在是什么都完了。所以我的任务也是从此完了。”

她又笑了一笑，便从手提袋内取出钱来预备付账。

“只是你自以为是陪客——”

林白霜惴惴不安地吐露出这样的半句话，就被进来的茶房打断了。李蕙芳十分不相信似的对他望了一眼，便转过身去接取茶房手里的账单。

四

傍晚时分，天空密布着浓云，闪电像毒蛇吐舌似的时时划破了长空的阴霾。林白霜呆坐在外滩公园靠浦边的一株榆树下。在他眼前，展布着黄浦的浊浪；在他头上，树叶索索地作声像是鬼爬；在他心里，沸腾着一种不知是什么味儿的感想。

他这样坐着，至少也有半点钟了；但在此时的他，半点钟只等于一刹那。

从今天一天内所遇到的小小的波折，他想到了过去几千年来人类历史的变幻，又想到了将来数十年内大概会发生的变化。他失望，他又看见希望的微光在面前闪耀。

“这一边大概是绝望了。虽然她呼吸过现代的思潮，有些反抗的精神，但是一旦事急，她却仍旧用了古老的旧方法——不嫁。明明有一条路摆在那里，然而又怕出了冷酷的囚笼却坠入龌龊的市场，她怕自己找的那一个也还是不淑，她的无谓的傲气不肯使自己的奋斗反抗的结果回过来又落人讥笑。这结果是只有一动不动的终身不嫁了！”

想到这里，林白霜忽然觉得赵筠秋可恨；恨她的思想不彻底，恨她的心气太高傲，恨她的顾虑太周到，恨她的把世上男子都看成坏人，恨她的屡经风浪只造成了多疑而畏葸的消极的品性。

然而，恨以外，又似乎掺杂些别样气味的情绪。他仿佛跌入一个深黑的土坑，感到了腐朽的窒息样的昏迷。他的心只是愈来愈重地往下沉。他盼望宁可一个天崩地塌的大变动将他活埋在土里。

蓦地一片飙风吹出了悲壮的笳声，闪电就像个大天幕似的往下一落，照得四处通明；跟着就是豁剌剌的一个响雷。粗大的雨点打在树叶子上，错落地可以数得清。林白霜并没动，他只睁大了眼睛向四面扫视。无名的怅惘逃走了，新精神在他的血管里蠢动。

“丢开这边，努力进行那一边罢！这是自然的选择呢！”

他火剌剌地想；于是许多能够提神的好名词，活泼，胆大，乐观，刚毅，便同时涌上来了。树上的雨声现在是愈来愈密了，林白霜的冥想的机械也开足了速力走。他把一切希望，一切快乐，一切幸福，都预许给自己。然而，克勒——他的太走快了的冥想忽然触了礁。今天午餐后和李蕙芳分手时的一件小事揉进了他的乐观的眼睛，使他陡然觉得前途又朦胧了。李蕙芳那句令人不可捉摸的话很刺耳地又在那里响了：

“这就是我做中间人的酬劳罢！”

这一句话是在林白霜将早晨写好而未寄的复信递给李蕙芳并且开销了汽车费的时候从李蕙芳的微笑的嘴唇中吐出来的，所以林白霜不很明白究竟是指复信呢抑是指汽车费；他只觉得这句话就好像是一道壕沟，将他和李蕙芳隔开了。本来想约她再到别处去逛逛的意思，也因此缩住，他一个人在街头踯躅，后来顺步到了外滩公园；他的惘然深思的神情引起了许多人的注目，他不得不从热闹的喷水池边逃避到这株僻静的榆树下。

现在他悲哀地感到两边都无望了。他理想中的“绿色小岛”，虽然曾在黑浪中涌现出来，但一个既已被罡风吹沉，另一个却像“海上三神山”，只是可望而不可及了。

雨，不知在什么时候停止了；闪电尚时一照耀，然而很温和地，像是微笑。在这些间续的探海灯光似的一瞥中，林白霜的迷惘的眼前便呈现了一段渐转淡蓝色的长空和簸荡在波浪上的几个小划子。那边音乐亭中又奏起进行曲来了。喇叭吹出嘹亮的音符一个个飞来撞着林白霜的耳膜。这幽丽的环境的魅力渐渐地将林白霜僵化为无情绪无感想。他本能地接收所有一切的遇目成色入耳成声的印象。他变为看的机械，听的机械了。

一对西洋男女挽臂款步从榆树后转过来。大约是不提防树根上还有人蹲着，那个女的，忽然惊叫起来，倒退了一步。但当认明白不过是一位黄皮肤的青年时，这一对儿相视而笑，很轻蔑地向林白霜瞥了一眼，又款款地去了。林白霜从“禅定”似的情况中跳醒来，全意识接下这个无声的侮辱，便从眉梢热到耳根，一句烂熟的话在他心里响：

“打倒帝国主义！”

于是满腔的愁怨，同时迸发，都集注在这个该诅咒的名词上去了。林白霜猛然跳起来，逃一般地走出了公园；心里想：

“恋爱，恋爱！你只是浮生一日闲中休憩的小岛，不是人生的大目标！小岛，小岛！从今后，我不再费时失业地苦苦找了。如果有碰到手头的，我就抓；待情热过去了时，我就丢罢。一切精神，一切时间，我将用在打倒——”

他踌躇满志地举起眼来四望，看见自己正站在公园外的十字街头。右边是什么外国银行的“冲霄”式的近代建筑，铁的门和铁的窗槅嵌在花岗石的厚壁中，宛然像是中世纪封建诸侯的堡垒。林白霜忿忿地看着这巨灵的怪物，看到它内部的神坛似的金库，mammon[①]高高地坐着，无数的人跪在脚边。突然李蕙芳常说的那一些夸大的话，又闯进林白霜的记忆。他不知不觉点一下头，嘴角的皮放松了。他恍惚又嗅到了迷神的甜香。他又看见代替了mam-

① mammon，财神。

mon 颠倒众生的，却就是李蕙芳。

把牙齿咬着嘴唇，下死劲撩开了这嘲笑自己的杂念，他转过脸去。那边有的是工事中的建筑；一架用汽力的小引擎正在刮刮地叫，烟囱中飞出一队一队的火星，像是些自由而活泼的新理想。林白霜暂时惘然注视着，忽然把头一摇，本能地让开一辆向他身边驶来的汽车，就大踏步直向南京路去。

回到校里后，林白霜感得异常的无聊。他在自己房里团团地转，坐着，踱着，都觉得不好，似乎满房里生着棘刺，逼迫他向外跑。

他走进了何教官的房间，想要用随便乱谈的方法来驱走那无名的僦扰。他颓唐地靠在一张椅子上，看着正在换衣服的何教官问道：

“今晚上要到南京去罢？”

猫脸的朋友点头。他按上了喉间的一个扣子，从书桌上的乱纸堆中捡出一张纸来扔给林白霜，便又弯着腰穿皮靴。

这是一张油印的传单，字迹非常模糊；林白霜随便地瞥了一眼，只看见许多分行写的长短句，很像是新式的白话诗，但每句都冠以二字：“打倒！”

“他妈的，打倒！什么都要打倒，什么也不曾打倒！”

猫脸朋友抬起头来气咻咻地说，脸色很难看。发牢骚是何教官的日常功课，所以林白霜也不以为奇，只应酬着笑了一笑，没有回答。

“五六年前，人家还在花呀月呀做象牙塔里的梦，老子就干革命；到现在，反该他们是天字第一号的革命家了。哼，将来再看，到底谁是投机派！”

这最后的一句，说得声色俱厉，似乎敌人就在眼前。林白霜诧愕地看着他的朋友的猫儿脸，想不出适当的酬答的话语。他同情于何教官的牢骚，可是也觉得这些话从何教官嘴里出来，未免是无的放矢。

“干我屁事？可不是！我就是看不过。自然并没骂到我头上，可是我看不惯那种丑相。人人有出风头的自由，我不反对他们想出风头；但是只想先打倒了长人，好让他们矮子露脸，这就叫旁观者看了心里作呕！老林，你说我这生气该不该？”

何教官慢慢地几乎一字一顿地说。他的眼睛望着林白霜，似乎等候他评判“该不该生气”。

“这也是中国文人祖传的法门。以前童生赴考，不是常有攻讦别人冒籍之类的把戏么？不过现在用的是更冠冕的大帽子罢了。”

林白霜带几分感慨的调子，一面说，一面拿起那张油印的纸片再看了一眼。可是他的心却被一些别的事情绊住。他原是为了纳闷，才来找这位猫脸朋友排解的；他盼望刺激强烈的快语把他心灵上的阴霾驱走，他盼望再听听就像今天上午谈过的那样使人战栗然而又使人异常畅快的关于恋爱的议论。

他看见猫脸朋友没有回话，却匆忙地将一些讲义纳进皮包里，便忍不住轻轻地逗了一句：

“在南京该有什么恋爱行动罢?”

何教官像是吃了一惊；正忙着乱抓纸片的一双手突然停止了。他的圆眼睛的棱光注在林白霜的略带严肃意味的脸上，足有半分钟之久，他才笑了起来回答：

“那是因为有功课，每星期总得去一次的呢!”

顺手抓起一叠纸来翻着，他又接下去说：

“请你不要再说什么恋爱罢！哪里有所谓恋爱，只是游戏。我不讳言，我只是游戏。老林，你将来总会明白，我这句话不是哄你的。”

“我不信竟有和你主张相同的对手。”

“然而你却不能不信竟还有许多和我手段相同的对手。”

林白霜惊讶地喊出一声：“哦。”这是个表示不甚理解而等待解释的音符。

“这就是说：现在还没有为游戏而游戏的对手，但已有为了别的目的而愿意和我游戏的对手。例如娼妓!”

何教官说着哈哈地笑了。

“嫖妓总不能不说是例外。”

林白霜轻声说，一种由习惯而来的嫌恶的情绪，在他心里漾动。

“好，你又要说例外了。但是我刚才也只说‘例如’呢！你应该认这个‘例’字中间包括着许多虽然不是为了游戏而游戏，但在事实上却满足了人们的游戏欲望的女子。只有崇拜恋爱教的信徒才闭了眼睛不肯相信。”

“那不是和你的尊重女子人格的主张相抵触了么?”

何教官将皮包挟在腋下，耸了耸肩膀，拿起帽子来合在头上，很傲慢地回答：

“我不曾说女子人格的升高或降落是关联着那小小方寸之地的禁闭或解放！而况我并没打算强迫别人来和我游戏，正像别人不能强迫我不和她游戏!”

这最后的半句话在林白霜心上印了一个冰冷的痕迹。他怀疑地望着他的朋友的怪面孔，搜索着怎样驳难的话。可是何教官已经走到房门边了。

“那么你总也有求之不得的痛苦?”

跟着也到了房门边，林白霜抢先似的再问。

“如果还有痛苦的话，就不是游戏。因为没有闲工夫闲心情来挨受这些无意义的痛苦，所以才去游戏! 游戏罢! 游戏罢! 游戏万岁!”

何教官高声说，旋转身来对林白霜行了告别的敬礼，便匆忙地走了。剩下林白霜沉浸在复杂的深思中。他恍惚看见一队女子从黑暗的壁角里走出来，拿着各色各样的旗帜，纷乱地摇动，但当愈来愈近时，却又没有了人形，只是彩云似的一个旗阵，而这又化为斑驳的不辨五色的一团，滚滚地向前来，将他整个儿吞进。

“咄!”

林白霜惊喊着，踉跄地跑回自己房间去，一歪身就摔在书桌前的椅子里；上半身伏在桌上，紧紧地抱住了乱堆在桌面的一些国际政治经济的书。

五

第二天早上林白霜睡醒时，太阳光已经在满房里跳舞。夜来失眠，兼又多梦，此时他觉得很昏昏。片断的思想，生根似的在他脑里打滚，更增加了几分沉重的恶味。昨夜也为这些无赖的纠缠不清的感想所苦。用了绝大的努力，自己又百般譬说，再辅以何教官的辛辣尖刻的教义，他仅能在倦极以后朦胧入睡，然而现在，现在，这些不受欢迎的杂念，却又像睡醒了的蚊子似的赶清早又来扰动他的安宁。

他懒懒地举起手来揉着倦眼，似乎要抹去那些铅样的腻烦的感念，同时挣扎着把思想的方向转换过来：

“明明知道已经是徒自烦恼，为什么还不能摆脱? 难道我竟是这样的意志薄弱! 难道平生的学业只是骗人的糟粕，自己曾没分毫的受用么? 事业，事业! 恋爱，恋爱! 我为什么不能采取了猫教官的恋爱观? 为什么既已不将女性视为玩具，却又认她们是神? 为什么不能看待她们是和自己同样的血肉做成的人呀!”

很惭愧似的淡淡一笑，林白霜想起自己站在女性跟前时那种腼腆恭恪的神情了。不敢冒昧，不好意思冒昧：这是他和可爱的女子相对时常常感得的本能上的拘束，现在他体认到大概就是这个“太温雅”使他的恋爱失败。为什么不学何教官的直截了当的手段!

新的刺激，在他的胀热的头脑里开始发酵了。冥想的机械加速度运转，他觉得李蕙芳那边并未完全无望，他应该以革命的手段去一试；他郑重地对自己说：

“事业是事业，恋爱是恋爱；做事业应该有粘住了不放的韧力，做恋爱只该依照猫脸朋友的见解：碰到了女子想爱，就直接地去爱她；爱不到时就此丢开；丢不开，放不下，徒然妨碍了做事业的精神和时间，不如不恋爱!”

他蹶然跳起来，匆忙地穿衣服，心里更匆忙地盘算如何对李蕙芳表示赤裸裸的意见；写一封信呢，还是面谈？他立即决定写一封信去。他要恳切地说明，一向并没将她当作“中间人”或是“附属物”，他必得要求她给一个明了的最后的答复。

这突发的兴奋支持他十多分钟以后坐在桌前拿起笔来正要写信的时候，忽然又瓦解了。一个本能的拘束的尖角又在他的兴奋的网上冒出头来，而且固执地愈涨愈大。不可理解的矜持的心情掣住了他的手腕。他不能写出半个字来。并且他又觉得李蕙芳的太不可捉摸的举动和骄蹇的性格有些可怕。

“那么，她是到底不可爱了，那么，再不要想她，再不要庸人自扰罢!”

林白霜愤怒地命令着自己。但另一个更内在的自己却是十分顽劣地不肯接受。他撩开自来水笔，信纸扯得粉碎，眼望着空间发呆。

他惘惘然向房外走，但刚到了门边时，猛一想起何教官尚在南京，便又懊丧地缩住了脚。他悲哀地感到眼前的愁城是无法逃出，唯一的遣愁的烈酒——何教官，不幸也不在!于是抱了自暴自弃的心情，他将自己掷在床上。

暂时毫无思虑，只有晕眩的苦闷。然而睡意亦慢慢地爬上他的眉眼，湿热的南风拂他的头发，又带来了都市的骚动的气息。

林白霜渐渐安静下来了。烦恼的刺粒都被南风吹平，只剩下一个浑朴的本体，尚硬邦邦地梗在他心中。“为什么我不能像猫兄那样的把恋爱看作仅仅生理方面的动作?”林白霜半意识地敲剥这个谜一样的坚核。他想起了那天何教官侃侃而谈的恋爱上的新写实主义，蓦地一道光在他心灵上闪过。学理发生作用了。他陡然认出来，是有一个更深藏的基本的东西在那里拨动他的恋爱的指针，使他不能够有何教官的观念，虽然已经承认何教官的主张或者是更好些。

他觉得床在他身下摇晃，房里的简单的家具都一起一伏地像在波浪中簸荡。他本能地举起手来揉眼睛。一切复归于静寂了。只是他的心怔忡着，他似乎看见自己的心在胸腔中傍徨摇动，像一个钟摆。而且他又感到，正是这颗心的撞击，使他全身的血液骚扰不宁，使他的神经混乱，使他的眼睛昏眊。

一连串"心的钟摆"赫然挂在空间了。当头最大最显明的一颗还是热腾腾地在发散蒸气。以次渐小渐模糊，终至于最后的不辨动定的一个。

"从什么时候起，我徘徊于两大巨浪之间啊？"

林白霜苦闷地追想。往事的网，纠缠着不快乐的记忆，一切都只有个模糊的印象。然而现在的傍徨不定，他却明显地感得。为什么？他自己不很明白。他知道像他那样的心情，在目前是普遍的现象；他也曾搜求这所以然的原因，他曾经以为这是臬兀迷离的时局所造成，但现在他又觉得不很对了。有一句批评的话曾使他相当地承认："因为你的根性是如此！"但何以会有这样的根性呢？林白霜又陷入于迷惑的深坑。

他奋然从床上跳起来，似乎决心要自求振拔。他在房中踱了几步，心里想："反省虽然不可少，但尽管躲在家里空想，也是不行的罢？"将眼光在书桌上掠了一转，他机械地戴上帽子，就跑出去了。

信步走着，林白霜用郑重的眼光观察街头的纷攘；他想要在重新估定一切中找得了稳定自己的心的法门。

天空没有半点云，也没有风；五月杪的骄阳当头罩着，就像一把火伞。从早晨到现在还没吃过东西，林白霜也不觉得饿。他凸出了眼睛，伸长了颈子，神经质似的踱着，汗粒从额上和颈间慢慢地渗出来。

忽然冲破了街上的喧闹，有隐约的然而雄壮的呜呜的汽笛声，从不远的地方传来。这在全身注意着的林白霜就比霹雳还响些了。他蓦地心跳起来，脸上的肌肉都缩紧了。他本能地仰头四望。只是晴碧的五月天。然而在他的兴奋的心眼前，却耸立着大大小小的许多烟囱，在太阳光中幻成了赭色。林白霜松了一口气，再往前走。他的眼睛里充满了血，他看见街头往来的人都是红喷喷地涨溢着从深处出来的力。他的思想更飞得远远：

“地底下的孽火现在是愈活愈烈，不远的将来就要爆发，就要烧尽了地面的卑污龌龊，就要煎干了那陷人的黑浪的罢！这是历史的必然。看不见这个必然的人，终究要成为落伍者。挣扎着向逆流游泳的人，毕竟要化作灰烬！时代的前进的轮子，是只有愈转愈快地直赴终极，是决不会半途停止的。”

这样想着，林白霜觉得自己胸膛里重甸甸地，似乎那颗心已经转化为铅质，暂时不晃动了。坚决的光，也从他眼中射出来。然而这都是不久长的。当他忽然惊觉似的向左右顾望，发见他自己正站在洋楼对峙的所谓“银行街”的时候，他又像感了疟疾一般打起冷战来了。他觉得银的白光从四面逼过来，将他冰冻。他又看见一切往来的人的脸已经不是红喷喷地而是银的白霜罩满着。人们像影子像鬼似的匆匆忙忙赶着走，仿佛就是冥国。冷酷和阴惨，直浸透了林白霜的躯壳。他转身逃进了一条小巷。

这里湫隘的路旁排列着小杂货铺和小饭店，似乎都是些熟识的和善的面孔和更熟习的景物。它们的微温的黄光使得林白霜感受了几分得救的愉快。现在紧张的网在他心上撒去了，他不自觉地放慢了脚步，像赏鉴什么似的踱着。两三个人站在街旁很闲暇地交换着拖沓而冗长的对话。杂货铺的老板靠在柜台前嗑瓜子，小饭店里的锅子发出睡梦一般的嗤嗤的细声。弛缓的，微温的，半睡的，黄梅节的天气似的！

林白霜拖着两条腿慢慢地走，还不到十分钟，一种腻性的沉闷便又渐渐地堆压在他心头，直使他窒息。一对咬着耳朵细语的人儿，恰好挡在他面前。他带几分恶意的不耐烦地撞过去。那一对人儿分开了，但只向林白霜看了一眼，便又头碰头地继续他们的剌剌不休的私谈。一股无理由的怒气忽然冲到林白霜鼻尖。他很想大喊几声，打破这黄色的沉闷。他突然立定了，抬起左脚来向一条蹀到他脚边的小狗猛力踢了一下，便快步走出那小巷，飞跑着追上一辆电车跳了上去。

电车里是照常的拥挤。林白霜站在车门口往里望，只看见一大堆震动着的红的黄的白的脸。随即又混成杂色的一团，像极大的一方调色板。而这，又飞过来冲击林白霜的脑门，痛的像要炸裂。

卖票人伸过手来的时候，林白霜这才意识到是在电车上。他踌躇了。他要到什么地方去呢？他应该到什么地方去呢？在这车上的人，都有一个目标，只他是没有的！他本能地买了一张票，继续他的悲哀的思索。但在电车又停了时，许多人纷纷下去，他亦惘惘然跟着走到马路上。

是什么路，有什么景象，林白霜完全理会不到，紧箍在他眼眶里的，还是那闪闪地震动的三色。他不知道自己脸上有什么颜色，但是他很憎恶人们瞥向他身上的目光。他只拣人少的地方乱闯。

沿着水门汀的行人道，他急忙地走；他也转了好些弯，越过了一二条街。然后，他看见自己站在一片广场的前面。那正是有名的跑马厅了。

时候是过午一刻光景，太阳的热力正强，风的影踪也没有。林白霜觉得肚子里发空，并且不知道什么时候出来的汗水也已经将他的衬衫湿透。他呆立了一二分钟，便懒懒地跨上一辆人力车。

暂时毫无思虑，他注视着车轮的匀整的转动。路上刚洒过水，车轮在地面印出两道线，随后到了干燥的街道，车轮的印痕便愈曳愈淡，终至于消失。

"我的生活的经历不过如此而已——或许还不及!"

林白霜慨然默念，空虚的悲哀又重压在他的心上了。他觉得，以他那样的藐躬，负起生活的重担，实在是毫无意义的。"我没有个人的利益要追求，而且又没有群众的利益待我去追求，我艰辛地活着，到底是为了什么呢?"他痛心地想，自杀的影子陡然在他脑中一闪。他机械地抬起眼来，向左边看看，又向右边看看。还不是照旧的那些红的白的黄的脸？然而都是何等的志得意满！人人都是饱享着生活的意味。人人都是紧抱着生活的目的，只有他是生活中的放逐者，感不到意味，也没有目的。

"人人是有个人的或群的利益在追求着，虽然他们的面目是怎样的不同!"

林白霜很艳羡似的继续想。骤然他的思想转了个弯，前面展开一条大路来。他觉得应该放一些利益在他的生活的负担中，应该"有所为"而生活。而这"有所为"便该是一个重的垂子，可以镇定心的摇惑不安！

热血升到他头部，他的脸色变红了。

六

这样在精神上武装了，林白霜对于自己的恋爱事件也决定了新的处理方法。他承认从前的想用恋爱来解脱自己思想上的傍徨苦闷，实是一种空想。恋爱只是恋爱，只是两性间肉的快乐。他想来不恋爱很为难，既有事于恋爱，便不能不准备着失恋，然而又不愿有失恋的痛苦，那就只有接收了何教官的恋爱观。

抱着这个决定，他从人力车上跳下来，就跑到自己房里。他准备着看一看恋爱失败的明白的答复。但是当他换去了汗湿的衣服走近书桌前的时候，却看见一封信端端正正插在吸墨纸版的皮套角里。这正是李蕙芳的来信。林白霜镇住了心的微跳，拿起这封问题的信，很快地撕开了。他的目光被吸住在下列的几句话上面：

"……筠秋的事，尚未全然恶化；前言特相戏耳。幸勿介意。有一些功课上的事，还要请教；明天有暇否？……"

林白霜慢慢地将这信笺折叠成为小方块，拈在手指上轻轻地颠着，似乎估量它的轻重；然后藐然一笑，随手撩在字纸簏中，他的沉吟的眼前，浮现出李蕙芳的狡猾的好捉弄人的圆面孔，但是像一股轻烟，刹那间也就消散了。

"不问如何，我行我的决定罢！"

刚把身体移开了书桌，林白霜脑膜上突浮出这样一个感念。他随即拿起一张纸，写了封简短的回信。直截了当问李蕙芳肯不肯和他到杭州去游玩这么十天八天。

于是轻松地呼了一口气，林白霜走到窗前，怡然眺望傍晚的天空。李蕙芳将有怎样的答复，他并没放在心上。他并且已经在盘算如何用同样赤裸裸的态度去向赵筠秋试探。两者的均将失败，他是预料得到的；但也将鼓起勇气来承受那失败，他将没有懊丧，也没有悲哀。

斜阳的光辉将天空的几片灰白云朵都染成了红色。晚风也开始扇动了。林白霜很潇洒地倚在窗栏上，骋目于广大的空间。在落日的辉煌的映照下，他看见一切景物都带着希望的赤色，正和他的兴奋而坚定的情绪很适合。愉快的想象的泡沫，从他全身的血液泛出来，直到把他深浸着。

他轻轻地揉一下眼皮，回过脸来看房里。那边墙上的一幅中国大地图反射出鲜血一般的光彩，将满房的陈设都洒满了绯红的斑点。

"哈，这——即使不过是色盲，但已经和我从前的色盲不同了；况且，一个颜色的色盲总比三个颜色的色盲要好了许多罢！"

林白霜这样想。一个安详的微笑缀上了他的嘴角。

大 泽 乡

算来已经是整整的七天七夜了，这秋季的淋雨还是索索地下着。昨夜起，又添了大风。呼呼地吹得帐幕像要倒坍下来似的震摇。偶而风势稍杀，呜呜地像远处的悲笳；那时候，那时候，被盖住了的猖獗的雨声便又突然抬头，腾腾地宛然是军鼓催人上战场。

中间还夹着一些异样的声浪：是尖锐的，凄厉的，有曲折抑扬，是几个音符组成的人们说话似的声浪。这也是两三天前和大风大雨一同来的，据说是狐狸的哀嗥。

军营早已移到小丘上。九百戍卒算是还能够困一堆干燥的稻草，只这便是那两位终天醉成泥猫的颟顸军官的唯一的韬略。

军官呢，本来也许不是那样颟顸的家伙。纵然说不上身经大小百余战，但是他们的祖若父却是当年铁骑营中的悍将，十个年头的纵横奋战扫荡了韩、赵、魏、楚、燕、齐，给秦王政挣得了统一的天下；他们在母亲肚子里早已听惯了鼙鼓的声音，他们又在戎马仓皇中长大，他们是将门之后，富农世家，披坚执锐作军人是他们的专有权，他们平时带领的部卒和他们一样是富农的子弟，或许竟是同村的儿郎，他们中间有阶级的意识作联络。然而现在，他们却只能带着原是"闾左贫民"的戍卒九百。是向来没有当兵权利的"闾左贫民"，他们富农素所奴视的"闾左贫民"，没有一点共同阶级意识的"部下"！

落在这样生疏的甚至还有些敌意的环境中的他们俩，恰又逢到这样闷损人的秋霖，不知不觉便成为酒糊涂；说是"泥猫"，实在已是耗子们所不怕的"泥猫"。

半夜酒醒，听到那样胡笳似的风鸣，军鼓似的雨声，又感着砭骨似的秋夜的寒冷，这两位富农之子的军官恍惚觉得已在万里平沙的漠北的边疆。闻说他们此去的目的地叫做什么渔阳。渔阳？好一个顺口的名儿！知否是大将军蒙恬统带三十万儿郎到过的地方？三十万雄兵都不曾回来，知否是化作了那边的青磷蔓草哟！

想不得！酒后的愁思，愈抽愈长。官中的命令是八月杪到达防地，即今已是八月向尽，却仅到这大泽乡；而又是淫淫秋雨阻道。误了期么？有军法！

听说昨天从鱼肚子里发见一方素帛，硃书三个字：陈胜王！

陈胜？两屯长之一是叫做陈胜呀。一个长大的汉子，总算是“闾左贫民”中间少有的堂堂仪表。“王”？怎么讲？

突然一切愁思都断了线。两军官脸色变白，在凄暗的灯火下抬起头来，互找着对方的眼光。压倒了呜咽的风声，腾腾的雨闹，从远远的不知何处的高空闯来了尖厉的哀嗥。使你窒息，使你心停止跳跃，使你血液凝冻，是近来每夜有的狐狸叫，然而今番的是魔鬼的狐狸叫，是要撕碎你的心那样的哀嗥。断断续续地，是哭，是诉，是吆喝。分明还辨得出字眼儿的呀。

“说是‘大楚兴’罗？”

“又是‘陈胜王’！”

面面觑着的两军官的僵硬的舌头怯生生地吐出这么几个字。宿酒醒了，陈胜的相貌在两位军官的病酒的红眼睛前闪动。是一张多少有点皱纹的太阳晒得焦黑的贫农的面孔。也是这次新编入伍，看他生得高大，这才拔充了屯长。敢是有几斤蛮力？不懂兵法。

想来陈胜倒不是怎样可怕，可怕的是那雨呀！雨使他们不能赶路，雨使他们给养缺乏；天哪，再是七日七夜的雨，他们九百多人只好饿死了。在饿死的威吓下，光景是什么事都干得出来的罢？

第二天还是淋雨。躲在自己帐里的两位军官简直不敢走动。到处可以碰着怀恨的狞视。营里早就把鱼鳖代替了米粮。虽然是一样的装饱了肚子，但吃得太多的鱼鳖的兵士们好像性格也变成鱼鳖了。没有先前那么温顺，那么沉着。骚动和怨嗟充满了每个营房。

“怎么好？走是走不得，守在这里让水来淹死！”

“整天吃鱼要生病的哪！”

“木柴也没有了。今天烧身子下面垫的稻草，明天烧什么？吃生鱼罢？我们不是水獭。”

“听说到渔阳还有两三千里呢！”

“到了渔阳还不是一个死！”

死！这有力的符咒把各人的眼睛睁大了。该他们死？为什么？是军法。因为不是他们所定的军法所以该他们死哟！便算作没有这该死的军法，到了渔阳，打败了匈奴，毕竟于他们有什么好处？他们自己本来也是被征服的六国的老百姓，祖国给与他们的是连年的战争和徭役，固然说不上什么恩泽，可是他们在祖国内究竟算是“自由市民”，现在想来，却又深悔当年不曾替祖国出力打仗，以至被掳为奴，唤作什么“闾左贫民”，成年价替强秦的那些享有“自由市民”一切权利义务的富农阶级挣家私了。到渔阳去，也还不是捍卫了奴役他们的富农阶级的国家，也还不是替军官那样的富农阶级挣家私，也还不是拼着自己的穷骨头硬教那些向南方发展求活路的匈奴降而为像他们一样的被榨取的“闾左贫民”么？

从来不曾明晰地显现在他们意识中的这些思想，现在却因为阻雨久屯，因为每天只吃得鱼，因为没有了木柴，更因为昨夜的狐狸的怪鸣，便像潮气一般渗透了九百戍卒的心胸。

鱼肚子里素帛上写的字，夜半风声中狐狸的人一样话语的鸣嗥，确也使这九百人觉得诧异。然而仅仅是诧异罢了。没有幻想。奉一个什么人为“王”那样事的味儿，他们早已尝得够了。一切他们的期望是挣断身上的镣索。他们很古怪地确信着挣断这镣索的日子已经到了。不是前年的事么：东郡地方天降一块石头，上面七个字分明是“始皇帝死而地分！”平舒华山之阳，素车白马献璧的神人不是也说“明年祖龙当死”么？当死者，既已死了；“地分”，应验该就在目前罢！

想起自己有地自己耕的快乐，这些现在做了戍卒的“闾左贫民”便觉到只有为了土地的缘故才值得冒险拼命。什么“陈胜王”，他们不关心；如果照例得有一个“王”，那么这“王”一定不应当是从前那样的“王”，一定得首先分给他们土地，让他们自己有地自己耕。

风还是虎虎地吹着，雨还是腾腾地下着。比这风雨更汹涌的，是九百戍卒的鼓噪，现在是一阵紧一阵地送进两位军官的帐幕。

觉得是太不像样，他们两位慢慢地踱出帐幕来，打算试一试他们的“泥猫”的威灵了。

他们摆出照例的巡视营帐的态度来。这两位的不意的露脸居然发生了不意的效果，鼓噪声像退落的潮水似的一点一点低下去了。代替了嘴巴，戍卒们现在是用眼睛。两位军官成了眼光的靶子。可不是表示敬意的什么“注目礼”，而是憎恨的，嘲笑的，“看你怎么办!”本来未始不准备着接受一些什么“要求”，什么“诉说”，或竟是什么“请示进止”，——总之，为了切望减少孤独之感便是“当面顶撞”也可以欢迎他们俩，却只得到了冷淡和更孤独。他们不是两位长官在自己部下的营帐内巡视，他们简直是到了异邦，到了敌营，到了只有闪着可怖的眼光的丘墟中。

是黄河一样的深恨横断了部下的九百人和他们俩！没有一点精神上的联系。九百人有痛苦，有要求，有期望，可是绝对不愿向他们俩声诉。

最后，两位军官站在营外小丘顶巅，装作了望地势。

大泽乡简直成为“大泽”了。白茫茫的水面耸露出几簇茅屋，三两个村夫就在门前支起了鱼网。更有些水柳的垂条，卖弄风骚地吻着水波。刚露出一个白头的芦花若不胜情似的在水面颤抖着。天空是铅色。雨脚有簪子那样粗。好一幅江村烟雨图呵。心神不属地看着的两位军官猛觉得有些异样的味儿兜上心窝来了。是凄凉，也是悲壮！未必全是痴呆的他们俩，从刚才这回的巡视看出自己的地位是在“死线”上，“死”这有力的符咒在他们的灵魂里发动了另一种的力量；他们祖若父血液中的阶级性突然发酵了。他们不能束手困在这荒岛样的小丘上让奴隶们的复仇的洪水来将他们淹死！他们必得试一试最后的挣扎！

“看出来么？不是我们死，便是他们灭亡!”

“先斩两屯长?”

“即无奈何，九百人一齐坑罢!”

先开口的那位军官突然将右臂一挥，用重浊的坚决的声调说了。

“谁给我们掘坑?”

不是异议，却是商量进行手续，声音是凶悍中带沉着。

“这茫茫的一片水便是坑?”

跟着这答语，下意识地对脚下那片大水望了一眼，军官之一得意地微笑了；然而笑影过后，阴森更甚。拿眼睃着他的同伴，发怒似的咬着嘴唇，然后轻声问：

“我们有多少心腹？”

呵，呵，心腹？从来是带惯了子弟兵的这两位，今番却没有一个心腹。战国时代作了秦国的基本武力的富农阶级出身的军人，年来早就不够分配；实在是大将军蒙恬带去的人太多了。甚至像“屯长”那样的下级兵官也不得不用阶级不同的“闾左贫民”里的人了。这事件的危险性现在却提出在这两位可怜的军官面前要求一个解答。

“皇帝不该征发贱奴们来当兵的！”

被问住了拿不出回答来的那位军官恨恨地说，顿然感到祖若父当日的黄金时代已成过去，永远成为过去了。

“何尝不是呵！自从商君变法以来，我们祖宗是世世代代执干戈捍卫社稷的；作军人是光荣的职务，岂容闾左的贱奴们染指！始皇帝宾天后，法度就乱了。叫贱奴们也来执干戈，都是贼臣赵高的主意哪！赵高，他父母也是贱奴！”

“咳，‘倒持太阿，授人以柄；’——这就是！”

因为是在大泽乡的小丘上，这两位军官敢于非议朝政了。然而话一多，勇敢乐观的气分就愈少。风是刮的更大了。总有七分湿的牛皮甲，本来就冰人，此时则竟是彻骨的寒冷。忍着冻默然相对，仰起脸来让凉雨洒去了无赖的悲哀罢！乡关在何处？云山渺远，在那儿西天，该就是咸阳罢？不知咸阳城里此时怎样了呵！羽林军还是前朝百战的儿郎。但是“闾左”贱奴们的洪水太大了，太大了，咸阳城不免终究要变成大泽乡罢！

回到自己帐幕内的两位军官仍和出去时一样地苦闷空虚，嗒然若丧。他们这阶级的将要没落的黑影，顽固地罩在他们脸上。孤立，危殆，一场拼死活的恶斗，已是不成问题的铁案；问题是他们怎样先下手给敌人一个不意的致命伤。

——先斩两屯长？

——还有九百人呢？

——那，权且算作多少有一半人数是可以威胁利诱的罢？

——收缴了兵器，放起一把火罢？

当这样的意念再在两位军官的对射的目光中闪着的时候，帐外突然传来了这么不成体统的嚷闹：

“守在这里是饿死……到了渔阳……误期……也是死……大家干罢，才可以不死……将官么……让他们醉死！”

接着是一阵哄笑，再接着便是嘈嘈杂杂的听不清的话响。

两军官的脸色全变了，嘴唇有些抖颤。交换了又一次的眼色，咬嘴唇，又剔起眉毛，统治阶级的武装者的他们俩全身都涨满了杀气了，然而好像还没有十分决定怎么开始应付，却是陡地一阵夹雨的狂风揭开了帐门，将这两位，太早地并且不意地暴露在嚷闹的群众的眼前了。面对面的斗争再没有拖延缓和的可能！也是被这天公的多事微微一怔的群众们朝着帐内看了。是站着的满脸通红怒眉睁目的两个人。但只是“两个”人！

“军中不许高声！左右！拿下扰乱营房的人！”

拔出剑来的军官大声吆喝，冲着屯长之一叫做吴广的走过来了。

回答是几乎要震坍营帐那样的群众的怒吼声。也有了兵器在手的“贱奴”们今番不复驯顺！像野熊一般跳起来的吴广早抢得军官手里的剑，照准这长官拦腰一挥。剩下的一位被发狂似的部下攒住，歪牵了的嘴巴只泄出半声哼。

地下火爆发了！从营帐到营帐，响应着“贱奴”们挣断铁链的巨声。从乡村到乡村，从郡县到郡县，秦皇帝的全统治区域都感受到这大泽乡的地下火爆发的剧震。即令便是被压迫的贫农要翻身！他们的洪水将冲毁了始皇帝的一切贪官污吏，一切严刑峻法！

风是凯歌，雨是进击的战鼓，弥漫了大泽乡的秋潦是举义的檄文；从乡村到乡村，郡县到郡县，他们九百人将尽了历史的使命，将燃起一切茅屋中郁积已久的忿火！

始皇帝死而地分！

烟　　云

一

凡是公务员，都盼望星期六早早来到。铁路局公务员的陶祖泰却是例外。

天气太好。办公厅窗外一丛盛开的夹竹桃在和风中点头，自然是朝窗里的专等“下班”铃响的公务员们，陶祖泰也在内。温和的天气，笑开了的夹竹桃，都是大公无私的，然而陶祖泰觉得夹竹桃只对他一人点头，而且这点头是嘲笑的意味。

离开“下班”钟点大约二十多分，科长先走了，办公厅里就紧张起来：收拾公文，开了又关了抽屉，穿大褂，找帽子，摸出表来看了一遍又一遍，打电话约朋友，低声（夹着短促的笑音）商量着吃馆子呢还是看电影，——个个人都为“周末”而兴奋，只有陶祖泰惘然坐在那里，为了“周末”而烦恼。

他最后一个踱出了办公厅，心里横着两个念头；怕回家去，然而又不放心家里。这是他近来每逢星期六必有的心绪，他承认自己的能力已经无法解决这个矛盾的心理。

除了星期六，他在同事们中间是最有“家庭幸福”的：夫人年青，相貌着实过得去，性情也是好的，孩子只有一个，五六岁，不淘气。三等科员的收入原好像太少一点儿，可是夫人有一份不算怎么小的“陪嫁”，逢到意外开支，她从不吝啬。因此，除了星期六，这位年青的丈夫是极恋家的，他总是第一个把公文收好，守候“下班”铃响，第一个跑出办公厅，一直线赶回家去。到家以后呢，“左顾孺人，右弄稚子”，他不喜欢汉口的热闹，而汉口的热闹也从不来干涉他。

斜阳照着蜿蜒北去的铁轨，像黄绿夹杂布上的两条银线。他不知怎么走了这和家去相反的路。他还没觉得。眼怔怔望着那铁轨，忽然想起七八年前他有一位同学在铁路轨道上自杀。他用脚尖踢着铁轨旁边的枕木，摇了摇头。

他的中学校的同学，有好几位是企图过自杀的；他们以为自杀是高尚而又勇敢的行为；高尚，因为一个人自己觉得会阻碍了别人（尤其是亲爱者）的幸福时，自杀是最彻底的牺牲；而能作彻底的牺牲者，自然是勇敢的。陶祖泰也抱有这信念。他也曾企图过两次的自杀。第一次在结婚以前，但这一次他事后是颇悔惭的，因为并非为了什么“积极的理想”，只是感到生活无味。结婚以后他又有第二次的“企图”，然而朋友们把他救了转来时，他忽然感激了朋友。他说，他在吞下了安眠药片以后就猛省到他的自杀的动机还是不够高尚，为的他之企图自杀实在是感到能力不够，不能使他所亲爱的人有幸福，他想要“逃避”他的责任。

是这第二次“自我批评”以后，他努力找职业，而且努力学习“和光同尘”的处世哲学。半年前他到汉口的铁路局办事，在他职业纪录中已经是第四次的变化。

他眼怔怔望着那远接天边的发亮的铁轨，他脑子里闪电似的飞过了种种的往事，特别是那第二次的自杀企图；他轻轻地摇着头，便反身沿着铁轨走回去。他愈走愈快了，不多一会儿便和铁轨分手，一直回家去。现在是“不放心家里”的意念压倒了“怕回家去”，——应当说，“责任”的观念压倒了“逃避”的意识。

二

因为走得太急了，陶祖泰到家时心跳气促，开不来口。孩子跳到他身边，抱了他的大腿，唤着“爸爸”，他也顺不过气来应一声，只是用手摩着孩子的头。半晌，他这才挣扎出一句话来：

“妈妈呢?”

孩子还没回答，陶祖泰一眼早看见壁头的衣钩上没有了夫人那件新制的蓝绸披肩，他颓然叹一口气，拉着孩子的手，想要坐下，却又不坐，伛着腰，轻声的，似乎不愿意出口，问道：

“那个——朱……先生，教书的朱先生，来过么?”

孩子仰脸看着他爸爸，一对小眼睛睁得滚圆；爸爸的脸色太难看，爸爸的声音也太怪样，他害怕，他把脸扑在爸爸身上。

陶祖泰拍着孩子的背，放和顺了口音说：

“哎，孩子!”

“爸爸。妈妈，隔壁黄伯伯家里，打牌。”孩子露出脸来，又看着他父亲了。“妈妈说，买一个洋泡泡，给宝宝，等爸爸回来，同去买。”

陶祖泰勉强笑了笑，一声不响，抱起孩子来，就走出去了。

他抱着孩子，就到隔壁黄家。刚走进那阴湿的小院子，就听得“男和女杂”的笑声夹着牌响。他忽然打了一个寒噤，他忽然想道：“随她去罢，——随他们去罢：自家又何苦去受刑罚。”可是他依然朝前走，不知不觉却在两臂上加了劲，惹得怀里的孩子怪不舒服。

狭长的旧式边厢。开亮了电灯，照着四张红喷喷亮油油的面孔。陶祖泰刚挨身进去，第一眼就看见坐在他夫人对面的，正是那位当教员的朱先生。然而第一眼看见陶祖泰进来的，却是那位半个后身对着厢房门的黄太太；她似乎要避开台面上的某种手和手的举动，把脸一别，可就看见了陶祖泰了。她立即招呼道：

“陶先生，你来打几圈罢。陶太太手气不好。”

“哈哈哈，陶先生固然赶来了！哈哈!”是姓朱的声音。陶祖泰觉得刺耳。

“我们刚打完了四圈，祖泰，你来换我罢!”

黄先生说着就站起身来。

“不行，不行；你是赢家!”又是朱先生的大叫大嚷，他那胖脸上的一对猫头鹰眼睛向陶夫人使个眼风。陶夫人有没有“反应”，却因她是背向着厢房门的，陶祖泰看不到。他放下了孩子，就挨到黄先生背后去，一面苦笑着回答。

“我不来，不来；诒年兄不要客气。”

“老朱，”黄诒年微笑说，“那么，你是输家，你歇这么四圈罢?”

“不行，不行；我要翻本！陶太太，你说对不对：不许换人，我们都要翻本!”

陶太太笑了笑，不作声。她随便朝丈夫看了一眼，又随便看了儿子一眼，数着输剩的筹码。儿子跑过来，靠在她身上，她也不去理他。

扳过了座位。朱先生成了陶太太的上家。

孩子得了黄太太给的苹果，早已忘记洋泡泡了。陶祖泰坐在他夫人背后，名为”观场”，其实是在“研究”朱先生的眼风。

三

陶祖泰这一份苦恼的操心，在最近一月来早已成了公开的秘密。黄诒年和黄太太最初发现了这现象时，还说“陶祖泰又发了神经病”。背着陶祖泰的面，然而当着陶太太和朱先生跟前，黄诒年夫妇俩还隐隐约约指着这件事当作笑话。黄太太甚至于还替陶太太抱不平：“陶太太，这是不尊重你的人格，岂有此理！封建思想！”

什么是“人格”，什么是“封建思想”，陶太太不很懂。她读过三年小学，勉强能够看《天宝图》之类的书，自从和陶先生结婚，她也曾依了陶先生的意思看过托尔斯泰，但是一部《复活》从她有了身孕（那是结婚以后第二年的事）那年看起，到现在还没看完；到汉口，是她第一次见大场面，她初来时看见陌生人还要脸红。

然而她爱打牌。坐进了牌局，即使有陌生男人，也就忘记了脸红。何况黄先生是她丈夫的老朋友，而朱先生又是黄先生的朋友；更何况黄太太虽然也不过二十来岁，却好像不是年青人，不是女人，黄先生不在家时，任何男客她都招待，和男客们说说笑笑是常事。

这一些，是陶太太到汉口后看在眼里，而且懂的。所以当黄太太代抱不平时，什么“人格”，什么“封建思想”，陶太太虽然不很懂，可是也曾心里这样想过：“真好笑！可不是，黄先生从来不曾那样极，——恶形恶状。”

她不会向丈夫“提抗议”，可是不知不觉中她和朱先生多说笑些，不知不觉中她每逢星期六非到黄先生家里去打牌不可。

但这是一个月以前呢！现在，陶太太自己不觉得自己有什么不同，也不觉得朱先生有什么不同，可是黄诒年夫妇俩却觉得朱先生已经大大不同，而陶太太也有点换样。现在，黄诒年夫妇俩不敢再拿陶祖泰那种苦恼的“操心”当笑话讲了，他们对于陶祖泰同情。

现在陶太太也更加明白丈夫对自己的用心了，然而她也惯了，不觉得讨厌，也从没愤然叫屈，只“随他去罢”！

她也觉不出朱先生有什么“不妥”。自然，打牌的时候，朱先生常常探出她的“要张”来就放了“铳”。但原是小玩玩，至多是七八块的输赢，要什么紧？因此，有时背着朱先生，黄诒年夫妇俩隐隐约约提到朱先生似乎有点“那个”时，陶太太便认为是朱先生打牌时放了她的缘故。她只觉得姓朱的会凑趣。

现在，刚刚扳到了她坐在朱先生的下首，爱贪小便宜的她便快乐得什么似的。陶祖泰的“苦恼的操心”，她压根儿忘记了。

她和朱先生轮着上下家，这也不是第一次。以前，朱先生第一次用自己的腿去碰碰陶太太的大腿时，陶太太曾经猛吃一惊，但随即她省悟过来，是朱先生提醒她打错了一张牌，她又坦然了，她欢迎这腿碰腿。她等“张”等得心焦时，也常用脚尖去碰朱先生的腿。

这样的“小玩意”，太做惯了，陶太太并不觉得这是“不道德”的，——对于陶祖泰或是黄诒年夫妇。

打牌，或者一半要靠“手气”。下家的“要张”，上家偏偏没有，那也是无可救药的事。一圈牌看看完了，陶太太还是有出无进。她有点焦灼了。朱先生也陪着她发狠。他简直是不想自己和牌了。好好一副牌，乱拆一通。凭这样，陶太太也只“吃进”了两张。黄诒年连连朝朱先生瞅了几眼，手摸着下巴微笑。黄太太更忍不住，故意高声叫道：

“啊哟！朱先生的手真松。陶太太吃饱了！”

“哈哈哈！”朱先生得意地笑着，随手又是一张“万子”。

陶太太又是一吃。陶太太禁不住心头跳了。

“嗨！”黄太太出惊地喊一声，将手里一张牌重重地拍一下，生气似的说，“哼，牌有这样打法！”

陶太太脸红了一下。

黄诒年还是冷幽幽地微笑，却举目望了望陶祖泰，似乎说“你看见么?”

“哈哈哈，”朱先生又怪声笑了起来，“消遣消遣，输赢不大，随便打打算了。——回头到海国春吃饭，我请客！”

陶祖泰什么都看在眼里，听在耳里，尽管他对于麻雀一道不很精明，也心里雪亮了；然而他有什么办法呢？除了坐在一边“受刑罚”？他受不住，然而他又不愿意走。他但愿世界上没有所谓“星期六”，——即使有星期六，学校里也应当禁止教员过江来“逛”。

孩子将那只苹果当作皮球玩。苹果滚到牌桌底下去了，孩子就拉着父亲的衣角。

陶祖泰弯腰去替儿子找“皮球”。他看见那个圆东西自己跑出桌子底下来了，然而也看见一只套着中山装大裤管的腿碰到另一只穿了长统丝袜的脚上。陶祖泰乍见了，心里一怔；但立即以为这是偶然。他有那样的“大量”。他随手去拾那苹果。但也许地板不平，苹果又滚到陶太太坐的椅子底下去了。这时候，陶祖泰猛又看见，而且看得明明白白，一只高跟皮鞋的尖头挑起来，刺到那中山装大裤管上；这确是陶太太的脚！而且高跟皮鞋的尖头忽然被大裤管口的褶叠处带住，摆了几下这才“自由”了。

陶祖泰心头直跳，苹果已经抓在手里，却抬不起身来。他忽然觉得不敢见人，觉得“世界”缩小到容纳他不下。

“哈哈哈！陶太太……”

又是朱先生的怪笑。陶祖泰被笑得浑身都抖了。他没有听得“陶太太”下边是些什么。

然而抖过一阵，他满心满脸都发起烧来了。他挺直了身体，对朱先生瞪大了眼睛，——他的眼光似乎这样说，“我把你这卑劣的……”可是既然人家是“卑劣的”，他就又觉得不屑计较，他回过眼光看自己的夫人，他觉出夫人脸上似乎红潮方退，夫人眼光低垂着，他可怜起“这个女人”来了。

打牌的四个人似乎一心在牌上，谁也没有觉察到陶祖泰的异样。陶祖泰松一口气，可是决不定自己应当怎样办，他的眼睛看着人面孔，他的心却顾着桌子底下人的腿和脚。

那一副牌，陶太太仍旧和不出。黄太太洗牌的时候，能够自在地说笑了。陶祖泰手里还捏着那只苹果。虽然孩子已经忘记了这“皮球”，陶祖泰仍旧叫他过来给了他。同时，他拖一只凳子摆在他夫人和朱先生中间的桌角，他坐下，两腿直伸出去，在桌子下构成了一道“防线”。

他庆幸他这办法谁也没有觉察到。

另一副牌开始了，“战士”们更加紧张。黄太太每发一牌总是重重一拍。陶祖泰的心却在自己腿上。他的两条腿同时受到了两方面来的触碰。起初，他觉得又气又好笑。但随即他又有了办法；不论哪一方面来碰，他都回它一下。

第二个“四圈”结束，陶太太还是输。她赌气不要打了。朱先生并没输多少，就一定要“请客”。

四

夜里十一点钟，陶祖泰和夫人双双回家了。

海国春吃夜饭，是朱先生请客。吃过饭后，陶太太说起上星期竟没看电影，朱先生又要“作东”。陶祖泰再也耐不住了，便是黄诒年夫妇也觉得朱先生那种“派头”太恶劣，一力赞助陶祖泰的主张：各人自掏腰包。

夜里十一点钟，四邻寂静，连灯光也没有。孩子早已睡了，梦中忽又叫着“买洋泡泡”。陶祖泰和陶太太都像不打算睡了，却又都不说话，陶太太歪身靠在床前的方桌上，陶祖泰在屋里来回踱着。这一对儿，似乎各在坚持：看谁先开口，谁先上床。

陶夫人摆出这样的“阵势”来，这还是第一次，陶先生摸不着头绪，一面踱，一面在猜想。

在海国春时，陶夫人是有说有笑的；提议去看电影因而引起谁请客的争执时，陶夫人也不过偶尔扁扁嘴，还是兴致怪好；到了电影院买票的时候，陶夫人抢先去，——不让陶先生给她买，也不买给陶先生，她只自买了一张，然而那时候还带笑说：“各人自会钞，我不客气了！”她还拒绝了朱先生那一贯的“派头”，——抢买一张送她；黄太太倒觉得在买票处当着许多人面前“不能”太给朱先生“下不去”，然而陶太太硬要朱先生退还那多余的一张。

不过一进了场，这位夫人突然不说不笑了，直到看完电影，直到回家以后的现在。

陶祖泰想起了刚走进电影场时谁也没有注意到的小小一幕：朱先生抢步

上前自占了一个座位，立即又摸出手巾来在他自己座位旁边的一个空座上掸了几下，嘴里叫着“陶太太”；可是陶祖泰竟不客气把朱先生特地掸过的位子占了，而且也就把自己横在太太和朱先生的中间了；“哦!”陶祖泰想到这里就在心里对自己说，“难道是为此么？料不到，她……会堕落到这地步呢!”

陶祖泰心抖起来了，手掌心有点冷汗；他站住了，看着歪身靠在方桌前的夫人。

脸埋在臂弯里，看不见；极短的，几乎抵触“新生活”的袖子；露出太多的雪白臂膊；头发烫过，其实不烫也够美了；紧裹在身上的时花旗袍，长统丝袜，高跟皮鞋；——陶祖泰忽然像在梦中，心里咕啜道：“这，哪里是她；这，哪里是半年前的阿娥!”

半年前，这一切的时装跟陶太太没有缘分。

“但是，也像换一身衣服那么容易，她这人，这心，也换过了么?”陶祖泰继续想。

他走近夫人跟前，静静地看着，又静静地想着。

他觉得平日间夫人是好夫人，只除了星期六；但即使是星期六，即使是今天罢，他觉得夫人的行为与其说是“轻狂”，倒不如说是“爱玩耍”，“爱人家凑趣”，——还有是，“斗气撒娇”。

他伸出手去，轻轻地放在夫人肩上。

夫人就像没有觉到。

他轻轻地摇着夫人的肩胛。

夫人抬起头来了，仰脸看着她的丈夫。似乎诧异她丈夫竟还没在睡，然而她自己的眼里满含着睡意，她的脸上满罩着倦态；她实在累了。

陶祖泰忽然觉得夫人只是可怜，太可怜；他呆呆地站着出神似的朝他夫人瞧。

陶夫人的嘴角动了一下，似乎要笑，但又忍住了。

五

陶太太没有笑出来，却低头去看手表。

“噢，不早了！睡罢！”说着，她就站起来。

但是陶祖泰拦住了，要她仍旧坐下。陶祖泰略侧着头，想得很深远似的柔声说：

“阿娥，你记得么——我那一次的自杀？”

陶太太点头，眼睛睁得大些。

“你知道不知道我——为什么想自杀？”

“啊——你不是讲过了么？嗳……”陶太太回答，眼皮垂下，似乎感到这谈话乏味，但也还耐着。

“那么，你还记得我的话么？”陶祖泰的声音仍旧那么温和。

陶太太摇头，——但也许是不愿继续这样乏味的谈话，所以摇头。

“可惜！你忘记了！”陶祖泰的声音稍稍带些激情了。

“阿哟！你这人……睡罢！”

陶太太又站起身来。但是陶祖泰又拦住了她，一面急忙地说：

“那次我自杀，因为觉得自己能力太小，不能使得亲爱的人有幸福；然而后来我知道错了，我知道我的这副担子并没有人来代我挑，没有我的候补人——我的自杀是逃避，是卑怯！以后我就不让这样卑怯的念头再来了，我努力奋斗，要使我所亲爱的人有幸福！”

“哦！”陶太太不大有兴趣似的应着。

“我不是自私的人，”陶祖泰不似刚才那样急忙了，“有比我好，比我能力强的人，我愿意让他。要是我的亲爱的——人，觉得和我一块儿没有——幸福，我也愿意站开，——就是——自杀；然而要是我认为她的眼光有错误时，我的责任依然存在，我如果逃避，便也是卑怯！”

陶太太睁大了眼睛，望住她的丈夫发怔了；丈夫这一番话，她真真地懂得的，就只有两个字：自杀。她不明白她丈夫为什么无事端端又要说自杀。

陶祖泰却认为夫人已经听懂。而且在“执行自我批评”了；他静静地站着，静静地等候着。

看见陶祖泰再没有话了，陶太太以为丈夫的“神经病”业已告一段落，她打了个呵欠，她真倦了，她站起来就脱衣服。

“阿娥，你冷静地想一想，自然明白；你是随时可以自由的，但我希望你好好儿运用你的自由。据我看来，那个人——”

陶祖泰在这里顿住了，他想不定加“那个人”以怎样的“评语”才切当。陶夫人这时已将长衣卸下，坐在床沿上脱丝袜了。她当真倦极，只想睡觉了，就用了最好的可以关住陶祖泰嘴巴的回答：

“明白，什么都明白；明天我再细细告诉你罢！”

说到最后几个字，陶太太已经滚到床里去了，同时吃吃地笑着。

陶祖泰大大地松一口气，也上了床。然而他没有睡意，他想了一会儿，便又唤他的夫人。可是夫人的回答是呼呼的鼾声。陶祖泰轻轻拉着夫人的臂膊，摇了两摇，夫人“哦”了一声，翻个身，就又呼呼地打鼾了。

“怎么就会睡得着？”陶祖泰纳闷地想。

把他刚才自己“说教”时夫人的神态回忆出来再研究，他在黑暗中摇了好几次头。他和夫人睡在一床，然而他们俩精神上像隔一座山，他痛苦地感到孤独。

他轻轻叹一口气，想着：“随她去罢，随他们去罢！”但是姓朱的那付轻佻浮薄卑劣的形态在他眼前闪动，他脸上发烧。他心里坚决地说：“不能！为了她的幸福，我宁可每个星期六受刑罚！为了我还爱她，我一定要尽我的能力保护她！为了那个人太卑劣，我一定要警戒他！”

陶祖泰想着想着，一面用手轻轻抚着他夫人的身体，好像做母亲的抚拍她的孩子。

六

夹竹桃谢了，石榴花开过，枝头已有极小的石榴了，新荷叶像铜子大小浮在水面；这中间，该有多少个“星期六”呵！而每个“星期六”，良善的陶祖泰先生挨着怎样的“刑罚”呵！

黄诒年夫妇知道陶祖泰在挨受“刑罚”；甚至于陶祖泰在牌桌底下布置“防线”（即使陶太太和朱先生是“对家”的时候，陶祖泰也要布置“防线”了），也被黄诒年夫妇晓得；黄诒年以为做丈夫做到这个地步，太可怜，黄太太却觉得陶祖泰“思想太不开放”。“女人的爱情发生了变化时，应该任其自然。”——黄太太屡次这样说。

“可是老陶经济上还得太太补贴补贴呢！”黄诒年这样回答自己的太太，便觉得陶祖泰的办法也只有“严加防范”。

没有人知道陶祖泰的“高尚的理想”和“伟大的责任观念”，即使有人知道了，也不会理解。

陶祖泰没有朋友可以商量，只好寂寞地负起他的“十字架”。他忍着痛苦，偷偷地侦伺夫人的举动，要看明白夫人的“心”到底变化得怎样了。即使不是“星期六”，他也定不下心来。

非“星期六”陶祖泰“下班”回来，夫人要是闲坐在那里，他就坐在夫人对面，夫人从客堂走到卧室，或是到厨房去看一看，他就跟在后面，跟来跟去，像个影子；他极少开口，只是阴幽幽地朝夫人看。

有时夫人和他说东道西，他随口应了几声，忽然又兴奋起来，搬出他的那一套“大道理”来反复“开导”他“所爱的人”了；这一来，便将夫人变成了“哑子”。

这使得陶夫人怕极了“非星期六”，怕极了“非星期六”的丈夫下班回家。

陶祖泰从不把“朱先生问题”对陶太太正面提出来，他不愿意正式问他夫人：“你爱不爱姓朱的?”他觉得要是问到了这一句，那么，紧接下去的“行动”便应当是他和夫人离开。要不，那就是天下“最丑恶的生活”。而且他又相信要是他“自私”而和夫人分手便是“害了”他夫人了。

在陶夫人方面，自然也觉得陶祖泰的“病根”是什么。然而陶夫人想想只觉得可笑，她觉得自己待丈夫还是和从前一样；她喜欢和朱先生打牌，和朱先生说说笑笑乃至游玩，这是事实，但这是因为丈夫只会发“神经病”，只会对她“演说”。

未到汉口以前，她本来不会想到如果丈夫不能陪她玩，她就可以找别人陪她玩；但半年来她看见“外场通行如此”，她就相信她也犯不着太“乡下气”。

她生来是个“极随和”、“极会享福”的性格；除了打牌，她从来不多用脑筋，除了打牌，她也从来不知道“使心计”。陶祖泰最初爱上她的（而且现在还是一样），就是她这“特点”；然而现在使得陶祖泰“苦恼”的，也是她这“特点”。

七

有一天是星期五，天黑了，陶祖泰破例还没回家。

陶夫人和孩子等这位年青的家主回来吃夜饭，等得闷了，陶夫人替孩子折纸人纸马玩。

忽然陶祖泰垂头丧气进来了。陶夫人一见他，就吃惊叫道：

“怎么？你像只落汤鸡！天又没下雨!”

陶祖泰摇着头，朝屋子里四面看了一眼，似乎不认识这屋子了，然后低声说：

“你去付了车钱罢。我坐车子来的!”

陶太太付过了车钱回来，看见陶祖泰仍是那样当路站着，但是弯着腰，抱住了孩子，——似乎抱得太紧了，孩子害怕地在哇哇地叫。

“啊哟——”陶太太也惊叫了，“你！——还不赶快去换衣服！宝宝也被你弄成个湿人了!”

陶祖泰这才放开了孩子，挺起腰来，阴凄凄地望望夫人，又看看孩子，然后懒懒地上楼去了。

孩子走到母亲身边。陶太太用手在孩子身上摸了一把，皱着眉头自言自语道：“无事端端又发神经病。算什么?”说着，顺手拿起一只纸马，套在食指尖上。

孩子头发上有几点水珠，——也许是从父亲头上滴下来的，映着灯光发亮。

陶祖泰换好衣服时，夜饭也摆出来了。陶祖泰的脸色并无异样，不过比平时苍白些，他只管低头吃饭，但忽然停了筷，呆怔怔地朝夫人看着；夫人先时让他看着，只装不觉得，可是随即别过脸去，扑嗤地笑了一下。

这样别转过脸去的姿势，这样脆声的笑，陶祖泰从前是感到十二分受用的，但此时他忽然掉了两滴眼泪。他也别转脸去，可是刚刚看见了孩子头发上那几点发亮的水珠，他随手把这几点水珠拂去，同时又吞吞吐吐说道：

“阿娥，今天，我又——几乎自杀了。”

“呵!”陶太太喊一声，但是“吃惊”的成份少，“恍然”的成份多。现在是陶太太怔怔地看着她的丈夫了。

“想想明天又是星期六，——呃，星期六，我就——觉得，没有再生活下去——的勇气了，没有再尽我的——责任的勇气了。真难受——的刑罚!”

陶祖泰低了头说，像犯人招供；他顿了一顿，仰起脸来看着他夫人，又接下去道：

“轨道上碾死，太可怕；——我——走到江边。我——走下水去。可是，可是，水齐到我腰眼，我又觉悟到——现在——现在还不是我卸担子的日子，我喊救命，——心慌得腿也软了。以后就坐车回来了。”

他摇摇头，又苦笑了一下。

“呵——唷!”陶太太尖声喊着，丢下碗筷，立起身来就往外跑。

这倒出于意外，陶祖泰也惊呼着站了起来，但是孩子死命揪住了他，放声大哭，孩子以为爸爸和妈妈要打架。

陶祖泰急得想抱了孩子去追夫人，但是也不知道是孩子赖着不肯动呢，还是他心慌手软，竟抱不起来了。他只好拥着孩子，叹气顿足。

然而有人从外来了，是黄诒年夫妇，后边跟着陶太太。

“怎么了?老陶!”黄诒年急忙地问。

“没有什么。”陶祖泰有气没力回答。

“你太太说你自杀了!”黄太太的声音。

“没有呀。”神气像要躲赖。“我不过是——我说今天几乎自杀罢了。”

孩子从父亲手里挣扎出来，跑去揪住了母亲的衣角。

黄诒年看见陶祖泰确实是好好的，便想走了，但是没有开过口的陶太太忽然叫道：

“不要走!我怕!黄太太，我怕!我睡着了打也打不醒，你想想，天亮我醒来看见他死在旁边，我怕!不要走，黄太太!”

黄诒年夫妇都转脸盯住了陶祖泰看，可是陶祖泰只摇着头说了一句：

“哎，真弄不明白!”

黄太太安慰陶太太，黄诒年对陶祖泰说：

“老陶，你这人，我真不懂。”

“哈!”陶祖泰怪笑了一声，然后轻声地好像自己问自己：“懂人，人懂，自己懂，越想也许越难罢?”

八

那天晚上过了十点钟，黄诒年夫妇方才离开陶家。陶祖泰夫妇殷勤送客，直到大门外。这时的陶祖泰完全和平时一样，谁也不能相信四小时前他“几乎自杀”；这时的陶祖泰和陶夫人谁也不敢说他们不是一对快乐和气的青年夫妻。

大约十点半钟，陶家灯火全熄。

第二天，陶祖泰依旧去办公，只不过迟了半个钟点。一夜睡过，似乎什么全扔在梦乡里了。

陶夫人偶尔也还因为黄太太的关心的探问而记起那晚上的事，但仿佛已经隔了十多年。

然而除了星期六，陶夫人更觉得度日如年了。陶祖泰“下班”时间是下午六点，回家路上大概得有二十分钟，要是到了六点三刻还不见陶先生回来，陶夫人就会感到恐怖。有时她的眼前竟会幻现出一个血淋淋被火车轮子碾成几段的尸体，或是一口湿漉漉像从水里捞起来的白木棺材。

那时她一阵急剧的心跳，幻象便消失了，她揉一下眼睛，手托着下巴，也会暂时正正经经运用她那素来不用的脑筋：“要是当真做起来，可怎么办？买衣衾，买棺材，收殓，——这些我都弄不来！真讨厌真麻烦死了！还有，我得带了宝宝回上海，也不得不带棺材回上海，这些事，我都不会弄呵！”

于是她的恐怖便变成了焦躁，她会想起平常不大想到的母亲来：“要是妈在这里，就好了。什么都有她去办！”从母亲，她也会想到娘家其他的“亲人”，于是一位堂房侄儿，十七八岁的中学生，在武昌一个教会学校，平日简直不往来的，也被她想了起来。

可是大门响了，陶祖泰慢吞吞踱进来了，绝对不是血淋淋，连衣服也没湿，陶太太的“恐怖”和“焦躁”也便消散，好像已经隔了十多年。

到第二天的六点多钟，这些“恐怖”和“焦躁”依旧要来一遍，然而来势似乎弱些了；因为多过一天就是和“星期六”更近一天。星期六有牌打，有朱先生，太热闹了，“恐怖”和“焦躁”自然不来。

陶祖泰最怕的是星期六，但是他夫人最怕的是星期一。星期日是这一对夫妇心理上的分水岭。

陶太太从不把自己的“恐怖”和“焦躁”对丈夫说。一则，她不是会“抒情”的女性，二则，少说话是她的天性，何况因此会引起丈夫的滔滔演说更是她所害怕。陶祖泰呢，除了向夫人“说教”便不会用家常闲谈来刺探夫人的心曲。他是时时刻刻在“研究”他的夫人，然而他绝对不用嘴巴，他只用眼睛。他绝对信任自己的眼睛。

吃过夜饭，睡觉以前，是陶祖泰聚精会神运用眼力的时间。不知他根据哪一派的心理学说，他认为一个女人如果有了“心事”，一定要在每一天这一个时间内流露出来。然而陶太太居然不怕他看。她自己决不先睡，也不催促陶先生睡。她见丈夫不开口，她也守沉默。她很文静地整理她最得意的新衣服，或者把新近学样买来的一套睡衣试穿了重复脱下摺起来（她似乎舍不得穿掉），都做过了，坐下来，她便连连打呵欠。

在她动动这，弄弄那的时候，陶祖泰的眼光总是跟住她的。有时两人的眼光相遇了，陶太太往往像要躲避大人的小孩子给“发见”了似的，会发出脆声的一笑。但是往往因她这一笑，会打开了陶祖泰的“话匣子”，滔滔不断地“演说”起来，——她最怕这一套，因而她除非真真忍不住是不笑的。

不得不听陶祖泰的“演说”时，她也能很耐心很和顺地听着。可是不到五分钟，她就打瞌睡了。有一次，陶祖泰摇着她的肩胛，硬不让她打瞌睡，硬要问她：

“人活在世界上到底为了什么？”

“啊哟！我不知道，我从来不想，……”陶太太哀求似的说，“我倦得很，只想睡呀。”

“说了就睡觉。”陶祖泰异常固执，像六年前逼着夫人读那部《复活》。

“那——么，”陶太太慢声说着，头一低，又像要打瞌睡了，然而猛然扬起脸来，她又接下去，“说得对不对，你明天再批评罢：人活在世界上，有得吃时吃一点，有得穿时穿一点，疲倦了睡觉，闲了玩玩，犯不着多用心，管东管西。”

“这样说来，你没有欲望，——没有什么东西你一定要，没有什么事情你一定要做么？”

陶祖泰郑重地问道，不转眼地看着夫人的脸。

夫人似乎也颇郑重地想了一想，慢慢地摇着头，但又扑嗤地一笑说："那要看是什么时候呀！譬如打牌的时候，我要和，要赢钱！此刻，我只要睡觉！"

"哦——"陶祖泰倒弄得无话可说了。

九

陶太太"一定要怎样"时，确是"要看是什么时候"的。暑假到了，她忽然要"怎样"起来。

一天，不是星期六，忽然那位远房侄儿来了，说是学校放暑假，三两天后他回上海；这话从陶太太的东耳朵管进去，马上走西耳朵管出来了。

侄儿还没走，不料又来一个客，是朱先生。

每逢星期六朱先生过江来，极早也得六点半，所以总是先到黄家。三四个月来，朱先生来陶家"拜访"，这还是第二次呢。

朱先生看见有客，似乎有点扫兴，但寒暄几句以后，他又兴高采烈地说道：

"巧极了，陶太太，令侄也在，黄太太想来也没出门，刚刚四个人，去打几圈。"

"我不会。"侄儿推托。

"什么话！年纪青青，没有个不会叉麻雀的！"

朱先生大声叫着，拉住了那位侄儿的臂膊。

陶太太带笑问她侄儿道："当真不会么？"

"我没有本钱。"

迟疑了一下，侄儿这才红着脸回答。

"呵呵哈！笑话！怕什么！本钱你姑妈有！"

朱先生的声音大概街上都听得。

那时至多三点钟，等到陶祖泰"下班"回家急忙赶到黄家时，八圈牌已经打过了。陶太太赢进了一些，刚刚抵过侄儿的输出。

牌局解散，大家闲谈；朱先生说起学校放假，过几天他就要回家乡去——在沪杭路一带。

陶太太听了，心里好像一跳；她纳闷地想道："怎么都要放暑假的!"

那天晚上，远房侄儿在陶家吃饭。陶太太听着丈夫和侄儿谈着"船票买了没有"那样的话，忽然心里又一跳。从不计算"明天如何"的她忽然也计算起来了。她觉得从此她的日子要变成天天是星期一；朱先生也是三四天后就要走的。

她立即说："我也要回上海去看看妈!"

"哦!"陶祖泰随便应一声，过一会也就忘记。

但是第二天陶太太就去买了许多东西，都是带回上海去的。陶祖泰"下班"回来，看见夫人和孩子正在一样一样打开来重新包过。

"哪里来的——这些东西?"

陶祖泰随便问一句，便像疲倦极了瘫在一张椅子里。

"买的。"陶太太笑着说，又指着一只小巧的白铜水烟袋，"这是给妈妈的，……"

"零件太多了，恐怕你的侄儿不便带呢!"

"我自己带去。"

陶太太像孩子似的笑起来了，她觉得丈夫真"好玩"，老是像在那里做梦。

"怎么?你要回去?"陶祖泰这才感到意外，从椅子上直立了起来。

"哈哈，不是昨晚上我说过么?"陶太太抿住了嘴笑着。

"爸爸，糊涂。妈妈和宝宝回去。"孩子也拍着手叫着。

陶祖泰却毫无笑意。他懒懒地坐下了，不说话了，瞪大了眼睛看着夫人和孩子。他觉得夫人这次兀突的举动颇可"研究"。可不是，朱先生也要回去?然而夫人的侄儿也要回去，自然一路走了，那又似乎并无"可疑"。

陶太太一边包扎东西，一边说："买船票，我弄不来，要你去。宝宝是不用票的。"

"呵——哎!"陶祖泰从沉思中惊醒。"船票么?我没有钱。月底发薪水，还有十来天呢!你呢?"

"买了东西，——让我算算，噢。路上零用是够的。"

"那么，只好等到月底。"

"东西都买好了，——又要等到月底!"

陶太太很扫兴似的说，便停止了手里的包扎工作。

“不过，恐怕你的侄儿等不到那么久。”陶祖泰沉吟了一会儿说，他忽然又在“研究”到底是让夫人回去好呢，还是不让她回去。他的“研究”还没结果，不料夫人忽又高兴起来，说道：

“不要紧。他等不及，让他先走。朱先生不定哪天走，要他多等几天想来会答应的。”

陶祖泰瞪直了眼睛对他夫人看，立即怀疑到夫人和朱先生之间早有预定的计划；并且他又猜想这一切大概全是朱先生出的主意。他觉得夫人太可怜而姓朱的太可恶，他摇着头，叹一口气，低声然而坚决地说：

“不！还是同你侄儿一路走。船票钱，我去试试，预支薪水。”

十

预支薪水不成功，第二天下午四点钟陶祖泰请假离开办公厅打算找黄诒年借钱。他先到黄家，不料扑一个空，连黄太太也不在。他没精打采回到自己家里，刚好他前脚进门，跟屁股就来了他的夫人和孩子。

“好了，船票也买好了，今晚上八点钟上船。”

陶太太满面春风报告她丈夫。

孩子走到父亲跟前，从袋袋里掏出满握的糖果来，仰着脸说：

“爸爸，糖！朱先生买，宝宝的！”

陶祖泰满心糊涂，只觉得眼前的东西都在打旋，但是当他知道船票是朱先生代买的，——朱先生来过，而且请陶太太和孩子出去逛了一会儿，而且陶太太的侄儿也是今晚上同一条船走，陶祖泰明白了，也心定了，同时又一次断定了朱先生实在太可恶。

陶太太拿出船票来给丈夫看，是二十号官舱。

晚上八点钟得上船，陶太太便忙着收拾行李去了。

陶祖泰失神似的坐一会踱一会，苦心地“研究”这突然变化的形势。他愈“研究”愈断定朱先生居心不可测：是朱先生来“拜访”，是朱先生探得陶太太还没买船票就自告“奋勇”，——然而幸得还有陶太太的侄儿。陶祖泰觉得自己是在茫茫大海中，唯一的“靠傍”是这位十七八岁的中学生。

六点钟光景，黄诒年夫妇来了。听说陶太太和朱先生一起走，这一对陶祖泰的朋友也似乎一怔。但又知道还有陶太太的侄儿，黄诒年和他夫人对看了一眼，便又微笑。

黄诒年夫妇请陶祖泰夫妇吃过了夜饭，已经快将八点钟。黄诒年送上船去。

找到了二十号官舱，不料里头先有一个男人，胖胖的面孔，正是朱先生。

陶祖泰赶快再看房门上的铜牌，明明是二十号。他手指尖都冷了，说不出话来。黄诒年也是满面诧异，偷眼看陶太太，可是陶太太的神色却和平常一样。

“没有空房间了。”朱先生一脸正经地说。

“老朱!”黄诒年走前一步，“船票是你经手买的，你不该……”

“没有房间了，叫我有什么办法!”朱先生板起脸回答。

黄诒年回过脸来找陶祖泰，恰好遇着陶太太的眼光朝他这边看，他就问道：

“陶太太，你——觉得怎样?”

“什么?哦，随便。”陶太太的声音和脸色都跟平常一样。

孩子吵着要看“大兵船”。陶太太就带着孩子走到舱外去了。

这当儿，陶太太的侄儿从人丛里挤过来了。陶祖泰抢上去一把拉住他，就问道：

“你的是几号?”

“我是坐统舱的。”

“嘿!”陶祖泰摇摇头，忽然腿软起来，便坐在陶太太的行李上，瞪直了眼睛朝二十号官舱的铜牌看。

黄诒年瞧着情形有点僵，只好来硬做主了；他找了船里茶房来问，知道还有三十四号官舱空着，他就叫茶房把陶太太的行李搬到三十四号去。但是陶祖泰坐在那里不动，却要陶太太的侄儿从统舱换到二十号官舱来。

“哼!那不是笑话了?我——不乐意，干么我不能舒舒服服一个人一间房?”

朱先生虎起脸嚷着，站到房门口，两手叉在腰间，好像防备人家冲进去。

陶祖泰装做没听见，没看见，只管催促着那位侄儿。

“钱呢官舱是官舱的价钱。”侄儿轻声说。

提到钱，陶祖泰呆了呆，他哪里来的钱，他太太的船票还是人家代付的。可是他焦躁地叫道：

“不论如何，你先去搬上来！”

黄诒年觉得陶祖泰这一着也太“落了痕迹”，可是陶祖泰“有神经病”，黄诒年就不能不格外同情于他了。把朱先生推进了房里去，黄诒年半劝半责备地很说了几句。这时陶祖泰也已经逼着那位侄儿将行李搬了进来。

朱先生横着眼睛只是冷笑。

看着侄儿把铺盖摊好，陶祖泰方才放心，可就想起了钱。他悄悄地对黄诒年说了。黄诒年一摸口袋，糟糕，他也就剩几毛零钱，他苦笑着说：“你太太身旁总还有，回头让他们自己解决。”

锣声从外边响了来。这是报告船就要起锚了。

陶太太和孩子也来了。陶祖泰一面请侄儿帮忙，将太太的行李弄到三十四号，一面叫太太去：

“你换到这边了。清静点。”

陶太太朝三十四号房里望了一眼，点点头还是只说了两个字：“随便。”

十一

陶太太回去后隔了十多天，才来了一封平安家书。蚯蚓般数十个字，除了“大小平安”而外，陶祖泰毫无所得。陶祖泰却回复了一封“蝇头细楷”的长信，信中重申他的不能放弃“责任”，——要保护他所亲爱的人到底，“俾不致有危险”，然而假使有比他更好更忠实能力更强的“候补者”，那他也很满意“从这世界上消灭”，“敬避贤路”。这封信花了陶祖泰两个黄昏。

这封信，陶太太一定收到，因为是挂号寄的。

这封信，一定也发生了效果，——跟平日陶祖泰对夫人“演说”时同样的效果：打瞌睡。从此陶太太方面连蚯蚓般的几十个字也不来了。

陶祖泰又写信给太太那位侄儿。这不是“演说”了，也不长，然而实足是一张“问题表”。

一星期内，侄儿的回信就来了，也不长。然而对于陶祖泰所提出的主要问题竟“搁置不答”。

陶祖泰再去一信，除重申前请外，又提了个“新问题”：“令姑母近来作何消遣？”

回信也是一星期内就来了。对于陶祖泰第一信中的主要问题却玩起“外交词令”来了：“一言难尽，容后面详。”至于“令姑母近来的消遣”呢，则据称因为有“搭子”，不过在家打打小牌。

研究过了侄儿的“外交词令”和“据称”以后，陶祖泰不满意，再去了第三封信，其实也不长，不料太太这位侄儿竟也学“令姑母”的样来：他从此也“打瞌睡”了。

正当陶祖泰忙于写信和“研究”的时候，他所服务的机关里有一点小到并不惹起注意的变化：陶祖泰的上司科长“升迁”去了，新调来的科长说过了“诸位安心供职，以资熟手”的训词以后，第五天上，就实行“人事”整理。陶祖泰跟在众同事的后面，在“欢送”前科长与“欢迎”新科长的两次公宴时，派到过两次“寿”字号的份子。但是现在他的所得却是“停薪留职，另候任用”。

这时候，荷花已经开残，有了小莲蓬儿了。

要是太太不曾回去，陶祖泰虽然停了薪，原也不妨“候”一下。丈夫的钱袋干瘪时，太太的钱袋会“开放”一下，这已是历试不爽。但现在却隔离得太远，还是趁手头尚有路费时奔赴太太，在“岳家”静“候”罢。

和黄诒年一度商量以后，陶祖泰便也悠然东下。也是一张统舱票。

船到南京时，陶祖泰忽然灵机一动，便上了岸。他要找一位在南京有事的好朋友，他有许多事要商量：职业问题，太太的最近“倾向”，而最要紧的是他自己的如何“负责到底”。

不幸那位朋友“奉公差遣”去了。陶祖泰一算，要是在南京住旅馆等候，钱就不够，只好趁火车先回上海。

到“家”时正值黄昏。一进门就听得牌响。在汉口受过的牌桌旁的“刑罚”一下子都回忆起来了。陶祖泰几乎想倒退出去。他硬着头皮走进去，电灯光刺得他眼睛发花。有人唤他的名字，听声音知道是岳母；有人拉他的手，从感觉上知道是自己的孩子。他的心似乎温暖了一些，眼睛也看得明白了；坐在他“岳母”对面的，正是他的夫人，另外两位不认识，然而——都是女客。

陶祖泰完全定心了，听得太太问他“怎么你来了”，就口齿分明地回答道：

“临走前我寄你一封信，没有收到么?”

太太似乎一怔，但随即“哦”了一声，脸红红地笑了一笑；忽然她急口说：“六筒么？碰，碰!”

陶祖泰那封临走前发的信，昨天下午到了陶太太手里，但可惜这信又是长了一点，陶太太拿到手里就打呵欠，竟没有读完，后来就忘记了。

陶祖泰认为此信还没有送到，就说：

“局里换了新科长……我没有事了……想想……还是回来了……另外设法……”

觉得似乎只有岳母大人在用了半只耳朵听他，陶祖泰也就不说下去了。陶祖泰每次“有事”的期间，至多八个月，他的岳母和太太早已看惯了。

体谅着姑爷路上辛苦，老太太提议再打八圈就散局。

陶祖泰觉得夫人跟从前一样文静，慢条斯理，少说话，有时抿嘴笑笑。不过好像胖一点，脱去长衣后尤其显得胖了，尤其是腹部。

夫人接待陶祖泰的态度一切都好。

十二

第二天上午，陶祖泰去拜望夫人那位远房侄儿。“一言难尽”的内容到底“面详”了；侄儿吞吞吐吐说：

“那天你们走后，……茶房就来要我——补买官舱票，……补买票啦，我，我找姑母；姑母，打开钱袋……一算不够……”

“嗯，不够……”陶祖泰的眼光盯住了侄儿的嘴巴，呼吸急促。

“不够啦……嗳嗳——问朱先生，……朱先生也说没有，……没有啦，我，——我没有法子，只好，只好搬回统舱……”

“你姑母呢?”陶祖泰透不过气来似的问。

“姑母，姑母，——那时，姑母在三十四号。”侄儿低下头去，避过了陶祖泰的尖针似的眼光。

陶祖泰松一口气，两手搓着：

“后来呢？”

“后来，后来么？我不大明白。我在统舱。”

“你不必瞒我！”陶祖泰的呼吸又急促了。

“好像，……好像，姑母……又搬回……二十号。”

陶祖泰的眼皮一跳，看出来的东西就都有一圈晕了；他心里还是清楚的，有许多问句在那里涌腾，然而心尖上似乎有一缕又丑又冷的东西冲到他脸上，他的嘴唇发抖了，说不来话。

略略抖得好些时，他像自己作不来主似的连连说“没有什么，没有什么”，就离开了那位侄儿。

他在街头游魂似的走着。侄儿那些话，倒好像忘记了，他心头一起一落的，只是两个老观念：“逃避”呢，还是“负责到底”？他不自觉地兜了许多圈子，但也许因为脚下的习惯，终于不自觉地走到了“家”。

这已是午后一点多了，“家”里静悄悄，老太太，夫人，孩子，都在困中觉。正是一天里最热的时候，陶祖泰的大衫黏在背脊上，可是他的手指尖却冰冰冷。

他游魂似的飘到夫人跟前，看见了侧身朝里睡着的夫人，他忽然像醒了；侄儿说的话一句句都记得，尤其糟的，他也记起了昨晚上夫人很好的接待他。

这两种回忆夹在一起，他又抖起来了，他害怕，他觉得夫人是个大魔术家，他不敢用手去碰夫人的身体了，可是他的脚像钉住了在那里离不开，他又打定主意，不能不有几句话。他只好唤他夫人醒来。

陶太太翻身朝外，没有张开眼睛，嘴里却是“唔唔”地应着。

“起来！有几句话！”陶祖泰说，把全身力量都提到舌头和嘴唇上。

“呵——噢——”陶太太又应着，眼睛张开了一半，乍觉得丈夫的神气古怪，便扑嗤地一笑，可是笑亦只笑了一半，她就辨出丈夫的神气古怪中有可怕，她的眼睛就睁得大大的了。她迟疑地问：

“你吃过饭了么？”

“问你：怎么你又搬回二十号？”

陶祖泰这一问和太太那一问是同时出来的，太太显然没有听清，只觉得丈夫的嗓子逼得太尖，尖到刺耳朵。她怔怔地望着她丈夫。

“你回来的时候，为什么——为什么又搬到二十号官舱？”

“哦——哦——”太太爬起来，脚尖勾着拖鞋，“那个么？……嗳嗨，后来，后来，快开船了，那个三十——四号官舱，也有男客住进来，狠狠怕怕，像军界，……我一想，到底朱先生是熟人，就搬回去了。”

陶太太说着后半那几句时，一边喝着茶，虽然陶祖泰的两条阴森森的眼光一秒也没有离开她的面孔，然而她的脸色竟还和平常一样。

她的确没有撒谎，而且她也觉得“搬回二十号”不算怎么一回事，到家以后，早就忘了。

陶先生倒没有了主意了。他坐下了，低着头忖量该不该再问，譬如——“你和姓朱的同在一房做些什么？”可是要问到这些，陶祖泰就不是陶祖泰了。太太呢，还是照常文静陪坐在一边，不说话。

终于得了一个主意，陶祖泰轻轻叹口气，正想从“本来呢，轮船里单身女人和单身男客合一间房也不算什么，只是姓朱的为人……”这么开头，不料楼下忽然叫起“阿娥姐”来了，并且豁剌剌一片牌响，陶太太应一声，不慌不忙看了丈夫一眼，似笑非笑地嘴角一动，就翩然走了。

十三

楼下是牌响，楼上是陶祖泰踱方步的脚步响。他已经踱了一圈牌的时光了。他所“研究”的，还是没有结论。

忽然他的孩子轻手轻脚进来了。陶祖泰朝孩子看了一会儿，就蹲下身去，拥着孩子轻声问道：

“宝宝，乖些，同爸爸说——朱先生，和宝宝，妈妈，同船的，朱先生，来过么？”

孩子歪着头，摇摇头，却又说：“来过。”

“什么时候来的？”

“下半天。”

“咳，不是，——哪一天来的？”

孩子摇头了，但小眼睛转了几转，忽然拉着陶祖泰走到窗前的方桌边，指着桌子上一只玩旧了的绒布老虎说：“老虎，外婆还没买给宝宝。”

“朱先生来了打牌么?”

“不打。”

这一回答，出乎陶祖泰的意外，他技穷了，正想换一方面问，譬如——“妈妈和朱先生在船上做什么?”可是孩子倒自动地说起来了：

“妈妈拿洋钱还朱先生，朱先生不要……”

“嗯，妈妈就不还了罢?”

“妈妈也不要。钱放在茶几上。……”

“哦?”

“后来，朱先生拿了，朱先生请妈妈去看戏。”

“呵呵，——外婆去么?”

“外婆不在家。”

“哦——宝宝去么?”

孩子摇摇头。陶祖泰心跳了，一时有许多问句塞在喉咙口，倒说不出来了。孩子爬上一张凳子，要取那绒布老虎。陶祖泰顺手拿给孩子，便又问：

“妈妈去看戏，几时回来?”

孩子正玩着老虎，不回答，但到底像又记得了，转过身去，指着他自己的小床说：

“宝宝睡了，妈妈来，宝宝醒了，妈妈给宝宝一粒洋糖。”

陶祖泰的心抖得有点痛了，闭了眼睛，暂时没有话。再张开眼睛，孩子已经走了，陶祖泰瞪直了眼睛，朝房里四处瞧。他无目的地动着桌子上的什物，无目的地抽开一只抽屉，又拍的关上了；抽开又关上，好几次，忽然一个呼声惊醒了他：

“啊哟！你——闷在楼上不热么？到底下去罢!”

这是陶太太。这回陶太太的声音有点异样。但是陶祖泰没有注意，太太拉他，他就跟着下去了。

楼下的“战友”，除了老太太，还是昨天那两位不认识的女客。陶太太忽然一定要丈夫代几副，陶先生一定不肯，就坐在太太身后，跟在汉口时一样。

陶太太本来是输的，现在却转了“风”了。她兴高采烈起来了。坐在她背后的陶祖泰独自胡思乱想，忽然乱丝中跳出个丝头来：“太太从没要他代打牌，刚才要他代，那不是怪?”而且太太打牌正吃紧，偏又巴巴地上楼来拉他下去“散闷”，也是怪？

这两个“怪”使得陶祖泰若有所悟，就坐不住了。他悄悄地踅到楼上，悄悄地有目的地开抽屉开衣橱了。

他在床前“夜壶箱”的抽屉里看见了自己那封长信和另一封也是自己的不大长的信。他又看见几封久远的旧信，都是朋友写给自己的。他正要将抽屉关上，眼光在那封长信的封皮上无意地一瞥，忽然忆起在汉口时写这封长信时的心情来了。这信是他的“得意之作”，虽然只能使太太打瞌睡。他惘然拈起这厚重的封套来，惘然抽出信来了。然而猛吃一惊，他看见竟不是他的笔迹。再一看，他的长信也在，可是另外多了一封信，也颇长。

他刚看了开头的称呼，心就别别地跳。他来不及似的一目扫下去，他头上像加了个紧箍；最后，他一仰身就倒在床上，咬着牙齿挣扎出一句话：“有那样的无耻，丑恶！”

现在他终于明白了：不但明白了太太和朱先生在船上做些什么，也明白了宝宝说的朱先生请太太去看戏，实在是做什么，宝宝醒来看见妈妈时实在天已经亮了；不过他也明白自这一次后朱先生就不在上海——回他自己的家乡去了。

陶祖泰迷乱痛苦了一会儿，倒反定心了些。现在他的情绪单纯化了：他恨自己的太太和朱先生；他也鄙视自己的太太和朱先生！

终于又变成了只有鄙视。“不要脸！这样的信也写得下！”他想，“顶淫的淫书也不过如此！不要脸！想不到她会做那些丑态，我从没见过她会那样——下作！”

他大彻大悟地对自己赌咒：“不值得，不值得我的操心，我的保护！算了，一身无牵无挂了！”

他坐起来，瞪着眼直视，好像要最后一次认识这房，这一切家俱和什物。陶太太忽然悄悄地掩进来了。她的眼光立刻盯住了陶祖泰手里那封信，这时她脸上略红了一下。她嘴里响了一声，似乎是叹气，就坐在一张椅子里，低着头，好像一个低能的小学生等候老师责罚。

陶祖泰好像全身的血都涌到眼里了，他盯住了夫人看，他料不到夫人只这样坐着不作声，他想骂，但骂出口来时却竟单单骂了朱先生：

“简直是流氓，拆白党，畜生，狗……”

奇怪的是陶太太对于这样的恶骂竟毫无感应，好像被骂的人她压根儿就没认识。

陶祖泰走近他夫人一步，好像恨又好像怜悯似的说：

“在汉口的时候，我怎样说过来？我怎样为你打算？可是你半点口风也不露！你骗我，你骗了我半年了！”

“呵——呵！”陶太太忽然站起来，“在汉口，不骗你。嗳，嗳，我像做了一个梦，我像做了梦。”

因为是侧面，陶祖泰此时猛然看清了昨晚乍到时他所觉得太太的胖一些实在只是小腹隆起，是身孕。他像受了一针似的打个冷噤就指着太太的肚子冷笑说：

“这就是凭据。还说不骗呢！这不是我的，不是我的！”

他转身就走。他听得太太叫道，“是你的，是你的！”他听得一声响，他忍不住回头一看，太太伏在桌子上在哭了。他脚下停住了。但是又一转念到底一直走了。

十四

陶祖泰从岳家走出，并没有一定的计划，也无处可去。在他认为只有“姓朱的”居心不良而自己的“亲爱的”尚属洁白的时候，他以“保护”太太“负责到底”为壁垒，颇可安心在太太家里住下去。可是发见了“姓朱的”长信，他觉得没有理由再挑这副“担子”了。

他的心里安静了些，然而肚子却吵闹起来，于是信步走进了一家小馆子。

一边等饭菜，一边又摸出“姓朱的”那封信来看。经过创伤的人忍不住要去摸摸伤疤，陶祖泰此时也是这种心理。

看到一半多，他鄙夷地摇摇头，就把信折起来，却好饭菜也来了，他就吃饭。“想不到，有那样下作！”——他嚼着饭，心里说。当然，他和夫人的同居生活虽非古圣贤那么文雅，可绝不像“姓朱的”信上描绘得那么不堪。

他再看那信了，这一次的心理是要看明白“这一双狗男女”到底有多么丑恶。他一边吃饭，一边慢慢地看。然而这一次那信上的描绘却“欧化”起来，一边是主动，又一边是被动；“她倒好像中了催眠术！”——陶祖泰心里飘过了这样一个意思。这一次，他这才“发见”信纸反面也有字，寥寥数行，可是他看了就又心跳了。手里挟了筷子扶着头，他想着：“难道她那时真在被催眠状态么？不然，岂有发生了关系以后就把那人完全忘记了？”

陶祖泰的“平静”的心忽又扰乱起来。“新发见”要求他把“当面的整个形势”重新估量了。

“嗯！”他不了了之，把“姓朱的”那封信收进封套，顺手却把他自己那封长信抽了出来。他读自己这“得意之作”了，他一边读，一边又心跳起来，这里句句话都像是另一人在“教训”他自己！“伟大精神”的人，常常会宽恕人的，——即使是已经犯罪的人。而况犯罪者是被动，是在催眠状态。

“只是姓朱的实在可恶！”陶祖泰反复这样想，心像一个钟摆。

饭吃完了。他对着空碗碟出神。堂倌送过账单来，陶祖泰依然对着空碗空碟子出神。堂倌又来把空碗空碟子收去了。陶祖泰就对着油腻的桌面出神。堂倌站在面前不走了。陶祖泰这才省悟过来是在饭店。他看着账单，同时把口袋里的钱一古脑儿掏出来。他机械地本能地把手里的角票和铜子拼凑成账单上那个数目，就走出了饭店。

无意地看了看手里仅存的几毛钱，他兴奋地对自己说：“是姓朱的可恶！我的责任不能卸，我还是保护她，免得有更进一步的危险！”

于是走了回“家”的路。但经过一爿小照相馆时，他忽然灵机一动，走进去把“姓朱的”那封信拍了照。当照相师看着那封信做个鬼脸，又朝陶祖泰笑了一笑时，陶祖泰又懊悔不该多此一举，并且觉得这个照相师侮辱了他，也侮辱了他的夫人。然而已经拿出来，不拍也是不必要了。

从照相馆出来，陶祖泰已是不名一钱。他为什么要把那信拍照，自己也不明白；他总觉得不能不留个底。

回到“家”时，太阳正落山。“家”里意外地寂静。老太太在楼下哄着外孙，告诉陶祖泰：“阿娥姐身上不大舒服。”

陶祖泰觉得这话听在耳朵里怪受用。他看见夫人果然在床上，可是脸的神色仍跟平常一样。

“唉！”一见了丈夫，陶太太吐出这么个声音来，似乎是惊异，又似乎是放心了，然而也好像有点慌。

陶祖泰一声不响，走到夫人跟前，就从口袋里取出拍过照的那封信，放在夫人手边。

陶太太乍不知是什么东西，手一抖，看明白了原来是那封信时，拿起来就一条一条撕碎。撕到最后一条，陶太太轻声说：

“不骗你……，是你的……是你的。”

陶祖泰知道夫人这话是指的什么，心里忽然又酸痛起来，可是摇了摇头，只回答道：“算了吧！……”

“嗳，哟！真不骗你……”陶夫人坐了起来，“是你跳长江没死那夜有了的！”陶夫人忽然掉下眼泪来。

陶祖泰好像迟疑了一会儿，然后走近夫人一步，极低的声音颤抖着问道：

“那么……船上……船上是……第……第一次？……”

“呵！我像做了一个梦，一个梦……”

“哦……梦……”陶祖泰忽然也掉下眼泪来。

喜　剧

一

"一，二，三，四，——一，二，三，四!"

青年华的手在衣袋里反复数他的全部财产：四个铜子！他虽然饿得眼睛前迸出金花，然而这个，数铜子，却还没有弄错，一，二，三，四，——一二三四！的确只有四个铜子。

他托开他的乌黄的瘦手掌，很郑重地把这四枚铜子呈献给大饼摊上的山东大汉。

"那不行啦！两个烧饼卖八个子儿！还差四子儿！嗨!"

山东大汉把一只黑手在身上擦，怪生气似的说，一对圆眼睛凶猛地瞧着华的面孔。

听着这山东口音，又看见那一脸横肉，两颗闪着红光的圆眼睛，青年华忍不住打一个冷噤！五年前在××路发传单被捕时用枪柄打他的那位"八太爷"的狞相，便又在他眼前浮出来了。五年的监禁，许多老朋友的面貌渐渐从他的记忆中褪色了，但是这位"孙联帅"部下的大兵的威容，却就从那时候枪柄的一击深深地印入他的脑膜。现在刑满出狱，复为"自由之身"的第一天第一次和人发生交涉，真不料又是那样的一脸横肉，两颗凶狠的眼睛，那样的山东口音。经过了五年，这世界的一切当真并没有丝毫的改变么？他的昏惘的神经就感到自己的被捕仿佛仅是昨日的事了。

托开着的一只瘦手簌簌地抖起来了。青年华看着另一只手里的两个烧饼，吞吞吐吐地说：

"八个铜子？你不要欺人！我是常买烧饼的。昨天还是两个铜子一个——"

"哼！妈的！两子儿一个！昨天你还买？做梦！这年头儿！两子儿一个！你看，不是青天白日的世界么？什么都涨价！你奶奶做的烧饼才卖两子儿一个！”

站在烧饼摊旁边的两三个工人都笑起来了，都转过眼来打量着青年华。他们都是焦黄的脸，穿着破旧的蓝布衣服，依然是五年前青年华见惯了的那种困苦的模样。

看见青年华尽在那里发楞，卖饼的山东汉子也不再多说话，很干脆地取了那四个铜子，又取回一个烧饼，就转脸招呼别的主顾去了。青年华下意识地往地下一蹲。烧饼就往嘴里送。

“革命！革命！吃的穿的都革贵了！他妈的革命！”

青年华猛抬起头来，看见那个说话的蓝短衫工人正在那里掏出钱来买烧饼，嘴边犹自浮着一层唾沫。

革命？难道当真已经革过命么？——青年华不能相信似的向四下里张望。不远的街角飘扬着一幅“青天白日满地红”。虽然很破旧，而且已经褪色，在斜阳下的微风中发抖，可确是“青天白日满地红”，确是五年前可以算作杀头的凭证的“青天白日满地红”！青年华陡然神清气爽了，咽下最后的一口烧饼，急忙问道：

“革过命了啊，哪一年的事？”

烧饼摊的汉子以及那些个工人都一齐回过脸来，带着一种诧异的轻蔑的冷笑。青年华觉得有申说的必要了：

“哎哎——你们看！我是刚刚从西牢里放出来的。坐了五年的牢，外边的事情，我是什么都不知道。”

“想来你是共产党？”

工人中间的一个，含着一口烧饼轻声问，又对他的同伴使眼色。

“不，我是国民党员。——”

一边说，青年华站起来了，准备着背诵自己的经验，并且准备着听取别人的称赞。

但是卖烧饼的汉子做一个鬼脸，吐出浓浓的一口唾沫，忙着拿饼放到火边去烤。蓝布短衣的人们，怪样地对青年华望一眼，也就匆匆地跑开了。

信步走了十多分钟，青年华站在一座桥上了。桥那边的大建筑是总商会，他认得。那里也有一幅“青天白日满地红”的国旗懒懒地垂在旗杆上。他踌蹓地踱着，不知道到什么地方去好。

猛然他想起不远就是××同乡会，而同乡会的办事人赵某却曾有一面之雅。既然无处可去，两手又空空，那就去撞一下罢。

同乡会号房的脸色就不对。瞪着眼对青年华看了半天，这才懒洋洋地回答：

“赵先生不在这里了。”

“别的办事人也行。有要紧事，一定要见一见。”

号房的脸色更加难看了。斜过眼来又对青年华打量了半晌，然后似乎十二分卖情面似的嘴巴朝墙上的圆形时钟一扭，大声说：

“你看，是什么时候了啊？三点钟停止办公，常务委员早已回家。”

什么！常务委员？青年华又诧异，又兴奋。连同乡会也是委员制了么？他这才更明晰地意识到世界确是换了一个样子了。于是他好像有了把握似的提起精神说：

“那么，我就在这里等候吧！等到明天。我没有地方去过夜。”

“不行，没有这规矩！”

“没有这规矩，也得要过一夜！”

号房冷笑了，但倏地收起笑容，厉声说：

“赶快走罢！识相点！不走，就叫巡捕！”

青年华不回答，简直的就坐下来了。号房一面怒气冲冲地骂，一面就跑出去。

许是去叫巡捕罢？不管他！反正总要给我一个地方过夜。——青年华这么忖量着，心里反而泰然了。

可是意外地，号房带来的却不是巡捕，而是四十多岁的瘦男子，穿着中山装。不知道是青年华的哪一点叫人起敬，这瘦男子居然很有礼貌。

“老兄是来找赵旭老的么？有什么贵干？”

“哦，哦，——这个，有一点事——”

“老兄是初到上海罢？”

“不——我是刚从西牢里放出来的。”

“什么！西——？”

"西牢！五年前，干革命，在马路上发传单被捕，直到今天方才出来。"

"五年前?"

"是五年前。那时上海还是孙传芳的势力，那时国民革命军还没有出师北伐。"

青年华的嗓子响亮一点了，胸脯也自然而然的挺得笔直，大有凭这资格便可以到处困觉吃饭的气概。然而不幸，四十多岁的瘦男子并没有认识到青年华的这项资格，和这种价值；他在鼻子里"哼"了一声，似笑非笑地看了青年华一眼就转过脸去申斥那个号房道：

"你办公事越办越老到了啊！也不看看是什么路数，就往我这里回！来——"

说时迟，那时快，瘦男子一边拉长着那个"来"字调，一边刚要向后转走，却不料青年华已经抓住了他的胳膊。

"慢走，我的住夜问题还没有解决。"

瘦男子不动了，也不作声，两粒细眼睛咕咕地乱转。有一个当差跑进来了，号房也揩着额角的急汗挨上前来。但是瘦男子对他们挤眉弄眼，不许他们有什么动作。他的眼光很害怕似的盯住了青年华的放着右手的那个衣袋。

眼光是会说话的，青年华突然悟到了瘦男子为什么这样惴惴，忍不住仰脸狂笑起来。笑声还没有完，他猛觉得手里的那条瘦胳膊像蛇一样的滑走了，而同时几只粗壮的手却将他捉住了，一直将他拖走有丈把远。

终于站住了，青年华听得瘦男子的声音说：

"搜他的身上！"

于是搜。结果一无所得。似乎这太意外，瘦男子反倒踌躇起来，手插在衣袋里，燃着了一枝卷烟。喷出了几口白烟以后，他毅然说：

"哼！送捕房罢！在逃的共产党！"

"上捕房也不要紧，可是共产党，怎么说?"

青年华忍不住反问了。但并没有得到回答。瘦男子已经走得连影子都不见。

一个管门巡捕模样的酒糟鼻子的矮胖子走到青年华的身边，拍着他的肩膀说道：

"小伙子，走罢！有话到行里去说。白赖是不中用的！孙传芳时代发传单！那不是共产党是什么？你去问问就知道，眼前革命做官的大亨在孙传芳时代都是很安分的，从不捣乱！我亲眼看见！"

二

二十四小时以后，青年华又在热闹的马路上徘徊了。捕头只骂了他一顿，并不肯用拘押的方式来替他解决严重问题的住与食。

他也不同于昨天此时的他了。他的衣袋里已经没有四个铜子，他的脑袋里却装满了疑问。

在他的饿狠了发花的眼前，一串一串地漂浮着大大小小的耳朵形的疑问符号，他不辨方向地信步走着。

当真这世界有点换样了。女人们都剪了发，胸前高高地耸起一对乳房，脸上搽得红的红，白的白，臂膊和大腿都是光光的露在外面。影戏院异常之多，广告上竞夸着"神怪武侠新片"。

在这一切表面之下，还有什么呢？他不很明白。虽然，有一点是确定了的：已经革过命。然而这"革命"却已经跑出他所能理解的范围。

他呆呆地站在十字街头的电车站上。四周围是光臂裸腿满身香气的女人，是各种的车声和人声，是蓝的红的刺眼的电光招牌。一种说不明白的憎恨，渐渐从心头涌上来了。

突然有这样的呼声刺进他的耳朵：

"阿要看政治消息！

当日政治消息！

广东政府攻打湖南！

汪精卫勾结冯玉祥阎锡山，

阿要看：共产党攻打福建！"

青年华转过脸去，一张新闻纸在他眼前一晃，仿佛是什么《民生日报》。在这报面上瞥见一行大题目：《总司令昨日回南京》！

立刻他的脑海中展开一张政治地图了。但这是五年前的"旧地图"，北伐军刚打到了武汉，而雄踞南京的，是姓孙的“联帅”！

把今天的印象加上昨天的印象，更加上昨天之昨天——那就是五年前他被捕当时的景象，他简直糊涂到不像人了！

肚子里早就咕咕地叫，这是比什么都急迫。怎样解决这问题呢？青年华一挥手，好像扔去了一切的“政治消息”，便又在人堆里乱挤，心里盘算着怎样方能弄到食和住。他想起孙总理的全部遗教是解决衣食住行，然而虔奉遗教的他却像丧家之狗，他不禁有点愤愤了。

这愤愤似乎很有点疗饥的功效，但同时又像一个风轮似的在他脑海里转，使他眼睛里看出来的人和物都变成了双重的轮廓。

在什么街的转角处，他一头撞在一个人的身上，两个都跌倒了。

“狗东西！瞎了眼么？”

先爬起来的一位破口大骂，用脚踢躺在地上的青年华。大概当真是饿得厉害了，青年华不动，也不作声，只翻起眼睛对那个人瞧，忽然他叫道：

“是你么？金——我是华！”

他赶快跳起来。什么肚子饿，什么愤愤，一下里都逃得精光了。

三

现在青年华已经吃得很饱，并且一枝茄立克斜插在嘴角，很神气地坐在金的会客室里。

他喷了一口烟，对主人说：

“我真想不到这五年来有这么多的变化。现在我都明白了。想起我们同学的时候，你是多么持重，总不肯乱走一步，现在我佩服你毕竟是高明，见识远大！”

“啊，那时，那时，——我也无非遵守着‘忍辱负重’的古训，宁可让你们骂一声‘反革命’——可是，现在，你看，我还不是革命的忠实信徒！”

这样回答了的金，仰脸喷出一口烟，电灯光射在他的胖圆脸上，亮晶晶地像一个小太阳。

青年华点头微笑，一边用劲吸烟，一边看墙上挂的总理遗像，心里油然起了这样的感想：伟大的总理呀，你的遗教确不是不兑现的支票，虔奉你的遗教的人就可以解决衣食住行，而且很舒服地解决了，眼前的金，不是很好的标本么？

但是金忽地翘起大拇指在空中划一个圈，转过脸来毅然说：

“不过社会上尽有许多混账东西，还在那里口口声声说捐税太重，无法生活；嘿！他们连革命要有牺牲都不知道！这种不知不觉，不肯牺牲的人，真不配在革命政府底下做老百姓呀！”

“捐税很重么？”

青年华忍不住问了。无论如何，他还有点记得五年前惯熟了的标语口号。而且前天在大饼摊头所得的印象又很无赖地浮上了他的记忆了。幸而金并没有注意到。微微一笑，他就回答：

“可说是不轻。但是，老华，商民是踊跃输将的呀！他们知道赞助革命政府。只有无知无识的农工才要喊苦。老华，你知道革命政府发了多少公债呢？九万万！四年之内发了九万万！比北洋军阀十五年内所发的数目多上好几倍哪！这就是商民拥护政府的证据。”

于是猛吸了一口烟，金又放低了声音加一句：

“然而商民到底还是好利，所以公债的市价统扯起来只到得五折。”

于是谈话转了方向，讲到女同志，讲到跳舞场，电影明星，浴美大会，——在青年华都是闻所未闻。当真这世界是换了样了，更适宜于寻欢作乐了。

但是正像《天方夜谭》里的一个故事似的，听饱了人世间赏心乐事的青年华，却猛然省悟到自己腰间没有半文钱，并且今晚上睡的地方也还没有着落。眉尖皱起来了。他吞吞吐吐地说出这样为难的问题。他很想问这位殷勤的主人借这么十块八块，可是到底勇气不足；他只说很想找点工作，聊尽革命一份子的义务。

真不料金的眉头也皱起来了，换上一枝烟，猛力吸着，这位主人仰起脸看墙上的裸体油画。

“我也知道有点困难。刚从那边出来，党里一切情形，我还不很熟——”

既然等不到金的回答，青年华只好搭讪着再继续自己的“独白”，心里却又有点抱怨孙总理的遗教了。

“哈！有了！”

突然金跳起来喊，打断了青年华的“独白”，也打断了他心里的“抱怨”。翘起一个大拇指，金走到青年华的眼前，异常郑重地问：

“你不是说过昨天有人诬赖你是共产党么?”

“唉——”

“好！你就算是共产党，你就去自首罢！这么一来，你的工作问题就解决了。”

“可是我实在不是共产党！”

“哈哈，不是算作是，却也不妨。何况往嫌疑上说，你就有几分像。”

青年华愕然张大了嘴巴。

“你放心去照计行事罢。要是你的第一次，我们老朋友肯教你去冒险么?现在，时间不早，你跟我去看看跳舞场罢！”

金松一口气，将半枝香烟掷在痰盂里，就哼起《丽娃丽妲》的小曲来了。

再到了马路上时，青年华又已不同于数小时以前的他了。他的衣袋里依然没有半个铜子，他的脑袋里却也没有疑问，而是满满地装着金钱和美女了。

当 铺 前

一

东方刚刚发白，那呜呜的小火轮的汽笛声就从村外的小河里送到村里来了。小火轮在这河里行驶，总也有五六年了；河道是很狭的，小火轮经过时卷起了两股巨浪，豁剌剌地冲击着那些沿河的“田横埂”，叫乡下人叫苦。像前年发大水的时候啊，这小火轮恶狠狠地开着快车走过，就像河里起了蛟，轰轰轰地，三五尺高的水头打过那些田横埂，直灌进稻田里去了。

所以村里的农民一听了那汽笛声就发恨。发大水的时候，他们想过许多方法不许那小火轮行走这条河道，他们到十几里路外的轮船局里闹过，他们又听了什么人的指教到镇上那“区公所”里递过禀帖，然而都没有效果；后来他们就直接行动了，等那小火轮走过的时候，全村五六十人一个总动员，石子泥块像雨点一般打过去，小火轮发疯似的叫着，逃命似的走着。第二天，果然没有听到那鬼哭一般的汽笛叫。小火轮绕出这一段河道了。可是第三天，区公所派了人下乡来，说要严办指使暴动的人。第四天，小火轮依然横冲直撞地行过了，船上有保卫团，挺起枪，预备放！乡下人自然懂得枪弹比石子厉害，而况区公所又要抓人，只好忍气吞声天天把冲坏了的田横埂修整加高。

现在的情形又不同了。小火轮改了班，经过这条河道时，正好是东方打白，乡下人从梦里醒来。那火轮船也不是从前那样大家伙，而是小巧的叫做什么柴油轮船。因为今年是旱得太久，河水浅了，只有这小巧的柴油轮船还能够勉强开过去，而且轮船公司生意清淡，哪怕是小船啊，舱里也还是空落落的。这些事，乡下人本来不管他娘的账，但是那柴油轮船走过的时候总在快天亮，那呜呜的叫声也恰好代替了报晓鸡，——开春以来就把杂粮当饭吃的村里人早就把鸡卖得精光，所以这一向听着可恨的汽笛声现在对于村里人居然有点用处了。

天像有点雾，没有风。那惨厉的汽笛声落到那村庄上，就同跌了一交似的，尽在那里打滚。又像一个笨重的轮子似的，格格地碾过那些沉睡的人们的灵魂。

村东头的一间矮屋里闪着灯光，寸半长的铜元圈儿那么粗的白烛头在悄悄地滴着蜡泪。这矮屋的居住者王阿大当汽笛叫了第一声时就像被人家打一棍似的从床上跳起身来，现在他匆匆忙忙地在烛光下打叠一个小包袱。他们要不是万分紧急，怎么肯点这宝贵的烛头。这还是三个月前王阿大到镇上一家做丧事的人家“吃饭白相帮”做了三天临时工役带回来的宝贝。他这短差，虽说没有工钱，饭是让他尽肚子装的；村里人到现在还常常讲起，夸羡他的好运气。何况还带来了这么一个粗大的蜡烛头。但那是三个月以前的事了，王阿大在丧事人家的三天里虽然把肚子装饱，也早就饿瘪，昨天又吃完了最后的一点麸皮和豆子，这时他把几件旧衣服包起来，打算拿到镇上去上当铺。

“这件也包了去罢！”

阿大的老婆撩过一件半新的土布棉袄来，阴凄凄地说。

“也包了去？你穿什么呢？”

王阿大一面回问，一面拎着那件半新的土布棉袄，决不定主意。

“哏！”

那女人只哼了一声，缩着头，对丈夫摇手。

王阿大迟疑地打开了那包袱，把一叠旧衣服一件一件看了又看，手指头把不住发抖，这里的每一件衣服都是一个伤心的故事。那蓝布夹袄上的几点血迹，他是去年跟村坊里的人到那轮船局里去吵闹被人家一拳打破了鼻子的时候沾上去的；那花洋布的女裤又是老婆大前年做奶妈的时候向女主人讨来的，——老婆为的想做奶妈挣几个钱帮家用，还债，硬着心肠溺死了自己第二胎的女孩子，她到现在看见这花洋布裤子就要掉眼泪；还有，还有一身蓝绵绸的棉袄裤，是从死了的十三岁大女儿招弟的尸身上剥下来[1]，招弟是前年水灾的时候活活饿死的。……

这一个小小的包袱就是王阿大夫妻俩惨痛的生活史！

---

① 他们乡间的习惯，死人不能光着身体去见阎王，所以即使是极贫苦的人家当把死者放进薄皮棺时，也须穿了棉袄裤。

可是他们这全部惨痛生活史的唯一纪念品，——也是他们现在所有的全部财产，在典当朝奉的眼睛里看来，也许不值一块钱呢！

王阿大鼻孔里呼噜了两声，忍住了眼泪，抖着手指，再拿起老婆撩给他的半新的棉袄来。棉袄上还留着老婆身上的热气和那特别的汗臭，王阿大猛觉得心里像刀割似的，抱住了那棉袄，就哭起来了。

女人却不哭，睁大了眼睛发怔。她也想起了自己硬着头皮溺在马桶里闷死的第二胎的女孩子，她的心就像冰冻住了似的。

忽然她浑身一跳，就扑到床上，从破棉絮堆里抱过那不满半岁的孩子，紧紧偎在胸前，好像怕被人家夺了去。

Hon—ah! Hon—ah!

婴孩啼了，那声音像是哑嗓子的小猫。女人解开了衣，把干瘪的乳房塞到孩子嘴里，摇着身子。孩子吮住了乳头，也就不作声。

“包在一起，赶快走罢！——到迟了，当不进去，今天就没有吃的！”

女人望着丈夫这边，轻声说。

白烛头的火焰跳了一下，便又奄奄地矮下去了。门缝里透进白光。

王阿大抬起头来，叹一口气，把老婆那件棉袄包进了包袱，却把自己身上的破烂夹袄脱下来，往老婆床上一丢，就转身开那板门了。

“外边比不得屋里！你一件单衣不冷么？你穿了去！”

女人抱着孩子跳下床来，梗着咽喉叫。

王阿大不回答。一阵风扑向屋里来，白蜡烛头吹熄了，王阿大和他的女人都冷得发抖。哇的一声，女人怀里的婴孩哭起来了。那干枯的乳房不能使他满足。王阿大机械地回头看了那孩子一眼，就咬着牙齿，挟着那包袱，拔步走了。

女人到廊檐口又唤了她丈夫一声，也就站住了，阴凄凄的一双眼里充满了眼泪。她本能地换一个乳房给孩子吮，又回到房里，坐在破竹凳上。风像剪刀似的吹来。她冷得嘴唇都麻木了。她关上门，又披上丈夫让给她的破烂夹袄，可还是浑身发抖。但想到丈夫拿去的一包衣服总该当几文钱来买米，她又惨然一笑。

这时候，她方才觉得自己的没有乳汁的乳头被饿狠了的孩子吮得作痛。

她紧紧地抱住那孩子，觉得暖些，她惘然看着孩子的瘦脸，那小小额角上的嫩皮起了皱纹，像个老太婆。

二

王阿大急步跑了半个钟头光景，天已大明，可没有太阳。因为跑了路，他倒不觉得冷了，额角上还有汗珠。可是肚子里咕咕地叫起来了。起初还勉强熬得住，后来却越叫越勤，王阿大两条腿渐渐发重。

他咽下几口唾沫，慢慢地走。

他走得那样慢，简直不像是乡下人。三四起的邻村的农民赶过了他前头，他们都是上镇去的。

到了那有名的马家坟时，王阿大便坐在坟堆前那坍塌的石凳上歇一口气。直楠树的红叶子落到他脚边，他拾了一张叶子放在嘴里咬着。头顶有麻雀叫。他咽下了一口树叶子的苦汁，仰脸看那些麻雀。

那边远远一座桥。桥背后就有黑簇簇的房屋。这就是镇市梢。

啵！啵！啵！

镇市梢那机器碾米厂的汽管骄傲地叫着。

咕！咕！咕！王阿大的肚子又一次猛烈地叫着。并且他听出那叫声里还有他的不满半岁的儿子哑哑的哭。他急急忙忙跳起来，紧紧地挟着那包袱，就向镇上跑。

"到迟了，当不进去，今天就没有吃的了！"

老婆的话又在王阿大耳边响。他把裤腰带收紧些，没命地跑。他赶上了许多在前面走的农民。疯子似的直扑到那当铺的大门外，方才住脚。

当铺的两扇黑油大门还没有开，然而守在门外的人可已经不少。有几个店铺才只开了半扇门，趿着鞋皮的伙计探头到门口看了一眼，咳着，把痰吐在街心石板上。小乞丐似的学徒提着水吊子懒懒地走过。赶早市的糕团铺伙计顶着热气蓬蓬的蒸笼，接连吆喝着"糕呀，糕呀！"眨眨眼就跑过了。

守在当铺门外的穷人队伍，时时刻刻在增加，把那一段街道挤得没有空隙。他们都望着那一对乌油大门，他们都想挤到门前。王阿大挟着他的衣包也在人堆里挤。在他旁边，有一个红眼睛的老太婆，抱着一卷土布，瘪嘴唇翕翕地动，好像在那里念佛，也想挤到前面去。

忽然一个鱼贩子挑着一担鱼，远远地吆喝着来，要穿过这当铺门前的密集队伍。这鱼贩子的担子，前面是一个木桶，满满地装着水和活鱼，后面是一个筐子，盛着带泥的蚌；他用那水桶开路，摇摇摆摆冲进来。

人堆里起了扰动了。那红眼睛的老太婆，一心想挤上当门前去，不防斜刺里冲出那鱼贩子的扁担来，一头撞着，就跌倒了。木桶里的水泼了满地，川条鱼在石板上跳。

"撞倒了老太婆了！大家不要挤啊！"

王阿大喊起来，用背脊和屁股抵住了挤紧来的人们。

"啊哟哟！不要踩了我的鱼啊！——嘿，官路大家走得！"

鱼贩子赶快歇下担子，一面嚷，一面弯着腰在人腿缝里捉活鱼。

老太婆却已经爬起来，拍着手骂那鱼贩子"瞎了眼"。一会儿她记起了她的布，慌忙在地上捡起来，那白布却已变成灰布了。老太婆的骂就也变成了哭。然而人们依然挤紧来。老太婆没有工夫尽哭，夹在人堆里再向前挤，一面慌慌忙忙把泥污了的一段布在她的破衣服上揩擦。

王阿大好容易挤到了那一对乌油门前。他一身臭汗，肚子里只管咕咕地叫。背靠着那门，坐在地下的，有一位脸色青白的青年女人，仰起一对惊惶的眼睛朝天空看。女人的旁边有乡下人，也有镇上人，都把身子贴在那门上。

"哎！施粥厂门外也没有这般挤呀！"

有人在王阿大耳朵边叹着气说。

"荒年荒时，哎！——几时开门呢？"

王阿大松一松腰，也叹口气，好像是回答那耳边的人。他说那句"几时开门呢"的当儿，虽则有几分焦灼，可实在还带点自慰的意味；他总算没有落后，挤到这门前时，门还没开，他的小衣包也许能够顺利地换成了钱。

"说是要到九点才开哪！——喂，不是已经九点了么？"

坐在地下的年青女人接口说，眼睛看着王阿大。

"一定是九点过头了，我跑了十多里路，谁知道门还没开！"

王阿大回答，用手背去抹额角上的汗。

“十多里路么？可是我呢，我是天还没有发亮的时候就来这里坐着守的！他们几位比我慢几步。我们守了好半天了！又饿又冷！牢门还不开！这忽儿，人又那么多了！”

年青女人气虎虎地说着，把肘弯在门上撞了几下。

“还不开门么？开门呀！”

旁边的人也都喊起来，拳头捶得那乌油门蓬蓬地响。

王阿大的拳头够不到那门，就在那里嚷，他觉得嚷一阵，肚子叫就好了些。他背后的人们也在嚷，可不是嚷“开门”，却是嚷“挤上前去”。王阿大也巴不得能够再上前，可是在他前面有那青年女人，女人背后又是门，他只好把背脊和屁股抵住了后面的推挤。

现在这一条街上的店铺也都开市了。卸店板的声音，劈劈拍拍传来，王阿大也听得。然而他面前那对乌油门依然关得紧紧的。

他回头去看一眼。那是几层的人，有涨红的脸，也有灰白喘气的脸，都在嘈嘈地嚷骂，根那当铺不肯早点开门。

“嗳，喔唷，喔唷！”

那青年女人忽然咬紧着牙关哼起来了，两手捧着肚子。

等待着的人们只是呼噪着“开门”，谁也没有注意这女人。

王阿大因为是面对面站着，只他看清了那女人的惨痛的挣扎有点异样。他记得曾经见过这样捧着肚子哼的形状，可是他一时记不清。女人哼了一会儿，便也不作声，她慢慢地抬起头来，额角上是青筋直爆，黄豆大的汗珠，嘴唇上两个深深的齿痕，眼睛里充满了惊惶。

她看了王阿大一眼，又看看左边和右边，好像有什么话想找个适当的人告诉。

但此时人们突然发一声喊：开了！王阿大面前的两扇乌油门闪开一条缝。人们又一声喊，王阿大再也站不稳了，昏头昏脑撞了几步，身子已经在乌油门内了，却又听得一声刺耳的惨叫，接着是男人的声音狂喊道：

“不好了！踏倒一个女人了！一个大肚子的女人！”

王阿大就像浸在冰水里冷的浑身战抖。他想站住，可是不行。人们像潮水似的涌来，将他直推到那高高的柜台前面，将他挤在柜台边，透不过气。

柜台边是无数的手，各式各样的旧衣服，小包袱。

王阿大本能地也挣出他那拿着包袱的手来，插进了那手的林，他暂时忘记了那一声刺耳的惨叫，和那惨痛挣扎的女人的面孔。他也学着他那一伙人直着喉咙乱嚷“朝奉先生”。

他看见一个朝奉走过来了。但是那朝奉接了别人手里的东西。

他看见左边又有一个朝奉皱着眉头把几件蓝布衣服直撩到柜台外人堆里，大声吆喝着：

“烂东西！不当!”

他又看见自己面前那个朝奉拎起两件绸衣喊道：

“一块钱!”

“两块，行吗？是新的呢!”

有人在王阿大身边蹶起了脚对柜台上说。但是那朝奉并没回答，把那两件绸衣直撩下来，就去接另一个人手里的东西了。

这是雪白光亮的一车丝。朝奉拿在手里攧了一攧，也喝道：

“一块钱!”

丝的主人略迟一些回答，那朝奉早就撇下丝。王阿大乘这机会把自己的包袱凑上去，心里把不住卜卜的跳。

“什么！你来开玩笑么？这样的东西也拿来当!”

朝奉刚打开了包袱，立刻就捏住了鼻子，连包袱和衣服推下柜台来，大声喝骂。

王阿大像当头吃了一棍子，昏头昏脑地不知道怎样才好。他机械地弯着腰在人脚的海里捞他的几件宝贝衣服。同时他的耳朵里呜呜地响；他听得老婆哭，孩子哭；他听得自己肚子叫。

等到他从地下人脚缝里捞起他的衣服来，打算换一个地点再作第二次尝试——挑一个面相和气的朝奉来碰碰运气的时候，他听得人们乱哄哄地喊道：

“怎么？不过一管烟的工夫，一百二十元就当满了么？今天就止当了么？就停当候赎了么?”

王阿大叹一口气，知道今天又是白跑了一趟，他失神似的让人们把他拥着推着，直到了那乌油的大门边。他猛一低头，看见门槛石上有一滩紫黑的血迹。于是他立刻又听得了那女人的刺耳的惨呼，并且他猛然想起了那女人的捧着肚子哼的样子就同他自己的老婆去年在水车旁边生产那孩子的时候一样。

于是王阿大想起了他自己的没有奶吃的半岁的孩子，想到了老婆的一身瘦骨头和两只干瘪的乳房，他的心就同一块石头似的发沉了。

春　蚕

一

老通宝坐在“塘路”边的一块石头上，长旱烟管斜摆在他身边。“清明”节后的太阳已经很有力量，老通宝背脊上热烘烘地，像背着一盆火。“塘路”上拉纤的快班船上的绍兴人只穿了一件蓝布单衫，敞开了大襟，弯着身子拉，额角上黄豆大的汗粒落到地下。

看着人家那样辛苦的劳动，老通宝觉得身上更加热了，热的有点儿发痒。他还穿着那件过冬的破棉袄，他的夹袄还在当铺里，却不防才得“清明”边，天就那么热。

“真是天也变了！”

老通宝心里说，就吐一口浓厚的唾沫。在他面前那条“官河”内，水是绿油油的，来往的船也不多，镜子一样的水面这里那里起了几道皱纹或是小小的涡旋，那时候，倒影在水里的泥岸和岸边成排的桑树，都晃乱成灰暗的一片。可是不会很长久的，渐渐儿那些树影又在水面上显现，一弯一曲地蠕动，像是醉汉，再过一会儿，终于站定了，依然是很清晰的倒影。那拳头模样的桠枝顶都已经簇生着小手指儿那么大的嫩绿叶。这密密层层的桑树，沿着那“官河”一直望去，好像没有尽头。田里现在还只有干裂的泥块，这一带，现在是桑树的势力！在老通宝背后，也是大片的桑林，矮矮的，静穆的，在热烘烘的太阳光下，似乎那“桑拳”上的嫩绿叶过一秒钟就会大一些。

离老通宝坐处不远，一所灰白色的楼房蹲在“塘路”边，那是茧厂。十多天前驻扎过军队，现在那边田里留着几条短短的战壕。那时都说东洋兵要打进来，镇上有钱人都逃光了；现在兵队又开走了，那座茧厂依旧空关在那里，等候春茧上市的时候再热闹一番。老通宝也听得镇上小陈老爷的儿子——陈大少爷说过，今年上海不太平，丝厂都关门，恐怕这里的茧厂也不能开；但老通宝是不肯相信的。他活了六十岁，反乱年头也经过好几个，从没见过绿油油的桑叶白养在树上等到成了“枯叶”去喂羊吃；除非是“蚕花”不熟，但那是老天爷的“权柄”，谁又能够未卜先知？

“才得清明边，天就那么热！”

老通宝看着那些桑拳上怒茁的小绿叶儿，心里又这么想，同时有几分惊异，有几分快活。他记得自己还是二十多岁少壮的时候，有一年也是“清明”边就得穿夹，后来就是“蚕花二十四分”，自己也就在这一年成了家。那时，他家正在“发”；他的父亲像一头老牛似的，什么都懂得，什么都做得；便是他那创家立业的祖父，虽说在长毛窝里吃过苦头，却也愈老愈硬朗。那时候，老陈老爷去世不久，小陈老爷还没抽上鸦片烟，“陈老爷家”也不是现在那么不像样的。老通宝相信自己一家和“陈老爷家”虽则一边是高门大户，而一边不过是种田人，然而两家的运命好像是一条线儿牵着。不但“长毛造反”那时候，老通宝的祖父和陈老爷同被长毛掳去，同在长毛窝里混上了六七年，不但他们俩同时从长毛营盘里逃了出来，而且偷得了长毛的许多金元宝——人家到现在还是这么说；并且老陈老爷做丝生意“发”起来的时候，老通宝家养蚕也是年年都好，十年中间挣得了二十亩的稻田和十多亩的桑地，还有三开间两进的一座平屋。这时候，老通宝家在东村庄上被人人所妒羡，也正像“陈老爷家”在镇上是数一数二的大户人家。可是以后，两家都不行了；老通宝现在已经没有自己的田地，反欠出三百多块钱的债，“陈老爷家”也早已完结。人家都说“长毛鬼”在阴间告了一状，阎罗王追还“陈老爷家”的金元宝横财，所以败的这么快。这个，老通宝也有几分相信：不是鬼使神差，好端端的小陈老爷怎么会抽上了鸦片烟？

可是老通宝死也想不明白为什么“陈老爷家”的“败”会牵动到他家。他确实知道自己家并没得过长毛的横财。虽则听死了的老头子说，好像那老祖父逃出长毛营盘的时候，不巧撞着了一个巡路的小长毛，当时没法，只好杀了他，——这是一个“结”！然而从老通宝懂事以来，他们家替这小长毛鬼拜忏念佛烧纸锭，记不清有多少次了。这个小冤魂，理应早投凡胎。老通宝虽然不很记得祖父是怎样“做人”，但父亲的勤俭忠厚，他是亲眼看见的；他自己也是规矩人，他的儿子阿四，儿媳四大娘，都是勤俭的。就是小儿子阿多年纪轻，有几分“不知苦辣”，可是毛头小伙子，大都这么看，算不得“败家相”！

老通宝抬起他那焦黄的皱脸，苦恼地望着他面前的那条河，河里的船，以及两岸的桑地。一切都和他二十多岁时差不了多少，然而“世界”到底变了。他自己家也要常常把杂粮当饭吃一天，而且又欠出了三百多块钱的债。

呜！呜，呜，呜，——

汽笛叫声突然从那边远远的河身的弯曲地方传了来。就在那边，蹲着又一个茧厂，远望去隐约可见那整齐的石“帮岸”。一条柴油引擎的小轮船很威严地从那茧厂后驶出来，拖着三条大船，迎面向老通宝来了。满河平静的水立刻激起泼剌剌的波浪，一齐向两旁的泥岸卷过来。一条乡下“赤膊船”赶快拢岸，船上人揪住了泥岸上的树根，船和人好像都在那里打秋千。轧轧轧的轮机声和洋油臭，飞散在这和平的绿的田野。老通宝满脸恨意，看着这小轮船来，看着它过去，直到又转一个弯，呜呜呜地又叫了几声，就看不见。老通宝向来仇恨小轮船这一类洋鬼子的东西！他从没见过洋鬼子，可是他从他的父亲嘴里知道老陈老爷见过洋鬼子：红眉毛，绿眼睛，走路时两条腿是直的。并且老陈老爷也是很恨洋鬼子，常常说“铜钿都被洋鬼子骗去了”，老通宝看见老陈老爷的时候，不过八九岁，——现在他所记得的关于老陈老爷的一切都是听来的，可是他想起了“铜钿都被洋鬼子骗去了”这句话，就仿佛看见了老陈老爷捋着胡子摇头的神气。

洋鬼子怎样就骗了钱去，老通宝不很明白。但他很相信老陈老爷的话一定不错。并且他自己也明明看到自从镇上有了洋纱，洋布，洋油，——这一类洋货，而且河里更有了小火轮船以后，他自己田里生出来的东西就一天一天不值钱，而镇上的东西却一天一天贵起来。他父亲留下来的一份家产就这么变小，变做没有，而且现在负了债。老通宝恨洋鬼子不是没有理由的！他这坚定的主张，在村坊上很有名。五年前，有人告诉他：朝代又改了，新朝代是要“打倒”洋鬼子的。老通宝不相信。为的他上镇去看见那新到的喊着“打倒洋鬼子”的年轻人们都穿了洋鬼子衣服。他想来这伙年轻人一定私通洋鬼子，却故意来骗乡下人。后来果然就不喊“打倒洋鬼子”了，而且镇上的东西更加一天一天贵起来，派到乡下人身上的捐税也更加多起来。老通宝深信这都是串通了洋鬼子干的。

然而更使老通宝去年几乎气成病的，是茧子也是洋种的卖得好价钱；洋种的茧子，一担要贵上十多块钱。素来和儿媳总还和睦的老通宝，在这件事上可就吵了架，儿媳四大娘去年就要养洋种的蚕，小儿子跟他嫂嫂是一路，那阿四虽然嘴里不多说，心里也是要洋种的。老通宝拗不过他们，末了只好让步。现在他家里有五种蚕种，就是土种四张，洋种一张。

“世界真是越变越坏！过几年他们连桑叶都要洋种了！我活得厌了！”

老通宝看着那些桑树，心里说，拿起身边的长旱烟管恨恨地敲着脚边的泥块。太阳现在正当他头顶，他的影子落在泥地上，短短地像一段乌焦木头，还穿着破棉袄的他，觉得浑身燥热起来了。他解开了大襟上的纽扣，又抓着衣角扇了几下，站起来回家去。

那一片桑树背后就是稻田。现在大部分是匀整的半翻着的燥裂的泥块。偶尔也有种了杂粮的，那黄金一般的菜花散出强烈的香味。那边远远的一簇房屋，就是老通宝他们住了三代的村坊，现在那些屋上都袅起了白的炊烟。

老通宝从桑林里走出来，到田塍上，转身又望那一片爆着嫩绿的桑树。忽然那边田里跳跃着来了一个十来岁的男孩子，远远地就喊道：

“阿爹！妈等你吃中饭呢！”

“哦——”

老通宝知道是孙子小宝，随口应着，还是望着那一片桑林。才只得“清明”边，桑叶尖儿就抽得那么小指头儿似的，他一生就只见过两次。今年的蚕花，光景是好年成。三张蚕种，该可以采多少茧子呢？只要不像去年，他家的债也许可以拔还一些吧。

小宝已经跑到他阿爹的身边了，也仰着脸看那绿绒似的桑拳头；忽然他跳起来拍着手唱道：

“清明削口，看蚕娘娘拍手！”①

老通宝的皱脸上露出笑容来了。他觉得这是一个好兆头。他把手放在小宝的“和尚头”上摩着，他的被穷苦弄麻木了的老心里勃然又生出新的希望来了。

---

① 这是老通宝所在那一带乡村里关于“蚕事”的一种歌谣式的成语。所谓“削口”，指桑叶抽发如指；“清明削口”谓清明边桑叶已抽放如许大也。“看”是方言，意同“饲”或“育”。全句谓清明边桑叶开绽则熟年可卜，故蚕妇拍手而喜。

二

天气继续暖和，太阳光催开了那些桑拳头上的小手指儿模样的嫩叶，现在都有小小的手掌那么大了。老通宝他们那村庄四周围的桑林似乎发长得更好，远望去像一片绿锦平铺在密密层层灰白色矮矮的篱笆上。“希望”在老通宝和一般农民们的心里一点一点一天一天强大。蚕事的动员令也在各方面发动了。藏在柴房里一年之久的养蚕用具都拿出来洗刷修补。那条穿村而过的小溪旁边，蠕动着村里的女人和孩子，工作着，嚷着，笑着。

这些女人和孩子们都不是十分健康的脸色，——从今年开春起，他们都只吃个半饱；他们身上穿的，也只是些破旧的衣服。实在他们的情形比叫花子好不了多少。然而他们的精神都很不差。他们有很大的忍耐力，又有很大的幻想。虽然他们都负了天天在增大的债，可是他们那简单的头脑老是这么想：只要蚕花熟，就好了！他们想像到一个月以后那些绿油油的桑叶就会变成雪白的茧子，于是又变成丁丁当当响的洋钱，他们虽然肚子里饿得咕咕地叫，却也忍不住要笑。

这些女人中间也就有老通宝的媳妇四大娘和那个十二岁的小宝。这娘儿两个已经洗好了那些“团匾”和“蚕箪”[1]，坐在小溪边的石头上撩起布衫角揩脸上的汗水。

“四阿嫂！你们今年也看（养）洋种么？”

小溪对岸的一群女人中间有一个二十岁左右的姑娘隔溪喊过来了。四大娘认得是隔溪的对门邻居陆福庆的妹子六宝。四大娘立刻把她的浓眉毛一挺，好像正想找人吵架似地嚷了起来：

“不要来问我！阿爹做主呢！——小宝的阿爹死不肯，只看了一张洋种！老糊涂的听得带一个洋字就好像见了七世冤家！洋钱，也是洋，他倒又要了！”

---

① 老通宝乡里称那圆桌面那样大、极像一个盘的竹器为“团匾”；又一种略小而底部编成六角形网状的，称为“箪”，方言读如“踏”；蚕初收蚁时，在“箪”中养育，呼为“蚕箪”，那是糊了纸的；这种纸通称“糊箪纸”。

小溪旁那些女人们听得笑起来了。这时候有一个壮健的小伙子正从对岸的陆家稻场上走过，跑到溪边，跨上了那横在溪面用四根木头并排做成的雏形的“桥”。四大娘一眼看见，就丢开了“洋种”问题，高声喊道：

“多多弟！来帮我搬东西吧！这些匾，浸湿了，就像死狗一样重！”

小伙子阿多也不开口，走过来拿起五六只“团匾”，湿漉漉地顶在头上，却空着一双手，划桨似地荡着，就走了。这个阿多高兴起来时，什么事都肯做，碰到同村的女人们叫他帮忙拿什么重家伙，或是下溪去捞什么，他都肯；可是今天他大概有点不高兴，所以只顶了五六只“团匾”去，却空着一双手。那些女人们看着他戴了那特别大箬帽似的一叠“匾”，袅着腰，学镇上女人的样子走着，又都笑起来了，老通宝家紧邻的李根生的老婆荷花一边笑，一边叫道：

“喂，多多头！回来！也替我带一点儿去！”

“叫我一声好听的，我就给你拿。”

阿多也笑着回答，仍然走。转眼间就到了他家的廊下，就把头上的“团匾”放在廊檐口。

“那么，叫你一声干儿子！”

荷花说着就大声的笑起来，她那出众地白净然而扁得作怪的脸上看去就好像只有一张大嘴和眯紧了好像两条线一般的细眼睛。她原是镇上人家的婢女，嫁给那不声不响整天苦着脸的半老头子李根生还不满半年，可是她的爱和男子们胡调已经在村中很有名。

“不要脸的！”

忽然对岸那群女人中间有人轻声骂了一句。荷花的那对细眼睛立刻睁大了，怒声嚷道：

“骂哪一个？有本事，当面骂，不要躲！”

“你管得我？棺材横头踢一脚，死人肚里自得知：我就骂那不要脸的骚货！”

隔溪立刻回骂过来了，这就是那六宝，又一位村里有名淘气的大姑娘。

于是对骂之下，两边又泼水。爱闹的女人也夹在中间帮这边帮那边。小孩子们笑着狂呼。四大娘是老成的，提起她的“蚕箪”，喊着小宝，自回家去。阿多站在廊下看着笑。他知道为什么六宝要跟荷花吵架；他看着那“辣货”六宝挨骂，倒觉得很高兴。

老通宝掮着一架“蚕台”① 从屋子里出来。这三棱形家伙的木梗子有几条给白蚂蚁蛀过了，怕的不牢，须得修补一下。看见阿多站在那里笑嘻嘻地望着外边的女人们吵架，老通宝的脸色就板起来了。他这“多多头”的小儿子不老成，他知道。尤其使他不高兴的，是多多也和紧邻的荷花说说笑笑。“那母狗是白虎星，惹上了她就得败家”，——老通宝时常这样警戒他的小儿子。

“阿多！空手看野景么？阿四在后边扎‘缀头’②，你去帮他！”

老通宝像一匹疯狗似的咆哮着，火红的眼睛一直盯住了阿多的身体，直到阿多走进屋里去，看不见了，老通宝方才提过那“蚕台”来反复审察，慢慢地动手修补。木匠生活，老通宝早年是会的；但近来他老了，手指头没有劲，他修了一会儿，抬起头来喘气，又望望屋里挂在竹竿上的三张蚕种。

四大娘就在廊檐口糊“蚕箪”。去年他们为的想省几百文钱，是买了旧报纸来糊的。老通宝直到现在还说是因为用了报纸——不惜字纸，所以去年他们的蚕花不好。今年是特地全家少吃一餐饭，省下钱来买了“糊箪纸”来了。四大娘把那鹅黄色坚韧的纸儿糊得很平贴，然后又照品字式糊上三张小小的花纸——那是跟“糊箪纸”一块儿买来的，一张印的花色是“聚宝盆”，另两张都是手执尖角旗的人儿骑在马上，据说是“蚕花太子”。

“四大娘！你爸爸做中人借来三十块钱，就只买了二十担叶。后天米又吃完了，怎么办?”

老通宝气喘喘地从他的工作里抬起头来，望着四大娘。那三十块钱是二分半的月息。总算有四大娘的父亲张财发做中人，那债主也就是张财发的东家“做好事”，这才只要了二分半的月息。条件是蚕事完后本利归清。

四大娘把糊好了的“蚕箪”放在太阳底下晒，好像生气似的说：

“都买了叶！又像去年那样多下来——”

“什么话！你倒先来发利市了！年年像去年么？自家只有十来担叶；五张

---

① “蚕台”是三棱式可以折起来的木架子，像三张梯连在一处的家伙；中分七八格，每格可放一团匾。

② “缀头”也是方言，是稻草扎的，蚕在上面做茧子。

布子（蚕种），十来担叶够么？”

“噢，噢；你总是不错的！我只晓得有米烧饭，没米饿肚子！”

四大娘气哄哄地回答；为了那“洋种”问题，她到现在常要和老通宝抬杠。

老通宝气得脸都紫了。两个人就此再没有一句话。

但是“收蚕”的时期一天一天逼进了。这二三十人家的小村落突然呈现了一种大紧张，大决心，大奋斗，同时又是大希望。人们似乎连肚子饿都忘记了。老通宝他们家东借一点，西赊一点，居然也一天一天过着来。也不仅老通宝他们，村里哪一家有两三斗米放在家里呀！去年秋收固然还好，可是地主，债主，正税，杂捐，一层一层地剥削来，早就完了。现在他们唯一的指望就是春蚕，一切临时借贷都是指明在这“春蚕收成”中偿还。

他们都怀着十分希望又十分恐惧的心情来准备这春蚕的大搏战！

“谷雨”节一天近一天了。村里二三十人家的“布子”都隐隐现出绿色来。女人们在稻场上碰见时，都匆忙地带着焦灼而快乐的口气互相告诉道：

“六宝家快要‘窝种’[1]了呀！”

“荷花说她家明天就要‘窝’了。有这么快！”

“黄道士去测一字，今年的青叶要贵到四洋！”

四大娘看自家的五张“布子”。不对！那黑芝麻似的一片细点子还是黑沉沉，不见绿影。她的丈夫阿四拿到亮处去细看，也找不出几点“绿”来。四大娘很着急。

“你就先‘窝’起来吧！这余杭种，作兴是慢一点的。”

阿四看着他老婆，勉强自家宽慰。四大娘堵起了嘴巴不回答。

老通宝哭丧着干皱的老脸，没说什么，心里却觉得不妙。

幸而再过了一天，四大娘再细心看那“布子”时，哈，有几处转成绿色了！而且绿的很有光彩。四大娘立刻告诉了丈夫，告诉了老通宝，多多头，也告诉了她的儿子小宝。她就把那些布子贴肉揾在胸前，抱着吃奶的婴孩似

---

① “窝种”也是老通宝乡里的习惯；蚕种转成绿色后就得把来贴肉揾着，约三四天后，蚕蚁孵出，就可以“收蚕”。这工作是女人做的。“窝”是方言，意即“揾”也。

的静静儿坐着，动也不敢多动了。夜间，她抱着那五张“布子”到被窝里，把阿四赶去和多多头做一床。那“布子”上密密麻麻的蚕子儿贴着肉，怪痒痒的；四大娘很快活，又有点儿害怕，她第一次怀孕时胎儿在肚子里动，她也是那样半惊半喜的！

全家都是惴惴不安地又很兴奋地等候“收蚕”。只有多多头例外。他说：今年蚕花一定好，可是想发财却是命里不曾来。老通宝骂他多嘴，他还是要说。

蚕房早已收拾好了。“窝种”的第二天，老通宝拿一个大蒜头涂上一些泥，放在蚕房的墙脚边；这也是年年的惯例，但今番老通宝更加虔诚，手也抖了。去年他们“卜”[①] 的非常灵验。可是去年那“灵验”，现在老通宝想也不敢想。

现在这村里家家都在“窝种”了。稻场上和小溪边顿时少了那些女人们的踪迹。一个“戒严令”也在无形中颁布了：乡农们即使平日是最好的，也不往来；人客来冲了蚕神不是玩的！他们至多在稻场上低声交谈一二句就走开。这是个“神圣”的季节。

老通宝家的五张布子上也有些“乌娘”[②] 蠕蠕地动了。于是全家的空气，突然紧张。那正是“谷雨”前一日。四大娘料来可以挨过了“谷雨”节那一天[③]。布子不须再“窝”了，很小心地放在“蚕房”里。老通宝偷眼看一下那个躺在墙脚边的大蒜头，他心里就一跳。那大蒜头上还只有一两茎绿芽！老通宝不敢再看，心里祷祝后天正午会有更多更多的绿芽。

终于“收蚕”的日子到了。四大娘心神不定地淘米烧饭，时时看饭锅上的热气有没有直冲上来。老通宝拿出预先买了来的香烛点起来，恭恭敬敬放在灶君神位前。阿四和阿多去到田里采野花。小小宝帮着把灯芯草剪成细末子，又把采来的野花揉碎。一切都准备齐全了时，太阳也近午刻了，饭锅上

① 用大蒜头来“卜”蚕花好否，是老通宝乡里的迷信。收蚕前两三天，以大蒜涂泥置蚕房中，至收蚕那天拿来看，蒜叶多主蚕熟，少则不熟。

② 老通宝乡间称初生的蚕蚁为“乌娘”；这也是方言。

③ 老通宝乡里的习惯，“收蚕”——即收蚁，须得避过“谷雨”那一天，或上或下都可以，但不能正在“谷雨”那一天。什么理由，可不知道。

水蒸气嘟嘟地直冲，四大娘立刻跳了起来，把“蚕花”① 和一对鹅毛插在发髻上，就到“蚕房”里。老通宝拿着秤杆，阿四拿了那揉碎的野花片儿和灯芯草碎末。四大娘揭开“布子”，就从阿四手里拿过那野花碎片和灯芯草末子撒在“布子”上，又接过老通宝手里的秤杆来，将“布子”挽在秤杆上，于是拔下发髻上的鹅毛在“布子”上轻轻儿拂；野花片，灯芯草末子，连同“乌娘”，都拂在那“蚕箪”里了。一张，两张，……都拂过了；最后一张是洋种，那就收在另一个“蚕箪”里。末了，四大娘又拔下发髻上那朵“蚕花”，跟鹅毛一块插在“蚕箪”的边儿上。

这是一个隆重的仪式！千百年相传的仪式！那好比是誓师典礼，以后就要开始了一个月光景的和恶劣的天气和厄运以及和不知什么的连日连夜无休息的大决战！

“乌娘”在“蚕箪”里蠕动，样子非常强健；那黑色也是很正路的。四大娘和老通宝他们都放心地松一口气了。但当老通宝悄悄地把那个“命运”的大蒜头拿起来看时，他的脸色立刻变了！大蒜头上还只得三四茎嫩芽！天哪！难道又同去年一样？

三

然而那“命运”的大蒜头这次竟不灵验。老通宝家的蚕非常好！虽然头眠二眠的时候连天阴雨，气候是比“清明”边似乎还要冷一点，可是那些“宝宝”都很强健。

村里别人家的“宝宝”也都不差。紧张的快乐弥漫了全村庄，似那小溪里琮琮的流水也像是朗朗的笑声了。只有荷花家是例外。她们家看了一张“布子”，可是“出火”② 只称得二十斤；“大眠”快边人们还看见那不声不响晦气色的丈夫根生倾弃了三“蚕箪”在那小溪里。

这一件事，使得全村的妇人对于荷花家特别“戒严”。她们特地避路，不

① “蚕花”是一种纸花，预先买下来的。这些迷信的仪式，各处小有不同。
② “出火”也是方言，是指“二眠”以后的“三眠”；因为“眠”时特别短，所以叫“出火”

从荷花的门前走，远远的看见了荷花或是她那不声不响丈夫的影儿就赶快躲开；这些幸运的人儿惟恐看了荷花他们一眼或是交谈半句话就传染了晦气来！

老通宝严禁他的小儿子多多头跟荷花说话。——“你再跟那东西多嘴，我就告你迕逆！”老通宝站在廊檐外高声大气喊，故意要叫荷花他们听得。

小小宝也受到严厉的嘱咐，不许跑到荷花家的门前，不许和他们说话。

阿多像一个聋子似的不理睬老头子那早早夜夜的唠叨，他心里却在暗笑。全家就只有他不大相信那些鬼禁忌。可是他也没有跟荷花说话，他忙都忙不过来。

“大眠”捉了毛三百斤，老通宝全家连十二岁的小宝也在内，都是两日两夜没有合眼。蚕是少见的好，活了六十岁的老通宝记得只有两次是同样的，一次就是他成家的那年，又一次是阿四出世那一年。“大眠”以后的“宝宝”第一天就吃了七担叶，个个是生青滚壮，然而老通宝全家都瘦了一圈，失眠的眼睛上布满了红丝。

谁也料得到这些“宝宝”上山前还得吃多少叶。老通宝和儿子阿四商量了：

“陈大少爷借不出，还是再求财发的东家吧？”

“地头上还有十担叶，够一天。”

阿四回答，他委实是支撑不住了，他的一双眼皮像有几百斤重，只想合下来。老通宝却不耐烦了，怒声喝道：

“说什么梦话！刚吃了两天老蚕呢。明天不算，还得吃三天，还要三十担叶，三十担！”

这时外边稻场上忽然人声喧闹，阿多押了新发来的五担叶来了。于是老通宝和阿四的谈话打断，都出去“捋叶”。四大娘也慌忙从蚕房里钻出来。隔溪陆家养的蚕不多，那大姑娘六宝抽得出工夫，也来帮忙了。那时星光满天，微微有点风，村前村后都断断续续传来了吆喝和欢笑，中间有一个粗暴的声音嚷道：

“叶行情飞涨了！今天下午镇上开到四洋一担！”

老通宝偏偏听得了，心里急得什么似的。四块钱一担，三十担可要一百二十块呢，他哪来这许多钱！但是想到茧子总可以采五百多斤，就算五十块钱一百斤，也有这么二百五，他又心里一宽。那边“捋叶”的人堆里忽然又有一个小小的声音说：

“听说东路不大好，看来叶价钱涨不到多少的！”

老通宝认得这声音是陆家的六宝。这使他心里又一宽。

那六宝是和阿多同站在一个筐子边“捋叶”。在半明半暗的星光下，她和阿多靠得很近。忽然她觉得在那“杠条”① 的隐蔽下，有一只手在她大腿上拧了一把。好像知道是谁拧的，她忍住了不笑，也不声张。蓦地那手又在她胸前摸了一把，六宝直跳起来，出惊地喊了声：

“嗳哟！”

“什么事？”

同在那筐子边捋叶的四大娘问了，抬起头来。六宝觉得自己脸上热烘烘了，她偷偷地瞪了阿多一眼，就赶快低下头，很快地捋叶，一面回答：

“没有什么。想来是毛毛虫刺了我一下。”

阿多咬住了嘴唇暗笑。虽然在这半个月来也是半饱而且少睡，也瘦了许多了，他的精神可还是很饱满。老通宝那种忧愁，他是永远没有的。他永不相信靠一次蚕花好或是田里熟，他们就可以还清了债再有自己的田；他知道单靠勤俭工作，即使做到背脊骨折断也是不能翻身的。但是他仍旧很高兴地工作着，他觉着这也是一种快活，正像和六宝调情一样。

第二天早上，老通宝就到镇里去想法借钱来买叶。临走前，他和四大娘商量好，决定把他家那块出产十五担叶的桑地去抵押。这是他家最后的产业。

叶又买来了三十担。第一批的十担发来时，那些壮健的“宝宝”已经饿了半点钟了。“宝宝们”尖出了小嘴巴，向左向右乱晃，四大娘看得心酸。叶铺了上去，立刻蚕房里充满着萨萨萨的响声，人们说话也不大听得清。不多一会儿，那些“团匾”里立刻又全见白了，于是又铺上厚厚的一层叶。人们单是“上叶”也就忙得透不过气来。但这是最后五分钟了。再得两天，“宝宝”可以上山。人们把剩余的精力榨出来拼死命干。

阿多虽然接连三日三夜没有睡，却还不见怎么倦。那一夜。就由他一个

① “杠条”也是方言，指那些带叶的桑树枝条。通常采叶是连枝条剪下来的。

人“蚕房”里守那上半夜，好让老通宝以及阿四夫妇都去歇一歇。那是个好月夜，稍稍有点冷。蚕房里爇了一个小小的火。阿多守到二更过，上了第二次的叶，就蹲在那个“火”旁边听那些“宝宝”萨萨萨地吃叶。渐渐儿他的眼皮合上了。恍惚听得有门响，阿多的眼皮一跳，睁开眼来看了看，就又合上了。他耳朵里还听得萨萨萨的声音和屑索屑索的怪声。猛然一个踉跄，他的头在自己膝头上磕了一下，他惊醒过来，恰就听得蚕房的芦帘拍叉一声响，似乎还看见有人影一闪。阿多立刻跳起来，到外面一看，门是开着，月光下稻场上有一个人正走向溪边去。阿多飞也似跳出去，还没看清那人是谁，已经把那人抓过来摔在地下。他断定了这是一个贼。

“多多头！打死我也不怨你，只求你不要说出来！”

是荷花的声音，阿多听真了时不禁浑身的汗毛都竖了起来。月光下他又看见那扁得作怪的白脸儿上一对细圆的眼睛定定地看住了他。可是恐怖的意思那眼睛里也没有。阿多哼了一声，就问道：

“你偷什么？”

“我偷你们的宝宝！”

“放到哪里去了？”

“我扔到溪里去了！”

阿多现在也变了脸色。他这才知道这女人的恶意是要冲克他家的“宝宝”。

“你真心毒呀！我们家和你们可没有冤仇！”

“没有么？有的，有的！我家自管蚕花不好，可并没害了谁，你们都是好的！你们怎么把我当做白老虎，远远地望见我就别转了脸？你们不把我当人看待！”

那妇人说着就爬了起来，脸上的神气比什么都可怕。阿多瞅着那妇人好半晌，这才说道：

“我不打你，走你的吧！”

阿多头也不回的跑回家去，仍在“蚕房”里守着。他完全没有睡意了。他看那些“宝宝”，都是好好的。他并没想到荷花可恨或可怜，然而他不能忘记荷花那一番话；他觉到人和人中间有什么地方是永远弄不对的，可是他不能够明白想出来是什么地方，或是为什么。再过一会儿，他就什么都忘记了。“宝宝”是强健的，像有魔法似的吃了又吃，永远不会饱！

以后直到东方快打白了时，没有发生事故。老通宝和四大娘来替换阿多了，他们拿那些渐渐身体发白而变短了的“宝宝”在亮处照着，看是“有没有通”。他们的心被快活胀大了。但是太阳出山时四大娘到溪边汲水，却看见六宝满脸严重地跑过来悄悄地问道：

“昨夜二更过，三更不到，我远远地看见那骚货从你们家跑出来，阿多跟在后面，他们站在这里说了半天话呢！四阿嫂！你们怎么不管事呀？”

四大娘的脸色立刻变了，一句话也没说，提了水桶就回家去，先对丈夫说了，再对老通宝说。这东西竟偷进人家“蚕房”来了，那还了得！老通宝气得直跺脚，马上叫了阿多来查问。但是阿多不承认，说六宝是做梦见鬼。老通宝又去找六宝询问。六宝是一口咬定了看见。老通宝没有主意，回家去看那“宝宝”，仍然是很健康，瞧不出一些败相来。

但是老通宝他们满心的欢喜却被这件事打消了。他们相信六宝的话不会毫无根据。他们唯一的希望是那骚货或者只在廊檐口和阿多鬼混了一阵。

“可是那大蒜头上的苗却当真只有三四茎呀！”'

老通宝自心里这么想，觉得前途只是阴暗。可不是，吃了许多叶去，一直落来都很好，然而上了山却干殭了的事，也是常有的。不过老通宝无论如何不敢想到这上头去；他以为即使是肚子里想，也是不吉利。

四

“宝宝”都上山了，老通宝他们还是捏着一把汗。他们钱都花光了，精力也绞尽了，可是有没有报酬呢，到此时还没有把握。虽则如此，他们还是硬着头皮去干。“山棚”下爇了火，老通宝和阿四他们伛着腰慢慢地从这边蹲到那边，又从那边蹲到这边。他们听得山棚上有些屑屑索索的细声音①，他们就

① 蚕在山棚上受到热，就往“缀头”上爬，所以有屑索屑索的声音。这是蚕要做茧的第一步手续。爬不上去的，不是健康的蚕，多半不能作茧。

忍不住想笑，过一会儿又不听得了，他们的心就重甸甸地往下沉了。这样地，心是焦灼着，却不敢向山棚上望。偶或他们仰着的脸上淋到了一滴蚕尿了[①]，虽然觉得有点难过，他们心里却快活；他们巴不得多淋一些。

阿多早已偷偷地挑开“山棚”外围着的芦帘望过几次了。小小宝看见，就扭住了阿多，问“宝宝”有没有做茧子。阿多伸出舌头做一个鬼脸，不回答。

“上山”后三天，息火了。四大娘再也忍不住，也偷偷地跳开芦帘角看了一眼，她的心立刻卜卜地跳了。那是一片雪白，几乎连“缀头”都瞧不见；那是四大娘有生以来从没有见过的“好蚕花”呀！老通宝全家立刻充满了欢笑。现在他们一颗心定下来了！“宝宝”们有良心，四洋一担的叶不是白吃的；他们全家一个月的忍饿失眠总算不冤枉，天老爷有眼睛！

同样的欢笑声在村里到处都起来了。今年蚕花娘娘保佑这小小的村子。二三十人家都可以采到七八分，老通宝家更是比众不同，估量来总可以采一个十二三分。

小溪边和稻场上现在又充满了女人和孩子们。这些人都比一个月前瘦了许多，眼眶陷进了，嗓子也发沙，然而都很快活兴奋。她们嘈嘈地谈论那一个月内的“奋斗”时，她们的眼前便时时现出一堆堆雪白的洋钱，她们那快乐的心里便时时闪过了这样的盘算：夹衣和夏衣都在当铺里，这可先得赎出来；过端阳节也许可以吃一条黄鱼。

那晚上荷花和阿多的把戏也是她们谈话的资料。六宝见了人就宣传荷花的“不要脸，送上门去！”男人们听了就粗暴地笑着，女人们念一声佛，骂一句，又说老通宝家总算幸气，没有犯克，那是菩萨保佑，祖宗有灵！

接着是家家都“浪山头”了，各家的至亲好友都来“望山头”[②]。老通宝的亲家张财发带了小儿子阿九特地从镇上来到村里。他们带来的礼物，是软糕，线粉，梅子，枇杷，也有咸鱼。小小宝快活得好像雪天的小狗。

“通宝，你是卖茧子呢，还是自家做丝？”

---

① 据说蚕在作茧以前必撒一泡尿，而这尿是黄色的。

② “浪山头”在息火后一日举行，那时蚕已成茧，山棚四周的芦帘撤去。“浪”是“亮出来”的意思。“望山头”是来探望“山头”，有慰问祝颂的意思。“望山头”的礼物也有定规。

张老头子拉老通宝到小溪边一棵杨柳树下坐了，这么悄悄地问。这张老头子张财发是出名“会寻快活”的人，他从镇上城隍庙前露天的“说书场”听来了一肚子的疙瘩东西；尤其烂熟的，是“十八路反王，七十二处烟尘”，程咬金卖柴扒，贩私盐出身，瓦岗寨做反王的《隋唐演义》。他向来说话“没正经”，老通宝是知道的；所以现在听得问是卖茧子或者自家做丝，老通宝并没把这话看重，只随口回答道：

“自然卖茧子。”

张老头子却拍着大腿叹一口气。忽然他站了起来，用手指着村外那一片秃头桑林后面耸露出来的茧厂的风火墙说道：

“通宝！茧子是采了，那些茧厂的大门还关得紧洞洞呢！今年茧厂不开秤！——十八路反王早已下凡，李世民还没出世；世界不太平！今年茧厂关门，不做生意！”

老通宝忍不住笑了，他不肯相信。他怎么能够相信呢？难道那“五步一岗”似的比露天毛坑还要多的茧厂会一齐都关了门不做生意？况且听说和东洋人也已“讲拢”，不打仗了，茧厂里驻的兵早已开走。

张老头子也换了话，东拉西扯讲镇里的“新闻”，夹着许多“说书场”上听来的什么秦叔宝，程咬金。最后，他代他的东家催那三十块钱的债，为的他是“中人”。

然而老通宝到底有点不放心。他赶快跑出村去，看看“塘路”上最近的两个茧厂，果然大门紧闭，不见半个人；照往年说，此时应该早已摆开了柜台，挂起了一排乌亮亮的大秤。

老通宝心里也着慌了，但是回家去看见了那些雪白发光很厚实硬古古的茧子，他又忍不住嘻开了嘴。上好的茧子！会没有人要，他不相信。并且他还要忙着采茧，还要谢“蚕花利市”[①]，他渐渐不把茧厂的事放在心上了。

可是村里的空气一天一天不同了。才得笑了几声的人们现在又都是满脸的愁云。各处茧厂都没开门的消息陆续从镇上传来，从“塘路”上传来。往

---

① 老通宝乡里的风俗，“大眠”以后得拜一次“利市”，采茧以后，又是一次。经济窘的人家只举行“谢蚕花利市”，“拜利市”也是方言，意即“谢神”。

年这时候，“收茧人”像走马灯似的在村里巡回，今年没见半个“收茧人”，却换替着来了债主和催粮的差役。请债主们就收了茧子吧，债主们板起面孔不理。

全村子都是嚷骂，诅咒，和失望的叹息！人们做梦也不会想到今年“蚕花”好了，他们的日子却比往年更加困难。这在他们是一个晴天的霹雳！并且愈是像老通宝他们家似的，蚕愈养得多，愈好，就愈加困难，——“真正世界变了！”老通宝捶胸跺脚地没有办法。然而茧子是不能搁久了的，总得赶快想法：不是卖出去，就是自家做丝。村里有几家已经把多年不用的丝车拿出来修理，打算自家把茧做成了丝再说。六宝家也打算这么办。老通宝便也和儿子媳妇商量道：

“不卖茧子了，自家做丝！什么卖茧子，本来是洋鬼子行出来的！”

“我们有四百多斤茧子呢，你打算摆几部丝车呀！”

四大娘首先反对了。她这话是不错的。五百斤的茧子可不算少，自家做丝万万干不了。请帮手么？那又得花钱。阿四是和他老婆一条心。阿多抱怨老头子打错了主意，他说：

“早依了我的话，扣住自己的十五担叶，只看一张洋种，多么好！”

老通宝气得说不出话来。

终于一线希望忽又来了。同村的黄道士不知从哪里得的消息，说是无锡脚下的茧厂还是照常收茧。黄道士也是一样的种田人，并非吃十方的“道士”，向来和老通宝最说得来。于是老通宝去找那黄道士详细问过了以后，便又和儿子阿四商量把茧子弄到无锡脚下去卖。老通宝虎起了脸，像吵架似的嚷道：

“水路去有三十多九①呢！来回得六天！他妈的！简直是充军！可是你有别的办法么？茧子当不得饭吃，蚕前的债又逼紧来！”

阿四也同意了。他们去借了一条赤膊船，买了几张芦席，赶那几天正是好晴，又带了阿多。他们这卖茧子的“远征军”就此出发。

---

① 老通宝乡间计算路程都以“九”计；“一九”就是九里。“十九”是九十里，“三十多九”就是三十多个“九里”。

五天以后，他们果然回来了；但不是空船，船里还有一筐茧子没有卖出。原来那三十多九水路远的茧厂挑剔得非常苛刻：洋种茧一担只值三十五元，土种茧一担二十元，薄茧不要。老通宝他们的茧子虽然是上好的货色，却也被茧厂里挑剩了那么一筐，不肯收买。老通宝他们实卖得一百十一块钱，除去路上盘川，就剩了整整的一百元，不够偿还买青叶所借的债！老通宝路上气得生病了，两个儿子扶他到家。

打回来的八九十斤茧子，四大娘只好自家做丝了。她到六宝家借了丝车，又忙了五六天。家里米又吃完了。叫阿四拿那丝上镇里去卖，没有人要；上当铺当铺也不收。说了多少好话，总算把清明前当在那里的一石米换了出来。

就是这么着，因为春蚕熟，老通宝一村的人都增加了债！老通宝家为的养了五张布子的蚕，又采了十多分的好茧子，就此白赔上十五担叶的桑地和三十块钱的债！一个月光景的忍饥熬夜还不算。

秋　收

一

直到旧历五月尽头，老通宝那场病方才渐渐好了起来。除了他的媳妇四大娘到祖师菩萨那里求过两次“丹方”而外，老通宝简直没有吃过什么药；他就仗着他那一身愈穷愈硬朗的筋骨和病魔挣扎。

可是第一次离床的第一步，他就觉得有点不对了；两条腿就同踏在棉花堆里似的，软软地不得劲，而且他无论如何也不能把腰板挺直。“躺了那么长久，连骨节都生了锈了！”——老通宝不服气地想着，努力想装出还是少壮的气概来。然而当他在洗脸盆的水中照见了自己的面相时，却也忍不住叹一口气了。那脸盆里的面影难道就是他么？那是高撑着两根颧骨，一个瘦削的鼻头，两只大廓落落的眼睛，而又满头乱发，一部灰黄的络腮胡子，喉结就像小拳头似的突出来；——这简直七分像鬼呢！老通宝仔细看着，看着，再也忍不住那眼眶里的泪水往脸盆里直滴。

这是倔强的他近年来第一次淌眼泪。四五十年辛苦挣成了一份家当的他，素来就只崇拜两件东西：一是菩萨，一是健康。他深切地相信：没有菩萨保佑，任凭你怎么刁钻古怪，弄来的钱财到底是不“作肉”的；而没有了健康，即使菩萨保佑，你也不能挣钱活命。在这上头，老通宝所信仰的菩萨就是“财神”。每逢旧历朔望，老通宝一定要到村外小桥头那座简陋不堪的“财神堂”跟前磕几个响头，四十余年如一日。然而现在一场大病把他弄到七分像鬼，这打击就比茧子卖不起价钱还要厉害些。他觉得他这一家从此完了，再没有翻身的日子。

“唉！总共不过困了个把月，怎么就变了样子！”

望着那蹲在泥灶前吹火的四大娘，老通宝轻轻说了这么一句。

没有回答。蓬松着头发的四大娘头脸几乎要钻进灶门去似的一股劲儿在那里胡胡地吹。白烟弥漫了一屋子，又从屋前屋后钻出去，可是那半青的茅草不肯旺燃。十二三岁的小宝从稻场上跑进来，呛着那烟气就咳起来了；一边咳，一边就嚷肚子饿。老通宝也咳了几声，抖颤着一对腿，走到那泥灶跟前，打算帮一手。但此时灶门前一亮，茅草燃旺了，接着就有小声儿的必剥必剥的爆响。四大娘加了几根桑梗在灶里，这才抬起头来，却已是满脸泪水；不知道是为了烟熏了眼睛呢，还是另有原因，总之，这位向来少说话多做事的女人现在也是淌眼泪。

公公和儿媳妇两个，泪眼对看着，都没有话。灶里现在燃旺了，火舌头舐到灶门外。那一片火光映得四大娘满脸通红。这火光，虽然掩过了四大娘脸上的菜色，可掩不过她那消瘦。而且那发育很慢的小宝这时倚在他母亲身边，也是只剩了皮包骨头，简直像一只猴子。这一切，老通宝现在是看得十分清楚，——他躺在那昏暗的病床上也曾摸过小宝的手，也曾觉得这孩子瘦了许多，可总不及此时他看的真切，——于是他突然一阵心酸，几乎哭出声来了。

“呀，呀，小宝！你怎么的？活像是童子痨呢！”

老通宝气喘喘地挣扎出话来，他那大廓落落的眼睛钉住了四大娘的面孔。仍旧没有回答，四大娘撩起那破洋布衫的大襟来抹眼泪。

锅盖边嘟嘟地吹着白的蒸汽了。那汽里还有一股香味。小宝踅到锅子边凑着那热气嗅了一会儿，就回转头撅起嘴巴，问他的娘道：

“又是南瓜！娘呀！你怎么老是南瓜当饭吃！我要——我想吃白米饭呢！”

四大娘猛的抽出一条桑梗来，似乎要打那多嘴的小宝了；但终于只在地上鞭了一下，随手把桑梗折断，别转脸去对了灶门，不说话。

“小宝，不要哭；等你爷回来，就有白米饭吃。爷到你外公家去——托你外公借钱去了；借钱来就买米，烧饭给你吃。”老通宝的一只枯瘠的手抖簌簌地摸着小宝的光头，喃喃地说。

他这话可不是撒谎。小宝的父亲，今天一早就上镇里找他岳父张财发，当真是为的借钱，——好歹要揪住那张老头儿做个“中人”向镇上那专放“乡债”的吴老爷“借转”这么五块十块钱。但是小宝却觉得那仍旧是哄他的。足有一个半月了，他只听得爷和娘商量着“借钱来买米”。可是天天吃的还不是南瓜和芋头！讲到芋头，小宝也还有几分喜欢；加点儿盐烧熟了，上口也还香腻。然而那南瓜呀，松波波的，又没有糖，怎么能够天天当正经吃？不幸是近来半个月每天两顿总是老调的淡南瓜！小宝想起来就心里要作呕了。他含着两泡眼泪望着他的祖父，肚子里却又在咕咕地叫。他觉得他的祖父，他的爷，娘，都是硬心肠的人；他就盼望他的叔叔多多头回来，也许这位野马似的好汉叔叔又像上次那样带几个小烧饼来偷偷地给他香一香嘴巴。

然而叔父多多头已经有三天两夜不曾回家，小宝是记得很真的！

锅子里的南瓜也烧熟了，滋滋地叫响。老通宝揭开锅盖一看，那小半锅的南瓜干渣渣地没有汤，靠锅边并且已经结成“南瓜锅巴”了；老通宝眉头一皱，心里就抱怨他的儿媳妇太不知道俭省。蚕忙以前，他家也曾断过米，也曾烧南瓜当饭吃，但那时两个南瓜就得对上一锅子的水，全家连大带小五个人汤漉漉地多喝几碗也是一个饱；现在他才只病倒了个把月，他们年青人就专往“浪费”这条路上跑，这还了得么？他这一气之下，居然他那灰青的面皮有点红彩了。他抖抖簌簌地走到水缸边正待舀起水来。想往锅里加，猛不防四大娘劈头抢过去就把那干渣渣的南瓜糊一碗一碗盛了起来，又哑着嗓子叫道：

“不要加水！就只我们三个，一顿吃完，晚上小宝的爷总该带回几升米来了！——嗳，小宝，今回的南瓜干些，滋味好，你来多吃一碗罢！”

嚓！嚓！嚓！四大娘手快，已经在那里铲着南瓜锅巴了。老通宝气得说不出话来，捧了一碗南瓜就巍颤颤地踱到“廊檐口”，坐在门槛上慢慢地吃着，满肚子是说不明白的不舒服。

面前稻场上一片太阳光，金黄黄地耀得人们眼花。横在稻场前的那条小河像一条银带；可是河水也浅了许多了，岸边的几枝水柳叶子有点发黄。河岸两旁静悄悄地没个人影，连黄狗和小鸡也不见一只。往常在这正午时分，河岸上总有些打水洗衣洗碗盏的女人和孩子，稻场上总有些刚吃过饭的男子衔着旱烟袋，蹲在树底下，再不然，各家的廊檐口总也有些人像老通宝似的坐在门槛上吃喝着谈着，但现在，太阳光暖和地照着，小河的水静悄悄地流着，这村庄却像座空山了！老通宝才只一个半月没到廊檐口来，可是这村庄已经变化，他几乎认不得了，正像他的小宝瘦到几乎认不得一样！

碗里的南瓜糊早已完了，老通宝瞪着一对大廓落落的眼睛望着那小河，望着隔河的那些冷寂的茅屋，一边还在机械地啜着。他也不去推测村里的人为什么整伙儿不见面，他只觉得自己一病以后这世界就变了！第一是他自己，第二是他家里的人，——四大娘和小宝，而最后，是他所熟悉的这个生长之乡。有一种异样的悲酸冲上他鼻尖来了。他本能地放下那碗，双手捧着头，胡乱地想这想那。

他记得从“长毛窝”里逃出来的祖父和父亲常常说起“长毛”“洗劫过”（那叫做“打先风”罢）的村庄就是没半个人影子，也没鸡狗叫。今年新年里东洋小鬼打上海的时候，村里大家都嚷着“又是长毛来了”。但以后不是听说又讲和了么？他在病中，也没听说“长毛”来。可是眼前这村庄的荒凉景象多么像那“长毛打过先风”的村庄呀！他又记得他的祖父也常常说起，“长毛”到一个村庄，有时并不“开刀”，却叫村里人一块儿跟去做“长毛”；那时，也留下一座空空的村庄。难道现在他这村里的人也跟了去做“长毛”？原也听说别处地方闹“长毛”闹了好几年了，可是他这村里都还是“好百姓”呀，难道就在他病中昏迷那几天里“长毛”已经来过了么？这，想来也不像。

突然一阵脚步声在老通宝跟前跑过。老通宝出惊地抬起头来，看见扁阔的面孔上一对细眼睛正在对着他瞧。这是他家紧邻李根生的老婆，那出名的荷花！也是瘦了一圈，但正因为这瘦，反使荷花显得俏些：那一对眼睛也像比往常讨人欢喜，那眼光中混乱着同情和惊讶。但是老通宝立刻想起了春蚕时候自己家和荷花的宿怨来，并且他又觉得病后第一次看见生人面却竟是这个“白虎星”那就太不吉利，他恨恨地吐了一口唾沫，赶快垂下头去把脸藏过了。

一会儿以后，老通宝再抬起头来看时，荷花已经不见了，太阳光晒到他脚边。于是他就想起这时候从镇上回到村里来的航船正该开船，而他的儿子阿四也许在那船上，也许已经借到了几块钱，已经买了米。他下意识地咂着舌头了。实在他亦厌恶那老调的南瓜糊，他也想到了米饭就忍不住咽口水。

“小宝！小宝！到阿爹这里来罢！”

想到米饭，便又想到那饿瘦得可怜的孙子，老通宝扬着声音叫了。这是他今天离了病床后第一次像个健康人似的高声叫着。没有回音。老通宝看看天空，第二次用尽力气提高了嗓子再叫。可是出他意外，小宝却从紧邻的荷花家里跳出来了，并且手里还拿一个扁圆东西，看去像是小烧饼。这猴子似的小孩子跳到老通宝跟前，将手里的东西冲着老通宝的脸一扬，很卖弄似的叫一声“阿爹，你看，烧饼!”就慌忙塞进嘴里去了。

老通宝忍不住也咽下一口唾沫，嘴角边也掠过一丝艳羡的微笑；但立刻他放沉了脸色，轻声问道：

“小宝！谁给你的？这——烧饼!”

“荷——荷——”

小宝嘴里塞满了烧饼，说不出来。老通宝却已经明白，他的脸色更加难看了。他这时的心理很复杂：小宝竟去吃“仇人”的东西，真是太丢脸了！而且荷花家里竟有烧饼，那又是什么“天理”呀！老通宝恨得咬牙跺脚，可又不舍得打这可怜的小宝。这时小宝已经吞下了那个饼，就很得意地说道：

“阿爹！荷花给我的。荷花是好人，她有饼!”

“放屁!”

老通宝气得脸都红了，举起手来作势要打。可是小宝不怕，又接着说：

“她还有呢！她是镇上拿来的。她说明天还要去拿米，白米!”

老通宝霍地站了起来，浑身发抖。一个半月没有米饭下肚的他，本来听得别人家有米饭就会眼红，何况又是他素来看不起的荷花家！他铁青了脸，粗暴地叫骂道：

“什么希罕！光景是做强盗抢来的罢！有朝一日提去杀了头，这才是现世报!”

骂是骂了，却是低声的。老通宝转眼睃着他的孙子，心里便筹算着如果荷花出来“斗口”，怎样应付。平白地诬人“强盗”，可不是玩的。然而荷花家意外地毫无声响。倒是不识趣的小宝又做着鬼脸说道：

“阿爹！不是的！荷花是好人，她有烧饼，肯给我吃!”

老通宝的脸色立刻又灰白了。他不做声，转脸看见廊檐口那破旧的水车旁边有一根竹竿，随手就扯了过来。小宝一瞧神气不对，撒腿就跑，偏偏又向荷花家钻进去了。老通宝正待追赶，蓦地一阵头晕眼花，两腿发软，就坐在泥地上，竹竿撇在一边。这时候，隔河稻场上闪出一个人来，踱过那四根木头并排做成的“桥”，向着老通宝叫道：

"恭喜，恭喜！今天出来走动走动了！老通宝！"

虽则眼前还有几颗黑星在那里飞舞，可是一听那声音，老通宝就知道那人是村里的黄道士，心里就高兴起来。他俩在村里是一对好朋友，老通宝病时，这黄道士就是常来探问的一个。村里人也把他俩看成一双"怪物"：因为老通宝是有名的顽固，凡是带着一个"洋"字的东西他就恨如"七世冤家"，而黄道士呢，随时随地卖弄他在镇上学来的几句"斯文话"，例如叫铜钱为"孔方兄"，对人谈话的时候总是"宝眷…尊驾"那一套，村里人听去就仿佛是道士念咒，——因此就给他取了这绰号：道士。可是老通宝却就懂得这黄道士的"斯文话"。并且他常常对儿子阿四说，黄道士做种田人，真是"埋没"！

当下老通宝就把一肚子牢骚对黄道士诉说道：

"道士！说来活活气死人呢！我病了个把月，这世界就变到不像样了！你看，村坊里就像'长毛'刚来'打过先风'！那母狗白虎星，不知道到哪里去偷摸了几个烧饼来，不争气的小宝见着嘴馋！道士，你说该打不该打？"

老通宝说着又抓起身边那竹竿，扑扑地打着稻场上的泥地。黄道士一边听，一边就学着镇上城隍庙里那"三世家传"的测字先生的神气. 肩膀一摇一摆地点头叹气。末后，他悄悄地说：

"世界要反乱呢！通宝兄你知道村坊里人都干什么去了？——咳，吃大户，抢米囤！是前天白淇浜的乡下人做开头，今天我们村坊学样去了！令郎阿多也在内——可是，通宝兄，尊驾贵恙刚好，令郎的事，你只当不晓得罢了。哈哈，是我多嘴！"

老通宝听得明白，眼睛一瞪，忽地跳了起来，但立刻像头顶上碰到了什么似的又软瘫在地下，嘴唇簌簌地抖了。吃大户，抢米囤么？他心里乱札札地又惊又喜：喜的是荷花那烧饼果然来路"不正"，他刚才一口喝个正着，惊的是自己的小儿子多多头也干那样的事，"现世报"莫不要落在他自己身上。黄道士眯着一双细眼睛，很害怕似的瞧着老通宝，又连声说道：

"抱歉，抱歉！贵体保重要紧，要紧！是我嘴快闯祸了！目下听说'上头'还不想严办，不碍事。回头你警戒警戒令郎就行了！"

"咳，道士，不瞒你说，我一向看得那小畜生做人之道不对，老早就疑心是那‘小长毛’冤鬼投胎，要害我一家！现在果然做出来了！——他不回来便罢，回来时我活埋这小畜生！道士，谢谢你，给我透个信；我真是瞒在鼓心里呀！”

老通宝抖着嘴唇恨恨地说，闭了眼睛，仿佛他就看见那冤鬼“小长毛”。黄道士料不到老通宝会“古板”到这地步，当真在心里自悔“嘴快”了，况又听得老通宝谢他，就慌忙接口说：

“岂敢，岂敢，舍下还有点小事，再会，再会；保重，保重！”

像逃走似的，黄道士转身就跑，撇下老通宝一个人坐在那里痴想。太阳晒到他头面上了，——很有些威力的太阳，他也不觉得热，他只把从祖父到父亲口传下来的“长毛”故事，颠倒地乱想。他又想到自身亲眼见过的光绪初年间全县乡下人大规模的“闹漕”，立刻几颗血淋淋的人头挂在他眼前了。他的一贯的推论于是就得到了：“造反有好处，‘长毛’应该老早就得了天下，可不是么？”

现在他觉得自己一病以后，世界当真变了！而这一“变”，在刚从小康的自耕农破产，并且幻想还是极强的他，想起来总是害怕！

二

到太阳落山的时候，老通宝的儿子阿四回家了。他并没借到钱，但居然带来了三斗米。

“吴老爷说没有钱，面孔很难看。可是他后来发了善心，赊给我三斗米。他那米店里囤着百几十担呢！怪不得乡下人没饭吃！今天我们赊了三斗，等到下半年田里收起来，我们就要还他五斗糙米！这还是天大的情面！有钱人总是越拌越多！”

阿四阴沉地说着，把那三斗米分装在两个甏里，就跑到屋子后边那半旧的猪棚跟前和老婆叽叽咕咕讲“私房话”。老通宝闷闷地望着猪棚边的儿子和儿媳，又望望那两口米甏，觉得今天阿四的神气也不对，那三斗米的来路也就有点不明不白。可是他不敢开口追问。刚才为了小儿子多多头的“不学好”，老通宝和四大娘已经吵过架了。四大娘骂他“老糊涂”，并且取笑他：

“好，好！你去告多多头连逆，你把他活埋了，人家老爷们就会赏赐你一只金元宝罢！”老通宝虽然拿出“祖传”的圣贤人的大道理——“人穷了也要有志气”这句话来，却是毫无用处。“志气”不能当饭吃，比南瓜还不如！但老通宝因这一番吵闹就更加心事重了。他知道儿子阿四尽管“忠厚正派”，却是耳根太软，经不起老婆的怂恿。而现在，他们躲到猪棚边密谈了！老通宝恨得牙痒痒地，没有办法。他远远地望着阿四和四大娘，他的思想忽又落到那半旧的猪棚上。这是五六年前他亲手建造的一个很像样的猪棚，单买木料，也花了十来块钱呢；可是去年这猪棚就不曾用，今年大概又没有钱去买小猪；当初造这棚也曾请教过风水先生，真料不到如今这么“背时”！

老通宝的一肚子怨气就都呵在那猪棚上了。他抖簌簌地向阿四他们走去，一面走，一边叫道：

“阿四！前回听说小陈老爷要些旧木料。明天我们拆这猪棚卖给他罢！倒霉的东西，养不起猪，摆在这里干么！”

喳喳地密谈着的两个人都转过脸儿来了。薄暗中看见四大娘的脸异常兴奋，颧骨上一片红。她把嘴唇一披，就回答道：

“值得几个钱呢！这些脏木头，小陈老爷也不见得要！”

“他要的！我的老面子，我们和陈府上三代的来往，他怎么好说不要！”

老通宝吵架似的说，整个的“光荣的过去”忽又回到他眼前来了。和小陈老爷的祖父有过共患难的关系（长毛窝里一同逃出来），老通宝的祖父在陈府上是很有面子的；就是老通宝自己也还受到过分的优待，小陈老爷有时还叫他“通宝哥”呢！而这些特殊的遭遇，也就是老通宝的“驯良思想”的根基。

四大娘不再说什么，撅着嘴就走开了。

“阿四！到底多多头干些什么，你说！——打量我不知道么？等我断了气，这才不来管你们！”

老通宝看着四大娘走远了些，就突然转换话头，气吼吼地看着他的大儿子。

一只乌鸦停在屋脊上对老通宝父子俩哑哑地叫了几声。阿四随手拾起一块碎瓦片来赶走那乌鸦，又吐了口唾沫，摇着头，却不作声。他怎么说，而且说什么好呢？老子的话是这样的，老婆的话却又是一个样子，兄弟的话又是第三个样子。他这老实人，听听全有道理，却打不起主意。

“要杀头的呢！满门抄斩！我见过得多！”

“那——杀得完这许多么？”

阿四到底开口了，懦弱地反对着老子的意见。但当他看见老通宝两眼一瞪，额上青筋直爆，他就转口接着说道：

“不要紧！阿多去赶热闹罢哩！今天他们也没到镇上去——”

“热你的昏！黄道士亲口告诉我，难道会错？”

老通宝咬着牙齿骂，心里断定了儿子媳妇跟多多头全是一伙了。

“当真没有。黄道士，丝瓜缠到豆蔓里！他们今天是到东路的杨家桥去。老太婆女人打头，男人就不过帮着摇船。多多头也是帮她们摇船！不瞒你！”

阿四被他老子追急了，也就顾不得老婆的叮嘱，说出了真情实事。然而他还藏着两句要紧话，不肯泄漏，一是帮着摇船的多多头在本村里实在是领袖，二是阿四他本人也和老婆商量过，要是今天借不到钱，量不到米，明天阿四也帮她们“摇船”去。

老通宝似信非信地钉住了阿四看，暂时没有话。

现在天色渐渐黑下来了，老通宝家的烟囱里开始冒白烟，小宝在前面屋子里唱山歌。四大娘的声音唤着：“小宝的爷！”阿四赶快应了一声，便离开他老子和那猪棚；却又站住了，松一口气似的说道：

“眼前有这三斗米，十天八天总算是够吃了；晚上等多多头回来，就叫他不要再去帮她们摇船罢！”

“这猪棚也要拆的。摆在这里，风吹雨打，白糟塌坏了！拆下来到底也变得几个钱。”

老通宝又提到那猪棚，言外之意仿佛就是：还没有山穷水尽，何必干那些犯“王法”的事呢！接着他又用手指敲着那猪棚的木头，像一个老练的木匠考查那些木头的价值。然后，他也踱进屋子去了。

这时候，前面稻场上也响动了人声。村里“出去”的人们都回来了。小宝像一只小老鼠蹿了出去找他的叔叔多多头。四大娘慌慌忙忙的塞了一大把桑梗到灶里，也就赶到稻场上，打听“新闻”。灶上的锅盖此时也开始吹热汽，啵啵地。现在这热汽里是带着真实的米香了，老通宝嗅到了只是咽口水。他的肚子里也咕咕地叫了起来。但是他的脑子里却忙着想一点别的事情。他在计算怎样“教训”那野马似的多多头，并且怎样去准备那快就来到的“田里生活”。在这时候，在这村里，想到一个多月后的“田里生活”的，恐怕就只有老通宝他一个！

然而多多头并没回来。还有隔河对邻的陆福庆也没有回来。据说都留在杨家桥的农民家里过夜，打算明天再帮着“摇船”到鸭嘴滩，然后联合那三个村坊的农民一同到“镇上”去。这个消息，是陆福庆的妹子六宝告诉了四大娘的。全村坊的人也都兴奋地议论这件事。却没有人去告诉老通宝。大家都知道老通宝的脾气古怪。

“不回来倒干净！地痞胚子！我不认账这个儿子！”

吃晚饭的时候，老通宝似乎料到了几分似的，看着大儿子阿四的脸，这样骂起来了。阿四哑着嘴巴不开腔。四大娘朝老头子横了一眼，鼻子里似乎哼了一声。

这一晚上，老通宝睡不安稳。他一合上眼，就是梦，而且每一个梦又是很短，而且每一个梦完的时候，他总像被人家打了一棍似的在床上跳醒。他不敢再睡，可是他又倦得很，他的眼皮就像有千斤重。朦胧中他又听得阿四他们床上叽叽咕咕有些声音，他以为是阿四夫妇俩枕头边说体己话，但突然他浑身一跳，他听得阿四大声嚷道：

“阿多头，爹要活埋你呢！——咳，你这话怕不对么！老头子不懂时势！可是会不会弥天大罪都叫你一个人去顶，人家到头来一个一个都溜走？……”

这是梦话呀！老通宝听得清楚时，浑身汗毛直竖，眼睛也睁得大大的。他撑起上半身，叫了一声：

“阿四！”

没有回音。孙子小宝从梦中笑了起来。四大娘唇舌不清地骂了一句。接着是床板响，接着又是鼾声大震。

现在老通宝睡意全无，睁眼看着黑暗的虚空，满肚子的胡思乱想。他想到三十年前的“黄金时代”，家运日日兴隆的时候；但现在除了一叠旧账簿而外，他是什么也没剩。他又想起本年“蚕花”那样熟，却反而赔了一块桑地。

他又想起自己家从祖父下来代代“正派”，老陈老爷在世的时候是很称赞他们的，他自己也是从二十多岁起就死心塌地学着镇上老爷们的“好样子”，——虽然捏锄头柄，他“志气”是有的，然而他现在落得个什么呢？天老爷没有眼睛！并且他最想不通的，是天老爷还给他阿多头这业种。难道隔开了五六十年，“小长毛”的冤魂还没转世投胎么？——于是突然间老通宝冷汗直淋，全身发抖。天哪！多多头的行径活像个“长毛”呢！而且，而且老通宝猛又记起四五年前闹着什么“打倒土豪劣绅”的时候，那多多头不是常把家里藏着的那把“长毛刀”拿出来玩么？“长毛刀!”这是老通宝的祖父从“长毛营盘”逃走的时候带出来的；而且也就是用这把刀杀了那巡路的“小长毛”！可是现在，那阿多头和这刀就像夙世有缘似的！

老通宝什么都想到了，而且愈想愈怕。只有一点，他没有想到，而且万万料不到；这就是正当他在这里咬牙切齿恨着阿多头的时候，那边杨家桥的二三十户农民正在阿多头和陆福庆的领导下，在黎明的浓雾中，向这里老通宝的村坊进发！而且这里全村坊的农民也在兴奋的期待中做了一夜热闹的梦，而此时梦回神清，正也打算起身来迎接杨家桥来的一伙人了！

鱼肚自从土壁的破洞里钻进来了。稻场上的麻雀噪也听得了。喔，喔，喔！全村坊里仅存的一只雄鸡——黄道士的心肝宝贝，也在那里啼了。喔喔……喔！这远远地传来的声音有点像是女人哭。

老通宝这时忽然又朦胧睡去；似梦非梦的，他看见那把“长毛刀”亮晶晶地在他面前晃。俄而那刀柄上多出一只手来了！顺着那手，又见了栗子肌肉的臂膊，又见了浓眉毛圆眼睛的一张脸了！正是那多多头！“呔！——”老通宝又怒又怕地喊了一声，从床上直跳起来，第一眼就看见屋子里全是亮光。四大娘已经在那里烧早粥，灶门前火焰活泼地跳跃。老通宝定一定神，爬下床来时，猛又听得外边稻场上人声像阵头风似的卷来了。接着，锽锽锽！是锣声。

“谁家火起么？”

老通宝一边问，一边就跑出去。可是到了稻场上，他就完全明白了。稻场上的情形正和他亲身经过的光绪初年间的“闹漕”一样。杨家桥的人，男男女女，老太婆小孩子全有，乌黑黑的一簇，在稻场上走过。“出来！一块儿去！”他们这样乱哄哄地喊着。而且多多头也在内！而且是他敲锣！而且他猛的抢前一步，跳到老通宝身前来了！老通宝脸全红了，眼里冒出火来，劈面就骂道：

“畜生！杀头胚！……”

“杀头是一个死，没有饭吃也是一个死！去罢！阿四呢？还有阿嫂？一伙儿全去！”

多多头笑嘻嘻地回答。老通宝也没听清，抡起拳头就打。阿四却从旁边钻出来，拦在老子和兄弟中间，慌慌忙忙叫道：

“阿多弟！你听我说。你也不要去了。昨天赊到三斗米。家里有饭吃了！”

多多头的浓眉毛一跳，脸色略变，还没出声，突然从他背后跳出一个人来，正是那陆福庆，一手推开了阿四，哈哈笑着大叫道：

“你家里有三斗米么？好呀！杨家桥的人都没吃早粥，大家来罢！”

什么？“吃”到他家来了么？阿四简直不能相信自己的耳朵。可是杨家桥的人发一声喊，已经拥上来，已经闯进阿四家里去了。老通宝就同心头割去了块肉似的，狂喊一声，忽然眼前乌黑，腿发软，就蹲在地下。阿四像疯狗似的扑到陆福庆身上，夹脖子乱咬，带哭的声音哼哼唧唧骂着。陆福庆一面招架，一面急口喝道：

“你发昏么？算什么！——阿四哥！听我讲明白！呔！阿多！你看！”

突然阿四放开陆福庆，转身揪住了多多头，一边打，一边哭，一边嚷：

“毒蛇也不吃窝边草！你引人来吃自家了！你引人来吃自家了！”

阿多被他哥哥抱住了头，只能荷荷地哼。陆福庆想扭开他们也不成功。老通宝坐在地上大骂。幸而来了陆福庆的妹子六宝，这才帮着拉开了阿四。

“你有门路，赊得到米，别人家没有门路，可怎么办呢？你有米吃，就不去，人少了，事情弄不起来，怎么办呢？——嘿嘿！不是白吃你的！你也到镇上去，也可以分到米呀！”

多多头喘着气，对他的哥哥说。阿四这时像一尊木偶似的蹲在地下出神。陆福庆一手捺着颈脖上的咬伤，一手拍着阿四的肩膀，也说道：

“大家讲定了的：东村坊上谁有米，就先吃谁，吃光了同到镇上去！阿四哥！怪不得我！大家讲定了的！”

“长毛也不是这样不讲理的，没有这样蛮！”

老通宝到底也弄明白那是怎么一回事，就轻声儿骂着，却不敢看着他们的脸骂，只把眼睛望住了地下。同时他心里想道：好哇！到镇上去J到镇上去吃点苦头，这才叫做现世报，老天爷有眼！那时候，你们才知道老头子的一把年纪不是活在狗身上罢！

这时候，杨家桥的人也从老通宝家里回出来了，嚷嚷闹闹的捧着那两个米甏。四大娘披散着头发，追在米甏后面，一边哭，一边叫：

“我们自家吃的！自家吃的！你们连自家吃的都要抢么？强盗！杀胚！”

谁也不去理她。杨家桥的人把两个米甏放在稻场中央，就又敲起锣来。六宝下死劲把四大娘拉开，吵架似的大声喊着，想叫四大娘明白过来：

“有饭大家吃！你懂么？有饭大家吃！谁叫你磕头叫饶去赊米来呀？你有地方赊，别人家没有呀！别人都饿死，就让你一家活么？嘘，嘘！号天号地哭，像死了老公呀！大家吃了你的，回头大家还是帮你要回来！哭什么呀！”

蹲在那里像一尊木偶的阿四这时忽然叹一口气，跑到他老婆身边，好像劝慰又好像抱怨似的说道：

“都是你出的主意！现在落得一场空！有什么法子？跟他们一伙儿去罢！天坍压大家！”

不知道从哪里弄来的两口大锅子，已经摆在稻场上了。东村坊的人和杨家桥的人合在一伙，忙着淘米烧粥，清早的浓雾已散，金黄的太阳光斜射在稻场上，晒得那些菜色的人脸儿都有点红喷喷了。在那小河的东端，水深而且河面阔的地点，人家摆开五六条赤膊船，船上人兴高采烈地唱着山歌。就是这些船要载两个村庄的人向镇上去的！

老通宝蹲在地上不出声，用毒眼望住那伙人嚷嚷闹闹地吃了粥，又嚷嚷闹闹地上船开走。他像做梦似的望着望着，他望见使劲摇船的阿多头，也望见哭丧脸的阿四和四大娘——现在她和六宝谈得很投契似的；他又望见那小宝站在船梢上，站在阿多头旁边，学着摇船的姿势。

然后，像梦里醒过来似的，老通宝猛跳起身，沿着那小河滩，从东头跑到西头。为什么要这样跑，他自己也不大明白；他只觉得心口里有一团东西塞住，非要找一个人谈一下不可而已。但是全村坊静悄悄地没有人影，连小孩子也没有。

终于当他沿着河滩从西头又跑到东头的时候，他看见隔河也有一个人发疯似的迎面跑来。最初他看不清那人的面孔，——那人头上包着一块白布。但在那四根木头的小桥边，他看明白那人正是黄道士的时候，他就觉得心口一松，猛喊道：

“长毛也不是那么不讲理！记住！老子一把年纪不是活在狗身上的！到镇上去吃苦头！他们这伙杀胚！”

黄道士也站住了。好像不认识老通宝似的，这黄道士端详了半晌，这才带着哭声说：

“岂有此理，岂有此理！我告诉你，我的老雄鸡也被他们吃了岂有此理！”

“杀胚——你说一只老雄鸡么？算什么！人也要杀呢！杀，杀杀胚！”

老通宝一边嚷，一边就跑回家去。

当天晚上全村坊的人都安然回来，而且每人带了五升米。这使得老通宝十分惊奇。他觉得镇上的老爷们也不像“老爷”了；怎么看见三个村坊一百多乡下人闹到镇里来，就怕得什么似的赶快“讲好”，派给每人半斗米？而且因为他们“老爷”太乏，竟连他老通宝的一把年纪也活到狗身上去！当真这世界变了，变到他想来想去想不通，而多多头他们耀武扬威！

三

现在“抢米囤”的风潮到处勃发了。周围二百里内的十多个小乡镇上，几乎天天有饥饿的农民“聚众滋扰”。那些乡镇上的绅士们觉得农民太不识趣，就把慈悲面孔撩开，打算“维持秩序”了。于是县公署，区公所，乃至镇商会，都发了堂皇的六言告示，晓谕四乡：不准抢米囤，吃大户，有话好好儿商量。同时地方上的“公正”绅士又出面请当商和米商顾念“农艰”，请他们亏些“血本”，开个方便之门，渡过眼前那恐慌。

可是绅士们和商人们还没议定那“方便之门”应该怎么一个开法，农民的肚子已经饿得不耐烦了。六言告示没有用，从图董变化来的村长的劝告也没有用，“抢米囤”的行动继续扩大，而且不复是百来人，而是五六百，上千了！而且不复限于就近的乡镇，却是用了“远征军”的形式，向城市里来了！

离开老通宝的村坊约有六十多里远的一个繁盛的市镇上就发生了饥饿的农民和军警的冲突。军警开了“朝天枪”。农民被捕了几十。第二天，这市镇就在数千愤怒农民的包围中和邻近各镇失了联络。

这被围的市镇不得不首先开了那“方便之门”。这是简单的三条：农民可以向米店赊米，到秋收的时候，一石还一石；当铺里来一次免息放赎；镇上的商会筹措一百五十担米交给村长去分俵。绅商们很明白目前这时期只能坚守那“大事化为小事”的政策，而且一百五十担米的损失又可以分摊到全镇的居民身上。

同时，省政府的保安队也开到交通枢纽的乡镇上保护治安了。保安队与“方便之门”双管齐下，居然那“抢米囤”的风潮渐渐平下去；这时已经是阴历六月底，农事也迫近到眉毛梢了。

老通宝一家总算仰仗那风潮，这一晌来天天是一顿饭，两顿粥，而且除了风潮前阿四赊来的三斗米是冤枉债而外，竟也没有添上什么新债。但是现在又要种田了，阿四和四大娘觉得那就是强迫他们把债台再增高。

老通宝看见儿子媳妇那样懒懒地不起劲，就更加暴躁。虽则一个多月来他的“威望”很受损伤，但现在是又要“种田”而不是“抢米”，老通宝便像乱世后的前朝遗老似的，自命为重整残局的识途老马。他朝朝暮暮在阿四和四大娘跟前哓哓不休地讲着田里的事，讲他自己少壮的时候怎样勤奋，讲他自己的老子怎样永不灰心地做着，做着，终于创立了那份家当。每逢他到田里去了一趟回来，就大声喊道：

“明天，后天，一定要分秧了！阿四，你鬼迷了么？还不打算打算肥料？”

“上年还剩下一包肥田粉在这里呀！”

阿四有气无力地回答。突然老通宝跳了起来，恶狠狠地看定了他的儿子说：

“什么肥田粉！毒药！洋鬼子害人的毒药！我就知道祖宗传下来的豆饼好！豆饼力道长！肥田粉吊过了壮气，那田还能用么？今年一定要用豆饼了！”

“哪来的钱去买一张饼呢？就是剩下来那包粉，人家也说隔年货会走掉了力，总是搀一半新的；可是买粉的钱也没有法子想呀！”

“放屁！照你说，就不用种田了！不种田，吃什么，用什么，拿什么来还债？”

老通宝跳着脚咆哮，手指头戳到阿四的脸上。阿四苦着脸叹气。他知道老子的话不错，他们只有在田里打算半年的衣食，甚至还债；可是近年来的经验又使他知道借了债来做本钱种田，简直是替债主做牛马，——牛马至少还能吃饱，他一家却是吃不饱。“还种什么田！白忙！”——四大娘也时常这么说。他们夫妇俩早就觉得多多头所谓“乡下人欠了债就算一世完了”这句话真不错，然而除了种田有别的活路么？因此他们夫妇俩最近的决议也不过是：决不为了种田要本钱而再借债。

看见儿子总是不作声，老通宝赌气，说是“不再管他们的账”了。当天下午他就跑到镇里，把儿子的“败家相”告诉了亲家张老头儿，又告诉了小陈老爷；两位都劝老通宝看破些，“儿孙自有儿孙福”。那一天，老通宝就住在镇上过夜。可是第二天一清早，小陈老爷刚刚抽足了鸦片打算睡觉，老通宝突然来借钱了。数目不多，一张豆饼的代价。一心想睡觉的小陈老爷再三推托不开，只好答应出面到豆饼行去赊。

豆饼拿到手后，老通宝就回家，一路上有说有笑。到家后他把那饼放在廊檐下，却板起了脸孔对儿子媳妇说：

“死了才不来管你们呀！什么债，你们不要多问，你们只管替我做！”

春蚕时期的幻想，现在又在老通宝的倔强的头脑里蓬勃发长，正和田里那些秧一样。天天是金黄色的好太阳，微微的风，那些秧就同有人在那里拔似的长得非常快。河里的水却也飞快地往下缩。水车也拿出来摆在埂头了。阿四一个人忙不过来。老通宝也上去踏了十多转就觉得腰酸腿重气喘。“哎！”叹了一声，他只好爬下来，让四大娘上去接班。

稻发疯似的长起来，也发疯似的要水喝。每天的太阳却又像火龙似的把河里的水一寸一寸地喝干。村坊里到处嚷着“水车上要人”，到处拉人帮忙踏一班。荷花家今年只种了些杂粮，她和她那不声不响的可怜相的丈夫是比较空闲的，人们也就忘记了荷花是“白虎星”，三处四处拉他们夫妇俩走到车上替一班。陆福庆今年退了租，也是空身子，他们兄妹俩就常常来帮老通宝家。

只有那多多头，因为老通宝死不要见他，村里很少来；有时来了，只去帮别人家的忙。

每天早上人们起来看见天像一块青石板似的晴朗，就都皱了眉头。偶尔薄暮时分天空有几片白云，全村的人都欢呼起来。老太婆眯着老花眼望着天空念佛。但是一次一次只是空高兴。扣到一个足月，也没下过一滴雨呀！

老通宝家的田因为地段高，特别困难。好容易从那干涸的河里车起了浑浊的泥水来，经过那六七丈远的沟，便被那燥渴的泥土截收了一半。田里那些壮健的稻梗就同患了贫血症似的一天一天见得黄萎了。老通宝看着心疼，急得搓手跺脚没有办法。阿四哭丧着脸不开口。四大娘冷一句热一句抱怨；咬定了今年的收成是没有巴望的了，白费了人工，而且多欠出一张豆饼的债！

"只要有水，今年的收成怕不是上好的！"

老通宝听到不耐烦的时候，软软地这样回答。四大娘立刻叫了起来：

"呀！水，水！这点子水，就好比我们的血呀！一古脑儿只有我和阿四，再搭上陆家哥哥妹妹俩算一个，三个人能有多少血？磨了这个把月，也干了呀！多多头是一个主力，你又不要他来！呀——呀——"

"当真叫多多头来罢！他比得上一条牛！"

阿四也抢着说，对老婆努了一下嘴巴。

老通宝不作声，吐了一口唾沫。

第二天，多多头就笑嘻嘻地来帮着踏车了。可是已经太迟。河水干到只剩河中心的一泓，阿四他们接了三道戽，这才彀得到水头，然而半天以后就不行了，任凭多多头力大如牛，也车不起水来。靠西边，离开他们那水车地位四五丈远，水就深些，多多头站在那里没到腰。可是那边没有埂头，没法排水车。如果晚上老天不下雨，老通宝家的稻就此完了。

不单是老通宝家，村里谁家的田不是三五天内就要干裂的像龟甲呀！人们爬到高树上向四下里张望。青石板似的一个天，简直没有半点云彩。

唯一的办法是到镇上去租一架"洋水车"来救急。老通宝一听到"洋"字，就有点不高兴。况且他也不大相信那洋水车会有那么大的法力。去年发大水的时候，邻村的农民租用过那洋水车。老通宝虽未目睹，却曾听得那爱管闲事的黄道士啧啧称羡。但那是"踏大水车"呀，如今却要从半里路外吸水过来，怕不灵罢？正在这样怀疑着的老通宝还没开口，四大娘却先愤愤地叫了起来：

“洋水车倒好，可是租钱呢？没有钱呀！听说踏满一爿田就要一块多钱！”

“天老爷显灵。今晚上落一场雨，就好了！”

老通宝也决定了主意了。他急急忙忙跑到村外小桥头那座简陋不堪的“财神堂”前磕了许多响头，许了大大的愿心。

这一夜，因为无水可车，阿四他们倒呼呼地睡了一个饱。老通宝整夜没有合眼。听见有什么簌簌的响声，便以为是在下雨了，他就一骨碌爬起来，到廊檐口望着天。并没有雨，但也没有星，天是一张灰色的脸。老通宝在失望之下还有点希望，于是又跪在地下祷告。到他第三次这样爬起床来探望的时候，东方已经发白，他就跑到田里去看他那宝贝的稻。夜来露水是有的，稻比白天的骄阳下稍稍显得青健。但是田里的泥土已经干裂，有几处简直把手指头压上去不觉得软。老通宝心跳得卜卜地响。他知道过一会儿来了太阳光一照，这些稻准定是没命的，他一家也就没命了。

他回到自家门前的稻场上。一轮血红的太阳正在东方天边探出头来。稻场前那差不多干到底的小河长满了一身的野草。本村坊的人又利用那河滩种了些玉蜀黍，现在都像人那样高了。五六个人站在那玉蜀黍旁边吵架似的嚷着。老通宝惘然走过去，也站在那伙人旁边。他们都是村里人，正在商量大家打伙儿去租用镇上那条“洋水车”。他们中间一个叫做李老虎的说：

“要租，就得赶快！洋水车天天有生意。昨晚上说是今天还没定出，你去迟了就扑一个空，那不是糟糕？老通宝，你也来一股罢？”

老通宝瞪着眼发怔，好像没有听明白。有两个念头填满了他的心，使他说不出话来；一个是怕的“洋水车”也未必灵，又一个是没有钱。而且他打算等别人用过了洋水车，当真灵，然后他再来试一下。钱呢，也许可以欠几天。

这天上午，老通宝和阿四他们就像守着一个没有希望的病人似的在圩头下埂头上来来回回打磨旋。稻是一刻比一刻“不像”了，最初垂着头，后来就折腰，田里的泥土啧啧地发出燥裂的叹息。河里已经无水可车，村坊里的人全都闲着。有几个站在村外的小桥上，焦灼地望着那还没见来的医稻的郎中，——那洋水车！

正午时分，毒太阳就同火烫一般，那些守在小桥上的人忽然发一声喊：来了！一条小船上装着一副机器，——那就是洋水车！看去并没什么出奇的地方，然而这东西据说抽起水来就比七八个壮健男人还厉害。全村坊的人全出来观看了。老通宝和他的儿子也在内。他们看见那装着机器的船并不拢岸，就那么着泊在河心，却把几丈长臂膊粗的发亮的软管子拖到岸上，又搁在田横埂头。

“水就从这管口里出来，灌到田里！”

管理那软管子的镇上人很卖弄似的对旁边的乡下人说。

突然，那船上的机器发喘似的叫起来。接着，咕的一声，第一口水从软管子口里吐出来了，于是就汩汩汩地直泻，一点也不为难。村里人看着，嚷着，笑着，忘记了这水是要花钱的。

老通宝站得略远些，瞪出了眼睛，注意地看着。他以为船上那突突地响着的家伙里一定躲着什么妖怪，——也许就是镇上土地庙前那池潭里的泥鳅精，而水就是泥鳅精吐的涎沫，而且说不定到晚上这泥鳅精又会悄悄地来把它此刻所吐的涎沫收回去，于是明天镇上人再来骗钱。

但是这一切的狐疑始终敌不住那绿汪汪的水的诱惑。当那洋水车灌好了第二爿田的时候，老通宝决定主意请教这“泥鳅精”，而且决定主意夜里拿着锄头守在田里，防那泥鳅精来偷回它的唾沫。

他也不和儿子媳妇商量，径拉了黄道士和李老虎做保人，担保了二分月息的八块钱，就取得船上人的同意，也叫那软管子到他田里放水去了。

太阳落山的时候，老通宝的田里平铺着一寸深的油绿绿的水，微风吹着，水皱的像老太婆的脸。老通宝看着很快活，也不理四大娘的唠唠叨叨聒着“又是八块钱的债”！八块钱诚然不是小事，但收起来不是可以卖十块钱一担么？去年糙米也还卖到十一块半呀！一切的幻想又在老通宝心里复活起来了。

阿四仍然摆着一张哭丧脸，呆呆地对田里发怔。水是有了，那些稻依然垂头弯腰，没有活态。水来得太迟，这些娇嫩的稻已经被太阳晒脱了力。

“今晚上用一点肥田粉，明后天就会好起来。”

忽然多多头的声音在阿四耳边响。阿四心就一跳。可不是，还有一包肥田粉，没有用过呀！现在是用当其时了。吊完了地里的壮气么？管他的！但是猛不防老通宝在那边也听得多多头那句话，这老头子就像疯老虎似的扑过来喊道：

“毒药！小长毛的冤鬼，杀胚！你要下毒药么？”

大家劝着，把老通宝拉开。肥田粉的事，就此不提了。老通宝余怒未息地对阿四说：

“你看！过一夜，就会好的！什么肥田粉，毒药！”

于是既怕那泥鳅精来收回唾液，又怕阿四他们偷偷地去下肥田粉，这一夜里，老通宝抵死也要在田塍上看守了。他不肯轻易传授他的“独得之秘”，他不说是防着泥鳅精，只说恐怕多多头串通了阿四还要来胡闹。他那顽固是有名的。

一夜平安过去了，泥鳅精并没来收回它的水，阿四和多多头也没胡闹。可是那稻照旧奄奄无生气，而且有几处比昨天更坏。老通宝疑惑是泥鳅精的唾液到底不行，然而别人家田里的稻都很青健。四大娘噪得满天红，说是“老糊涂断送了一家的性命”。老通宝急得脸上泛成猪肝色。陆福庆劝他用肥田粉试试看，或者还中用，老通宝呆瞪着眼睛只不作声。那边阿四和多多头早已拿出肥田粉来撒布了。老通宝别转脸去不愿意看。

以后接连两天居然没有那烫得皮肤上起泡的毒太阳。田里水还有半寸光景。稻又生青壮健起来了。老通宝还是不肯承认肥田粉的效力，但也不再说是毒药了。阴天以后又是萧索索的小雨。雨过后有微温的太阳光。稻更长得有精神了，全村坊的人都松一口气，现在有命了：天老爷还是生眼睛的！

接着是凉爽的秋风来了。四十多天的亢旱酷热已成为过去的噩梦。村坊里的人全有喜色。经验告诉他们这收成不会坏。“年纪不是活在狗身上”的老通宝更断言着“有四担米的收成”，是一个大熟年！有时他小心地抚着那重甸甸下垂的稻穗，便幻想到也许竟有五担的收成，而且粒粒谷都是那么壮实！

同时他的心里便打着算盘：少些说，是四担半罢，他总共可以收这么四十担；完了八八六担四的租米，也剩三十来担；十块钱一担，也有三百元，那不是他的债清了一大半？他觉得十块钱一担是最低的价格！

只要一次好收成，乡下人就可以翻身，天老爷到底是生眼睛的！

但是镇上的商人却也生着眼睛，他们的眼睛就只看见自己的利益，就只看见铜钱，稻还没有收割，镇上的米价就跌了！到乡下人收获他们几个月辛苦的生产，把那粒粒壮实的谷打落到稻箪里的时候，镇上的米价飞快地跌到六元一石！再到乡下人不怕眼睛盲地砻谷的时候，镇上的米价跌到一担糙米只值四元！最后，乡下人挑了糙米上市，就是三元一担也不容易出脱！米店的老板冷冷地看着哭丧着脸的乡下人，爱理不理似的冷冷地说：

"这还是今天的盘子呀！明天还要跌！"

然而讨债的人却川流不绝地在村坊里跑，汹汹然嚷着骂着。请他们收米罢？好的！糙米两元九角，白米三元六角！

老通宝的幻想的肥皂泡整个儿爆破了！全村坊的农民哭着，嚷着，骂着。"还种什么田！白辛苦了一阵子，还欠债！"——四大娘发疯似的见到人就说这一句话。

春蚕的惨痛经验作成了老通宝一场大病，现在这秋收的惨痛经验便送了他一条命。当他断气的时候，舌头已经僵硬不能说话，眼睛却还是明朗朗的；他的眼睛看着多多头似乎说："真想不到你是对的！真奇怪！"

残　冬

一

连刮了几阵西北风，村里的树枝都变成光胳膊。小河边的衰草也由金黄转成灰黄，有几处焦黑的一大块，那是顽童放的野火。

太阳好的日子，偶然也有一只瘦狗躺在稻场上；偶然也有一两个村里人，还穿着破夹袄，拱起了肩头，蹲在太阳底下捉虱子。要是阴天，西北风吹那些树枝叉叉地响，彤云像快马似的跑过天空，稻场上就没有活东西的影踪了。全个村庄就同死了的一样。全个村庄，一望只是死样的灰白。

只有村北那个张家坟园独自葱茏翠绿，这是镇上张财主的祖坟，松柏又多又大。

这又是村里人的克星。因为偶尔那坟上的松树少了一棵——有些客籍人常到各处坟园去偷树，张财主就要村里人赔偿。

这一天，太阳光是淡黄的，西北风吹那些枯枝苏苏地响，然而稻场上破例有了人了。

被人家叫做“白虎星”的荷花指手画脚地嚷道：

“刚才我去看了来，可不是，一棵！地下的木屑还是香喷喷的。这伙贼，一定是今天早上。嘿，还是这么大的一棵！”

说着，就用手比着那松树的大小。

听的人都皱了眉头叹气。

“赶快去通知张财主——”

有人轻声说了这么半句，就被旁人截住；那些人齐声喊道：

“赶紧通知他，那老剥皮就饶过我们么？哼！”

“捱得一天是一天！等到老剥皮晓得了，那时再碰运气。”

过了一会儿，荷花的丈夫根生出了这个主意，却不料荷花第一个就反对：

“碰什么运气呢？那时就有钱赔他么？有钱，也不该我们来赔！我们又没吃张剥皮的饭，用张剥皮的钱，干么要我们管他坟上的树？”

“他不同你讲理呀！去年李老虎出头跟他骂了几句，他就叫了警察来捉老虎去坐牢。”

阿四也插嘴说。

“害人的贼！”

四大娘带着哭声骂了一句，心里却也赞成李根生的主意。

于是大家都骂那伙偷树贼来出气了。他们都断定是邻近那班种“荡田”的客籍人。只有“弯舌头”才下得这般“辣手”。因为那伙“弯舌头”也吃过张剥皮的亏，今番偷树，是报仇。可是却害了别人哩！就有人主张到那边的“茅草棚”里“起赃”。

没有开过口的多多头再也忍不住了；好像跟谁吵架似的，他叫道：

“起赃么？倒是好主意！你又不是张剥皮的灰子灰孙，倒要你瞎起劲？”

“噢，噢，噢！你——半路里杀出个程咬金，你不偷树好了，干么要你着急呢？”

主张去“起赃”的赵阿大也不肯让步。李根生拉开了多多头，好像安慰他似的乱嘈嘈地说道：

“说说罢了，谁去起赃呢！吵什么嘴！”

“不是这么说的！人家偷了树，并不是存心来害我们。回头我们要吃张剥皮的亏，那是张剥皮该死！干么倒去帮他捉人搜赃？人家和我并没有交情，可是——”

多多头一面分辩着，一面早被他哥哥拉进屋里去了。

“该死的张剥皮！”

大家也这么恨恨地说了一句。几个男人就走开了，稻场上就剩下荷花和四大娘，呆呆地望着那边一团翠绿的张家坟。忽然像是揭去了一层幔，眼前一亮，淡黄色的太阳光变做金黄了。风也停止。这两个女人仰脸朝天松一口气，便不约而同地蹲了下去，享受那温暖的太阳。

荷花在镇上做过丫头，知道张财主的细底，悄悄地对四大娘说道：

“张剥皮自己才是贼呢！他坐地分赃。”

“哦！——”

“贩私盐的，贩鸦片的，他全有来往！去年不是到了一伙偷牛贼么？专偷客民的牛，也偷到镇上的粉坊里；张剥皮他——就是窝家！”

“难道官府不晓得么？”

“哦！局长么？局长自己也通强盗！”

荷花说时挤着眼睛把嘴唇皮一披，鼻子里轻轻哼了一声，近来这荷花瘦得多了，皮色是白里泛青，一张大嘴更加显得和她的细眼睛不相称。

四大娘摇着头叹一口气，忽然站起来发恨地说：

“怪道多多头老是说规规矩矩做人就活不了命呀！——”

“不错，世界要反乱了！”

“小宝的阿爹也说长毛要来呢！听说还有女长毛。你知道我们家里有一把长毛刀。……可是，我的爸爸说，真命天子还没出世。”

“呸！出世不出世，他倒晓得么？玉皇大帝告诉他的么？上月里西方天边有一个星红暴暴的，酒盅那么大，生八只角，这就是真命天子的本命星呀！八只角就是下凡八年了，还说没出世，——”

“那是反王！我的老头子说是反王！你懂得什么！白虎星！”

“咦，咦，咦！”

荷花跳了起来，细眼睛眯紧了，怒气冲冲地瞅着四大娘。

这两个女人恶狠狠地对看了一会儿，旧怨仇便乘机发作；四大娘向来看不起荷花，说她“丫头出身，轻骨头，臭花娘子①”。荷花呢，因为也不是“好惹的”，曾经使暗计，想冲克四大娘的蚕花。两人总有半年多工夫见面不打招呼。直到新近四大娘的公公老通宝死了，这贴邻的两个女人方才又像是邻舍了。现在却又为了一点不相干的事，争吵起来，各人都觉得自己不错。

末了，四大娘用劲地啐了一声，朝地下吐一口唾沫，正打算“小事化为无事”，抽身走开了。但是荷花的脾气宁愿挨一顿打，却受不住这样“文明

① 乡间的一种草，有富于粘性的黑色小粒甚多，微臭，粘着在衣服上后，拂之不去，俗名“臭花娘子”。这名儿骂女人，就等于上海话的“烂污货”。

式”的无言的侮辱；她跳前一步，怪声嚷道：

“骂了人家一句就想溜的，不是好货！”

“你是贱货！白虎星！”

四大娘也回骂，仍旧走。但是她并不回家，却走到小河那边去。荷花看见挑不起四大娘的火性，便觉得很寂寞；她是爱“热闹”的，即使是吵架的热闹，即使吵架的结果是她吃亏，——她被打了，她也不后悔。她觉得打架吃亏总比没有人理睬她好些。她最恨的是人家不把她当一个“人”！她做丫头的时候，主人当她是一件东西，主人当她是没有灵性的东西，比猫狗都不如，然而荷花自己知道自己是有灵性的。她之所以痛恨她那旧主人，这也是一个原因。

从丫头变做李根生老婆的当儿，荷花很高兴。为的她从此可以当个人了。然而不幸，她嫁来半个月后，根生就患了一场大病，接着是瘟羊瘟鸡；于是她就得了个恶名：白虎星！她在村里又不是“人”了！但也因为到底是在乡村，——荷花就发明了反抗的法子。她找机会和同村的女人吵嘴，和同村的单身男人胡调。只在吵架与胡调时，她感觉到几分“我也是一个人”的味儿。

春蚕以后大家没有饭吃，乱轰轰地抢米店吃大户的时候，荷花的“人”的资格大见增进。也好久没有听得她那最痛心的诨名：白虎星。她自己呢，也“规矩”些了。但是现在四大娘又挑起了那旧疮疤，并且摆出了不屑跟荷花吵嘴的神气。

看着四大娘走向小河边去的背影，荷花咬着牙齿，心里的悲痛比挨打还厉害些。

西北风忽然转劲了。荷花听去，那风也在骂她：虎，虎，虎！

走到了小河边的四大娘也蓦地站住，回头来望了荷花一眼又赶快转过脸去，吐了一口唾沫。这好比火上添油！荷花怒喊一声，就向四大娘奔去。但是刚跑了两步，荷花脚下猛的一绊，就扑地一交，跌得两眼发昏。

“哈，哈，哈！白虎星！”

四大娘站得远远地笑骂。同时小河对面的稻场上也跑来了一个女子，也拍着手笑。她叫做六宝，也是荷花的对头。

"呃，呃，有本事的不要逃走!"

荷花坐在地上，仰起了她的扁脸孔，一边喘气，一边恨恨地叫骂。她这一交跌得不轻，尾尻骨上就像火烧似的发痛；可是她忘记了痛，她一心想着怎样出这口恶气。对方是两个人了，骂呢，六宝的一张嘴，村里有名，那么打架罢，她们是两个！荷花一边爬起来，一边心里踌躇。刚好这时候有人从东边走来，荷花一眼瞥见，就改换了主意。

二

来人就是黄道士。自从老通宝死后，这黄道士便少了一个谈天说地的对手，村里的年青人也不大理睬他；大家忘记了村里还有他这"怪东西"。本来他也是种田的，甲子年上被军队拉去挑子弹，去的时候田里刚在分秧，回来时已经腊尽，总算赶到家吃了年夜饭，他的老婆就死了；从此剩下他一个光身子，爽性卖了他那两亩多田，只留下一小条的"埂头"种些菜蔬挑到镇上去卖，倒也一年一年混得过。有时接连四五天村里不见他这个人。到镇上去赶市回来的，就说黄道士又把卖菜的钱都喝了酒，白天红着脸坐在文昌阁下的测字摊头听那个测字老姜讲"新闻"，晚上睡在东岳庙的供桌底下。

这样在镇上混得久了，黄道士在村里就成为"怪东西"。他嘴里常有些镇上人的"口头禅"，又像是念经，又像是背书，村里人听不懂，也不愿听。

最近，卖菜的钱不够吃饱肚子，黄道士也戒酒了。他偶然到镇上去，至多半天就回来。回来后就蹲在小河边的树根上，瞪大了眼睛。要是有人走过他跟前，朝他看了一眼，他就跳起来拉住了那人喊道："世界要反乱了！东北方——东北方出了真命天子!"于是他就唠唠叨叨说了许多人家听不懂的话，直到人家吐了一口唾沫逃走。

但在西北风扫过了这村庄以后，小河边的树根上也不见有瞪大了眼睛蹲着的黄道士。他躲在他那破屋子里，悉悉苏苏地不知道干些什么。有人在那扇破板门外偷偷地看过，说是这"怪东西"在那里拜四方，屋子里供着三个小小的草人儿。

村里的年青人都说黄道士着了“鬼迷”，可是老婆子和小孩子却就赶着黄道士问他那三个草人儿是什么神。后来村里的年青女人也要追问根底了。黄道士的回答却总是躲躲闪闪的，并且把他板门上的破缝儿都糊了纸。

然而黄道士只不肯讲他的三个草人罢了，别的浑话是很多的。荷花所说的什么“出角红星”就是拾了黄道士的牙慧。所以现在看见黄道士瞪大着眼睛走了来，荷花便赶快迎上去。她想拉这黄道士做帮手，对付那四大娘和六宝。

“喂，喂，黄道士，你看！四大娘说那颗红星是反王啦！真是热昏！”

荷花大声嚷着，就转脸朝那两个女人狂笑。可是刚才忘记了尾尻骨疼痛却忽然感到了，立刻笑脸变成了哭脸，双手捧住了屁股。

黄道士的眼睛瞪得更大，看看六宝她们，又看看荷花，然后摇着头，念咒似的说：

“托塔李天王，哪吒三太子，二郎神，嘿，二郎神是玉皇大帝的外孙！……啊，四大娘，真命天子出世了，远在天边，近在眼前！喏！南京脚下有一座山，山边有一个开豆腐店的老头子，天天起五更磨豆腐，喏！天天，笃笃笃！有人敲店板，问那老头子：‘天亮了没有哪？天亮了没有哪？’哈哈，自然天没亮呵，老头子就回答‘没有！’他不知道这问的人就是真命天子！”

“要是回答他‘天亮了’就怎样？”

走近来的六宝抢着说，眼睛盯住了黄道士的面孔。

“说是‘天亮了’么？那就，那就——”

黄道士皱了眉头，一连说了几个“那就”，又眯细了眼睛看天，很神秘地摇着头。

“那就是我们穷人翻身！”

荷花等得不耐烦，就冲着六宝的脸大声叫喊，同时又忘记了屁股痛。

“嗳，可不是！总有点好处落到我们头上呢！比方说，三年不用完租。”

黄道士松一口气，心里感激着荷花。

但是六宝这大姑娘粗中有细，一定要根究，倘是回答了“天亮”就怎样。她不理荷花，只逼着黄道士，四大娘却在旁边呆着脸喃喃地自语道：

"豆腐店的老头子早点回答'天亮了',多么好呢!"

"哪里成?哪里成!他不能犯天条,天机不可泄漏!——呀,回答了'天亮'就怎样么?咳,咳,六宝,那就,天兵天将下来,帮着真命天子打天下!"

"哦!"

六宝还是不很满意黄道士的回答,但也不再追问,只扁起了嘴唇摇头。

忽然荷花哈哈地笑了。她看见六宝那扁着嘴的神气,就想要替六宝起一个诨名。

"豆腐店的老头子也是星宿下凡的罢?喂,喂,黄道士,你怎么知道那敲门问'天亮'的就是真命天子?他是个什么样儿?"

四大娘又轻声问。

黄道士似乎不耐烦了,就冷笑着回答道:

"我怎么会知道呀?我自然会知道。豆腐店老头子么?总该有点来历。笃笃笃,天天这么敲着他的店板。懂么?敲他的店板,不敲别人家的!'天亮了没有?天亮了没有?'天天是问这一句!老头子就听得声音,并没见过面。他敢去偷看么?不行!犯了天条,雷打!不过那一定是真命天子!"

说到最后一句,黄道士板着脸,又瞪大了眼睛,那神气很可怕。听的人都觉得毛骨悚然,就好像听得那笃笃的叩门声。

西北风扑面吹来,那四个人都冷的发抖。六宝抹下一把鼻涕,擦着眼睛,忽又问道:

"你那三个草人呢?"

"那也有道理。——有道理的!"

黄道士眨起了眼白,很卖弄似的回答。随即他举起左手,伸出一个中指,向北方天空连指了几下,他的脸色更严重了。三个女人的眼光也跟着黄道士的中指一齐看着那天空的北方。四大娘觉得黄道士的瘦黑指头就像在空中戳住了什么似的,她的心有点跳。

"哪一方出真命天子,哪一方就有血光!懂么?血光!"

黄道士看着那三个女人厉声说,眼睛瞪得更大。

三个女人都吃了一惊。究竟“血光”是什么意思，她们原也不很明白。但在黄道士那种严重的口气下，她们就好像懂得了。特别是那四大娘，忽然福至心灵，晓得所谓“血光”就是死了许多人，而且一定要死许多人，因为出产真命天子的地方不能没有代价。

黄道士再举起左手，伸出中指，向北方天空指了三下。四大娘的心就是卜卜地三跳。蓦地黄道士回手指着自己的鼻子，闷着声音似的又说道：

“这里，这里，也有血光！半年罢，一年罢，你们都要做刀下的鬼，村坊要烧白！”

于是他低下了头，嘴唇翕翕地动，像是念咒又像是抖。

三个女人都叹了一口气。荷花看着六宝，似乎说：“先死的，看是你呢是我！”六宝却盯住了黄道士的面孔看，有点不大相信的样子。末了，四大娘绝望似的吐出了半句：

“没有救星了么？那可——”

黄道士忽然跳起来，吵架似的呵斥道：

“谁说！我叫三个草人去顶刀头了！七七四十九天，还差几天。——把你的时辰八字写来，外加五百钱，草人就替了你的灾难，懂么？还差几天。”

“那么真命天子呢，几时来？”

荷花又觉得尾尻骨上隐隐有点痛，便又提起了这话来。

黄道士瞪大了眼睛向前看，好像没有听得荷花那句话。北风劈面吹来，吹得人流眼泪了。那边张家坟上的许多松树呼呼地响着。黄道士把中指在眼眶上抹了一下，就板起面孔说道：

“几时来么？等那边张家坟的松树都死光了，那时就来！”

“呵，呵，松树！”

三个女人齐声喊了起来。她们的眼里一齐闪着恐惧和希望的光。少了一棵松树就要受张剥皮的压迫，她们是恐惧的；然而这恐惧后面就伏着希望么？这样在恐惧与希望的交织线下，她们对于黄道士的信口开河，就不知不觉发生了多少信仰。

三

四大娘心魂不定了好几天。因为她的丈夫阿四还想种“租田”，而她的父亲张财发却劝她去做女佣，——吃出一张嘴，多少也还有几块钱的工钱。她想想父亲的话不错。但是阿四不种田又干什么呢？男人到镇上去找工作，比女人还难。要是仍旧种田，那么家里就需要四大娘这一双做手。

多多头另是一种意见，他气冲冲地说：

“租田来种么？你做断了脊梁骨还要饿肚子呢！年成好，一亩田收了三担米，五亩田十五担，去了‘一五得五，三五十五’六石五斗的租米，剩下那么一点留着自家吃罢，可是欠出的债要不要利息，肥料要不要本钱？你打打算盘刚好是白做，自家连粥也没得吃！”

阿四苦着脸不作声。他也知道种租田不是活路。四大娘做女佣多少能赚几个钱，就是他自己呢，做做短工也混一口饭，但是有个什么东西梗在他的心头，他总觉得那样办就是他这一世完了。他望着老婆的脸，等待她的主意。多多头却又接着说道：

“不要三心两意了！现在——田，地，都卖得精光，又欠了一身的债，这三间破屋也不是自己的，还死守在这里干么？依我说，你们两个到镇上去‘吃人家饭’，老头子借的债，他妈的，不管！”

“小宝只好寄在他的外公身边，——”

四大娘惘然呐出了半句，猛的又缩住了。“外公”也没有家，也是“吃人家饭”，况且已经为的带着小孙子在身边，“东家”常有闲话，再加一个外孙，恐怕不行罢？也许会连累到外公打破饭碗。镇上人家都不喜欢雇了个佣人却带着小孩。……想到这些，四大娘就觉得“吃人家饭”也是为难。

“我都想过了，就是小把戏没有地方去呀！”

阿四看着他老婆的面孔说，差不多要哭出来。

“嘿嘿！你这样没有主意的人，少有少见！我带了小宝去，包你有吃有穿！到底是十二岁的孩子，又不是三岁半要吃奶的！”

多多头不耐烦极了，就像要跟他哥哥吵架似的嚷着。

阿四苦着脸只是摇头。四大娘早已连声反对了：

“不行，不行！我不放心！唉，唉，像个什么！一家人七零八落！一份人家拆散，不行的！怎么就把人家拆散？”

“哼，哼，乱世年成，饿死的人家上千上万，拆散算得什么！这年成死一个人好比一条狗，拆散一下算得什么！”

多多头暴躁地咬着牙齿说。他睁圆了眼睛看着他的哥哥嫂嫂，怒冲冲地就像要把这一对没有主意的人儿一口吞下去。

因为多多头发脾气，阿四和四大娘就不再开口了。他们却也觉得多多头这一番怒骂爽辣辣地怪受用似的。梗在阿四心头的那块东西，——使他只想照老样子种田，即使是种的租田，使他总觉得“吃人家饭”不是路，使他老是哭丧着脸打不起主意的那块东西，现在好像被多多头一脚踢破露出那里边的核心。原来就是“不肯拆散他那个家”！

因为他们向来有一个家，而且还是“自田自地”过得去的家，他们就以为做人家的意义无非为要维持这“家”，现在要他们拆散了这家去过“浮尸”样的生活，那非但对不起祖宗，并且也对不起他们的孩子——小宝。“家”，久已成为他们的信仰。刚刚变成为无产无家的他们怎样就能忘记了这久长生根了的信仰呵！

然而多多头的话却又像一把尖刀戳穿了他们的心，——他们的信仰。“乱世年成，人家拆散，算得什么呢！死一个人，好比一条狗！”四大娘愈想愈苦，就哭起来了。

“多早晚真命天子才来呢？黄道士的三个草人灵不灵？”

在悲泣中，她又这么想，仿佛看见了一道光明。

四

一天一天更加冷了。也下过雪。菜蔬冻坏了许多。村里人再没有东西送到镇上去换米了，有好多天，村和镇断绝了交通。全村的人都在饥饿中。

有人忽然发见了桑树的根也可以吃，和芋头差不多。于是大家就掘桑根。

四大娘看见了桑根就像碰见了仇人。为的他家就伤在养蚕里，也为的这块桑地已经抵给债主。虽然往常她把桑树当作性命。

村里少了几个青年人：六宝的哥哥福庆，和镇上张剥皮闹过的李老虎，还有多多头，忽然都不知去向。但村里人谁也不关心；他们关心的，倒是那张家坟园里的松树。即使是下雪天，也有人去看那坟上的松树到底还剩几棵。上次黄道士那一派胡言早就传遍了全村，而且很多人相信。

黄道士破屋里的三个草人身上渐渐多些纸条，写着一些村里人的“八字”。四大娘的儿子小宝的“八字”也在内。四大娘还在设法再积五百个钱也替她丈夫去挂个纸条儿。

女人中间就只有六宝不很相信黄道士的浑话。可是她也不在村里了。有人说她到上海去“进厂”了，也有人说她就在镇上。

将近“冬至”的时候，忽然村里又纷纷传说，真命天子原来就出在邻村，叫做七家浜的小地方。村里的赵阿大就同亲眼看过似的，在稻场上讲那个“真命天子”的故事：

“不过十一二岁呢，和小宝差不多高。也是鼻涕拖有寸把长。……”

站在旁边听的人就轰然笑了。赵阿大的脸立刻涨红，大声喊道：

“不相信，就自己去看罢！‘真人不露相’？嗨，这就叫做‘真人不露相’！慢点儿，等我想一想。对了，是今年夏天的时候，这孩子，真命天子，一场大病，死去三日三夜。醒来后就是‘金口’了！人家本来也不知道，八月半那天，他跟了人家去拔芋头，田塍上有一块大石头——就是大石头，他喊一声‘滚开’，当真！那石头就骨碌碌地滚开了！他是金口！”

听的人都睁大了眼睛看着赵阿大，又转脸去看四大娘背后的瘦得不成样子的小宝。

有人松一口气似的小声说：

“本来真命天子早该出世了！”

“金口还说了些什么？阿大！”

阿四不满足地追问。但是赵阿大瞪了眼睛，张大着嘴巴，没有回答。他是不会撒谎的，有一句说一句不能再添多。过一会儿，他发急了似的乱嚷道：

“各村坊里都讲开了，‘人’是在那里！十一二岁，拖鼻涕，跟小宝差不多！”

“唉！还只得十一二岁！等到他坐龙庭，我的骨头快烂光了！”

四大娘忽然插嘴说，怕冷似的拱起了两个肩膀。

“谁说！当作是慢的，反而快！有文曲星武曲星帮忙呢！福气大的人，十一二岁也就坐上龙庭了！要等到你骨头烂，大家都没命了！”

荷花找到机会，就跟四大娘抬杠。

“你也是‘金口’么？不要脸！”

四大娘回骂，心里也觉得荷花的话大概不错，而且盼望它不错，可是当着那么多人面前，四大娘嘴里怎么肯认输。这两个女人又要吵起来了。黄道士一向没开口，这时他便拦在中间说道：

“自家人吵什么！可是，阿大，七家浜离这里多少路！不到‘一九’罢？那，我们村坊正罩在‘血光’里了！几天前，桥头小庙里的菩萨淌眼泪，河里的水发红光，——哦！快了！半年，一年！——记牢！”

最后两个字像猫头鹰叫，听的人都打了个寒噤，希望中夹着害怕。黄道士三个古怪草人都浮出在众人眼前了，草人上挂着一些纸条。于是已经花了五百文的人不由得松一口气，虔诚地望着黄道士的面孔。

“这几天里，松树砍去了三棵！”

荷花喃喃地说，脸向着村北的一团青绿的张家坟。

大家都会意似的点头。有几个嘴里放出轻松的一声嘘。

赵阿大料不到真命天子的故事会引出这样严重的结果，心里着实惊慌。他还没在黄道士的草人身上挂一纸条儿，他和老婆为了这件事还闹过一场，现在好像要照老婆的意思破费几文了。五百个钱虽是大数目，可是他想来倒还有办法。保卫团捐，他已经欠了一个月，爽性再欠一个月，那不就有了么？派到他头上的捐是第三等，每月一角。

不单是赵阿大存了这样的心。早已有人把保卫团捐移到黄道士的草人身上了。他们都是会打算盘的：保卫团捐是每月一角，——也有的派到每月二角，可是黄道士的草人却只要一次的五百文就够了，并且村里人也不相信那驻在村外三里远的土地庙里的什么“三甲联合队”的三条枪会有多少力量。在乡下人眼里，那什么“三甲联合队”队长，班长，兵，共计三人三条枪，远不及黄道士的三个草人能够保佑村坊。

他们也不相信那“三甲联合队”真是来保卫他们什么。那三条枪是七月里来的，正当乡下人没有饭吃，闹哄哄地抢米的时候，饭都没得吃的人，还有什么值钱的东西要保卫么？

可是那“三甲联合队”三个人“管”的事却不少。并且管事的本领也不小。虽然天气冷，他们三个人成天躲在庙里，他们也知道七家浜出了“真命天子”，也知道黄道士家里有什么草人，并且那天赵阿大他们在稻场上说的那些话也都落到他们三个人耳朵里了。

并且，村里的人不缴保卫团捐却去送钱给黄道士那三个草人的事，也被“三甲联合队”的三个人知道了！

就在赵阿大讲述“真命天子”故事的三四天以后，“三甲联合队”也把七家浜那个“金口”的拖鼻涕孩子验明本身捉到那土地庙里来了。

这是在微雨的下午，天空深灰色，雨有随时变作雪的样子。土地庙里暗得很。“三甲联合队”的全体——队长，班长，和士兵，一共三个人，因为出了这一趟远差，都疲倦了，于是队长下命令，就把那孩子锁在土地公公的泥腿上，班长改作“值日官”，士兵改作门岗兼“卫兵”，等到明天再报告基干队请示发落。

那拖鼻涕的“真命天子”蹲在土地公公泥脚边悄悄地哭。

队长从军衣袋掏出一支香烟来，烟已经揉曲了，队长慢慢地把它弄直，吸着了，喷一口烟，就对那“值日官”说道：

“咱们破了这件案子，您想来该得多少奖赏？”

“别说奖赏了，听说基干队的棉军衣还没着落。”

值日官冷冷地回答。于是队长就皱着眉头再喷一口烟。

天色更加黑了，值日官点上了洋油灯，正想去权代那“卫兵”做“门岗”，好替回那“卫兵”来烧饭，忽然队长双手一拍，站起来拿那洋油灯照到那“真命天子”的脸上，用劲地看着。看了一会儿，他就摆出老虎威风来，唬吓那孩子道：

“想做皇帝么？你犯的杀头罪，杀头，懂得么？”

孩子不敢再哭，也不说话，鼻涕拖有半尺长。

“同党还有谁？快说！”

值日官也在旁边吆喝。

回答是摇头。

队长生气了，放下洋油灯，抓住了那孩子的头发往后一揿，孩子的脸就朝上了，队长狞视着那拖鼻涕的脏瘦脸儿，厉声骂道：

“没有耳朵么？谁是同党？招出来，就不打你！”

“我不知道哟！我只知道拾柴捉草，人家说我的什么，我全不知道。”

“混蛋！那就打！”

队长一边骂，一边就揪住那孩子的头到土地公公的泥腿上重重地碰了几下。孩子像杀猪似的哭叫了。土地公公腿上的泥簌簌地落在孩子的头上。

值日官背卷着手，侧着头，瞧着土地公公脸上蛀剩一半的白胡子。他知道队长的心事，他又瞧出那孩子实在笨得不像人样。等队长怒气稍平，他扯着队长的衣角，在队长耳边轻轻说了一句，两个人就踱到一边去低声商量。

孩子头上肿高了好几块，睁大着眼睛发愣，连哭都忘记了。

“明天把黄道士捉来，就有法子好想。”

值日官最后这么说了一句，队长点头微笑。再走到那孩子跟前，队长就不像刚才那股凶相，倒很和气地说：

“小孩子，你是冤枉了，明天就放你回去。可是你得告诉我，村里哪几家有钱？要是你不肯说，好，再打！”

突然队长的脸又绷紧了，还用脚跺一下。

孩子仰着脸，浑身都抖了。抖了一会儿，他就摇头，一边就哭。

“贱狗！不打不招！”

队长跺着脚咆哮。值日官早拾起一根木柴，只等队长一声命令，就要打了。

但是庙门外蓦地来了一声狂呼，队长和值日官急转脸去看时，灯光下照见他们那卫兵兼门岗抱着头飞奔进来，后边是黑魆魆几条人影子。值日官丢了木柴就往土地公公座边的小门跑了。队长毕竟有胆，哼了一声，跳起来就取那条挂在泥塑“功曹”身上的快枪，可是枪刚到手，他已经被人家拦腰抱住，接着是兜头吃了一锄头，不曾再哼得一声，就死在地上。

卫兵被陆福庆捉住，解除了他身上的子弹带。

“逃走了一个！”

多多头抹着脸，大声说。队长脑袋里的血溅了多多头一脸和半身。

“三条枪全在这里了。子弹也齐全。逃走的一个，饶了他罢。”

这是李老虎的声音。接着，三个人齐声哈哈大笑。

多多头揪断了那“真命天子”身上的铁链，也拿过洋油灯来照他的脸。这孩子简直吓昏了，定住了眼睛，牙齿抖得格格地响。陆福庆和李老虎搀他起来，又拍着他的胸脯，揪他的头发。孩子惊魂中醒过来，第一声就哭。

多多头放下洋油灯，笑着说道：

“哈哈！你就是什么真命天子么？滚你的罢！”

这时庙门外风赶着雪花，磨旋似的来了。

散文

雾

雾遮没了正对着后窗的一带山峰。

我还不知道这些山峰叫什么名儿。我来此的第一夜就看见那最高的一座山的顶巅像钻石装成的宝冕似的灯火。那时我的房里还没有电灯，每晚在暗中默坐，凝望这半空的一片光明，使我记起了儿时所读的童话。实在的呢，这排列得很整齐的依稀分为三层的火球，衬着黑魆魆的山峰的背景，无论如何，是会引起非人间的缥缈的思想的。

但在白天看来，却就平凡得很。并排的五六个山峰，差不多高低，就只最西的一峰戴着一簇房子，其余的仅只有树；中间最大的一峰竟还有濯濯的一大块，像是癞子头上的疮疤。

现在那照例的晨雾把什么都遮没了；就是稍远的电线杆也躲得毫无影踪。

渐渐地太阳光从浓雾中钻出来了。那也是可怜的太阳呢！光是那样的淡弱。随后它也躲开，让白茫茫的浓雾吞噬了一切，包围了大地。

我诅咒这抹煞一切的雾！

我自然也讨厌寒风和冰雪。但和雾比较起来，我是宁愿后者呵！寒风和冰雪的天气能够杀人，但也刺激人们活动起来奋斗。雾，雾呀，只使你苦闷，使你颓唐阑珊，像陷在烂泥淖中，满心想挣扎，可是无从着力呢！

傍午的时候，雾变成了牛毛雨，像帘子似的老是挂在窗前。两三丈以外，便只见一片烟云——依然遮抹一切，只不是雾样的罢了。没有风。门前池中的残荷梗时时忽然急剧地动摇起来，接着便有红鲤鱼的活泼泼的跳跃划破了死一样平静的水面。

我不知道红鲤鱼的轨外行动是不是为了不堪沉闷的压迫？在我呢，既然没有杲杲的太阳，便宁愿有疾风大雨，很不耐这愁雾的后身的牛毛雨老是像帘子一样挂在窗前。

虹

不知在什么时候，金红色的太阳光已经铺满了北面的一带山峰。但我的窗前依然洒着绵绵的细雨。

早先已经听人说过这里的天气不很好。敢就是指这样的一边耀着阳光，一边却落着泥人的细雨？光景是多少像故乡的黄梅时节呀！出太阳，又下雨。

但前晚是有过浓霜的了。气温是华氏表四十度。

无论如何，太阳光是欢迎的。我坐在南窗下看 N. Evréinoff① 的剧本。看这本书，已经是第三次了；可是对于那个象征了顾问和援助者，并且另有五个人物代表他的多方面的人格的剧中主人公 Paraclete，我还是不知道应该憎呢或是爱？

这不是也很像今天这出太阳又下雨的天气么？

我放下书，凝眸遥瞩东面的披着斜阳的金衣的山峰，我的思想跑得远远的。我觉得这山顶的几簇白房屋就仿佛是中古时代的堡垒；那里面的主人应该是全身裹着铁片的骑士和轻盈婀娜的美人。

欧洲的骑士样的武士，岂不是曾在这里横行过一世？百余年前，这群山环抱的故都，岂不是一定曾有些挥着十八贯的铁棒的壮士？岂不是余风流沫尚像地下泉似的激荡着这个近代化的散文的都市？

低下头去，我浸入于缥缈的沉思中了。

当我再抬头时，咄！分明的一道彩虹划破了蔚蓝的晚空。什么时候它出来，我不知道；但现在它像一座长桥，宛宛地从东面山顶的白房屋后面，跨到北面的一个较高的青翠的山峰。呵，彩虹！古代希腊人说你是渡了麦丘立到冥国内索回春之女神②，你是美丽的希望的象征！

---

① N. Evréinoff：尼・叶夫列伊诺夫（1879—1953），俄国剧作家、戏剧理论家和史学家。

② 春之女神：指希腊神话中春之女神普洛色宾纳。

但虹一样的希望也太使人伤心。

于是我又恍惚看见穿了锁子铠，戴着铁面具的骑士涌现在这半空的彩桥上；他是要找他曾经发过誓矢忠不二的“贵夫人”呢？还是要扫除人间的不平？抑或他就是狐假虎威的“鹰骑士”？

天色渐渐黑下来了，书桌上的电灯突然放光，我从幻想中抽身。

像中世纪骑士那样站在虹的桥上，高揭着什么怪好听的旗号，而实在只是出风头，或竟是待价而沽，这样的新式的骑士，在“新黑暗时代”的今日，大概是不会少有的罢？

秋的公园

上海的秋的公园有它特殊的意义，它是都市式高速度恋爱的旧战场！

淡青色的天空。几抹白云，瓷砖似的发亮。洋梧桐凋叶了，草茵泛黄。夏季里恋爱速成科的都市摩登男女双双来此凭吊他们那恋爱的旧战场。秋光快老了，情人们的心田也染着这苍凉的秋光！他们仍然携手双双，然而已不过是凭吊旧战场罢了！

春是萌芽，夏是蓬勃，秋是结实，然而也就是衰落！感情意识上颓废没落的都市摩登男女跳不出这甜酸苦辣的天罗地网。

常试欲找出上海的公园在恋爱课堂以外的意义或价值来。不幸是屡次失败。公园是卖门票的，而衣衫不整齐的人们且被拒绝“买”票。短衫朋友即使持有长期游园券，也被拒绝进去，因为照章不能冒用。所以除了外国妇孺(他们是需要呼吸新鲜的空气的)，中国人的游园常客便是摩登男女，公园是他们恋爱课堂之一（或者可以说是他们的户外恋爱课堂，他们还有许多户内恋爱课堂，例如电影院)，正像“大世界”之类的游戏场是上海另一班男女的恋爱课堂。

一般的上海小市民似乎并不感到新鲜空气，绿草，树荫，鸟啼等等的自然界景物的需要。他们也有偶然去游公园的，这才是真正的“游园”；匆匆地到处兜一个圈子，动物园去看一下，呀！连老虎狮子都没有，扫兴！他们就匆匆地走了。每天午后可以看到的在草茵上款款散步，在树荫下椅上绵绵絮语的常客，我敢说什九是恋爱中的俊侣，几乎没有例外。

春是萌芽，夏是蓬勃，秋是结实，也就是衰落的前奏曲；过了秋，公园中将少见那些俊侣的游踪了，渐渐地渐渐地没有了。

然则明年春草再发的时候，夏绿再浓的时候呢?

自然摩登男女双双的倩影又将平添公园的热闹，可已经不是（而且在某一意义上几乎完全不是）去年的人儿了。去年的人儿或者已经情变，或者已经生了孩子，公园对于他们失了意义了。经过了情变的男或女自然仍得来，可已不是“旧”的继续而是“新”的开始；他们的心情又已不同。很美满而生了孩子的，也许仍得来来，可已不是去年那个味儿了。

只有一年之秋的公园是上海摩登男女值得徘徊依恋的地方。他们中间的恋情也许有的已在低落，也许有的已到浓极而将老，可是他们携手双双这时间，确是他们生活之波的惟一的激荡。他们是百分之百地凭吊恋爱的旧战场！

这是都市式高速度恋爱必然的过程，为恋爱而恋爱者必然的过程，感伤主义诗人们的绝妙诗材！上海的摩登男女呀，祝福你们，珍重，珍重，珍重这刹那千金的秋光！感伤主义的诗人们呀！努力，努力，努力歌咏这感情之波动罢！

因为这样的诗材，将来就要没有；这样的风光不会久长！

谈 月 亮

不知道什么原因，我跟月亮的感情很不好。我也在月亮底下走过，我只觉得那月亮的冷森森的白光，反而把凹凸不平的地面幻化为一片模糊虚伪的光滑，引人去上当；我只觉得那月亮的好像温情似的淡光，反而把黑暗潜藏着的一切丑相幻化为神秘的美，叫人忘记了提防。

月亮是一个大骗子，我这样想。

我也曾对着弯弯的新月仔细看望。我从没觉得这残缺的一钩儿有什么美；我也照着“诗人”们的说法，把这弯弯的月牙儿比作美人的眉毛，可是愈比愈不像，我倒看出来，这一钩的冷光正好像是一把磨得锋快的杀人的钢刀。

我又常常望着一轮满月。我见过她装腔作势地往浮云中间躲，我也见过她像一个白痴人的脸孔，只管冷冷地呆木地朝着我瞧；什么“广寒宫”，什么“嫦娥”，——这一类缥缈的神话，我永远联想不起来，可只觉得她是一个死了的东西，然而她偏不肯安分，她偏要“借光”来欺骗漫漫长夜中的人们，使他们沉醉于空虚的满足，神秘的幻想。

月亮是温情主义的假光明！我这么想。

呵呵，我记起来了，曾经有过这么一回事，使得我第一次不信任这月亮。那时我不过六七岁，那时我对于月亮无爱亦无憎。有一次月夜，我同邻舍的老头子在街上玩。先是我们走，看月亮也跟着走；随后我们就各人说出他所见的月亮有多么大。“像饭碗口”，是我说的。然而邻家老头子却说“不对”，他看来是有洗脸盆那样子。

“不会差得那么多的!”我不相信，定住了眼睛看，愈看愈觉得至多不过是“饭碗口”。

“你比我矮，自然看去小了呢。”老头子笑嘻嘻说。

于是我立刻去搬一个凳子来，站上去，一比，跟老头子差不多高了，然而我头顶的月亮还只有“饭碗口”的大小。我要求老头子抱我起来，我骑在他的肩头，我比他高了，再看看月亮，还是原来那样的“饭碗口”。

“你骗人哪！”我作势要揪老头儿的小辫子。

“嗯嗯，那是——你爬高了不中用的。年纪大一岁，月亮也大一些，你活到我的年纪，包你看去有洗脸盆那样大。”老头子还是笑嘻嘻。

我觉得失败了，跑回家去问我的祖父。仰起头来望着月亮，我的祖父摸着胡子笑着说：“哦哦，就跟我的脸盆差不多。”在我家里，祖父的洗脸盆是顶大的。于是我相信我自己是完全失败了。在许多事情上都被家里人用一句“你还小哩！”来剥夺了权利的我，于是就感到月亮也那么“欺小”，真正岂有此理。月亮在那时就跟我有了仇。

呵呵，我又记起来了，曾经看见过这么一件事，使得我知道月亮虽则未必“欺小”，却很能使人变得脆弱了似的，这件事，离开我同邻舍老头子比月亮大小的时候也总有十多年了。那时我跟月亮又回到了无恩无仇的光景。那时也正是中秋快近，忽然有从“狭的笼”[①] 里逃出来的一对儿，到了我的寓处。大家都是丱角之交，我得尽东道之谊。而且我还得居间办理“善后”。我依着他们俩铁硬的口气，用我自己出名，写了信给双方的父母，——我的世交前辈，表示了这件事恐怕已经不能够照“老辈”的意思挽回。信发出的下一天就是所谓“中秋”，早起还落雨，偏偏晚上是好月亮，一片云也没有。我们正谈着“善后”事情，忽然发现了那个“她”不在我们一块儿。自然是最关心“她”的那个“他”先上楼去看去。等过好半晌，两个都不下来，我也只好上楼看一看到底为了什么。一看可把我弄糊涂了！男的躺在床上叹气，女的坐在窗前，仰起了脸，一边望着天空，一边抹眼泪。

“哎，怎么了？两口儿斗气？说给我来评评。”我不会想到另有别的问题。

“不是呀！——”男的回答，却又不说下去。

我于是走到女的面前，看定了她，——凭着我们小时也是捉迷藏的伙伴，我这样面对面朝她看是不算莽撞的。

“我想——昨天那封信太激烈了一点。”女的开口了，依旧望着那冷清清的月亮，眼角还噙着泪珠。“还是，我想，还是我回家去当面跟爸爸妈妈办交

---

① “狭的笼”：原为俄国盲诗人爱罗先珂所作童话的篇名，这里借指封建家庭的樊笼。

涉，——慢慢儿解决，将来他跟我爸爸妈妈也有见面之余地。”

我耳朵里轰地响了一声。我不知道什么东西使得这个昨天还是嘴巴铁硬的女人现在忽又变计。但是男的此时从床上说过一句来道：

“她已经写信告诉家里，说明天就回去呢！”

这可把我骇了一跳。糟糕！我昨天全权代表似的写出两封信，今天却就取消了我的资格；那不是应着家乡人们一句话：什么都是我好管闲事闹出来的。那时我的脸色一定难看得很，女的也一定看到我心里，她很抱歉似的亲热地叫道：“×哥，我会对他们说，昨天那封信是我的意思叫你那样写的！”

“那个，只好随它去；反正我的多事是早已出名的。”我苦笑着说，盯住了女的面孔。月亮光照在她脸上，这脸现在有几分“放心了”的神气；忽然她低了头，手捂住了脸，就像闷在瓮里似的声音说：“我撇不下妈妈。今天是中秋，往常在家里妈给我……”

我不愿意再听下去。我全都明白了，是这月亮，水样的猫一样的月光勾起了这位女人的想家的心，把她变得脆弱些。

从那一次以后，我仿佛懂得一点关于月亮的“哲理”。我觉得我们向来有的一些关于月亮的文学好像几乎全是幽怨的，恬退隐逸的，或者缥缈游仙的。跟月亮特别有感情的，好像就是高山里的隐士，深闺里的怨妇，求仙的道士。他们借月亮发了牢骚，又从月亮得到了自欺的安慰，又从月亮想象出“广寒宫”的缥缈神秘。读几句书的人，平时不知不觉间熏染了这种月亮的“教育”，临到紧要关头，就会发生影响。

原始人也曾在月亮身上做“文章”，——就是关于月亮的神话。然而原始人的月亮文学只限于月亮本身的变动；月何以东升西没，何以有缺有圆有蚀，原始人都给了非科学的解释。至多亦不过想象月亮是太阳的老婆，或者是姊妹，或者是人间的“英雄”逃上天去罢了。而且他们从不把月亮看成幽怨闲适缥缈的对象。不，现代澳洲的土人反而从月亮的圆缺创造了奋斗的故事。这跟我们以前的文人在月亮有圆缺上头悟出恬淡知足的处世哲学相比起来，差得多么远呀！

把月亮的“哲理”发挥得淋漓尽致的，也许只有我们中国罢？不但骚人雅士美女见了月亮，便会感发出许多的幽思离愁，扭捏缠绵到不成话；便是喑呜叱咤的马上英雄也被写成了在月亮的魔光下只有悲凉，只有感伤。这一种“完备”的月亮“教育”会使“狭的笼”里逃出来的人也触景生情地想到再回去，并且我很怀疑那个邻舍老头子所谓“年纪大一岁，月亮也大一些”的说头未必竟是他的信口开河，而也许有什么深厚的月亮的“哲理”根据罢！

从那一次以后，我渐渐觉得月亮可怕。

我每每想：也许我们中国古来文人发挥的月亮“文化”，并不是全然主观的；月亮确是那么一个会迷人会麻醉人的家伙。

星夜使你恐怖，但也激发了你的勇气。只有月夜，说是没有光明么？明明有的。然而这冷凄凄的光既不能使五谷生长，甚至不能晒干衣裳；然而这光够使你看见五个指头却不够辨别稍远一点的地面的坎坷。你朝远处看，你只见白茫茫的一片，消弭了一切轮廓。你变做“短视”了。你的心上会遮起了一层神秘的迷迷糊糊的苟安的雾。

人在暴风雨中也许要战栗，但人的精神，不会松懈，只有紧张；人撑着破伞，或者破伞也没有，那就挺起胸膛，大踏步，咬紧了牙关，冲那风雨的阵，人在这里，磨炼他的奋斗力量。然而清淡的月光像一杯安神的药，一粒微甜的糖，你在她的魔术下，脚步会自然而然放松了，你嘴角上会闪出似笑非笑的影子，你说不定会向青草地下一躺，眯着眼睛望天空，乱麻麻地不知想到哪里去了。

自然界现象对于人的情绪有种种不同的感应，我以为月亮引起的感应多半是消极。而把这一畸形发挥得“透彻”的，恐怕就是我们中国的月亮文学。当然也有并不借月亮发牢骚，并不从月亮得了自欺的安慰，并不从月亮想象出神秘缥缈的仙境，但这只限于未尝受过我们的月亮文学影响的“粗人”罢！

我们需要“粗人”眼中的月亮；我又每每这么想。

黄昏

海是深绿色的，说不上光滑；排了队的小浪开正步走，数不清有多少，喊着口令“一，二——一”似的，朝喇叭口的海塘来了。挤到沙滩边，啵澌！——队伍解散，喷着忿怒的白沫。然而后一排又赶着扑上来了。

三只五只的白鸥轻轻地掠过，翅膀扑着波浪，——点一点躁怒起来的波浪。

风在掌号。冲锋号！小波浪跳跃着，每一个像个大眼睛，闪射着金光。满海全是金眼睛，全在跳跃。海塘下空隆空隆地腾起了喊杀。

而这些海的跳跃着的金眼睛重重叠叠一排接一排，一排怒似一排，一排比一排浓溢着血色的赤，连到天边，成为绀金色的一抹。这上头，半轮火红的夕阳！

半边天烧红了，重甸甸地压在夕阳的光头上。

忿怒地挣扎的夕阳似乎在说：

——哦，哦！我已经尽了今天的历史的使命，我已经走完了今天的路程了！现在，现在，是我的休息时间到了，是我的死期到了！哦，哦！却也是我的新生期快开始了！明天，从海的那一头，我将威武地升起来，给你们光明，给你们温暖，给你们快乐！

呼——呼——

风带着永远不会死的太阳的宣言到全世界。高的喜马拉雅山的最高峰，汪洋的太平洋，阴郁的古老的小村落，银的白光冻凝了的都市，——一切，一切，夕阳都喷上了一口血焰！

两点三点白鸥划破了渐变为赭色的天空。

风带着夕阳的宣言走了。

像忽然熔化了似的，海的无数跳跃着的金眼睛摊平为暗绿的大面孔。

远处有悲壮的笳声。

夜的黑幕沉重地将落未落。

不知到什么地方去过一次的风，忽然又回来了；这回是打着鼓似的：勃仑仑，勃仑仑！不，不单是风，有雷！风挟着雷声！

海又动荡，波浪跳起来，轰！轰！

在夜的海上，大风雨来了！

沙滩上的脚迹

他，独自一个，在这黄昏的沙滩上行。

什么都看不分明了，仅可辨认，那白茫茫的知道是沙滩，那黑魃魃的是酝酿着暴风雨的海。

远处有一点光明，知道是灯塔。

他，用心火来照亮了路，可也不能远，只这么三二尺地面，他小心地走着，走着。

猛可的，天空瞥过了锯齿形的闪电。他看见不远的前面有黑簇簇的一团，呵呵，这是“夜的国”么，还是妖魔的堡寨？

他又看见离身丈把路的沙上，是满满的纵横重叠的脚迹。

哈哈，有了！赶快！他狂喜地跳着，想踏上那些该是过去人的脚迹。

他浑身一使劲，迸出个更大些的心火来。

他伛着腰，辨认那纵横重叠的脚迹，用他的微弱的心火的光焰。

咄！但是他吃惊地叫了起来。

这纵横重叠的，分明是禽兽的脚迹。大的，小的，新的，旧的，延展着，延展着，不知有几多远。而他，孤零零站在这兽迹的大海中间。

他惘然站着，失却了本来的勇气；心头的火光更加微弱，黄苍苍地像一个毛月亮，更不能照他一步两步远。

于是抱着头，他坐在沙上。

他坐着，他想等到天亮；他相信：这纵横重叠的鸟兽的脚迹中，一定也有一些是人的脚迹，可以引上康庄大道，达到有光明温暖的人的处所的脚迹，只要耐守到天明，就可以辨认出来。

他耐心地等着，抱着头，连远处的灯塔也不望它一眼。他相信，在恐怖的黑夜中，耐心等候是不错的。然而，然而——

隆隆隆的，他听得了叫他汗毛直竖的怪响了。这不是雷鸣，也不是海啸，他猛一抬头，他看见无数青面獠牙的夜叉从海边的黑浪里涌出来，夜叉们一手是钢刀，一手是人的黑心炼成的金元宝，慌慌张张在找觅牺牲品。

他又看见跟在夜叉背后的，是妖娆的人鱼，披散了长发，高耸着一对浑圆的乳峰，坐在海滩的鹅卵石上，唱迷人的歌曲。

他闭了眼，心里这才想到等候也不是办法；他跳了起来，用最后的一分力，把心火再旺起来，打算找路走。可是——那边黑簇簇的一团这时闪闪烁烁飞出几点光来，飞出的更多了！光点儿结成球了，结成线条了，终于青闪闪地排成了四个大字：光明之路！

呵！哦！他得救地喊了一声。

这当儿，天空又撒下了锯齿形的闪电。是锯齿形！直要把这昏黑的天锯成了两半。在电光下，他看得明明白白，那边是一些七分像人的鬼怪，手里都有一根长家伙，怕就是人身上的什么骨头，尖端吐出青绿的鬼火，是这鬼火排成了好看的字。

在电光下，他又分明看到地下重重叠叠的脚迹中确也有些人样的脚迹，有的已经被踏乱，有的却还清楚，像是新的。

他的心一跳，心好像放大了一倍，从心里射出来的光也明亮得多了；他看见地下的脚迹中间还有些虽则外形颇像人类但确是什么只穿着人的靴子的妖魔的足印，而且他又看见旁边有小小的孩子们的脚印。有些天真的孩子上过当！

然而他也在重重叠叠的兽迹和冒充人类的什么妖怪的足印下，发现了被埋藏的真的人的足迹。然而这些脚迹向着同一的方向，愈去愈密。

他觉得愈加有把握了，等天亮再走的念头打消得精光，靠着心火的照明，在纵横杂乱的脚迹中他小心地辨认着真的人的足印，坚定地前进！

交易所速写

门前的马路并不宽阔。两部汽车勉强能够并排过去。门面也不见得怎么雄伟。说是不见得怎么雄伟，为的想起了爱多亚路那纱布交易所大门前二十多步高的石级。自然，在这“香粉弄”一带，它已经是惟一体面的大建筑了。我这里说的是华商证券交易所的新屋。

直望进去，一条颇长的甬道，两列四根的大石柱阻住了视线。再进一步就是“市场”了。跟大戏院的池子仿佛。后方上面就是会叫许多人笑也叫许多人哭的“拍板台”。

正在午前十一时，紧急关头，拍到了“十二关”。池子里活像是一个蜂房，请你不要想象这所谓池子的也有一排一排的椅子，跟大戏院的池子似的。这里是一个小凳子也不会有的，人全站着，外圈是来看市面准备买或卖的——你不妨说他们大半是小本钱的“散户”，自然也有不少“抢帽子”的。他们不是那吵闹得耳朵痛的数目字潮声的主使。他们有些是仰起了头，朝台上看，——请你不要误会，那卷起袖子直到肩胛边的拍板人并没有什么好看，而且也不会看出什么道理来的；他们是看着台后像“背景”似的显出“××××库券”，“×月期”……之类的“戏目”（姑且拿“戏目”作个比方罢），特别是这“戏目”上面那时时变动的电光记数牌。这高高在上小小的嵌在台后墙上的横长方形，时时刻刻跳动着红字的阿拉伯数目字，一并排四个，两个是单位“元”以下，像我们在普通账单上常常看见的式子，这两个小数下边有一条横线，红色，字体可也不小，因而在池子里各处都可以看得明明白白。这小小的红色电光的数目字是人们创造，是人们使它刻刻在变，但是它掌握着人们的“命运”。

不——应该说是少数人创造那红色电光的记录，使它刻刻在变，使它成为较多数人的不可测的“命运”。谁是那较多数呢？提心吊胆望着它的人们，池子外圈的人们自然是的，——而他们同时也是这魔法的红色电光记录的助成者，虽然是盲目的助成者；可是在他们以外还有更多的没有来亲眼看看自己的“命运”升沉的人们，他们住在上海各处，在中国各处，然而这里台上的红色电光的一跳，会决定了他们的破产或者发财。

被外圈的人们包在中央的，这才是那吵得耳朵痛的数目字潮声的发动器。很大的圆形水泥矮栏，像一张极大的圆桌面似的，将他们范围成一个人圈。他们是许多经纪人手下做交易的，他们的手和嘴牵动着台上墙头那红色电光数目字的变化。然而他们跟那红色电光一样，本身不过是一种器械，使用他们的人——经纪人，或者正交叉着两臂站在近旁，或者正在和人咬耳朵。忽然有个伙计匆匆跑来，于是那经纪人就赶紧跑到池子外他的小房间去听电话了，他挂上了听筒再跑到池子里，说不定那红色电光就会有一次新的跳动，所有池子里外圈的人们会有一次新的紧张——掌不住要笑的，咬紧牙关眼泪往肚子里吞的，谁知道呢，便是那位经纪人在接电话以前也是不知道的。他也是程度上稍稍不同的一种器械罢了。

池子外边的两旁，——上面是像戏院里“包厢”似的月楼，摆着一些长椅子，这些椅子似乎从来不会被同一屁股坐上一刻钟或二十分的，然而亦似乎不会从来没有人光顾，做了半天冷板凳的。这边，有两位咬着耳朵密谈；那边，又是两位在压低了嗓子争论什么。靠柱子边的一张椅子里有一位弓着背抱了头，似乎转着念头：跳黄浦呢，吞生鸦片烟？那边又有一位，——坐在望得见那魔法的红色电光记录牌的所在，手拿着小本子和铅笔，用心地记录着，像画“宝路”似的，他相信公债的涨落也有一定的“路”的。

也有女的。挂在男子臂上，太年青而时髦的女客，似乎只是一同进来看看。那边有一位中年的，上等的衣料却不是顶时式的裁制，和一位中年男子并排站着，仰起了脸。电光的红字跳一，她就推推那男子的臂膊；红字再跳一，她慌慌张张把男子拉在一边叽叽喳喳低声说了好一大片。

一位胡子刮得光光的，只穿了绸短衫裤，在人堆里晃来晃去踱方步，一边踱，一边频频用手掌拍着额角。

这当儿，池子里的做交易的叫喊始终是旋风似的，海潮似的。

你如果到上面月楼的铁栏干边往下面一看，你会忽然想到了旧小说里的神仙：“只听得下面杀声直冲，拨开云头一看”，你会清清楚楚看到中央的人圈怎样把手掌伸出缩回，而外圈的人们怎样钻来钻去，像大风雨前的蚂蚁。你还会看见时时有一团小东西，那是纸团，跟纽子一般模样的，从各方面飞到那中央的人圈。你会想到神仙们的祭起法宝来罢？

有这么一个纸团从月楼飞下去了。你于是留心到这宛然各在云端的月楼那半圆形罢。这半圆圈上这里那里坐着几个人，在记录着什么，肃静得一点声音都没有。他们背后墙上挂着些经纪人代表的字号牌子。谁能预先知道他们掷下去的纸团是使空头们哭的呢还是笑的？

无稽的谣言吹进了交易所里会激起债券涨落的大风波。人们是在谣言中幻想，在谣言中兴奋，或者吓出了灵魂。没有比他们更敏感的了。然而这对于谣言的敏感要是没有了，公债市场也就不成其为市场了。人心就是这么一种怪东西。

风 景 谈

前夜看了《塞上风云》的预告片，便又回忆起猩猩峡外的沙漠来了。那还不能被称为“戈壁”，那在普通地图上，还不过是无名的小点，但是人类的肉眼已经不能望到它的边际，如果在中午阳光正射的时候，那单纯而强烈的返光会使你的眼睛不舒服；没有隆起的沙丘，也不见有半间泥房，四顾只是茫茫一片，那样的平坦，连一个“坎儿井”也找不到；那样的纯然一色，即使偶尔有些驼马的枯骨，它那微小的白光，也早溶入了周围的苍茫；又是那样的寂静，似乎只有热空气在作哄哄的火响。然而，你不能说，这里就没有“风景”。当地平线上出现了第一个黑点，当更多的黑点成为线，成为队，而且当微风把铃铛的柔声，丁当，丁当，送到你的耳鼓，而最后，当那些昂然高步的骆驼，排成整齐的方阵，安详然而坚定地愈行愈近，当骆驼队中领队驼所掌的那一杆长方形猩红大旗耀入你眼帘，而且大小丁当的和谐的合奏充满了你耳管，——这时间，也许你不出声，但是你的心里会涌上了这样的感想的：多么庄严，多么妩媚呀！这里是大自然的最单调最平板的一面，然而加上了人的活动，就完全改观，难道这不是“风景”吗？自然是伟大的，然而人类更伟大。

于是我又回忆起另一个画面，这就在所谓“黄土高原”！那边的山多数是秃顶的，然而层层的梯田，将秃顶装扮成稀稀落落有些黄毛的癞头，特别是那些高秆植物颀长而整齐，等待检阅的队伍似的，在晚风中摇曳，另有一种惹人怜爱的姿态。可是更妙的是三五月明之夜，天是那样的蓝，几乎透明似的，月亮离山顶，似乎不过几尺，远看山顶的小米丛密挺立，宛如人头上的怒发，这时候忽然从山脊上长出两支牛角来，随即牛的全身也出现，掮着犁的人形也出现，并不多，只有三两个，也许还跟着个小孩，他们姗姗而下，在蓝的天，黑的山，银色的月光的背景上，成就了一幅剪影，如果给田园诗人见了，必将赞叹为绝妙的题材。可是没有完。这几位晚归的种地人，还把他们那粗朴的短歌，用愉快的旋律，从山顶上飘下来，直到他们没入了山坳，依旧只有蓝天明月黑魆魆的山，歌声可是缭绕不散。

另一个时间。另一个场面。夕阳在山，干坼的黄土正吐出它在一天内所吸收的热，河水汤汤急流，似乎能把浅浅河床中的鹅卵石都冲走了似的。这时候，沿河的山坳里有一队人，从“生产”归来，兴奋的谈话中，至少有七八种不同的方音。忽然间，他们又用同一的音调，唱起雄壮的歌曲来了，他们的爽朗的笑声，落到水上，使得河水也似在笑。看他们的手，这是惯拿调色板的，那是昨天还拉着提琴的弓子伴奏着《生产曲》的，这是经常不离木刻刀的，那又是洋洋洒洒下笔如有神的，但现在，一律都被锄锹的木柄磨起了老茧了。他们在山坡下，被另一群所迎住。这里正燃起熊熊的野火，多少曾调朱弄粉的手儿，已经将金黄的小米饭，翠绿的油菜，准备齐全。这时候，太阳已经下山，却将它的余辉幻成了满天的彩霞，河水喧哗得更响了，跌在石上的便喷出了雪白的泡沫，人们把沾着黄土的脚伸在水里，任它冲刷，或者掬起水来，洗一把脸。在背山面水这样一个所在，静穆的自然和弥满着生命力的人，就织成了美妙的图画。

在这里，蓝天明月，秃顶的山，单调的黄土，浅濑的水，似乎都是最恰当不过的背景，无可更换。自然是伟大的，人类是伟大的，然而充满了崇高精神的人类的活动，乃是伟大中之尤其伟大者！

我们都曾见过西装革履烫发旗袍高跟鞋的一对儿，在公园的角落，绿荫下长椅上，悄悄儿说话，但是试想一想，如果在一个下雨天，你经过一边是黄褐色的浊水，一边是怪石峭壁的崖岸，马蹄很小心地探入泥浆里，有时还不免打了一下跌撞，四面是静寂灰黄，没有一般所谓的生动鲜艳，然而，你忽然抬头看见高高的山壁上有几个天然的石洞，三层楼的亭子间似的，一对人儿促膝而坐，只凭剪发式样的不同，你方能辨认出一个是女的，他们被雨赶到了那里，大概聊天也聊够了，现在是摊开着一本札记簿，头凑在一处，一同在看，——试想一想，这样一个场面到了你眼前时，总该和在什么公园里看见了长椅上有一对儿在偎倚低语，颇有点味儿不同罢！如果在公园时你一眼瞥见，首先第一会是“这里有一对恋人”，那么，此时此际，倒是先感到那样一个沉闷的雨天，寂寞的荒山，原始的石洞，安上这么两个人，是一个

“奇迹”，使大自然顿时生色！他们之是否恋人，落在问题之外。你所见的，是两个生命力旺盛的人，是两个清楚明白生活意义的人，在任何情形之下，他们不倦怠，也不会百无聊赖，更不至于从胡闹中求刺激，他们能够在任何情况之下，拿出他们那一套来，怡然自得。但是什么能使他们这样呢？

不过仍旧回到“风景”罢；在这里，人依然是“风景”的构成者，没有了人，还有什么可以称道的？再者，如果不是内生活极其充满的人作为这里的主宰，那又有什么值得怀念？

再有一个例子：如果你同意，二三十棵桃树可以称为林，那么这里要说的，正是这样一个桃林。花时已过，现在绿叶满株，却没有一个桃子。半爿旧石磨，是最漂亮的圆桌面，几尺断碑，或是一截旧阶石，那又是难得的几案。现成的大小石块作为凳子，——而这样的石凳也还是以奢侈品的姿态出现。这些怪样的家具之所以成为必要，是因为这里有一个茶社。桃林前面，有老百姓种的荞麦，也有大麻和玉米这一类高秆植物。荞麦正当开花，远望去就像一张粉红色的地毯，大麻和玉米就像是屏风，靠着地毯的边缘。太阳光从树叶的空隙落下来，在泥地上，石家具上，一抹一抹的金黄色。偶尔也听得有草虫在叫，带住在林边树上的马儿伸长了脖子就树干搔痒，也许是乐了，便长嘶起来。“这就不坏！”你也许要这样说。可不是，这里是有一般所谓“风景”的一些条件的！然而，未必尽然。在高原的强烈阳光下，人们喜欢把这一片树荫作为户外的休息地点，因而添上了什么茶社，这是这个“风景区”成立的因缘，但如果把那二三十棵桃树，半爿磨石，几尺断碣，还有荞麦和大麻玉米，这些其实到处可遇的东西，看成了此所谓风景区的主要条件，那或者是会贻笑大方的。中国之大，比这美得多的所谓风景区，数也数不完，这个值得什么？所以应当从另一方面去看。现在请你坐下，来一杯清茶，两毛钱的枣子，也作一次桃园的茶客罢。如果你愿意先看女的，好，那边就有三四个，大概其中有一位刚接到家里寄给她的一点钱，今天来请请同伴。那边又有几位，也围着一个石桌子，但只把随身带来的书籍代替了枣子和茶了。更有两位虎头虎脑的青年，他们走过“天下最难走的路”，现在却静静地坐着，温雅得和闺女一般。男女混合的一群，有坐的，也有蹲的，争论着一个哲学上的问题，时时哗然大笑，就在他们近边，长石条上躺着一位，一本书掩住了脸。这就够了，不用再多看。总之，这里有特别的氛围，但并不古怪。人们来这里，只为恢复工作后的疲劳，随便喝点，要是袋里有钱；或不喝，随便谈谈天；在有闲的只想找一点什么来消磨时间的人们看来，这里坐的不舒服，吃的喝的也太粗糙简单，也没有什么可以供赏玩，至多来一次，第二次保管厌倦。但是不知道消磨时间为何物的人们却把这一片简陋的绿荫看得很可爱，因此，这桃林就很出名了。

因此，这里的“风景”也就值得留恋，人类的高贵精神的辐射，填补了自然界的贫乏，增添了景色，形式的和内容的。人创造了第二自然！

最后一段回忆是五月的北国。清晨，窗纸微微透白，万籁俱静，嘹亮的喇叭声，破空而来。我忽然想起了白天在一本贴照簿上所见的第一张，银白色的背景前一个淡黑的侧影，一个号兵举起了喇叭在吹，严肃，坚决，勇敢，和高度的警觉，都表现在小号兵的挺直的胸膛和高高的眉棱上边。我赞美这摄影家的艺术，我回味着，我从当前的喇叭声中也听出了严肃，坚决，勇敢，和高度的警觉来，于是我披衣出去，打算看一看。空气非常清洌，朝霞笼住了左面的山，我看见山峰上的小号兵了。霞光射住他，只觉得他的额角异常发亮，然而，使我惊叹叫出声来的，是离他不远有一位荷枪的战士，面向着东方，严肃地站在那里，犹如雕像一般。晨风吹着喇叭的红绸子，只这是动的，战士枪尖的刺刀闪着寒光，在粉红的霞色中，只这是刚性的。我看得呆了，我仿佛看见了民族的精神化身而为他们两个。

如果你也当它是“风景”，那便是真的风景，是伟大中之最伟大者！

雾中偶记

前两天天气奇寒，似乎天要变了，果然昨夜就刮起了大风来，窗上糊的纸被老鼠钻成一个洞，呜呜地吹起哨子，——像是什么呢？我说不出。从破洞里来的风，特别尖利，坐在那里觉得格外冷，想拿一张报纸去堵住，忽然看见爱伦堡那篇“报告”——《巴黎沦陷的前后》，便想起白天在报上看见说，巴黎的老百姓正在受冻挨饿，情形是十分严重的话。

这使我顿然记起，现在是正当所谓“三九”，北方不知冷得怎样了，还穿着单衣的战士们大概正在风雪中和敌人搏斗，便是江南罢，该也有霜有冰乃至有雪。在广大的国土上，受冻挨饿的老百姓，没有棉衣吃黑豆的战士，那种英勇和悲壮，到底我们知道了几分之几？中华民族是在咆哮了，然而中国似乎依然是“无声的中国”——从某一方面看。

不过这里重庆是“温暖”的，不见枯草，芭蕉还是那样绿，而且绿得太惨！

而且是在雾季，被人“祝福”的雾是会迷蒙了一切，美的，丑的，荒淫无耻的，以及严肃的工作。……在雾季，重庆是活跃的，因为轰炸的威胁少了，是活动的万花筒：奸商、小偷、大盗、汉奸、狞笑、恶眼、悲愤、无耻、奇冤，一切，而且还有沉默。

原名《鞭》的五幕剧，以《雾重庆》的名称在雾重庆上演；想起这改题的名字似乎本来打算和《夜上海》凑成一副对联，总觉得带点生意眼，然而现在看来，“雾重庆”这三个字，当真不坏。尤其在今年！可歌可泣的事太多了。不过作者当初如果也跟我现在那样的想法，大概这五幕剧的题材会全然改观罢？我是觉得《鞭》之内容是包括不了雾重庆的。

剧中那位诗人，最初引起了我的回忆，——他像一个朋友：不是身世太像，而是容貌上有几分，说话的神气有几分。到底像谁呢？说不上来。但是今天在一件事的议论纷纷之余，我陡然记起了，呀，有点像他，再细想，似乎不像的多。不过这位朋友的声音笑貌却缠住了我的回忆。我不知他现在在哪里？平安不？一个月前是知道的，不过，今天，鬼晓得，罪恶的黑手有时而且时时会攫去我们的善良的人的。我又不知道和他在一处的另外几个朋友现在又在哪里了，也平安不？

于是我又想起了鲁迅先生。在《为了忘却的记念》中，鲁迅先生说过那样意思的话：血的淤积，青年的血，使他窒息，于无奈何之际，他从血的淤积中挖一个小孔，喘一口气。这几年来，青年的血太多了，敌人给流的，自己给流的；我们兴奋，为了光荣的血，但也窒息，为了不光荣的没有代价的血。而且给喘一口气的小孔也几乎挖不出。

回忆有时是残忍的，健忘有时是一宗法宝。有一位历史家批评最后的蒲尔朋王朝说：他们什么也没有忘记，但什么也没有学得。为了学得，回忆有时是必要，健忘有时是不该。没有出息的人永远不会学得教训，然而历史是无情的。中华民族解放的斗争，不可免地将是长期而矛盾而且残酷，但历史还是依照它的法则向前。最后胜利一定要来，而且是我们的。让理性上前，让民族利益高于一切，让死难的人们灵魂得到安息。舞台在暗转，袁慕容的戏快完，家棣一定要上台，而且林卷好的出走的去向，终究会有下落。

据说今后六十日至九十日，将是最严重的时期（美国陆长斯汀生之言）；希特勒的春季攻势，敌人的南进，都将于此时期内爆发罢？而且那雾季不也完了么？但是敌人南进，同时也不会放松对我们的攻势的！幻想家们呵，不要打如意算盘！被敌人的烟幕迷糊了心窍的人们也该清醒一下，事情不会那么简单。

夜是很深了罢？你看鼠子这样猖獗，竟在你面前公然踱方步。我开窗透点新鲜空气，茫茫一片，雾是更加浓了罢？已经不辨皂白。然而不一定坏。浓雾之后，朗天化日也跟着来。祝福可敬的朋友们，血不会是永远没有代价的！民族解放的斗争，不达目的不止，还有成千成万的战士们还没有死呢！

白杨礼赞

白杨树实在不是平凡的，我赞美白杨树！

当汽车在望不到边际的高原上奔驰，扑入你的视野的，是黄绿错综的一条大毯子；黄的，那是土，未开垦的处女土，几百万年前由伟大的自然力所堆积成功的黄土高原的外壳；绿的呢，是人类劳力战胜自然的成果，是麦田，和风吹送，翻起了一轮一轮的绿波——这时你会真心佩服昔人所造的两个字“麦浪”，若不是妙手偶得，便确是经过锤炼的语言的精华。黄与绿主宰着，无边无垠，坦荡如砥，这时如果不是宛若并肩的远山的连峰提醒了你（这些山峰凭你的肉眼来判断，就知道是在你脚底下的），你会忘记了汽车是在高原上行驶，这时你涌起来的感想也许是“雄壮”，也许是“伟大”，诸如此类的形容词，然而同时你的眼睛也许觉得有点倦怠，你对当前的“雄壮”或“伟大”闭了眼，而另一种味儿在你心头潜滋暗长了——“单调”！可不是，单调，有一点儿罢？

然而刹那间，要是你猛抬眼看见了前面远远地有一排，——不，或者甚至只是三五株，一二株，傲然地耸立，像哨兵似的树木的话，那你的恹恹欲睡的情绪又将如何？我那时是惊奇地叫了一声的！

那就是白杨树，西北极普通的一种树，然而实在不是平凡的一种树！

那是力争上游的一种树，笔直的干，笔直的枝。它的干呢，通常是丈把高，像是加以人工似的，一丈以内，绝无旁枝；它所有的桠枝呢，一律向上，而且紧紧靠拢，也像是加以人工似的，成为一束，绝无横斜逸出；它的宽大的叶子也是片片向上，几乎没有斜生的，更不用说倒垂了；它的皮，光滑而有银色的晕圈，微微泛出淡青色。这是虽在北方的风雪的压迫下却保持着倔强挺立的一种树！哪怕只有碗来粗细罢，它却努力向上发展，高到丈许，二丈，参天耸立，不折不挠，对抗着西北风。

这就是白杨树，西北极普通的一种树，然而决不是平凡的树！

它没有婆娑的姿态，没有屈曲盘旋的虬枝，也许你要说它不美丽，——如果美是专指“婆娑”或“横斜逸出”之类而言，那么白杨树算不得树中的好女子；但是它却是伟岸，正直，朴质，严肃，也不缺乏温和，更不用提它的坚强不屈与挺拔，它是树中的伟丈夫！当你在积雪初融的高原上走过，看见平坦的大地上傲然挺立这么一株或一排白杨树，难道你觉得树只是树，难道你就不想到它的朴质，严肃，坚强不屈，至少也象征了北方的农民；难道你竟一点也不联想到，在敌后的广大土地上，到处有坚强不屈，就像这白杨树一样傲然挺立的守卫他们家乡的哨兵！难道你又不更远一点想到这样枝枝叶叶靠紧团结，力求上进的白杨树，宛然象征了今天在华北平原纵横决荡用血写出新中国历史的那种精神和意志。

白杨不是平凡的树。它在西北极普遍，不被人重视，就跟北方农民相似；它有极强的生命力，磨折不了，压迫不倒，也跟北方的农民相似。我赞美白杨树，就因为它不但象征了北方的农民，尤其象征了今天我们民族解放斗争中所不可缺的朴质，坚强，以及力求上进的精神。

让那些看不起民众，贱视民众，顽固的倒退的人们去赞美那贵族化的楠木（那也是直干秀颀的），去鄙视这极常见，极易生长的白杨罢，但是我要高声赞美白杨树！

新疆风土杂忆

晚清左宗棠进军新疆，沿途筑路栽树，其所植之柳，今尚有存者。那时湘人杨某（忘其名）曾有诗曰：

大将西征尚未还，湖湘子弟满天山。

新栽杨柳三千里，引得春风度玉关。

有人说，创现在新疆地主引水灌田的所谓“坎儿井”，不是左宗棠而是林则徐。但“坎儿井”之创设，也是左宗棠开始的。“坎儿井”者，横贯砂碛之一串井，每井自下凿通，成为地下之渠，水从地下行，乃得自水源处达于所欲溉灌之田。此因砂碛不宜开渠，骄阳之下，水易干涸，故创为引水自地下行之法。水源往往离田甚远，多则百里，少亦数十里。“坎儿井”隔三四丈一个，从飞机上俯瞰，但见黑点如连珠，宛如一道虚线横贯于砂碛，工程之大，不难想见；所以又听说，新省地主计财产时，往往不举田亩之数而举“坎儿井”之数，盖地广人稀，拥田多不为奇，惟拥有数百乃至数千之“坎儿井”者，则开井之费已甚可观，故足表示其富有之程度也。此犹新省之大牲畜主，所有牛羊亦不以数计，而以“山”计；何谓以“山”计？据言大“把爷”① 羊群之大，难于数计，每晚放牧归来，仅驱羊群入山谷，自山顶望之，见谷已满，即便了事。所以大“把爷”计其财产时，亦不曰有牛羊若干千百头，而曰有牛羊几山。

本为鲜卑民歌，从鲜卑语译成汉文的《敕勒歌》，其词曰：“敕勒川，阴山下；天似穹庐，笼盖四野；天苍苍，野茫茫；风吹草低见牛羊。”前人评此歌末句为“神来之笔”，然在习惯此种生活之游牧民族，此实为平凡之现实，

① “把爷”：维吾尔族语。意即财主。

不过非有此生活实感者，也道不出这一句的只字来。此种“风吹草低见牛羊”之景象，在今日南北疆之大草原中，尚往往可见。一望无际的大草原，丰茂的牧草，高及人肩，几千牛羊隐在那里啃草，远望如何能见？天风骤来，丰草偃仰，然后知道还有那么多牛羊在那里！

新疆是一块高原，但在洪荒时代，她是中央亚细亚的大内海的一部分。这一苍海，在地质学上的哪一纪始变为高原，正如亚洲之边缘何时断离而为南洋群岛，同样尚未有定论。今新省境内，盐碛尚所在有之。昔年自哈密乘车赴吐鲁番，途中遥见远处白光一片，似为一个很大的湖泊，很是惊异，砂碛中难道竟有这样的大湖泊？乃至稍近，乃辨明此白皑皑者，实非流动之水而为固体之盐。阳光逼照，返光甚强，使人目眩。因新疆古为内海，故留此盐碛。然新省之盐，据谓缺少碘质，迪化[①]的讲究卫生的人家都用苏联来的精盐。又盐碛之盐，与云南之岩盐不同；岩盐成块如石，而盐碛之盐则为粒状，粗细不等，曾见最粗者如棋子而形方，故食用时尚须略加磨捣。

吐鲁番地势甚低。新疆一般地形皆高出海面一二千公尺，独吐鲁番低于海面数百公尺，故自全疆地形而言，吐鲁番宛如一洞。俗谓《西游记》所写之火焰山，即今之吐鲁番，则其热可想而知。此地难分四季，只可谓尚有寒暑而已。大抵阳历正二三月，尚不甚热，白天屋内须衣薄棉，晚上还要冷些；五月以后则燥热难堪，居民于正午时都进地窖休息，仅清晨薄暮始有市集。以故吐鲁番居民家家有地窖，街上跨街搭荫棚，间亦有种瓜果葡萄盘缘棚上者，市街风景，自有一格。最热之时，亦在阳历七八月，俗谓此时壁上可以烙饼，鸡蛋可以晒熟；而公安局长蹲大水缸中办公，则我在迪化时曾闻吐鲁番来人言之，当必不虚。

然吐鲁番虽热，仍是个好地方，地宜植棉，棉质之佳，不亚于埃及棉。又多产蔬菜水果。内地艳称之哈密瓜，其实不尽产于哈密，鄯善与吐鲁番皆产之，而吐鲁番所产尤佳。石榴甚大，粒粒如红宝石。葡萄在新疆，产地不少，然以吐鲁番所产，驰名全疆。无核之一种，虽小而甜，晒为干，胜于美国所产。新疆有民谣曰：“吐鲁番的葡萄，哈密瓜；库车的杨姑，一朵花。”

---

① 迪化：今乌鲁木齐市。

（《新疆图志》亦载此谣）然则哈密之瓜，固有其历史地位。惟自马仲英两度焚掠而后，哈密回城已成废墟，汉城亦萧条冷落，未复旧观，或哈密之瓜亦不如昔年乎？这可难以究诘了。民谣中之“库车”，在南疆，即古龟兹国，紫羔以库车产者为最佳；“杨姑”，维族语少女也。相传谓库车妇人多美丽，故民谣中如是云尔。库车居民多维吾尔族（即元史所称畏兀儿族，前清时俗称缠回或缠头）。不仅库车，南疆各地皆然。

迪化自春至秋，常有南来燥热之风，云是吐鲁番吹来，故俗名“吐鲁番风”。吐鲁番风既至，人皆感不适，轻则神思倦怠，重则头目晕眩，且发烧；体虚者甚至风未到前三四日即有预感。或谓此风来源实不在吐鲁番，而在南疆塔里木盆地之大戈壁，不过经由吐鲁番，逾天山缺口之大坂城[①]而至迪化耳。大坂城者，为自吐鲁番到迪化所过的天山一缺口，然已甚高；过大坂城则迪化已在脚下，此为自南路进迪化之一要隘。

忆《隋书》谓炀帝得龟兹乐，列为燕乐之一，此后中国燕乐，龟兹乐实居重要部分。古龟兹国，即今新疆库车县。龟兹乐何如，今日新疆维族之音乐歌舞是否与龟兹乐相似，颇难猝下断语。盖自伊斯兰教代佛教而后，天竺文物，澌灭殆尽；今日新省维吾尔民族之歌舞，与中亚各民族之歌舞想相近似。迪化每有晚会，往往有维族之歌舞节目；男女二人，载歌载舞，歌为维语，音调颇柔美，时有顶点，则喜悦之情，洋洋欲溢，舞容亦婉约而雍穆；盖在维族的民族形式歌舞中，此为最上乘者。据言，此旧为男女相悦之歌，今倚旧谱而填新词，则已变男女相悦为政治之内容矣。以我观之，旧瓶新酒，尚无牵强之痕迹。我曾问维族人翻译哈美德：“新词是谁的手笔？”他答道：“也不知是谁，大概是许多人集体的作品。”

维语为复音语文，其字母借用阿刺伯文的字母。书写时，横行而自右至左，外行人视之，似甚不便，然彼人走笔如飞，形式且极美丽。文法不甚复杂，曾习他种外国语者，用功半年，即可通晓。在新疆，虽有十四民族，然维吾尔语，实为可以通行全疆之语言，此因维族人数约占全疆总人口之半，其他各少数民族大都晓维语；哈萨克族人口在全疆仅次于维族，其语文与维

---

① 大坂城：今达坂城

语大同小异，其字母，亦为阿剌伯文字母。迪化每开大会，演说时例须用三种语言，即汉，维，及蒙古语，平常的集会，为节省时间，仅用汉、维两种语言，则因蒙族人在迪化者倘不解汉语，大概都能懂维语。

迪化在阳历十月初即有雪。但十月天气最佳，可说是“寒暖适中”。十二月后始入正常的寒冬，积雪不融，大地冻结，至明年四月初始解冻（有时为三月中旬）。冬季少风，南方冬季西北风怒吼之景象，以我所得短暂之经验而言，在迪化是没有的。然而冬季坐车出门，虽在无风之日，每觉寒风刺面入骨，其凛冽十倍于南方的西北风，此因户外空气太冷之故。室内因有大壁炉，且门窗严闭，窗又为双层，故融暖如春，然而门窗倘有罅缝，则近此罅缝之处，冷风如箭，触之战栗；此亦非风，而因户外空气太冷，冷故重，觅罅隙而钻入，其劲遂似风。室内铺厚毯，亦以防寒气从地板之细缝上侵。关西大汉张仲实素不怕冷，在家时洋服内仅穿毛线衫裤，无羊毛内衣，某日忽觉腿部酸痛，举步无力，此为腿部受寒之征象，然不明寒气从何来；越一日始发见寒气乃从书桌下来，盖书桌下之地毯一角上翘，露出地板之罅缝，寒气遂由此浸润。北方人常言地气冷，故下身所穿必须较上身为多，必解冻以后，乃可稍疏防范。三月中，有时白天气温颇高，往往见迪化人上身仅穿一单衫而下身仍御厚棉裤。

最冷的日子通常在阴历年关前后；白天为零下二十度，夜间则至四十余度。此为平均的气温。在此严寒的季节，人在户外半小时以上，皮帽、大衣领皮、眉毛、胡须等凡为呼吸之气所能接近之处，皆凝积有薄薄白霜，胡须上往往还挂着小小的冰珠。人多处，远望雾气蒸腾；此亦非雾，而为口气凝成，真所谓“嘘气成云”了。驴马奔驰后满身流汗，出气如蒸笼，然而腹下毛端，则挂有冰球，累累如葡萄，此因汗水沿体而下，至腹下毛端，未及滴落，遂冻结为珠，珠复增大，遂成为冰葡萄。

地冻以后，积雪不融，一次一次雪下来，碾实冻坚，平时颇多坎坷的路面，此时就变成了平坦光滑，比任何柏油路都漂亮。所以北方赶路，以冬季为最好。在这时候，“爬犁”也就出现了。“爬犁”是土名，我们的文绉绉的名称，就是“雪橇”。迪化的“把爷”们，冬季有喜用“爬犁”者。这是无轮的车，有滑板两支代替了轮，车甚小，无篷，能容二人，仍驾以马。好马，新钉一副高的掌铁（冬季走冻结的路，马掌铁必较高，于是马也穿了高跟鞋），拖起结实的“爬犁”，在光滑的冻雪地上滑走，又快又稳，真比汽车有意思。但“爬犁”不宜在城中热闹处走，最好在郊外，在公路上。维族哈族的“把爷”们驾“爬犁”，似乎还是娱乐的意味多，等于上海人在夏天坐车兜风。我有一首歪诗记之：

纷飞玉屑到帘栊，大地银铺一望中；
初试爬犁呼女伴：阿爹新买玉花骢。

北方冬季少霜。如有之，则其浓厚的程度迥非南方人所能想象。迪化冬季亦常有这样的严霜，晨起，忽见马路旁的电线都变成了白绒的彩绳，简直跟耶诞节人们用以装饰屋子或圣诞树的比手指还粗些的白绒彩绳一样。尤其是所有的树枝。也都结起银白的彩来了。远望就同盛开了的银花。如果树多，而又全是落叶树，那么，银白一片，宛如繁花，秾艳的风姿，和盛开的樱花一般——而樱花尚无其洁白。此种严霜，俗名“挂枝”，不知何所取义，或者其仅能在树枝上见之，而屋面地上反不能见，故得此名。其实霜隆普遍，并非独厚于“枝”，不过因为地上屋面皆已积雪，本来是白皑皑的，故遂不觉耳。但因其“挂枝”，遂产生了神话：据说天山最高之博格达峰为神仙所居，有冰肌雪肤之仙女，为怜冬季大地萧条，百花皆隐，故时以晶莹之霜花挂到枝头。此说虽诞，然颇有风趣，因亦记以歪诗一首：

晓来试马出南关，万树银花照两间。
昨夜挂枝劳玉手，藐姑仙子下天山。

照气候说，新疆兼有寒带、温带以及亚热带的气候。天山北麓是寒带，南麓哈密、鄯善一路（吐鲁番因是一个洞，作为例外）是温带，而南疆则许多地方，终年只须穿夹，是亚热带的气候了。但橘、柚、香蕉等，新疆皆不产，或者是未尝试植，或者也因“亚热带”地区，空气太干燥之故，因为这些终年只须穿夹的地方，亦往往终年无雨，饮水、灌田的水，都赖天山的万年雪融化下来供给人们。除了上述数种水果外，在新疆可以吃到各种水果，而尤以瓜、苹果、葡萄、梨、桃为佳。瓜指甜瓜[①]，种类之多，可以写成一篇文章；“哈蜜瓜”即甜瓜之一种，迪化人称为甜瓜，不称为哈蜜瓜。这是大如枕头的香瓜，惟甜脆及水分之多，非南方任何佳种香瓜所可及。此瓜产于夏初，窖藏可保存至明年春末；新疆人每谓夏秋食此瓜则内热，惟冬日食之则“清火”。苹果出产颇多，而伊犁之二台所产最佳，体大肉脆，色味极似舶来的金山苹果，而香过之。二台苹果熟时，因运输工具不够，落地而腐烂于果林中者，据云每每厚二三寸，在伊犁，大洋一元可购百枚；惟运至迪化，则最廉时亦须二三毛一个。

梨以库车及库尔勒所产最佳，虽不甚大，而甜、脆、水分多，天津梨最好者，亦不及之。梨在产地每年腐烂于树下者亦不可胜计，及运至迪化，则每元仅可得十枚左右。南疆植桑之区，桑椹大而味美，有黑色白色两种，惟此物易烂，不能运至他处。据言当地维族人民之游手好闲者，每当桑椹熟时，即不工作，盖食桑椹亦可果腹；桑椹在产地，人可随意取食，恣意饱啖，无过问者。

初到哈密，见有“定湘王”庙，规模很大，问了人，才知这就是城隍庙。但新疆的城隍何以称为“定湘王”，则未得其解。后来又知道凡汉人较多的各城市中都有“定湘王”庙，皆为左宗棠平定新疆以后，“湖湘子弟”所建；而“定湘王”者，本为湖南之城隍，左公部下既定新疆，遂把家乡的城隍也搬了来了。今日新疆汉族包含内地各省之人，湘籍者初不甚多，然“定湘王”之为新疆汉族之城隍如故。

迪化汉族，内地各省人皆有，会馆如林，亦各省都有；视会馆规模之大小，可以约略推知从前各该省籍人士在新省势力之如何。然而城隍庙则仅一个，即“定湘王”庙是也。每年中元节，各省人士追荐其远在原籍之祖先，“定湘王”庙中，罗天大醮，连台对开，可亘一周间。尤为奇特者，此时之“定湘王府”又开办“邮局”，收受寄给各省籍鬼魂之包裹与信札；有特制之“邮票”乃“定湘王府”发售，庙中道士即充“邮务员”，包裹信札寄递取费

---

① 甜瓜：即南方所谓香瓜——作者原注。

等差，亦模拟阳间之邮局；迷信者以为必如此然后其所焚化之包裹与信札可以稳度万里关山，毫无留难。又或焚化冥镪，则又须“定湘王府”汇兑。故在每年中元节，“定湘王府”中仅此一笔“邮汇”收入，亦颇可观。

昔在南北朝时，佛法大行于西域；唐初亦然，读三藏法师《大唐西域记》已可概见。当时大乘诸宗皆经由西域诸国之“桥梁”而入东土，其由海道南来者，似惟达摩之南宗耳。但今日之新疆，则除蒙族之喇嘛外，更无佛徒。汉人凡用和尚之事，悉以道士代之。丧事中惟有道士，而佛事所有各节目，仪式多仍其旧，惟执行者为道士而已。蒙族活佛夏礼瓦圆寂于迪化，丧仪中除有喇嘛诵经，又有道士；省政府主席李溶之丧，道士而外，亦有喇嘛数人。

伊斯兰教何时始在新疆发展而代替了从前的佛教，我没有作过考据，然而猜想起来，当在元明之交。道士又在何时代行和尚职权，那就更不可考了，猜想起来，也许是在清朝季世汉人又在新疆站定了脚跟的时候。但当时何以不干脆带了和尚去，而用道士，则殊不可解，或者是因为道士在宗教上带点“中间性”罢？于此，我又连带想起中国历史上宗教争论的一段公案。南北朝时，佛法始来东土，即与中国固有之道教发生磨擦，其间复因北朝那些君主信佛信道，时时变换，以至成为一件大事。但自顾欢、慧琳、僧绍、孟景翼等人一场无聊的争论以后，终于达到“三教”原是“一家”的结论；然而这种论调，也表示了道教在当时不能与佛教争天下，故牵强附会，合佛道为一，又拉上孔子作陪，以便和平共处；故当时释家名师都反对之。不谓千年以后，伊斯兰教在西域既逐走佛徒，和尚们遗下的那笔买卖，居然由道士如数顶承了去，思之亦堪发噱。

然道士在新疆，数目不多，迪化城内恐不满百，他处更无足论。普通人家丧事，两三个道士便已了事。此辈道士，平日几与俗家人无异。

新疆汉族商人，以天津帮为巨擘。数百万资本（抗战前货币之购买力水准）者，比比皆是。除迪化有总店，天津有分庄而外，南北疆之大城市又有分号。新疆之土产经由彼等之手而运销于内地，复经由彼等之手，内地工业品乃流入于新疆。据言此辈天津帮商人，多杨柳青人，最初至新省者，实为左宗棠西征时随军之负贩，当时称为“赶大营”。左西征之时，旷日持久，大军所过，每站必掘井，掘井得水必建屋，树立小小之市集，又察各该处之土壤，能种什么即种什么。故当时“赶大营”者，一挑之货，几次转易，利即数倍，其能直至迪化者，盖已颇有积累。其魄力巨大者，即由行商而变为坐庄。据言此为今日新疆汉族巨商之始祖。其后“回疆”既定，“赶大营”已成过去，仍有“冒险家”画依样之葫芦，不辞关山万重，远道而往，但既至镇西或迪化，往往资斧已罄，不能再贩土产归来，则佣工度日，积一二年则在本地为摊贩，幸而获利，足可再“冒险”矣，则贩新省之土产，仍以行商方式回到天津，于是换得现钱再贩货赴新省；如此每年可走一次，积十年亦可成富翁，在迪化为坐庄矣。但此为数十年前之情况，如此机会，早成过去。

抗战前，新省对外商运孔道，为经镇西而至绥边，有绥新公路，包头以东则由铁路可抵天津；此亦为新疆多天津商人之一因。抗战后，绥新公路为新省当局封锁，表面理由是巩固边防。目前新省对外商运，已经有组织地集中于官商合办之某某土产公司之手，情况又已不同。

博格达峰为天山之最高峰。清时初定天山南北路后，即依前朝故事，祭博格达山。据《新疆图志》，山上最古之碑为唐代武则天所立。其后每年祀典，率由地方官行之，祭文亦有定式，《新疆图志》载之。

博格达山半腰有湖（俗称海子），周围十余里，峭壁环绕，水甚清，甚冷；此处在雪线之下，故夏季尚可登临，自山麓行五十余里即到。自此再上，则万年雪封锁山道，其上复有冰川，非有特别探险装备，不能往矣。山巅又有一湖，较山腰者为大。当飞机横越天山时，半空俯瞰，此二湖历历可睹，明亮如镜。《新疆图志》谓山上积雪中有雪莲，复有雪蛆，巨如蚕，体为红色，云可合媚药。二十九年（一九四〇年）夏，有友登博格达，在山腰之湖畔过一宿，据云并不见有雪莲雪蛆，亦无其他奇卉异草，珍禽瑞兽，惟蚊虫大而且多，啮人如锥刺耳。湖边夜间甚冷，虽当盛夏，衣重裘尚齿战，乃烧起几个火堆，卧火旁，始稍得寐。又山腰近湖处有一庙，道士数人居之，不下山者已数年，山下居民每年夏季运粮资之，及秋，冰雪封山，遂不通闻问，俟来年夏季再上山探之。在全疆，恐惟此数道士为真能清苦。诗以记之：

博格达山高接天，云封雪锁自年年。

冰川寂寞群仙去，瘦骨黄冠灶断烟。（其一）

雪莲雪蛆今何在？剩有饕蚊逐队飞。

三伏月圆湖畔夜，高烧篝火御寒威。（其二）

雪莲有无，未能证实，然天山峭壁生石莲，则余曾亲见。离迪化约百余公里，有白杨沟者，亦避暑胜地，余曾往一游。所谓“白杨沟”，实两山间之夹谷耳，范围甚大，汽车翻越数山始到其地。此为哈族人游牧地，事前通知该管之“千户长”，请彼导游，兼代备宿夜处。“千户长”略能汉语，备马十余匹，请客人作竟日之游，出“白杨沟”范围，直抵焉耆境之天山北麓。途次经过一谷，两岸峭壁千仞，中一夹道长数里，山泉潺潺，萦回马足；壁上了无草木，惟生石莲。此为横生于石壁之灌木，叶大如掌，形似桐叶，白花五六瓣甚巨，粗具莲花之形态，嗅之有浓郁之味，似香不香，然亦不恶，询之“千户长”可作药用否？渠言未知可作何用，惟哈族人间或以此为催生之剂，煎浓汤服。石莲产于深谷，盖不独白杨沟有之。

夏季入山避暑，宿蒙古包，饮新鲜马乳，是新疆摩登乐事。但亦游牧民族风尚之残余。维、哈两族之“把爷”每年夏季必率全家男女老小，坐自家之大车，带蒙古包、狗，至其羊群所在之山谷，过一个夏季的野外生活。秋凉归来，狗马皆肥健，毛色光泽如镜面，孩子们晒成古铜色，肌肉结实。

马乳云可治肺病胃病；饮了一个夏季的马乳，据云身必健硕，体重增加。但此恐惟在山中避暑饮之，方有效验；盖非马乳之独擅神效，亦因野外生活之其他有益条件助成之也。维、哈族人善调制马乳，法以乳盛革囊中，摇荡多时，略置片刻，又摇之，如是数回，马乳发酵乃起沫，可食。味略酸而香冽，多饮觉微醺；不嗜酒者饮马乳辄醉。初饮马乳者，常觉不惯，然经过一时期，遂有深嗜，一日可进十数大碗，而饭量亦随之增加。然马乳新鲜者，城中不易得。马肉制之腊肠，俗名马肠子，维、哈、蒙等族所制者甚佳。据云，道地之马肠子，乃用马驹之肉，灌入肠管后挂于蒙古包圆顶开口通风之处，在风干之过程中，复赖蒙古包中每日自然之烟熏，——盖包中生火有烟，必从顶上之孔外出也。马肠子佳者，蒸熟后色殷红，香腴不下于金华火腿。避暑山中者，倘能骑马爬山，饮马乳，食馕（一种大饼），佐以自制之奶皮（即牛乳蒸热后所结之奶皮）、草莓果酱、马肠子、葡萄，睡蒙古包，则空气、阳光、运动、富于养分之饮食，一切都有，对于身体的益处是不难想象的！

维族哈族人有嗜麻烟者，犹汉族人之嗜鸦片。麻烟比鸦片更毒，故在新省亦悬为厉禁。麻烟自印度来，原状不知如何，但供人吸用者则已为粉状，可装于荷包中，随时吸食。因其简易，为害更烈。

食麻烟后，入半醉状态，即见种种幻象；平日想念而不可多得之事物，此时即纷陈前后，应接不暇。嗜钱财者即见元宝连翩飞来，平常所未曾见而但闻其名之各种珍宝，此时亦缤纷陆离，俯拾即是；好色之徒则见粉白黛绿，围绕前后，乃至素所想念之良家子亦姗姗自来，偎身俯就。人生大欲，片刻都偿，无知之辈，自当视为至乐。旁人见食麻烟者如醉如痴，手舞足蹈，以为疯癫，而不知彼方神游于极乐幻境也。既而动作停歇，则幻境已消，神经麻痹而失知觉。移时始醒，了无所异，与未吸食同。

然而多次吸食之后，即可成瘾；瘾发时之难受，甚于中鸦片毒者。同时，肺部因受毒而成哮喘之病，全身关节炎肿，毒入脊髓，伛偻不能挺立，不良于行；到这阶段，无论再食与否，总之是去死不远了。

维、哈族人之嗜赌博者，以羊骨为博具，掷地视骨之正反，以定输赢。据说他们结伴贩货从甲地至乙地，在途中往往于马背上且行且赌，现金不足，则以货物作抵押，旅途未终，而已尽丧所有，则转为博进者之佣工，甚至以佣工若干年作为赌注而作最后之一掷者。

维吾尔族人口占全疆总人口之半数，南疆居民，什九为维族，奉伊斯兰教。旧时阿訇（教中长老）集政教大权于一身，教长同时即为一部落或一区域之行政首长。今则阿訇惟掌教，不复能过问地方行政矣。维族人兼营商业，游牧，及农业；手工业（如裁缝、木匠、泥水、织毯等）亦多彼族中人。南疆所产之绸，色彩鲜艳，图案悦目，亦多为维族工人所织造。

在文艺美术方面，维族人具有天才，土风歌舞，颇具特色，此不赘言。尝观一出由民间故事改编之短剧，幽默而意味深长，实为佳作。此种民间故事，大都嘲笑富而不仁之辈。短剧内容，写一富人路遇一穷人，穷人向彼行乞，富人不应，且骂之。既而同憩于路侧，穷人徐问富人何来，将赴何处，且进以谀词。富人大喜，乃夸其家宅之美，夸其子，夸其骆驼，终乃夸其所爱之狗，穷人随机应变，亦盛赞其房屋之美轮美奂，其子之多才多艺，其骆驼之健硕，其狗之解人意。富人大喜。穷人乃乘间复请周济。富人怫然掉头不顾。二人于是无言。富人解行囊，取馕食之，不能尽，则以所余投畀路旁一野犬，穷人至是复乞分一小块馕，富人仍不肯，谓宁投畀狗食，不与汝懒虫，荷囊而起，将行。穷人忽思得一计，遂追语之曰：你不是有一条很好的狗么？我适从你家乡来，见你的狗已死。富人大惊，问故。穷人曰：因为你的狗吃了你那匹骆驼的肝，所以死了！富人更惊，复问骆驼何故致死。穷人曰：因为你的儿子死了，你的妻杀骆驼以祭你子。富人惊极而号哭，复问子何因死。穷人曰：因为你的家中失火，你的儿子被烧死了。至是，富人大哭，捶胸捋发，如中风狂，尽弃其行囊，并自褫其衣，呼号痛哭而去。穷人大喜，乃尽取富人之行囊、衣物，坐于道旁，从行囊中取馕食之，未尽一枚，而富人已大呼而来，指穷人为偷儿，夺还各物，且将夺其手中之余馕。穷人急逃，富人追之，幕遂下。维族风俗，杀骆驼致祭，乃最郑重之典礼，又谓狗食骆驼肝必死。

维族乐器，有长颈琵琶（四弦）、鼓、箫、琴（铜丝之弦甚多，而以小竹片鼓之，广东人亦常用之，称为洋琴）等数事。所谓长颈琵琶者，实以一曼陀铃，而颈特长，在三尺以上；意谓当别有名，但曾询翻译人哈美德，则云是琵琶。或者吾人今日习见之琵琶已经汉化乎。

维族人席地而坐。炕之地位占全室过半有强，或竟整个房间是一大炕，炕上铺毡，毡上更有大坐垫。有矮几，或圆或长方。维族人上炕坐时，足上仍御牛皮软底靴，实则此为袜子；下炕则加牛皮鞋，无后跟，与吾人之拖鞋相仿，出门亦御此鞋。长袍左衽，无钮扣，腰束以带。头上缠布，或戴无帽结之瓜皮小帽，帽必绣花，而甚小，仅覆头顶之一部分。至于戴打乌帽，穿长统靴，则已为欧化之结果。哈族人装束相同。两族女子平日亦穿靴。

日常饮食，为牛乳、羊肉、馕、奶皮、酥油、水果、红茶，而红茶中例必加糖。菜肴中甚少菜蔬。待客，隆重者宰一羔羊，白煮，大盘捧上，刀割而食。主人倘割取羊尾肥脂以手塞客人口中，虽系大块，客人须例张口承之，不得以手接取徐徐啮食，更不得拒而不受。盖此为主人敬客之礼，不接受或不按例一口吞下者即为失礼。客人受后，例须同样回敬主人。

所谓“抓饭”者，乃以羊油蒸饭，又加羊肉丁与胡萝卜（黄色）丁子；

因其非羊油炒饭，而为蒸饭，故虽似炒饭而味实不同。俄国风之“萨莫伐”[1]在新疆颇为流行，有钱之维族人家都置一具。盖嗜饮红茶，维哈及其他各民族皆然也。

新疆十四民族，除汉族外，维族兼营农业，商业、牧畜、手工业，已如上述。蒙族及哈族则以游牧为主。哈族在北疆居近汉人众多之大城市者，亦种地，惟视为副业；种地不施肥，用休耕制，下种后即自驱羊入山，不复一顾，待秋收时再来收割，有多少算多少。据闻南疆维族人之养蚕者，亦如我们之养野蚕然，蚕置桑树上，即不复措意，蚕及时成茧，亦在树上。此因南疆气候温和又无雨，故得如此便宜省事也。蒙族多逐水草而游牧，故小学亦设蒙古包中，跟着他们一年迁徙数次。

余如柯尔柯斯[2]、泰阑其、泰吉克[3]、塔塔尔等族，本皆为中亚细亚民族，今在苏联中亚境内亦有诸族；然此诸族在新省者尚多在游牧阶段。锡伯、索伦二族，乃乾隆年间由满洲移往，今多居伊犁一带，人数不多，亦为农牧兼营者，仍保存其自族之语言，然能汉语及维语者甚多。人谓此族人习语言，特有天才。

据说南疆之罗布淖尔[4]尚有最原始之小部落在焉。此为水上居民，住罗布淖尔中，与其他人民几无往来，不知牧畜，惟恃捕取罗布淖尔之鱼介为食；人数无确计，度不过数百人而已。罗布淖尔在南疆大戈壁之一端，塔里木河注入之，此一带为其他民族所不到，故此小小部落尚能自生自息，保留其原始状态。

游牧民族多喜养狗，盖警卫羊群，管束羊群，皆有赖于狗。而庞大骆驼队中亦必有狗若干头任巡哨纠察之责。新省之游牧民族既多来自他处，来时携狗自随，是故新省之狗，种类亦甚多。大概而言，有蒙古种、西藏种、各式中亚种，及此诸种之混血种，凡此皆为帮人办事的狗。再加以汉人豢畜供玩弄之叭儿种，形形色色，不可究诘；我尝戏语，狗与甜瓜在新省种类之多，

---

① “萨莫伐”：俄语译音。意即茶炊。

② 柯尔柯斯：即柯尔克孜。

③ 泰吉克：即塔吉克。

④ 淖尔：蒙语。即湖泊。——作者原注。

恐甲于全国。

迪化人家，几乎家家有狗。此种狗，半为供玩弄而豢养。自南梁（即南郊）至城门之一段路上，群狗竟分段而“治”。倘有他段之狗走过其“地盘”，必群起而吠逐之，直至其垂尾逃出“界线”而后已。因此，狗的行动范围，颇受限制，除非跟了主人同走。然此种无理取闹的狗们，都为叭儿种或其混血种；至于禀有“帮人办事”的天性的猎狗族类，则无此习气。

野羊又名黄羊，毛直而长，佳者可以羼入狐坎中混充狐之腹皮。黄羊跳走甚速，在无边之戈壁滩上，虽小跑车亦不能追及之。黄羊肉又甚鲜美。猎黄羊须用合围之法，侦得其群居之处，四面包围击之；若二三人出猎，往往不能有所得。盖黄羊甚为机警，目力甚好，人在二三里外，黄羊即见之。

迪化是省会，饮食娱乐之事，自然是五花八门的了。汉族人开的酒馆，大抵是混合了山东、陕西、天津各帮烹调的手法，可以“北方菜”目之，然厨子则多甘肃籍。城里有一家自称“川菜馆”的，据试过的人说，毫无川菜风味；或亦可说，仅在菜单上看得见川菜风味。至于官场大宴会，倘用中菜，还是“北方味”的馆子来承办，可异者竟有烧烤乳猪，而且做得很好。但挂炉鸭子则从未见过，简直绝对不用鸭子，有时用鹅。冷盆极多。倘是一席头等的菜，所用冷盆多至二三十个，圆桌面上排成一圈。这许多冷盆，例必杂拌而食之，故有一大盘居中，为拌菜之用。冷盆中又必有“龙须菜”一味，此为海菜。亦有海参，则为苏联货。有鱼翅。此外各种海味则因抗战后来源断绝，已不多见。乌鲁木齐河中产一种鱼，似属鲇鱼一类，尚为鲜美，此为迪化惟一可得之鲜鱼。

“汉菜”而外，有清真教门馆与俄国式西菜。

娱乐之事，除各种晚会外，惟有电影与旧戏。电影院皆为各族文化促进会所办之俱乐部所附设，苏联片为多，国产片仅抗战前的老片子偶有到者。

旧戏园有五六家，在城内。主要是秦腔，亦有不很纯粹之皮黄。故李主席寿辰，曾在省府三堂演旧戏；据说这是迪化最好的班子，最有名的角儿，所演为皮黄。但我这外行人看来，也已觉得不是那么一回事。汉族小市民喜听秦腔。城内几家专唱秦腔的戏园，长年门庭如市。据说此等旧戏园每三四十分钟为一场，票价极低，仅省票（新省从前所通用之银票，今已废）五十两（当时合国币一分二厘五），无座位，站着看，屋小，每场容一百余人即挤得不亦乐乎；隆冬屋内生火，观戏者每每汗流浃背，幸而每场只得三四十分钟，不然，恐怕谁亦受不住的。电影票价普通是五毛三毛两种，座位已颇摩登。然因所映为苏联有声片，又无翻译，一般观众自难发生兴味，基本观众为学生与公务员。

电影院戏园皆男女分坐。此因新省一般民众尚重视男女有别之封建的礼仪也。但另一方面，迪化汉族小市民之妇女，实已相当“解放”；妇女上小茶馆、交男友，视为故常，《新疆日报》所登离婚启事，日有数起，法院判离婚案亦宽，可谓离婚相当自由。此等离婚事件之双方，大都为在戏园中分坐之小市民男女。这也是一个有趣的对照。归化族（即白俄来归者）之妇女尤为“解放”，浪漫行动，时有所闻，但维、哈等族之妇女就不能那么自由了，因为伊斯兰教义是不许可的。然又闻人言南疆库车、库尔勒等地风气又复不同，维族女子已嫁者，固当恪守妇道，而未嫁或已寡者，则不以苟合为不德云。

［附记］

此篇大概写于一九四〇年冬或一九四一年初夏，后来发表于一九四二年之《旅行杂志》。我于一九四〇年五月出新疆，到延安住了几个月，于同年初冬到重庆。那时候，重庆的朋友们正担心着杜重远和赵丹等人的安全（我离新疆时，杜已被软禁，赵等尚未出事，后来在延安，知道杜、赵等皆被监禁，罪名是勾通汪精卫，无人置信；足见盛世才实在不能从杜、赵的言行中找到其他借口，只好用这个无人相信的莫须有罪名来逮捕他们），纷纷向我探询新疆实况；我的回答是很率直的，我揭穿了盛世才的假面具。有一次，在重庆的外国记者多人（其中有好几位是很进步的）找我谈新疆情形，由龚澎同志介绍，并任翻译；谈完以后，有一位记者问我能不能发表？我回答，可以用背景材料的形式发表，不要用访问记的形式。为什么我这样回答？原因是，一，当时我正和沈老（钧儒）、郭老（沫若）及韬奋，一同写信给盛世才，要求释放杜、赵等七八人，如果发表了我暴露盛世才的访问记，就会影响到营救杜、赵等人的工作；二，当时盛世才的亲俄联共（中共）的假面具还戴着，盛和蒋介石还有矛盾，公开暴露盛，还不到时候。但是，另一方面，我以为盛世才的欺诈行为对后方（指那时的重庆、成都、昆明等地）青年知识分子所起的欺骗作用（特别因为两年前杜重远为盛所欺，写了两本小册子，歌颂盛世才，造成了许多青年对盛的极大幻想），有加以消解的必要。由于上述的考虑，我写了这篇《新疆风土杂忆》。但发表时，有些字句被国民党检查官或删或改，歪曲了原来面貌。此文后来收在《见闻杂记》单行本时，我又作修改，但不知何故，单行本印出来时仍然是《旅行杂志》发表时的样子。现在冷饭重炒，字句上我再作小小的修改。

此篇所述新疆的风土习俗，在今天看来，已成陈迹。但从这里也可以对照出来，解放后的新疆的工业、农业、文化教育事业的飞快发展，真是一日千里，史无前例；这是中国共产党在少数民族地区的正确政策和英明领导的实例之一。

佩服与崇拜

我以为我们不论对于古人或今人，只有佩服没有崇拜；而且佩服的也决不是这“人”，却是这人的“某话”、“某行为”。换一句话，即是佩服的是真理，不是其人（真理本来常存，不过因其人一为发扬，更加显明，人人知道罢了，不是发明，可说是发见）。

我又以为凡是佩服，一定是先了解其人的话；就是听了这句话后，先经过自己理性的审考，觉得这句话实在是我有在心头，而说不出于口头的，实在打中了我的心坎，然后佩服的心会生；否则，这是盲从。何以会不辨辨人家说话的味道就盲从呢？因为对于其人崇拜的缘故。

所以我说：只有佩服，没有崇拜；因为崇拜的心理，易使行为入于盲从。

我又以为中国人崇拜心是一向很重的；几千年来入儒家者流的人，对于孔二先生，没有一句话是错的，这是一层崇拜；像后汉王充这种人敢于诘孟、问孔（《论衡》上两篇名），真是毁圣的了，放在明朝，谁不将他和金圣叹一般骂，然而因为他到底是古人，所以他的书不毁，纪老先生①也请他进四部的子部杂家，没有加他一个“驳杂不纯”，放在存目，这不是又是一重崇拜么？

所以我说：中国人是富于崇拜性，大家崇拜孔二先生；后人清代学者，曾任四库全书馆总纂官。又崇拜今人；推之于现社会，便是“白胡须老头儿”比较地古些，所以说话也灵些。

但是现在我们应得醒醒了，应得把脑子里崇拜两个字的影子磨了，只可有佩服，而且只佩服真理，不是人——就是我们得多起理性作用，少起感情作用。

本来我们大家是向那无尽长的进化的阶段上爬，爬上十个阶段的人，看看后面只爬一二级的，自然觉得爬得高了，后面爬一二级的，看看前面爬十

① 纪老先生：指纪昀。

级的，自然也觉得他高，但是和“无尽长”的一比，便都要“索然”了；我以为我们若将崇拜心揹牢，便见不到这境界，不但害了自己，也累了那爬到第十级的苦人，生生地做成个偶像。

所以我说：我们要晓得自己爬到哪级，就是学问到什么分寸，也要晓得大家都是朝无尽长的阶段爬；我们千万不可自傲，不可看人不起，却也不可崇拜什么人；立在那无尽长阶段的第一级的人，看着立在第十级的，只有佩服罢了，而且佩服的不一定是全体，一句话也好。

照这样说来，那极力鼓扬侵入的暴强的主者道德（master moral）的尼采，也不该不佩服了；因为他提倡主者道德虽然是错的，但他从生物学上证明现社会的道德信条本来不过是利用他的一种人弄成的，不是绝对的真理，那倒是我们推翻旧道德，估定新价值的极妙利器了。所以这一句话，我们可以佩服的（关于主者道德之说，请看尼采的 Beyond Good and Evil 及 Geology of Morals[①] 两书，我在商务印书馆《学生杂志》今年二号上登的尼采的学说（二）一篇中，亦有说及）。

总而言之，我们现在，首先欲把脑子里旧字典上的名词除掉几个，崇拜也是其中之一；而且崇拜两字的坏处，人家倒不大明白，还当是好的，犹之乎爱国两字一样，又犹之乎男女交际中的爱情一样！我们爱的是人类全体，有什么国，国是拦阻我们人类相爱的！我们凡是生物，除了作恶为害的外，都互相有爱情，为什么只是男女，有了男女的爱情当作神圣品，岂不是把人类的大爱缩小么？此话甚长，现在姑且缩住不讲。

我上面的许多话本是多说的，却见现在的青年，渐渐要发挥盲从的手段，而且也硬请人做偶像，崇拜了，所以小子要多嘴说几声，但是终究是费话！糟蹋了《学灯》栏好好的纸张，我是要忏悔的呀。

① Beyond Good and Evil：即《跨过善和恶》；Geology of Morals：即《道德的历史起源》。

恋爱与贞操的关系

大概中国的贞操观念是世界上最特别的一种贞操观念了。几千年提倡吃人礼教的结果，社会的全部伦理体系都是中了毒的；所谓“道德”，都是吃人精神的结晶，所谓“礼义”，都是骗人自骗的虚文。现在稍稍明白的人，谁也不能否认：中国的贞操主义就是吃人的主义，就是骗人自骗的主义。许多不合理的惨事都是受了贞操主义的毒——强制或诱引——而做出来的。这也是稍稍明白道理的人不能否认的。在中国宣传女子解放的福音，第一步应该打倒贞操观念这魔障，光景是一定的事，用不到怀疑的。

可是我们要明白：我们这里说的不问三七二十一第一步要先打破的，是中国历来相传的贞操观念；不是说男女相与之间可以完全没有一种高尚的，互相尊重，互相信托的精神。（这精神，我们姑且用贞操这个旧名词来代称，也还可以。）究竟男女相与之间是否需要这种精神，这东西对于人类文明的前进有什么样的大关系：确是一个尚待细商的问题，不是一言两语就可以解决的。然而我们至少可以先来断定一句：如有这精神，这也是人类理性的产物，和那旧日的贞操观念不同。旧日的贞操观念是人类占有欲望的产物，也可说是男子特有的永久占有心的产物，因为强要女子守贞的缘故不外男子视妻妾是一己之物，不许别人染指（不但生前，并且死后，也不许），在今日没有保存的可能，也是和二五等于一十一样，明明白白的。

我们竟可以说：不独中国历来相传的贞操观念是男子占有心的产物，便是世界现在有的一切不平等的贞操观念都是男子自私心的产物，都不是理性的产物，所以都应该打破的。不相信我这句话么？我也不用多举证据，只请你去细观察凡是号称文明社会中的人们对于男或女的自由性交抱的是什么态度。无论哪一个号称文明的社会（恐怕越是称为文明的，这态度也越是明显），对于自由性交（其实这“自由”两字也是那些文明人说说罢哩!）的男女，都有极不公平的两样看待；一个男子相与了许多女子，在他们看来，人格上不生问题，但如果一个女子相与了几个男子（或者也竟是男子的利诱威逼使伊至此的），可就反了，人格上大生问题了。他们要说这女子不贞，却不说男子不贞；可知无论哪里，贞操这个名词是专为女子造的。虽然现在欧洲各国文明人民有些因为权利义务的观念太发达了，所以把男女间神秘的关系也视为权利义务的一种，夫妻俩都有彼此互尊权利（老实说，这只是根据于极卑下心理的权利观念罢哩！）的义务，但丈夫和别的女子相与，侵犯了妻的权利，其罪还是轻些。就是社会的制裁也还是不算什么的。英国现行的离婚律分明就是这不公平的夫妻间权利义务观念的说明。所以随你怎样讲权利义务，贞操这名词还是只为制裁女子侵犯男子的独有权而设的。中国的贞操观念却更进一步，连男子已死后的独有权还要保留，所以是最特别的。在新的贞操，贞操的新定义，新范围，还没确定出来之前，先要打破这些旧的；因为无论男女间相与到底该不该有贞操，这些旧有的偏畸的贞操观念总是不能适用的（在中国又特是害人的凶器），不打破它，留着做甚么？

可是贞操究竟要不要呢？近来颇有些人讨论到这一个问题了。他们的议论大概可分做主张要的，与主张不要的两派。主张要的一派没有什么特别名儿。主张不要的一派就是大家知道的“自由恋爱”主义者。他们——自由恋爱论者——说，恋爱绝对自由，不受任何东西的拘束。从历史看来，夫妇名义，家庭制度，等等一类东西，是拘束恋爱的自由活动的，所以他们主张废弃。他们以为此刻我爱某人，就和伊爱，到两方不生爱情的时候，就可以分开，这才是自由恋爱。他们既然如此主张了，当然没有什么贞操不贞操的问题。

至于主张要贞操的一派，对于这自由恋爱的理论多半是不承认，是不用说的；他们在这一点上虽然似乎主张一致，态度相同，但在别一点上，彼此就有绝大的反对思想。这一点就是关于贞操的本质，贞操是什么东西的争论。因为主张要贞操的人们也都觉得旧有的贞操观念万万要不得，非创一个新的不可。要创一个新的，自然先要弄清楚：什么是贞操？各人的见解也就不能相同起来。拿粗的说，也可说有两小派。一以为贞操是一种信仰；一以为贞操是一种义务。主张义务说者以为贞操也是道德中的一部分，人们一定要履行的义务；为什么定要履行呢？他们也说不出充分的理由，不过根据了“有这个绊索然后男女关系是稳定了合理了”这不健全的理想来的。他们显然是觉得现在人类是脆弱的，不完全的，常常轶出正理之外，受欲望支配的，所以想处处用起人为的绳子来，逼人类上轨道。这见解对不对，这办法是否恰当，我不愿多说，我现在要说的，就是这样硬性而且皮相的办法，有时是要闹乱子的，就是有流弊的。因为我不相信男女相与就只是简单的物质的关系。他们又有替这办法想出路的，便主张一方订定了极自由的离婚法，以便和缓贞操义务观的硬性。这也是不对的。因为既可极端自由离婚，实际上贞操还成义务么？所以觉得义务说的漏洞非常之多。信仰说者以为贞操只可当它一种信仰，听人自由；这一说显然不把贞操算做道德的一部分，因为若算做道德的一部分，是必须强人履行的。但男女间所以要有贞操问题，起源就的确含有定要履行的意思。信仰说者避开这一层来说，已是根本的文不对题，所以究竟也难满人意。

我的意见以为若要决定贞操究竟应有不应有，先须研究恋爱的性质。男女恋爱的关系，究竟仅是肉体的物质的呢？还是灵魂的精神的？我们固然不便跟了那些空想的神秘诗人那样的说法，决定男女的恋爱完全是属于灵的精神的东西，和肉体一毫无涉；但我们却也觉得男女的恋爱，真正的恋爱，至少应有精神的结合。我们固然也否认那主张精神恋爱，以为肉体接触完全是兽性的可丑的，这些不近人情的偏论；但我们却也承认男女间恋爱的关系确是由肉体的而进化到灵魂的。所谓恋爱，一定是灵肉一致的。仅有肉的结合而没有灵的结合，这不是恋爱。但对于那以恋爱必先由精神而及肉体的说头，却也不能赞成。因为这与恋爱进化方式不符！恋爱的进化方式，显然是由肉体的而进于灵魂的，个人的恋爱当然不能作为例外。若说男女交游，先有精神的恋爱，后有肉体的，这是误以普通的友爱看作男女间的恋爱了！因为无论哪个民族，男性在看待女性的时候，总起一种神秘的感想，他们往往不能自忘是男是女；因为这一层异常心理状态所牵引，极普通的友谊的交情便被视为恋爱了。其实这是错的呵！

既认恋爱是灵肉两方一致的，贞操便不成问题。因为贞操之能表见者，只是肉体的，不是灵魂的。真能有灵肉一致恋爱的人们，不用贞操两个字做束缚，自然能够履行贞操之实。否则，随你怎样的贞操论，还都是掩耳盗铃罢了。况且既认恋爱为灵肉一致的，则灵肉不一致的，当然不能算它是恋爱。既已不成为恋爱，更如何配得上讲贞操？所以贞操与恋爱的关系，一而二，二而一，并不分彼此。有恋爱时，贞操不守自在；无恋爱了，虽有贞操以为制裁，然而这种灵肉异致的恋爱，在我看来，双方都是不贞已极的。主张男女间非有贞操不可的，真是掩耳盗铃，自欺之至呵！

恋爱与贞洁

恋爱是男女间的一种关系的说明。异性间如果发生了性的关系，常常要起所谓道德的问题，在那时，我们所有的一种衡量彼两性关系之究属道德不道德的天平秤，就是恋爱。我或者可以简单说一句，两性结合而以恋爱为基的，那就是合于道德的行为，反之，就是不合于道德的；所以我说：恋爱是男女间的一种关系的说明。

恋爱不是理知的产物，是感情的产物，也可以说是最强烈的感情，亦惟丝毫不带理知作用的恋爱才是真的恋爱。这种真恋爱的表示便是一往直前，不怕天，不怕地，盲目的举动。有真恋爱的人，忘了富贵名位的差别，忘了丑美的差别，忘了人我之分。在恋爱的人，忘富贵名位的差别还容易，忘丑美的差别可就难了；中国有句成语："情人眼里出西施"，这真是一句不朽的金言。忘了丑美的差别还不是绝无，忘了"我"的那就少了。从前有几个浪漫派文学家曾经描写过为恋爱而牺牲自己的男人或女人，但是现社会中可就难找得很。我们固然也常听得有"双双殉情"的事，不过这是对于压迫者的复仇行为，而不是此处所谓因恋爱而忘"我"。恋爱而至忘我，已经是一种信仰了，牺牲者完全为信仰而牺牲，绝没有旁的意思。而且这和失恋者的自杀，又有不同。失恋者的自杀，是意志薄弱者的报复行为，正像犹太文学家宾斯奇在《一个饿人》的短篇小说里所说的饿人对于社会的报复行为。他对于那被己所恋的人，不是失了恩情，完全立于仇人的地位了。因恋爱而至忘我者的牺牲行为，可就不同；托尔斯泰曾在《活尸》里描写出一个这样的典型人物。托尔斯泰是主张无抵抗主义的，所以他描写出来的有纯洁恋爱的人，也都像是无抵抗主义者；其实恋爱而至忘我的地步者，便忘了妒；《活尸》里的主人公所以不妒，并非他已经忘了爱，正因他的爱不能解除。我以为凡恋爱而到了上述的那"三忘"的境地，这恋爱就是所谓精神的恋爱。很有些人以为"精神的恋爱"是指避免性交的恋爱（斯德林褒绮的《结婚集》中描写主张如此而失败的人有两三个），然而因恋爱而生肉体相亲的意思，乃是极自然的事，并非如此便算不得“精神的”，若要勉强行之，终必失败的。恋爱固不以性交之达到算为成熟的证据，但是因恋爱而自然到这地步，就是极合理的事，不能算是可耻，或秽污。

我当然也承认，像上面所说以恋爱作为信仰的，不能强迫人人尽从，而且不应该劝诱人人尽照此办。有人要如此办，那是他个人的自由，有人不要如此办，也是他个人的自由；而且在我们看来，渠们两者的道德程度，实在亦无轩轾。换句话说，我并不觉得定要能牺牲了“我”，像《活尸》里的主人公那样的，才算是真恋爱。不过忘富贵名位与丑美，却一定是真恋爱必具的条件。

我觉得两性的自由结合若是根据了真恋爱而来的自然的动作，便是合理的。并且我觉得，我们若认恋爱是感情的产物，则自然亦不能指恋爱的减弱而终至于无，为不道德。一个人有过两三回的恋爱事，如果都是由真恋爱自动的，算不得什么一回事。在女子方面，算不得不名誉的，有伤贞洁的。中国对于贞洁的观念，几乎以为是女子的专用品，而且以“只与一个男子接触”为贞洁的解释，实在是因为不重视恋爱的缘故。近年来，恋爱的曙光照到了青年的心里，一般守旧的人又以为这是贞操观念破坏后的恶果，实在也误会得厉害！我以为贞洁与恋爱是相连而生的，相助而成的；晓得真恋爱的人，也就是贞洁的人。恋爱之真伪，与贞洁与否有关；而恋爱的次数，却绝对无关。我觉得国内青年男女有了自由的社交后，恋爱上的纠葛很多，而渠们还都保守着从前传下来的秘密主义，愈守秘密主义，愈近于从前所谓“偷香窃玉”，离真恋爱愈远，这怕不是好的现象罢。至于有过一二次恋爱事实，而正在经第三次经验的，对于前事，每竭力想遮掩，更是常见的事（大概女子方面居多）；我们猜想起来，竭力想遮掩的，精神上该如何的痛苦哪！而这都是由于社会上对于恋爱与贞洁误会了的缘故。

现代女子的苦闷问题

世上万事不能两全，又好又不吃草的马儿是没有的。人是理性的动物，所以遇到万难兼顾的事就会依理性的评判，择取其最合理的一者。

孟子说；“鱼：我所欲也。熊掌：亦我所欲也。二者不可得兼，舍鱼而取熊掌者也。”这种选择，是平常人的理性所优为的；因为鱼常有而熊掌罕得。但是孟子又说：“生：亦我所欲也。义：亦我所欲也。二者不可得兼，舍生而取义者也。”这却便不是平常人的理性所容易取择了；因为生与义孰善，比较起鱼与熊掌之孰善来，要复杂得多，并且关系亦太大了。必然是彻底了解生之意义与义之意义的人，然后能于二者间取合理的选择。

所以遇到像这一类的选择时，问题是在选择者对于面前的二物的意义是否有彻底的了解。换言之，即对于二者的轻重缓急是非应有彻底的了解。

对于我们目前的问题（即现代女子应该抛弃了为妻为母的责任而专心研究学问改造社会呢？还是不妨把学问和社会事业暂时置为缓图而注重良妻贤母的责任?）而欲得一个解答，自然也非先将二者的轻重缓急有一个彻底的了解不可！

可是这个问题并不简单。有大理由可说为妻为母的责任是神圣的极重要的；但是又有同样的大理由说攻究学问改造社会的责任是神圣的极重要的。正如公说公有理，婆说婆有理，两边都是有理的。我觉得凡事一套进理论的圈子，凭空地数起理来，每每是话语愈说愈多，而解决终于不得。我们自然不能完全看轻理论方面，可是也不可忘却事实。凭你理论上千真万确，而事实上不容许时，却就等于白说。特别是一个等待解决的问题决不能专守着理论而不问事实。结果使这问题陷于不解决的解决。

因此，我们对于本问题的正当态度应该是姑且撇开理论而问事实。换言之，即对于主张女子当尽为妻为母之责的议论，我们可以姑且承认，可是同时要问问事实上能不能？对于主张女子应该加入社会运动的，也取同样的态度。如果事实上现代女子确不能——即有种种外界的阻碍使她们不能实现理想的为妻为母的责任，则我们的理论家的大道理实在只等于废话，而应该让有作有为的女子试试别条出路！

我是觉得并且确信现代的女子是不能安心，或被环境容许，尽理想的为妻为母的责任的。请简单地申述我的意见如下。

我们先要注意：我们讨论的前提是“理想的”为妻为母的责任，而不是平平常常的为妻为母的责任！此所谓理想的为妻为母的责任，即是夏丏尊先生在本刊第七期上《闻歌有感》一文中所说的，今引其大意如下：

几年来妇女解放论者只是对于外部的制度下攻击，不从妇女自己的态度上谋改变，所以总是不十分有效。所谓“妇女自己的态度上谋改变”，即是要女性自己觉到自己的地位并不劣于男性，且重要于男性，为妻为母是神圣光荣的事，不是奴隶的役使；你们既忙了，不要再因忙反屈辱了自己，要在这忙里发挥自己，实现自己，显出自己的优越，使国家社会及你们对手的男性，在这忙里认识你们的价值，承认你们的地位。

使国家社会及你们对手的男性，在这忙里认识你们的价值，承认你们的地位；在为妻为母的忙里发挥自己，实现自己：这是丏尊先生的警句，也可以说这是丏尊先生所认为解放妇女的途径！在纯粹理论上，我不反对丏尊先生此论，可是事实上，国家社会及对手的男性即使会从女性为妻为母的“忙”里认识她们的价值，然而未必肯承认她们的地位；正如资本家虽然从劳动者的血汗上认识劳动者的价值，然而何尝肯承认劳动者的地位。

再退一步，我们不管国家社会及男性对于女性“忙”的价值及承认之如何，而再看女性是否能从为妻为母的“忙”里发挥自己，实现自己。我们自然先承认能够发挥女性自己实现女性自己的忙，不是无意识的千古相传的女性的为妻为母的“忙”，而是另一境界的近乎爱伦凯的母性主义的理想之所谓忙了。那么，事实上我们的为妻为母的女性还只是忙着些平凡的“忙”，而不是理想的忙，并且环境上决不容许有作有为的女性实现了若干理想的为妻为母的忙！如果一个有作有为的女性，想在她的为妻为母的职权范围内做一点理想的忙，那么，旧礼教，旧习惯，一切的法律，甚至政治势力，军警武力，都会干涉到她身上了！这也是无足怪的。因为旧礼教，压迫女性的魔鬼以及拥护此魔鬼之一切法律，武力，都只承认旧有的为妻为母的忙，而这旧有的为妻为母之忙，正是女性的锁链；这在旧有的为妻为母的忙里，女性决不能发挥自己，实现自己！

所以真正要使女性能在为妻为母的忙里发挥自己，实现自己，不处奴隶的地位，重要的前提还是改革环境！结论于是就落到女性的一面为要求自身利益而奋斗，一面为改造环境而与同调的男性作政治运动了！

事实的铁掌打破了理想的花园。我们有一句老话：“理想为事实之母。”但是这里我们却看见一条颠扑不破的铁规，“事实不容许时，理想只是一句废话”！所以现代女子苦闷的生路是根据了目前的事实取她们应该做而且不得不做的行动！

青年苦闷的分析

亲爱的朋友：

从你的来信中看出你是十二分的苦闷。用我的另一个朋友的话：你是“在死线上挣扎”。用你的自己的话：你是“站在交界线上”。你是出了学校，将入社会；不是你战胜了生活，便是生活将你压碎，将你拖进了地狱去，——这，你说在你目前的环境是很有可能的。你说你仅仅是个中学毕业生，你没有用正当手段在社会上来自立的能力，而且即使你的能力还够，社会上却已经密密层层挤满了和你同样境遇的可怜人，从这样的同命者的嘴巴里夺取面包来养活你自己，你却又于心不忍，于义不取。你说社会是新的“斯芬克斯”，不是你解答了它的谜，便是你被它吞下去。你觉得你是解答不了社会的谜，因此你觉得只有两条路横在你面前：被生活拖下社会的地狱去，或是死！

哦！云山茫茫，我送给你一个握手。

但是在我提笔作书这现刻，我心里充满着的却不是什么感伤悱恻的情绪而是忿忿。我真不愿意对你表示什么同情，寄与什么慰安，——这些“空心汤圆”，这些不痛不痒的温甘剂，对于你一点好处也没有。我只想请你吃点辣子，给你一些批评。我又觉得给你什么职业上谋生上的暗示，——所谓得一个啖饭处，于你也是没有多大帮助，因为你的苦闷的原故还不是仅仅一个胃的装饱与否的问题，——还不是仅仅活下去的问题，而是怎样活得有意义的问题。自然胃的装饱与否也不是小问题，所谓“饿死小事”那样的话只是吃得太饱的大人先生们坐在衙门里说说的，不过这单讲起来话太长了，而且我想来你总也看到许多书讲到怎样方可以大家不饿。朋友！对于像你这样还没到缺少白米饭的胃，就需要一点辣子。这可以使你出一身大汗，可以破除你的苦闷罢！

你是一个多少有点觉悟的青年。你不愿意像别人那样过着猪狗一般的被践踏被损害的生活，你也不愿意像又一种别人那样过着损人肥己或是向吮嘬民众血液的魔鬼献殷勤乞怜而分得些馂余以骄妻子的生活。你不愿被压迫，也不愿为压迫者。你这苦闷自然比较单纯的贫困或是失恋更有深切的意义。但是我不能不说你这苦闷就是你的糊涂呀。

朋友，据你这心理状态，你好像是某寓言中的驴子，因为不能够一步就到了人家对它说的那个花园吃理想中的玫瑰，就归根怀疑到该花园之是否真真存在。现代人中间不乏颇像这寓言中驴子们的可敬的怀疑者；他们的毛病就是不明白一个社会组织的改变绝不是像你在床上翻一个身那样容易的。一个社会组织的改变不但须要很长的时间，而且中间一定要经过不少的各种形态的阶段。社会进化的方式，既不如一班人所说的那样机械的，也绝不是又一班人所说什么混杂变幻不可思议究诘。处在这转变期的我们，固然需要一种有所不为有所必为的坚决的意志，却也需要一种毅力——只照着正确的路线走去，把一切顿挫波折都放在预算中，绝不迟疑徘徊的那样的毅力。朋友，你在现今这瞬息万变的社会中，像你那样的青年人，顶需要的，是这种毅力。下了有所不为有所必为的决心而没有这种毅力的人儿是苦闷的。朋友，你的苦闷的一方面，据我看来，就是这个。

你说你要牺牲一己为大众谋幸福久矣，但恨不得其门未逢其人；自然这你是有慨于目今挂羊头卖狗肉者之多，故有此言。你为此审慎，为此迷惶，为此而痛感生命力之无从发泄，而感苦闷。朋友，你这种不轻举妄动的态度是很好的，然而一何类于深闺择婿的淑女耶？朋友，你须不是一个小姑娘，你总不应该自存着万一受了欺骗便无以自反的心理因而简直不敢动呀！跑出你的“香闺”，走到十字街头；不要尽信赖你的耳朵，应该睁开你的眼睛来；那么，如果你确是像你来信中所表现的那么一个人，你一定可以看见大众所苦痛者究竟是什么，并且究竟是什么东西能够解放他们了。我再说一遍，你不是一位小姑娘，你须不怕受了人家的骗而又被指勒着不得脱身，你更不须顾忌着万一上当则将玷污你终身的“清白”，——其实你大概熟知在现今即使是小姑娘也很多并不这样畏葸的了，你是一个青年男子，应该有一点“泼皮”的精神，什么都不怕一试，试得不对，什么都不怕丢开另来。朋友，就是这追求又追求，搏战又搏战中，有着你的最宝贵的生命力之表现。中国有句老话：大处落眼，小处着手。你的落眼处虽然是为大多数民众求幸福，但你的着手处却应该从极小处开始；不耻下层的工作，不要放弃琐细的斗争；如果你是这样想，你的每一刻的生活便不会没有意义，你的整个生命力的表现便走上了正确的路线了。

朋友，也许你是欢喜多想的罢？用思固然是好事，但只管空想，却是坏事中之最坏者。我觉得现在有些人都犯了这样一个毛病：他已经依理性的指示而决定了一个主张或信仰，这主张或信仰之决定，当然是思索的结果，决定以后当然仍得用思，这时的思索应该集中在如何而可实现他的主张——就是确定了实现他这主张的步骤；然而不然，他却尽管左右前后地空想，他想得很多，估量得很多，预防得很多，但是一切这些思索都不是促其主张的实现，只是围绕着他这主张兜圈子，固然他这主张自始至终没有一分一毫的移动，他始终抱定着他这主张，可是始终不曾有过一分一毫的实现。在主观上，他有一个牢不可破的主张，但在客观上，他等于没有主张。于是结果他苦闷了，大喊没有“出路”。朋友，你是否也陷于这样的所谓没有“出路”的苦闷？我看来你有一点。朋友，一个人的生活的布置绝不能像下围棋似的可以数子而定全局。你在对弈开始落子的时候，棋局是空白的，你有布置你的局势的自由，但你的生活却不是放在空白的“人生的棋局”上，所以你若自己计划好了自己生活的“局势”以后而尽管躺在床上“推敲”，那就愈想愈糊涂，终于成了不动了。主要的是：你定了主意后就应该定步骤，你自然得小心，但不可不放开脚步走上前去，不容趑趄！半途上出了什么岔子么？到那时再来对付！不过你也不可以忘记你应当时时自己武装准备对付那些岔子！

假如你还没有决定任何主意的时候，那么，朋友，慎防着陷进了又一泥坑里。欢喜多空想的人又有这样的一种：譬如说想从一个瓶子里倒出酒来喝罢，他，这位空想家，尽对着瓶子出神，先来推论这瓶里的酒到底是什么酒，好不好的，照这瓶子的漂亮的外观而言该是好酒，但也许竟是最劣等的酒，也许竟不是酒，——这样反复推想，什么都想到了，只是始终不曾想起先倒出那酒来尝一下，然后再作结论。朋友，你不要笑，现代的青年中尽多这样的人呢！自然对于一瓶酒之类不会这样的没主意；可是对于“立身处世”的大计明明放着一条路在面前而始终拿不定主意以至蹉跎不决的却多得很呢。

这结果也是烦闷。

朋友，或者你还有点感情与理智的冲突，向善心与向恶心的矛盾罢？你也许因而感到自己的脆弱，因而悲观消沉罢？哦！你不应该如此的。人类并不是“全知全能的上帝”，人类是或多或少有些缺陷的；我们的老祖宗——原始人，比起我们来，要不完全得多了，然而他们从工作中，从生活斗争中，炼到了一身本事；所以，朋友，你不必为你的有缺陷而自馁，你应当在找寻工作和生活斗争中锻炼你自己，填平你的缺陷，只有不断地和环境奋斗，然后才可以使你长成。

朋友，你是青年，你手足健全，你受过中等教育，你生在这转变时代，你有很好的机会在这正在展开的历史的悲壮剧中做一个角色，你是很幸运的。你没有父祖的余荫，没有一份家产来供你安居饱食生儿子做老太爷，你没有亲戚故旧的提拔，没有同乡同学的帮忙，你进不能混入贪官污吏土豪劣绅队中，退而求为一个安分守己的小百姓亦不可得，但是正因为你是一无所有的青年，你的出路是明明白白的一条：

为了大多数人也为了你自己的解放而斗争！

“自杀”与“被杀”

今天读了本刊所载郁达夫的《说死以及自杀情死之类》，就想起了我在日本报上所见他们日本人的自杀事件来。那是三年以前罢，我在日本京都看见大阪《每日新闻》上登载了一段惊人的自杀事件。死者是一个有家室有财产的人，不为恋爱失败，也不为投机破产，徒因身体有病，自觉得再不能活泼泼地做一个健康的人了，他就取了自杀这一手段。先杀了妻和一子一女（妻的被杀大概是同意的），这位身患痼疾者就锁了家门，到银行里提取了一部分的存款，漫游了一个月，然后再打电话给他的在东京外务省当差的哥哥，说明了他全家的“惨剧”，于是他自己也就自刎在妻和儿女的尸边。

这是一种变态心理的自杀，然而在变态心理的背后，我们却看见一个健康的心在那里跳跃：这就是对于人生态度的严肃认真，丝毫不肯苟且！既然不能活泼泼地做一个健康的人，既然不能克尽健康的人们应尽的义务了，那就不如自杀了罢！——是这样可感的不肯虚度浮生的意志驱使这位有家室有财产的痼疾者走上了自杀这条路！

我是诅咒自杀的。然而对于这位痼疾者的自杀，我却只有感动了！难道我们能够非议这样严肃的人生态度么？假使他没有那不可医的痼疾，那他一定是非常勇敢地生活斗争的战士罢？假使一个民族有那样严肃的人生态度，这民族一定是不可侮的罢？

有这种严肃认真的人生态度的，也不仅是日本民族；我不过随手举了一个日本人的例。并且我们也不可以误会日本帝国主义的蛮横的武力侵略就和日本人民此种严肃的人生态度有什么因果关系。不是的！那完全是两件事！但是反过来说，没有此种严肃的人生态度的国民，却不免要弄成受人侵略而不敢抵抗，常常呼号国耻而只有五分钟的热度。我们社会内号称中坚分子的一般中等阶级就是最缺乏那样严肃认真的人生态度！所以复兴闸北灾区的资金要用奖券的方法来募集，所以救济东北难民要开游艺会，要用电影明星舞女名妓来号召！所以在冰天雪地中对日本帝国主义抵抗的，只有向来被贱视的穷苦老百姓了！

严肃认真，丝毫不肯苟安的人生态度！不能够堂堂地做一个于社会于人类有用的人，那还不如死了罢！不能够堂堂地过合理的人的生活，那还不如拼了命罢！这应该是我们的旗帜，我们的信条！

因为醉生梦死的人即使他不肯“自杀”，迟早要“被杀”！

欢迎古物

自从日本帝国主义的大炮在四小时内打下了“天下第一雄关”以后，大人先生们就挂念着北平文化城里的文物。现在好了，平津尚未陷落，而古物已经装箱待运：据说共装三千大木箱，须得四列车方能运走：那么，万一不远的将来平津失守，而古物无恙，大人先生们庶可告无罪于列祖列宗。

古物虽有三千箱之多，但到底只有三千箱，四列车也便运了走。比不得平津的地皮是没有法子运走的。至于平津的老百姓，——几百万的老百姓，更其犯不着替他们打算，他们自己有腿！

况且就价值而言，也是老百姓可憎而古物可贵。不见洋大人撰述的许多讲到中华古国的书么？他们嘲笑猪一样的中华老百姓，却赞赏世界无比的中华古物呢！如果为了不值钱的老百姓而丢失了值钱的古物，岂不被洋大人所叹，而且要腾笑国际？于此，我们老百姓不能不感谢大人先生们尽瘁国事的苦心！

然而别有心肠的日本帝国主义似乎并不因为北平古物已走而就此放手。他们正在急急忙忙增兵到热河边境。我们用火车运古物，他们用火车运兵！平津的老百姓眼见古物车南下却不见兵车北上，而又听得日军步步逼进，他们那被弃无告的眼泪只好往肚子里吞。

可惜洋鬼子的机械文明尚未臻万能之境。不然，用一架硕大的起重机把中华古国所有的国宝，例如北平的三海大内，曲阜的孔林，南京的孙陵之类，一齐都吊上喜马拉雅山的最高峰去，让大人先生们安安稳稳守在那里“长期抵抗”，岂不是旷世之奇勋！

不过目前已经有四列车的古物待运，实在也是了不起的荩谋了，老百姓感激涕零之余，应该高呼三声：古物万岁！

时　髦　病

所谓“时髦病”是矛盾混乱的社会里常见的一种流行病。“时髦”二字，在这里并不作通常的“趋时”的解释，而有“硬要出语惊人”的意义。

“时髦病”有好几种，这里只说那最普遍的一种。这一种的病象是——

打倒一切：什么都是要不得了，但是谁也不配去执行那“打倒一切”的工作。

骂倒一切：觉得别人都是不彻底，都是错误的；但是他自己跳在云端里，永远不曾脚踏实地走一步，所以他就永远彻底，永远不会错了。

不屑做平凡的事：看见人家做披荆斩棘探路的工作，他是要冷笑的；他说“只要跳过去就行了，谁耐烦这么枝枝节节地干”！可是他自己永远不曾跳给人家看。

他过着小布尔乔亚的生活，但口口声声咒骂别人是小布尔乔亚；他在封建思想和封建势力的包围中，但他以为封建思想早就没落了，封建势力只存半口残喘，因而假使还有人在那里攻击封建思想，在他看来，就是时代的落伍者。

他是独往独来的英雄，他否定客观的现实！

他嘴里从不说“我”，但他的心里常有一个大字——“我”！

他天天嚷着：要光明，要自由！但是他望见了那由黑暗到光明之间的一段半明半暗的路程就害怕了，而且他用美妙的词令来掩饰了他的害怕。他要自由，可是他不肯爬上那到自由的梯子，因为他反对平凡的一步一步的爬，他的理想是“飞”！

他的喜悦是：常常有材料给他骂，他因此是一个最勇敢最彻底的“革命者”。但他的悲哀是：“革命”不了解他！

谈迷信之类

辛亥革命的“前夜”，乡村里读“洋书”的青年人有被人侧目的“奇形怪状”凡三项：一是辫发截短了一半，末梢蓬松，颇像现在有些小姑娘的辫梢，而辫顶又留得极小，只有手掌似的一块，四围便是极长的“刘海”；二是白竹布长衫，很短，衣袖腰身都很窄小，裤脚管散着；三呢，便是走路直腿，蒲达蒲达地像“兵操”，而且要是两三个人同走，就肩挨肩地成为一排。

当时这些年青人在乡间就成为“特殊阶级”。而他们确也有许多特殊的行动。最普通的便是结伴到庙里去同和尚道士辩难，坐在菩萨面前的供桌上，或者用粉笔在菩萨脸上抹几下，碰到迎神赛会，他们更是大忙而特忙；他们往往挤在菩萨轿子边说些不尴不尬的话，乘人家一个眼错，就把菩萨头上的帽子摘了下来，藏在菩萨脚边，或者把菩萨的帽子换了个方向，他们则站在一旁拍掌大笑。

当时的青年“洋”学生好像不自觉地在干着“反宗教运动”；他们并没有什么组织，什么计划，他们的行动也很幼稚可笑，然而他们的“朝气”叫人永远不能忘却。他们对于宗教的认识，自然很不够，可是他们的反对“迷信”，却出自一片热忱，一股勇气，所以乡下的迷信老头子也只好摇着头说：“这些天不怕地不怕的小伙子，菩萨也要让他们几分了！”

去年我到乡下去养病，偶然也观光了“青天白日”下的“新政”，看见一座大庙的照墙上赫然写着油漆的标语：“省政府十戒”。其中第一条就是戒迷信！庙前的戏台上原来有一块“以古为鉴”的横额，现在也贴上了四块方纸，大书着“天下为公”，两边的木刻对联自然也改穿新装，一边是“革命尚未成功”，一边当然是“同志仍须努力”了。这种面目一新的派头，在辛亥革命时代是没有的，于是我微笑，我感到“时代”是毕竟不同了！

然而后来我又发见庙里新添的许多善男信女恭献的匾额中有一方写着“信士某某率子某某”者，原来就是二十五年前“菩萨也要让着几分”的

“洋”学生。他现在皈依在神座下了！并且他“率子某某”皈依了！并且我也看不见二十五年前蒲达蒲达地直了腿走路的年青人在乡间和菩萨捣乱了！从前那个“洋学堂”只有几十个学生，现在是几百了，可是他们都没有什么“奇形怪状”。他们大都是中产阶级的子弟，也和二十五年前的一样。不过他们和二十五年前的“前辈先生”显然有点不同，就在他们所唱的歌曲上也可以看出来了；从前是“男儿志气高，年纪不妨小”，而现在却是“毛毛雨”了！于是我又微笑，我不很明白这到底也是不是“时代”不同了么？

从前和菩萨捣乱的青年人读《古文观止》，做《秦始皇汉武帝合论》，知道地是圆的球形，知道“中国”实在并不居天下之中，知道富强之道在于船坚炮利——如此而已。他们的头脑实在远不及现在的年青人，然而他们和当时社会及至家庭的“思想冲突”却又远过于现在的年青人。近年来中国是“进步”了，簇新的标语，应时应节的宣传纲领，——例如什么纪念日的什么“国货运动周”，“航空救国周”，“拒毒运动周”等等，都轮流贴满了乡村里小茶馆的泥墙。正所谓“力图建设”，和二十五年前的空气相差十万八千里。这在认识不足的年青人看来，当然觉得自己和社会之间没有什么了不起的不调和。而况他们的家庭既不禁止他们进学校，也不禁止他们自由结婚。

并且即使有些不顺眼的事情也都以堂皇的名义来公开实行，即如小小的迎神赛会亦何尝不在迷信之外另找一个冠冕堂皇的名目—振兴市面。

今年大都市里天天嚷着“农村破产”，“救济农村”。于是“振兴农村”的棉麦借款就应运而生。乡村间也要“振兴市面”的，恰好今夏少雨，于是祈雨的迎神赛会也应运而生。一个乡镇的四条街各自举行了一次数十年来未有的大规模的迎神赛会。一位“会首”说：“我们不是迷信，借此振兴市面而已!”这句话自然开通之至。因而假使有些“读洋书”的年青人夹在中间帮忙，也就“合理”得很。

迎神赛会总共闹了一个月光景。而且一次比一次“更见精采”。听说也花了万把块呢。然而茶馆酒店的“市面”却也振兴了些。有人估计，赛会的一个月中，邻近乡镇来看热闹的人，总共也有万把人；每人花费二元，就有二万元，也就是“市面”上多做了二万元的生意。这在市面清淡的现今，真所谓不无小补。

有一位“躬与其盛”的先生对我说：“最热闹的一夜，四条街都挤满了人，约有十万的看客。轮船局临时添了夜班，航船和快班船也添了夜班，甚至有一夜两班的。有几个邻镇向来没有轮船交通，此时也都开了临时特班轮。”

所以把一切费用都算起来，在赛会的一个月间，市面上至少多做了十万元的生意。这点数目很可使各业暂时有起色，然而对于米价的低落还是没有关系。结果，赛会是赛过了，雨也下过了，农民的收成据说不会比去年坏，不过明年的米价也许比今年还要贱些呢……①

① 写这篇杂文的时候，正闹着“农村经济破产”而又“谷贱伤农”的矛盾现象。——作者补注。1958年11月17日。

升学与就业

暑假到了，又有几万个青年人从中学校里毕业出来，在“升学”呢，或“就业”呢，这两叉路口徘徊了。

有钱有势人家的子弟，自然无所用其“徘徊”。挟了饱满的钱袋——虽然不饱满的是他的书包，他照样可以“升学”，反正学校就好比“游戏场”，混上三年五载，出来时便是“学士”“硕士”，就有钻谋差使的资格。说不定他的父母早已给他准备好什么拿钱不办事的好位置了。

很为难的是中等人家出身的中学生。翻开报纸一看，满眼是中等以上学校招生的广告，但是满报纸的夹缝里却又影影绰绰刊满了九个大字：知识分子失业的恐慌。而这些知识分子又多半是曾经“升学”过来的呀！

有些贤明的父母把很大的希望放在儿女身上，觉得中学毕业生简直是“郎勿郎，秀勿秀”①，于是多方省俭，甚至借贷，使儿女“升学”。他们自然以为将来方帽子一上头，职业就有把握了。然而这样的希望毕竟比“航空奖券”的头彩有多少把握，那也只有天晓得罢哩！

照普通的情形说，中等人家的子弟在中学毕业后，对于“升学”与“就业”的问题往往走了这样的“连环套”：

中学毕业了，因为无业可就，姑且“升学罢”；所以今日之“升学”即为他日之“就业”着想；然而今日拿出钱去“升学”，或可易如反掌，他日要“就业”而拿进钱来，竟至难如上天了，于是大学毕了业以后就真真成为无业，或者甚至于长期失业了。

依这情形，所谓“升学”也者，实在也就是“就业”的意味。大抵十个中学生内至少有九个的“升学”是含了这样的“就业”意味的。因而一般中学生的“升学”或“就业”的问题只是一个问题：谋生！

---

① “郎勿郎，秀勿秀”：俗谚。意为既非平民百姓，亦非名门显贵。

然而青年人的知识欲是强烈的，幻想是丰富的，所以问题的核心即使只是个“生计问题”，而问题的外层却很复杂，——强烈的知识欲和美满的幻想，一层一层交错包围着；而于是乎青年人在中学毕业后往往是非常烦恼地面对着这“升学”或“就业”问题了。

大而言之，这是一个严重的社会问题。在现社会一切不合理的状态尚未纠正以前，这个问题是无法解决的。但是有志气有魄力的青年也犯不着为这问题哭丧着脸终天发闷。我们敢为可爱的青年进一解，我们应拿高尔基的青年时代的经验来看一看罢。

高尔基是连中学都没有进过的，他自修到了中学的程度，十五岁那年，他忽然想到加桑[①]去进大学。但要进学校，第一要紧的还是钱。高尔基没有钱，大学进不成，就流落在加桑；他做码头上的小工，他又做过小小的面包店里的学徒。……这些，都是“业”，不是“学”，然而后来高尔基自己说：“这，我就是进了大学校了！”

学问并不一定要在学校中才有，才能学到。高尔基就是一个例。不过千万不要误会，光在码头上面包店里混，就会学问长进。高尔基那时也靠了自修。他一方面谋生，一方面还是“手不释卷”地自修。

并且千万不要误会，我们引高尔基的故事是在暗示中学生诸君都去做“文豪”。这里，不过举一个例：因为高尔基是想进大学的，但结果是做工，而且他自己后来又说：“这，我就是进了大学校了。”——这句话，刚好对于“升学”或“就业”这问题给了个很“幽默”的解答。实际上，中外古今有不少伟大的事业家都不是“学校”“科班”出身，甚至科学家也有从没进过什么理工科大学的！

何必哭丧着脸呢？“升学”或“就业”这问题犯不着叫你烦恼！进了职业界，同样也还可以自修，只要自己意志坚强。可是还有一句话：假使有一位中学毕业生决心要“就业”了，而又脱不下自己的竹布长衫（假定他找不到穿长衫的职业），于是失业，于是怨天尤人，于是垂头丧气，那么，自然又当别论，而我们上面的那些话他也一定听不进耳朵。对于这样的青年，我们只

① 加桑：通译喀山。

能引用一句俗语："做过三年当铺朝奉，出来卖油条都不行呀！"

我们以为有骨气的青年人决不会做了几年中学生就弄成了一个"公子哥儿"。在必要的时候，他那件竹布长衫可以脱掉，而且脱掉了竹布长衫后，他依然不忘记自修。在这样的青年人，"升学"或"就业"，都不成问题了！

女人与装饰

说来也并不奇怪，为什么到了夏天，关心世道人心的先生们对于男女之大“防”要突然加紧。夏天的女人的装束实在太富于挑拨性。而“挑拨”的焦点在于肉体部分呈露得太多。所以取缔女人露腿赤脚的官文正是扣准了题目的得意之作。

我们的祖先在山林子里过“野蛮”生活的时候，本无章身之具，大家光裸裸看惯了，并不觉得什么。然而这正是野蛮人之所以为粗浅。“文明人”头脑复杂得多了，凡事都讲究个“含蓄”，“有余不尽”，从此而“联想”也特别发达，见一光露的小腿就觉得有点那个了。其实腿只是腿而已，远不及眉毛能说话，眼睛会“送媚”。说到这里，就不能不佩服从前土耳其女人上街要戴面纱这一办法为能真正彻底。

至于露了腿还要搽什么油膏，扑什么粉，赤了脚还要染红指甲，从贪图简便凉快一变而为要麻烦要好看，——这真是更骇人听闻。自然，这样搽搽扑扑染染的腿，恐怕只是光腿中间极少数的一部分，它们的目的，和普通光腿完全两样。此等腿不但不许它“光”，彻底些不妨投畀煤窑。所可惜者，此等腿大都坐在汽车里，奉公守法的警察先生只好朝它看看罢了。

再从反面一想，腿主人不怕麻烦而搽油扑粉，无非为要好看。把腿弄好看了，也不是自己欣赏，而为的是那个抓权禁止光腿的男性社会需要这等样的装束修饰。据说从前有过女性中心的社会。那时候，男人们是不是也像现在的女人那样刻意艳妆，我们还不大明白。但是吴敬梓却在《镜花缘》里给我们一个回答。《镜花缘》里女儿国的男人即使是一部大黑胡子也还要搽脂抹粉。然而现在关心世道人心的先生们读《镜花缘》到这一段时不肯掩卷想一想。

闻笑有感

笑是喜悦的表示，动物之中，大概只有人类有这本领罢。猴子也能作笑的姿态，但亦不过是姿态而已，看了不会引起快感，或且以为丑。至于微笑，冷笑，苦笑等等复杂的不尽是表示喜悦而别有滋味的各式之笑，那更是人类所独特擅长。

简直可以说，愈是思想情绪复杂且多矛盾而变态的人，笑之内容也愈为复杂而多变态；原始意味的笑——即天真的笑，差不多很难在这样人们的脸上找到了，通常我们见到的，倘不是虚伪的笑便是恶意的笑，这又是人类比猴子高明的地方，猴子大概作不出虚伪的笑，并且大概也没有恶意的笑。

但是也还有若干种类的笑，其动机似可索解却又未必竟能索解。譬如青年的疯女人，一丝不挂出现于大街，此时围观者如堵，笑声即错杂起落，如果再有一个无赖之徒对疯妇作猥亵之动作，旁观者就一定会哄然大笑。这样的笑，当然并不虚伪，确是“真情之流露”，远远听去，你会猜想这所笑者一定是一件可喜的事；那么，这是恶意的笑了，可又不尽然，当然说不上含有善意，但围而观者之群其中百分之九十九与此疯妇确无丝毫的仇恨，既无仇恨，则看见她在那样悲惨的境地而犹受无赖子的欺侮，纵使不生同情亦何必投之以恶意的笑呢？然则是缺乏同情心的缘故么？在此一场合，围观者同情心之薄弱，即就“围观”一举已可概见，自不待论；但是同情心之缺乏并不一定造成那样纵声狂笑的结果。假如有一位绅士在场，恐怕他是不笑的，虽然这位绅士跟围观之群比较起来，心地要肮脏得多，白天黑夜，他时时存着损人利己之心，而围观之群却确是善良（虽则赶不上那位绅士的聪明）的人们。

这样看来，恐怕只能把这种变态的笑解释为并无意义的动作，这恐怕是神经受了不寻常的一刺骤然紧张而起的一种反应，这中间并无恶意，当然也未必带有幸灾乐祸的成分。但“一半是神，一半是兽”的万物之灵，在这当儿，却突然褪落了“神”的光圈，而呈现了赤裸裸的“兽”的本色，大概也是不能讳言的事罢？

在街头遇到了这种的笑，并不比在雅致的客厅中遇到了虚伪的笑，更为舒服些，不过那不舒服的滋味应当是不相同罢？前者是悲哀而后者是憎恶。在前者，我们感到文化教育力之不足，在后者，我们看见了相反的作用——“人”非但未能净化，反倒被“教养”得更卑鄙龌龊了！我不得不承认：那种无意义的原始性的傻笑，虽使我听了战栗，可是比起客厅中高贵人们的虚伪的——可又十分有礼貌的笑，至少是“天真”些罢？

不过在大街上那样笑的机会究竟不多，常见者乃在室内。在文雅的背景前，有“教养”的嘴巴绘声绘影地在叙述一些惨厉的故事的时候，听到了那样野性的放纵的笑声，其使人毛骨悚然，当亦不下于在大街。这时的笑，当然决无虚伪，可也不见得如何“天真”，这里可以嗅出自私的气味，讲述者和听而笑者似乎都把这当作一种娱乐，一种享受，他们似乎习惯了要把血腥的人类灵魂被践踏的故事当作饱食以后的消化剂，把别人的痛苦当作自己开心的资料。这原来不是没有“教养”的人所知道的。

人们说近来有些话剧，颇重“噱头”，于是慨叹于“低级趣味”之盛行，但是，见“噱头”而笑，即使是“低级趣味”罢，亦不过趣味低级而已；事有甚于此者，即并非“噱头”而且简直是不应当笑的地方，也往往听到喷发的笑声，叫人突然觉得这就是疯女人出现在大街上所引起的同样的声音。有一次我看电影，就在我近旁发出了这样变态的笑声；后来我留心看那几位“可敬的人们”，确也是衣冠楚楚，一表堂堂，标明是有“教养”的——即不是粗人，换一句话，就是那些看腻了“噱头”转而要从血腥和眼泪中寻取笑料的人！

人的感情有能变态到这样的地步的，这是人的堕落呢或是“进化”，自不待论；不过再一想，在众人的骷髅堆上建筑起一人的尊严富贵的，今世实在太多了，那么，仅仅在话剧或电影上找寻这样发泄的家伙，实在也不足责了。

剩下来的一个问题是：到了还没看腻“噱头”的小市民群的钱袋也不大

宽裕而不得不依靠那些连“噱头”都已看腻转而要从血腥与眼泪——别人的痛苦中找寻娱乐的人们作为基本观众时，我们的戏剧将怎样办呢？

也许就是杞忧，现在这大时代有的是能使人痛快地一哭因而也就能健康地一笑的题材。但是看到那依然如故的“尺度”，我不能不担心我这个忧虑迟早要成为问题了。

纠正一种风气

三年前我们在重庆打算编一种丛书，专印不知名的青年作家的作品；我们和几个出版家接洽，他们都顾虑到销路，不愿意接受。可是我们也不甘就此罢休，索性把计划更进一步，专印“处女作”，试试广大的读者群是不是像一般书店老板所估计，买书是看作者姓名的。后来居然有人愿意出资来试验一下了，可是却又要求每书要有一二篇介绍（序或读后记），理由还是为了推销上方便些。

不但出书，就是出一种定期刊罢，出版家也一定希望编辑人能够“拉”到若干知名作家的稿子，“以资号召”。

这种“风气”，由来已久，我们戏称之为“明星主义”。我们认为这是不应该有的现象。我们认为这种“风气”，对于青年作家或无名作家是十分不利的。我们曾经和一些思想进步的出版家讨论过，如何挽救这不合理的风气。在讨论中，我们得到了下列的几点认识。

出版家印一本书，总须通过贩卖商，这才能够到达广大读者群的面前，而贩卖商批书的标准据说不外乎：一，看同类的书销路如何；二，看作者是不是知名的。而贩卖商的这两个标准又是根据了他们的经验而来的。比方说，某一类的书好销，贩卖商就愿意多批这一类。有一时，巴尔扎克很吃香，贩卖商看见巴尔扎克的译本就很欢迎；如果不是巴尔扎克而是别的外国的大作家，即使那译本实在很好，也很难说服贩卖商使他们多批。对于本国的作家亦是如此，贩卖商根据他们的经验有他们的取舍，不知名作家的书就难以得到他们的“选择”；即使你郑重推荐，他们也不大肯“冒险”试批几本去；即使批了去，他们也不大肯放在很显著的地位让顾客们一眼就看到。

所以，“明星主义”的造成，贩卖商也有份的。

书出版后当然有广告。按理说来，广告是读者借以求书的线索。但是，事实上广告总多说好话，甚至有吹得太过分的，这就使大部分读者不敢太相信广告。中国又没有权威的书评刊物，读者想在广告之外求得可以信任的介绍也颇不易，于是结果也只得根据经验来选择了；加以书价太高，读者购买力低，自然而然对于陌生面孔作者的作品不敢轻于试购了。而读者的这一种“习惯”，反过来也会对贩卖商起影响，形成了贩卖的“经验”，产生了贩卖商的批书标准。

一般说来，在中国，青年作家或无名作家的作品在定期刊上发表的机会，还算是多的。因为定期刊的编辑人虽然为了老板的要求不得不“拉”知名作家的稿子，但亦可以全权发表青年作家或无名作家的稿子，不比出一本书，全权是操在老板手里。如果和美国比较，那么中国的出版界可以说是“生意经”还算少的。美国一位青年作家（或无名作家）想要在定期刊上投稿，几乎照例没有发表的希望，除非有人为他特别推荐。至于出单行本，那希望就少到没有，——可以说想也不用想。但是中国的出版家倒还不至于“认真”到这样程度，青年作家和无名作家的作品还不是绝对没有出版的希望。我觉得这是我们的出版家比美国进步的地方。盼望在这“美式”狂热汹涌可畏的时候，我们的出版界能够不为所“化”。

从上面说的看来，可知现今俨然已成风气的所谓出版界的“明星主义”，还是可以挽救的。而挽救之道，需要出版家、作家、读者三方面的合作。上文说过，出版家（除少数例外）并非绝对不肯出版无名作家的书，而是怕亏本；贩卖商也不是绝对不肯贩卖，而是怕销不掉；读者呢，更其不是绝对只崇拜名人，而是购买力弱不敢轻于尝试。如果出版家肯多冒点险，而又和作家们合作建立起一种权威的书评刊物，在读者群中打出个信用来，那么，读者的“习惯”相信可以改过来，而贩卖商也会改变他们的“批书标准”了。自然，要建立一种权威的书报评介的定期刊也不是轻而易举的，不过，如果要办，也非不可能。

再说，今天中国的定期刊“拉”知名作家“以资号召”的办法，其势也不能持久。中国的定期刊实在也不能说多（和文化进步的外国比较），无奈中国的知名作家也不多，所以拉来拉去，被拉者固然忙于应付，而读者恐怕也觉得老是几个熟面孔，感觉不到新鲜了。感觉不到新鲜，那不是和编者“拉”的本意相反了么？

最后，也得指出，如果民主不能实现，内战不能停止，那么，出版的前途就很少希望。因为出版事业的发展和进步，必须先有言论自由、思想自由。这已是常识，不用我在这里多加说明了。

文学与人生

今天讲的是文学与人生。中国人向来以为文学，不是一般人所需要的。闲暇自得，风流自赏的人，才去讲文学。中国向来文学作品，诗，词，小说等都很多，不过讲文学是什么东西，文学讲的是什么问题的一类书籍却很少，讲怎样可以看文学书，怎样去批评文学等书籍也是很少。刘勰的《文心雕龙》可算是讲文学的专书了，但仔细看来，却也不是，因为他没有讲到文学是什么等等问题。他只把主观的见解替文学上各种体格下个定义。诗是什么，赋是什么，他只给了一个主观的定义，他并未分析研究作品。司空图的《诗品》也没讲“诗含的什么”这类的问题。从各方面看，文学作品很多，研究文学作品的论文却很少。因此，文学和别种方面，如哲学和语言文字学等，没有清楚的界限。谈文学的，大都在修词方面下批评，对于思想并不注意。至于文学和别种学问的关系，更没有说起。所以要讲本题，在中国向来的书里，差不多没有材料可以参考。现在只能先讲些西洋人对于文学的议论，再来讲中国向来的文学，与人生有没有关系。

西洋研究文学者有一句最普通的标语是：“文学是人生的反映（Reflection)”，人们怎样生活，社会怎样情形，文学就把那种种反映出来。譬如人生是个杯子，文学就是杯子在镜子里的影子。所以可说：“文学的背景是社会的。”“背景”就是所从发的地方。譬如有一篇小说，讲一家人家先富后衰的情形，那么，我们就要问讲的是哪一朝。如说是清朝乾隆的时候，那么，我们看他讲的话，究竟像乾隆时候的样子不像？要是像的，才算不错。上面的两句话，是很普通的。从这两句话上，大概可以知道文学是什么。固然，文学也有超乎人生的，也有讲理想世界的，那种文学，有的确也很好，不过都不是社会的。现在我们讲文学与人生的关系，单是说明“社会的”，还是不够，可以分下列的四项来说一说。

(一) 人种。文学与人种，很有关系。人种不同，文学的情调也不同，哪一种人，有哪一种的文学，和他们有不同的皮肤、头发、眼睛等一样。大凡一个人种，总有他的特质，东方民族多含神秘性，因此，他们的文学也是超现实的。民族的性质，和文学也有关系。条顿人刻苦耐劳，并且有中庸的性质，他们的文学也如此，他们便是做爱情小说，说到苦痛的结果，总没有法国人那样的热烈。法国作家描写人物，写他们的感情，非常热烈。假如一个人心里烦闷，要喝些酒，在英人只稍饮一些啤酒，法人却必须饮烈性的白兰地。这英法两国人的譬喻，恰可以拿来当作比较。文学上这种不同之点是显然的。

（二）环境。我们住在这里，四面是什么。假设我们是松江人，松江的社会就是我们的环境。我有怎样的家庭，有怎样的几个朋友……都是我的环境。环境在文学上影响非常厉害。在上海的人，作品总提着上海的情形；从事革命的人，讲话总带着革命的气概；生在富贵人家的，虽热心于平民主义，有时不期然而然地有种公子气出来。一个时代有一个环境，就有那时代环境下的文学。环境本不是专限于物质的，当时的思想潮流，政治状况，风俗习惯，都是那时代的环境，著作家处处暗中受着他的环境的影响，决不能够脱离环境而独立。即使是探索宇宙之秘奥的神秘诗人，他的作品里可以和他的环境无涉——就是并不提起他的环境，但是他的作品的思想一定和他的大环境有关。即使有反乎他那时代的思潮的，仍旧是有关系，因为他的“反”，是受了当时思潮的刺激，决不是凭空跳出来的。至于正面的例子，在文学史上简直不胜枚举。例如法国生了佐治申特等一批大文学家，他们见的是法国二次革命与复辟，所以描写的都是法国那时代环境下的人物。申特虽为了他的革命思想，逃到外国，可是他的作品，总离不掉法国那时代的色彩。举眼前的例：我们在上海，见的是电车、汽车，接触的或算大都是知识阶级，如写小说，断不能离了环境，去写山里或乡间的生活。英国诗人勃恩斯（Burns）的田园风景诗，现在人说怎样好，怎样美丽，平静；十九世纪末，作家都写都会状况，有人说他们堕落；这都是环境使然。又如十九世纪末有许多德国人，厌了城市生活，去描写田园，但是他们的望乡心，一看便知。这就是反面的例。可见环境和文学，关系非常密切，不是在某种环境之下的，必不能写出那种环境；在那种环境之下的，必不能跳出了那种环境，去描写出别种来。有人说，中国近来的小说，范围太狭，道恋爱只及于中学的男女学生，讲家庭不过是普通琐屑的事，谈人道只有黄包车夫给人打等等。实在这不是中国人没有能力去做好些，这实在是现在的作家的环境如此，作家要写下等社会的生活，而他不过见黄包车夫给人打这类的事，他怎样能写别的？

（三）时代。这字或是译得不好。英文叫 Epoch，连时代的思潮，社会情形等都包括在内。或者说时势，比较近些。我们现在大家都知道有“时代精神”这一句话。时代精神支配着政治、哲学、文学、美术等等，犹影之与形。各时代的作家所以各有不同的面目，是时代精神的缘故；同一时代的作家所以必有共同一致的倾向，也是时代精神的缘故。自然也有例外，但大体总是如此的。我们常听人说，两汉有两汉的文风，魏晋有魏晋的文风……就是因为两汉有两汉的时代精神，魏晋有魏晋的时代精神。近代西洋的文学是写实的，就因为近代的时代精神是科学的。科学的精神重在求真，故文艺亦以求真为惟一目的。科学家的态度重客观的观察，故文学也重客观的描写。因为求真，因为重客观的描写，故眼睛里看见的是怎样一个样子，就怎样写。又因为尊重个性，所以大家觉得尽是特别或不好，不可因怕人不理会，就不说。心里怎样想，口里就怎样说，老老实实，不可欺人。这是近世时代精神表见于文艺上的例子。

（四）作家的人格（Personality）。作家的人格，也甚重要。革命的人，一定做革命的文学，爱自然的，一定把自然融化在他的文学里，俄国托尔斯泰的人格，坚强特异，也在他的文学里表现出来。大文学家的作品，哪怕受时代环境的影响，总有他的人格融化在里头。法国法朗士（Anatole France）说，“文学作品，严格地说，都是作家的自传。……”就是这个意思了。

以上是西洋人的议论，中国古来虽没有这种议论，但是我们看中国文学，也拿这四项做根据。第一，中国文学，都表示中国人的性情：不喜现实，谈玄，凡事折中。中国的小说，无论好的坏的，末后必有个大团圆：这是不走极端的证据。关于人种一条，可以说没有违背。第二，环境更当然。中国文学的环境，自然都是中国的家庭社会。第三，时代的关系在中国似乎不很分明。但仔细看，也有的。讲旧文学的人说：同是赋，两汉的与魏晋的不同；同是诗，初唐盛唐晚唐也不同。李义山的无论哪一首诗，必不能放在初唐四杰的诗中。他们的诗，同是几个字缀成，同讲格律，只因时代不同，作品就迥然两样。《世说新语》的文字，在句法与文气上都与他书不同，《宋人语录》亦如此，与《水浒》不同，与《宣和遗事》又不同。这都可以说因为时代空气不同。非但思想不同，文气、格律也有不同。可见时代的影响，也很厉害。至于人格，真的作家，不是欺世盗名的，也有他们的人格在作品里。所以文学与人生的四项关系，在中国也不是例外了。

文学与人生简单的说明，不过如此。从这里，我们得到了一个教训，就是凡要研究文学，至少要有人种学的常识，至少要懂得这种文学作品产生时的环境，至少要了解这种文学作品产生时代的时代精神，并且要懂得这种文学作品的主人翁的身世和心情。

红　叶

朋友们说起看红叶，都很高兴。

红叶只是红了的枫叶，原来极平凡，但此间人当作珍奇，所以秋天看红叶竟成为时髦的胜事。如果说春季是樱花的，那么，秋季便该是红叶的了。你不到郊外，只在热闹的马路上走，也随处可以见到这“幸运儿”的红叶：十月中，咖啡馆里早已装饰着人工的枫树，女侍者的粉颊正和蜡纸的透明的假红叶掩映成趣；点心店的大玻璃橱窗中也总有一枝两枝的人造红叶横卧在鹅黄色或是翠绿色的糕饼上；那边如果有一家“秋季大卖出”的商铺，那么，耀眼的红光更会使你的眼睛发花。“幸运儿”的红叶呵，你简直是秋季的时令神。

在微雨的一天，我们十分高兴地到郊外的一处名胜去看红叶。

并不是怎样出奇的山，也不见得有多少高。青翠中点缀着一簇一簇的红光，便是吸引游人的全部风景。山径颇陡峻，幸而有石级；一边是谷，缓缓地流过一道浅涧；到了山顶俯视，这浅涧便像银带子一般晶明。

山顶是一片平场。出奇的是并没有一棵枫树，却只有个卖假红叶的小摊子。一排芦席棚分隔成二十多小间，便是某酒馆的“雅座”，这时差不多快满座了。我们也占据了一间，并没有红叶看，光瞧着对面的绿丛丛的高山峰。

两个喝得满脸通红的旅客，挽着臂在泥地上婆娑跳舞，另一个吹口琴，呜呜地响着，听去是“悲哀”的调子。忽而他们都哈哈笑起来；是这样地响，在我们这边也觉得震耳。

芦席棚边有人摆着小摊子卖白泥烧的小圆片，形状很像二寸径的碟子；游客们买来用力掷向天空，这白色的小圆片在青翠色的背景前飞了起来，到不能再高时，便如白燕子似的斜掠下来（这是因为受了风），有时成为波纹，成为弧形，似乎还是簌簌地颤动着，约莫有半分钟，然后失落在谷内的丰草中；也有坠在浅涧里的，那就见银光一闪——你不妨说这便是水的欢迎。

早就下着的雨，现在是渐渐大了。游客们不知在什么时候已经减少了许多。山顶的广场（那就是游览的中心）便显得很寂静，芦棚下的“雅座”里只有猩红的毡子很整齐地躺着，时间大概是午后三时左右。

我们下山时雨已经很大；路旁成堆的落叶此时经了雨濯，便洗出绛红的颜色来，似乎要与那些尚留在枝头的同伴们比一比谁是更“赤”。

“到山顶吃饭喝酒，掷白泥的小圆片，然后回去：这便叫做看红叶。谁曾在都市的大街上看见人造红叶的盛况的，总不会料到看红叶原来只是如此这般一回事！”

我在路旁拾起几片红叶的时候，忍不住这样想。

速　写　一

沿浴池的水面，伸出五个人头。

因为浴池是圆的，所以差不多是等距离地排列着的五个人头便构成了半规形的“步哨线”，正对着浴池的白石池壁一旁的冷水龙头。这是个擦得耀眼的紫铜质的大家伙，虽然关着嘴，可是那转柄的节缝中却嗤嗤地飞迸出两道银线一样的细水，斜射上去约有半尺高，然后乱纷纷地落下来，像是些极细的珠子。

五岁光景的一对女孩子就坐在这个冷水龙头旁边的白石池壁上，正对着我们五个人头。水蒸气把她们俩的脸儿熏得红喷喷的，头上的水打湿了的短发是墨黑黑的，肥胖的小身体又是白生生的。她们俩像是孪生姊妹。坐在左边的一个的肥白的小手里拿着个橙黄色透明体的肥皂盒子；她就用这小小的东西舀水来浇自己的胸脯。右边的一个呢，捧了一条和她的身体差不多长短的手巾，在她的两股中间揉摩。

虽是这么幼小的两个，却已有大人的风度，然而多么妩媚。

这样想着，我侧过脸去看我左边的一个人头。这是满腮长着黑森森的胡子根的中年汉子的强壮的头。他挺起了眼睛往上瞧，似乎颇有心事。

我再向右边看。最近的一个正把滴水的手巾盖在脸上，很艰辛地喘气。再过去是三角脸的青年，将后颈枕在浴池的石壁上，似乎已经入睡。更过去是一张肥胖的圆脸，毫无表情地浮在水面，很像个足球。

忽然那边的矿泉水池里豁剌剌一片水响，冒出个黄脸大汉来，胸前有一丛黑毛。他晃着头，似乎想出来却又蹲了下去。

大概是惊异着那边还有人，两个小女孩子都转过头去了。拿肥皂盒的一个的小脸儿正受着冷水龙头逃出来的水珠。她似乎觉得有些痒罢，她慢慢地举起手来搔了几下，便又很正经地舀起水来浇胸脯。

速　写　二

水声很单调地响着，琅琅地似乎有回音。浓雾一般的水蒸气挂在白垩的穹窿形屋顶下，又是入睡似的静定。

不知从什么时候起，浴场中只剩下我一个人。

坐在池子边的木板上，我慢慢地用浸透了肥皂沫的手巾摩擦身体。离开我的眼睛约莫有两尺远近，便是那靠着墙壁的长方形的温水槽，现在也明晃晃地像一面大镜子。

可是我不能看见我自己的影。我的三十度角投射的眼光却看见了那水槽的通到隔壁浴场的同样大小的镜平的水面。

这样在隔断了的两个浴场中间却依然有这地下泉似的贯通彼此的温水槽呢！而现在，却又是映见两方的镜子。我想起故乡民间传说里的跨立在阴阳界上的那面神秘的镜子来了。岂不是一半映出阴间的事而又一半映出阳间的事，正仿佛等于这个温水槽的临时的明镜？

我赞美这个民间传说的奇瑰的想象，我悠悠然推索这个民间传说的现实的张本。我下意识地更将头放低些，却翻起眼珠注视这沟通两世界的新的阴阳镜。

蓦地一个人形印在我的眼里了。只是个后身。然而腰部的曲线却多么分明地映写在这个水的明镜！如果我是有一个失去了的此世间的恋人的呀，我怕要一定无疑地以为阳间的我此时正站在阴阳镜前面看见了在冥国的她的倩影！

一种热烈的异样的情绪抓住了我。那是痴妄的，然而同时也是圣洁的，虔诚的。

然后，正和传说中神秘的镜子同样地一闪，美丽的腰肢蓦地消失了；泼剌一声，挽着个小木盆的美丽的白手臂在镜平的水面一沉，又缩了上去。温水槽里起了晕状的波动。传说的梦幻的世界破灭了，依然是现实的浴场，依然是浓雾一般的蒸气弥漫在四壁间入睡似的静定。

归途杂拾

一　九龙道上

旅客们游玩九龙，好像有一个公式：九龙城，宋皇台，这是最先去的地方。倒不是因为这两处是古迹，而是因为最近中国已在反抗日本帝国主义的侵略；游这两处，表示游玩之中不忘爱国。所谓九龙城，其实是小山顶上的一个寨，周围不过三四里，城内除了几排破房子便是一片荒地，除了住在破房子里的一两户穷人，根本无所谓居民，可是这一个荒凉的去处却是九龙租界地中间一块中国的国土。整个九龙半岛都租借去了，为什么还保留这几亩的地皮？据说也是有理由的，可是想想总觉得近乎开玩笑。九龙城的城墙倒很整齐，不用说，这已不是原物，香港政府特地花钱修葺过了。有四个城门，其中一个（大概是东门），还有一条广阔整齐的石路，对着城门，有两尊旧式的废炮。这么一个小城，——不，一个城壳子，比上海租界内的天后宫小得多了，而且根本没有居民，当然也无从派用场。不过抗战以后，在香港拍的一部抗战影片到底将这九龙城用了一次。

至于宋皇台，以前香港政府也把它列为名胜之区。这里并没有台，只是一个近海的高坡上有两块光秃秃的大岩石。原也有点奇怪，这两块大岩石一上一下，好像是人工叠起来似的，上面那一块大些，因而石檐之下可容一二人蜷伏。据说南宋的末代皇帝，就在这石檐下住过几宿。但我觉得这一个传说，未必可靠。帝昺当初逃到九龙，似乎还不至于窘迫到栖身在岩石罅中，如果为了躲避蒙古的追兵，则如此光秃秃的石缝，也不是个躲藏的好地方，除非那时这里的地形还不是现在那样一无遮盖，连大树也没有一株。

除这两处以外，沙田是“九龙游玩公式”的第二节目了。沙田山上有一座大庙，也算得名胜之区，也有点儿古气。第三个节目便是坐了汽车跨山沿海直到元朗，这一带路上，因为常常一边是峭壁，一边是海，风景也还不差，这一条翻过几个山头常常傍海而行的公路就是有名的青山道。

日本鬼子占领了香港以后约一星期，就开始“疏散”九龙的居民。这一条青山道上，每天拂晓戒严以后就挤满了扶老携幼背着小包袱提着藤筐或洋铁罐等等物件的难民。这是一条人的洪流，从早上戒严以后直至日暮戒严为止，这一条洪流滚滚不息，一天之内，总有十来万人这样急急忙忙脱离了这魔窟。

但是这样挤满了人之洪流的青山道上，也还有抢匪：日本兵和临时产生的土强盗。英军撤退九龙的时候，丢失的枪枝为数不少，隔海炮战的十多天内，九龙和新界陷于十足的无政府状态，“烂仔”们将英军遗弃的枪枝武装了自己，占领了大路以外的偏僻角落，公然分段而“治”。香港陷落以后，一九四二年正月元旦，“皇军”在德辅道举行所谓“战胜入城典礼”，同时岛上的武装了的“烂仔”们却也在西环占领了一个未完工的防空洞，作为他们的大本营，那时候，岛上的居民头上压着两个主子：白天是日寇，夜间是“烂仔”。可是在九龙和新界，“烂仔”们竟和日寇分“治”了白昼，青山道上，日本哨兵在前一段“检查”潮涌似的难民，“烂仔”们就在后一段施行同样的“检查”。这真是一个拳头大臂膊粗的世界。

荃湾是青山道上一个美丽的小地方，照大路走，这里离元朗约有十多公里。倘走小路，翻过两座相当高的山，穿过无数隐伏在丛莽中的山坳子里的羊肠小道，便抄出了元朗市外，路是近不了多少，而且要翻过那简直不生树木的石山也实在辛苦，但有一利，这里只有一个主子：不是日寇，也不是那些临时乌合的“烂仔”，却是一些略有组织，说一是一，说二是二的“大哥”。港九战争给他们补充了人员，也补充了武器；自动步枪和手提机关枪增添了他们的威武。这一带的“大哥”们有多少，谁也不能说一个确数。港九战争的大风暴带来了一层容易滋生“大哥”们的沃土。十来个人得到了武器的补充，有一个领袖，他就可以成为新的一股。但尽管变化是那样快而且多，不成文法的纪律还是相当严明，“大哥”们分段而治，在他们各自的疆界内保守着一种秩序。山坳子里的小路上他们安置了步哨，“保护”来往的老百姓，并且也征收“通行费”，每人四角港币。

扯旗山头飘着太阳旗以后，这些“大哥”们曾经帮助大批“漏网之鱼”逃回祖国的怀抱，他们不但不收“通行费”，还白赔了茶水，白赔了饭食，白赔了挑行李佚子们的挑费。他们肯这么干，因为他们不愿意不买东江游击队曾大队长[1]的账，因为他们知道大队长是一个打日本仔的好男儿，因为他们自己也是要打日本仔的好男儿！一九四二年正月九日，天气非常暖和，荃湾躺在青山碧波之间安静得像个太平世界，一群“漏网之鱼”，代表着五六个省，有“肥佬”，有高度的近视眼，有大病后还在拉痢的，有中年妇人，有妙龄女郎，一个个都是青布或蓝布的“唐装”，翻过了荃湾左近的一座高山，投进了山坳子里一个小小的村庄，这是他们第一次进入了一位“大哥”的疆界，可是他们那时都不知道，还以为这是游击队的一个前哨站呢。说是一个小小的村庄，实在只有五六份人家，背了长枪腰间两颗手榴弹的人们，在打谷场上来回踱着，在几株尤加列树下蹲着谈话，大肚的母猪在垃圾堆里找寻食物，一边唔唔地叫，一边用它那长嘴拱着，鸡儿谷谷地呼着同伴，用爪子爬土。小狗们走到生客们脚边嗅了又嗅，然后又没精打采走开了。一切都太像一个游击队所在的地方，而且茶水也准备好，破板凳也拿出来，客人们都坐下来休息，心里想想一天的行程大概到这里就是终点了。

然而即便是休息片刻又走，那种猜想还是照旧。在路上又遇见了武装的人，还以为这是来“接应”的，却不知道这是又一位“大哥”的部属。小路旁草地上，两个老百姓打扮的盘腿坐在那里，他们面前横放着一枝长枪，其中一位手拿着一枝盒子炮，距三四丈的高坡上又站着一位，肩着自动步枪，——他是在警戒的，他们大概早已接到“招呼”，并没对那一群不伦不类，南腔北调的“唐装”难民问一句，也没有开口要“通行费”。

从荃湾到元朗这一条荒僻的山路，据说就是日寇偷袭英军后路所经过的捷径。“十二·八”战事[2]爆发后，英军最前线在元朗，可是这最前线战事并不怎么猛烈，双方在工事背后以机枪遥射而已。经过了三十多小时，突然荃湾发现了日军，于是元朗一线只好后撤，英军改守沙田作为最前线了。人们传言，这是三井洋行大班（日本人）做了他本国军队的向导。其实这还是一些老实人的想法。日寇在香港九龙那些小商店就全是间谍机关，而且他们的

① 曾大队长：指曾生。

② “十二·八”战事：指 1941 年 12 月 8 日日本侵略军进攻香港的战争。

"第五纵队"在战争的前夕还公然招摇过市，带引军队过这么一条山路何必什么三井大班亲自出马！又据说，在日寇偷渡这"阴平"而扑到荃湾前一二日，英军在这个可虑的去处，确曾安置下一辆轻坦克（或装甲车），不知怎的，后来又调开了，而且就此一直不再设防。这一说，也只能姑妄听之，然而由此可见新界的老百姓对于九龙之轻易失陷终觉得可惜而又太可怪，他们创造出来的故事都从一个中心观念出发：日本仔不是打得好，却是善于行诈取巧。

当时日寇在香港九龙新界实在也只能作点线的占领。元朗市有伪维持会，有伪军，也有日军，然而元朗市区之外不过三里的一所大房子里就是又一位"大哥"的大本营。元朗伪维持会每天得向这位"大哥"纳贡，据说是白米十担，猪几口，鸡鸭若干挑。这一位"大哥"的大本营离一个十多二十来户人家的小村落不过一箭之路，这些老百姓都受他保护，他是新界一带最大的一股，拥有一二百武装。他的大本营是一座簇新的大院落，矮矮的白粉墙，大门里面有很大的天井，正中是轩敞的平厅，两旁各有一排三间的边房，都是朝着天井开着洋式的窗，远远看去，总以为这是一个学校的校舍，可是进门以后又觉得这是一个祠堂。大厅上朝外就是一个供着历代祖先神位的神座，帏幔低垂，一副高大的铜烛台，还有香炉，两边墙上画着一副善颂善祷的对联，墙上近屋顶处又有泥水匠画的五彩的半部《三国志》，——这一切都不像是住家房子的派头，然而那位"南洋伯"建造这所房子确是为了住家。不幸新屋落成不久，太平洋风云变色，他这吉宅太近火线，只好放弃，现在这位主人的一家也许还陷在岛上，也许牺牲在炮火下，谁也不知道，他这住宅却成为一位"大哥"的大本营，而且利用这大洋房子，他招待过"境"的特别难民，前后怕有千把人罢？

二　东江乡村

东江游击队好像是卡在敌人咽喉里的一根骨头。敌人在华北的"三光政策"，在东江早就实行了。淡水一带，整个的村庄变成废墟，单看那些村里的平整的石板路，残存耸立的砖墙，几乎铺满了路面的断砖碎瓦，便可以推想到这一些从前都是怎样富庶的村庄。可是现在连一条野狗都没有了。白天经过这些废墟的时候，已经觉得够凄凉，但尤其叫人心悸的，是月夜；踏着满街的瓦砾，通过长长的街道，月光照着那些颓垣断壁，除了脚下格格的瓦砾碎响，更没有别的声音，这时心里的惨痛凄凉非言语所能名状。旧时成语有“如行墟墓间”，但和这一比，这一句成语便觉得太不够了。

这一些村庄通常都有防盗的设备。村中有碉楼，四方形，巍然耸峙，俯瞰全村，墙壁很厚，没有窗子，只有狭长的枪洞，每面上下三层。从这些碉楼墙壁上满布的枪弹伤痕看来，敌人“扫荡”这些村庄的时候不是没有剧烈的战斗的；有些碉楼还受过炮击，崩坏了一角。村前村后的路口都有长的石条，一排五六个或三四个，植立土中，露出一尺许，最高至二尺多，这也许在紧急的时候在后面堆上沙包，作为简单的防御工事的。但是最使人惊异者，一般较好的（大概是富农的）住宅也都是碉堡式，土墙很厚，石脚很高（总有五六尺），只有一个门——大门，木料很结实，除了两根从墙里抽出来的粗木横闩，又有直闩四五根，都是碗口来粗可以用作柱子的木头，套在门上石制的天地槛内，大门两旁墙上有枪眼，屋内人可以放枪射击攻门的人，全屋没有正式的窗，只有方尺大小的洞，这也装着极厚的石框，和粗的铁栅。天黑以后，无论牛猪鸡鸭都赶进屋内！——不，这小小的碉堡内，甚至木柴农具等等也都收藏起来，于是闭门而卧，可以高枕无忧。强盗土匪要进来，只有攻大门之一法，然而大门是结实的，门破了还有坚牢的木栅（即直闩），而且攻门之时，门内人可以从门旁墙上的枪眼放枪抵御。没有比步枪更厉害的武器，这种碉堡式的住房当真有点不可奈何的。从宝安到淡水一带乡村，以我所见，差不多可以说就只有两种建筑：一种是这样的碉堡式，另一种则是仅足避风雨的茅舍，那简直连门也没有，用芦苇编成一张东西挡住了出入口而已，——这是赤贫的人们的居室。他们是除了一条性命更没有值钱的东西的。

碉堡式房子最小者全体就只一间，真要叫人联想到这是犯人住的牢房。关上大门就成为黑漆一团，人和牲畜共处，大尿桶就放在床头。大者亦有两间三间的，但亦仅赖大门放进光线和空气来。更讲究的，则有一个小小的天井，于是朝外的正房，——通常是供着列祖列宗的神位的，就比较地敞亮了，然而这敞亮要付代价，因为是平房，里面有了天井，强盗可能自屋面上攻进来，于是天井上不能不张铁丝网，天井四围各房的墙上又都得开设枪眼，使得强盗虽到屋面仍然不能下来，而且屋内人又可开枪阻止强盗破坏那铁丝网。当然这样的“小碉堡”的主人在战前若不是小地主也一定是富农了。至于大地主的住房，那简直是个城，——有的比那九龙城还要大，而且墙垣也高得多，墙上没有窗已成天经地义，可是大小枪眼之多，层层密布，平常的小城，实望尘莫及。有些这样的“城”，还在四角建有碉楼，那一定是通宵有人在上边守望的。这样的“城”里，自然有天井，不过不张铁丝网了，这是因为“城”墙既高且多枪眼，来攻者即使有云梯也未必能爬上屋面。这样的“城”，倘不用炮，好像是很难攻下来的。

这样充满了大小碉堡的村庄应该是很叫日本仔头痛的，而且又理应发挥它的自卫能力至于最高度的，然而这样的充满了大小碉堡的村庄或仅索取少许的代价或竟索不到什么代价，终极仍不免于一堆瓦砾，这是为什么呢？敌人有炮，敌人有其他的重兵器，这是原因之一，而民众的组织不够，各级村民的团结不够，地主的武装力量之不能坚决地枪口对外，这又是主要的原因了。

三　烧山

广九铁路深圳至平湖段在太平洋战争爆发那时候，经常被游击队切断。这些民众的武装力量散布在沿线山村里，距离铁路线多则十余里，少则五六里。敌人不大敢到这些小村里去找游击队厮打，然而也不是绝对不去，有时忽然来了，人数不一定多，可是行动却很敏捷，其势也相当剽悍。敌人经常是在白天先把队伍移动到某一地点，到拂晓即突然袭击。他们的出动的方向虽然不一定能够准确地估量到，可是他们的移动的消息准可以很快地得到，于是有被可能袭击的小山村里的人民和武装便要来一次部署，一次准备，力量相差太远，武装便须转移，而人民物资则须疏散，这就要半夜上山。什么都带了走，食粮，农具，牲口鸡鸭，家具，——除掉笨重的家具，实在他们并无所谓家具。山上有密茂的松林，两株松作柱，加一根横梁，盖上稻草，这就成为草寮，在南国的天气，这就过冬也成了。

武装也常住这些草寮，什么都随身带着，所以行动能够神速飘忽。

山，和它的密茂的树林，成为敌人的眼中钉。所以敌人时常烧山，还指使汉奸来烧山。天黑以后，远处山头会出现一条鲜明的红线，愈来愈长愈宽，而同时又向旁分支，终于成为纵横交叉的一个火网，熊熊然照亮了黑夜。有时会四面山头或远或近都烧了起来。冷枪的声音也时时可以听到。回答这样的暴行，人民的武装也许来一次突然的出击。在这些地方，就是这样时时刻刻斗争，用各种方式在斗争的。

四 惠阳

敌人攻陷港九后的一月，他们的散布在珠江三角洲各据点的兵力便有了移动。他们将东面的兵力调到广九路沿线，放弃了淡水县城，但是原来放在广九路沿线的兵力，他们却暗中调上了增城前线，旧历腊月初，他们猛扑博罗，博罗旋告失守，敌人即进窥惠阳，同时他们的骑兵攻掠东江上游的泰尾。惠阳震动，驻防惠阳城的独九旅据守外围山地，阻挠了敌人向惠阳闪击以掠夺物资的企图。

这时候，大批刚从虎口逃生出来的港侨，正挤在惠阳城内候船到老隆，骤闻敌兵压境，那慌张的情形是可想而知的。这时候，正当旧历年前，商店内百货充盈，都是准备在年关前后做一番热闹买卖的，现在却得赶紧疏散了。这时候，阻滞在惠淡公路（这是早已破坏了的）一带乡村间的商货何止千百挑，都陷于进退维谷。这时候，一切生命财产损失之多寡都决定于时间的因素。这时候，才显得飞鹅岭上独九旅和敌人的捉迷藏的战斗起了很大的作用。

敌人损失了一星期的时间，敌人扑近惠阳城的时候，惠阳差不多是一座空城，物资逃光了，壮丁逃光了，敌人的兵力不够久守惠阳，而且也不作此想，于是经过一星期的逗留，烧了不少房子，杀了许多逃不动的老弱妇孺，敌人从惠阳撤走，也从博罗撤走了。逃亡在四乡的人民再回到他们的老家，离旧历年关只有四五天。茶楼酒馆先复了业。几家旅馆挤得水都泼不进去。陌生的旅客吃饭可就成了问题。上馆子不一定吃到东西。不上馆子自己弄饭呢，柴米油盐都无处去买。大概也是什么冷气团光顾了惠阳罢，那几天委实冷得厉害，然而到旧历除夕那天，秩序总算恢复了过来，货物又陆续搬进城来，一些日用品的小店和摊子都开了业，旧府城内卖旧货的地摊特别多了，拿着一两件旧衣物沿街兜主顾的几乎比警察的岗位还要密，一问，差不多全说是从香港逃来的。

卖笑生涯的女子也在街上出现了，她们是和各机关同时回来的，帮着在这又一度遭劫的城市恢复起繁荣来。大裤管，长到脚背的裤子，窄腰身的衫子，红红绿绿的丝织品，在这时候，特别打眼。

太平洋战争对于物价的影响，在惠阳那时还是由于这一度的失陷而显出它的刺激力。脑子里还不能忘记国币六元至七元可换港币一元的人们听了当时惠阳的物价总觉得太贵，譬如一条中等的毛巾，大洋六元，那他的计算法就是这样的“国币六元就算它港币八毛罢，然而这样的毛巾港币八毛准可以买三条半!”然而老实的惠阳小商人仅仅涨上了一元，而这一元也是为了弥补他的逃难的损失。有人估计：那一次惠阳六天的沦陷，人民损失最大的两项，一是房子，二就是挑力。大家抢着疏散财产的时候，一塘路的挑力要二十元。这一个数目，曾经使惠阳人吃惊，正像今天给大后方人听了也是准会大吃一惊的。有一件事值得带便提一提，那时惠阳城里少见百元五十元的大票子，使用大票要打一个八折，原因是大票子不能到沦陷区。在老隆，大票子这才通行无阻。

敌人那次进攻惠阳，目的在掠夺物资。敌人这目的没有达到，兽性发作，就滥烧房子滥杀人。我们人命的损失比房子的损失大，尸首都被丢在江里，数目不可确计，有的说六七百，有的说千外。除夕，街上冷清清的，元旦，爆竹声也只寥寥数响。街上冷落是因为逃难出去的人还没大批回来，少数爆竹倒不是为的劫后的人民存心紧缩到这一项，而是因为买不到爆竹。食物已经涨价，但用品还不能跟着涨。事实上，那时在广东境内，东江是生活费用比较高的地方，例如半个月后六七人在曲江上馆子，有鱼有肉有鸡鸭，饱吃一顿，不过花了三十元左右，可是十五天以前在惠阳三个人“饮茶”，吃些点心，也要花到十元光景。只有衣料和其他的日用品，那时的惠阳还比曲江便宜些，——至少是差不多，后来如何，那就不知道了。

离目的地愈近，心里愈急，这是旅行者常有的心境，何况在逃难中，更何况敌人虽已退却，亦不过回复原态势而已，说不定再来一个突然的进攻，所以虽在废历年关，明知木船的老板伙友都要舒舒服服过年，但听说可以雇到木船而且可以即日出发，还是努力要去进行。

那时候，东江的木船，理论上都是在“征发”的状态中——或者说得更恰当些，实际上都是在“随时随地可被征发”的状态中。为了行动上的自由，木船老板必须找个机关（只要是机关，大小倒可不论，但自然，机关招牌大的总比小的好），先把自己“封”起来；这就是说，在船舱篾篷上，贴一张印有某某机关名号的信笺，随便两行核桃大的字，无非是此船已为本机关封用，“仰即知照”云云，下面当然还得盖个关防。这样经过被“封”的船便算是保了险了，船老板可以放心装货载客，否则，不但泊在惠阳的空船，会突然被“拉了去”，甚至客货满满的也会被人当真“封”起来，而且开出惠阳，沿途任何地方任何时间都在被“拉”的危险中。当然这太不“自由”了，所以，为了求得“自由”，就先找个“封条”来贴上。

这一点儿小小“过门”，在西方人看来也许大为惊奇，但在我们这国度里恐怕只有书呆子这才不懂得。当时惠阳河下的木船因此只只都在“形式上”被封了，摸不到窍脉的人就不大能够雇到。

五 “韩江船”

大除夕的下午，匆匆地上船，我们是包了整个后舱的。前舱已经满满的，男女老小都有，都是逃难人。后舱在“理论上”是不再招呼另外的客人了，后来证明这到底不过是“理论”。后舱较小，可也塞进了男女大小十四人，全盛时代乃至十六人，其中有一位，是替船老板找“封条”来的，又一位是他的朋友，船老板最初对后舱那伙客人说并无外客，其实不算扯谎，因为这两位当然不作乘客论。

如果是热天，这小小后舱挤了那么多的人也许还能见得宽舒些，可惜是冬天，这些逃难人虽则身无长物，因为一到惠阳就逢到数十年来从未有过的冷，不能不临时买了棉被，这一下，舱里的地位便不经济了，人们又不能将彼此的被筒打通，于是每人更多占了一英尺的十分之几的地位。记得曾在一本古代欧洲史书上看到一张画，古罗马的贩奴船的横断面图；那地位之被经济地使用，实足惊人。但这贩奴船到底还给每个奴隶以仰面平卧的权利！

船家说翌晨就开船。翌晨者，废历大年初一也。连过旧历年的习惯也在战时改掉了么？当然叫人高兴，为的可以早走。哪里知道大年初一不走还不足奇，竟几乎连初三那天也想留在惠阳。据说船老板确实是作了在大年初一就开船的打算的，因为停一天，开销还是他的；而终于不得不挨到初三者，那位给他找“封条”的先生有些私事还没料理清楚而已，可是这却苦了前后舱的“沙丁鱼”，活活多受两天罪。

枯水时期的东江，由惠阳至老隆，木船须走十至十二天，如遇顺风，那就不定，五六天也可以。但那时正多北风，人们不存奢望，船家口口声声说要十二天，对，十二天，四十多人在船上要过十二天，二百八十八小时。船呢，每天约行三塘路，每小时平均五里，为的要拣平安可靠的地方停泊过夜，所以尽管天一亮就开船，却不能行到天黑才停止，中间得除去船上伙友吃饭时间的一个钟头。

每天负担过重的，却是船上那两只小的行灶。其实只是大些的风炉，其中一只还是效率不高，只能充个副手。从早上起，除了船家不算，那前后舱四十光景的客人就分组来使用这个原始的烧饭工具。一共有七组之多，后舱客人分两组打伙食，但前舱那十多位却分了五组，他们原是一起的，搭船的时候他们集体包了那前舱，但轮到吃饭，他们就各自为谋。他们这么一来，船上那两只行灶是苦了，但他们自然方便了，——各人保有自由，爱吃好些的就好些，爱省俭些的就省俭些，既无你多我少之争，亦免除了口是心非之病，而尤其重要的，五个单位各自烧饭，各人自顾自，所以工作的分配的问题就完全不会发生。他们是经验丰富的聪明人，知道有些事可以搭伙，有些事却不能。至于时间和人力的不经济，那算得什么！反正在船上没有事呀。

然而灶头以外，后舱那班客人却也苦了。灶在船尾，因而那五组的烧饭者必须以后舱为走廊，川流不息的人，捧着锅子、木柴、菜蔬，淋着水，飞散着煤烟地在后舱那班客人的膝上跨过跳过，腿旁踹过挤过，特别是因为那五组的各个主持者最善于利用童工，所以油汤滴滴搭搭，把一间后舱淋个不亦乐乎。

前舱那几位先生都有老有小，其中一家还是“三代见面”的。虽在船中，而且又是逃难，是在那样一条统舱风格的船，可是诸位先生的“家庭”之中依然保持传统的规矩；老爷们还是那种悠闲而尊严的风度，他们抱膝清谈，或者吆喝他们的小儿女、太太们主持家政——那是缩小到只有烧饭一件事了，但在船上，在七组人合用一具原始工具的船上，在窄狭到挤不下三个人、而同时必然有三个人以上在那里动作的烧饭地方——船尾，这一项家政实在是够苦的。老爷们只在船靠埠（打尖或过宿）的时候，上岸去买菜蔬，这是他们纡尊的惟一例，但买菜蔬就含有“对外”的性质，所以也还是无违于“男女分工”的传统精神的。

然而几位先生可以赞佩之处，尚不止此。他们之占有这前舱，是用集体名义向船上包了下来的，他们中间一共有五个单位，——即五个家庭，各家人口数目不等，各家人口中老小的数目亦不等，因此，在现在这社会中一个最普通的问题，也一定会在他们中间发生，这就是如何分配地位与分摊船钱的问题。究竟他们的问题如何解决——换言之，是以人数来计算金钱的分摊呢，或以地盘的大小来决定分摊数目的多寡呢，局外人未易妄猜，但是看到他们的划地而住，疆界俨然，人不犯我，我不犯人，那就不妨断定他们是把前舱的总面积分为若干方尺甚至方寸，然后按寸计值，各无争论。这当然是最公平的办法，同时也是最能尊重各人的自由的办法，在各人的小天地中，各有绝对的主权，痰盂作为便桶，保存了一整天才倒掉，这是各个小天地中最起码的一件事，而“家教”之好又表现在孩子们的知礼守法，越界的事情绝无仅有。从这点上看，便可知道诸位先生之间的“君子协定”确是大家能够在字面上、精神上严格遵守的，他们提供了“绅士相处如豪猪，彼此间必保持相当距离”——这一作风的真凭实据。

这一种木船是所谓“韩江船”，底平，肚阔，两头尖，而船头尤为特别，尖头高翘，计其“坡度”，高低相差不下于三公尺。从尖头到前舱的前端，约长丈许，这都是属于船头的区域，这一区域，在前舱交界处最宽，约五尺，由此渐狭，渐翘而高，至尖端，则仅容一人坐，而离尖端四尺处，有一孔，船停时即以竹篙插孔中，像用别针钉蜻蜓似的就将船钉在浅水的东江内了。行船不以橹，亦不以桨，而用篙子，四人或六人，分两组在船头上来来往往地撑，篙长丈余，坚木制成，形状实如长柄之桨，惟下端扁平部分仅阔三寸许，倘以划水，则嫌无力。撑时，以篙入水中，肩胛顶住了篙上端如把手之工字柄，从船头高翘之尖端向下行，渐行身渐伛伏，将近前舱处，亦即撑的一个单位动作完了时，那简直是顶住了那篙子用力在爬，其辛苦可想而知。撑篙者如为四人，则分两组，左右列，各组之二人一来一往，而与其对组之人相配合，倘为六人，亦分两组，亦左右列，而左右组各人一来一往之行动亦必与对组相配合。工作紧张的时候，但见那丈把长的高翘的船头上，船夫们往来上下历历落落若甚杂乱，但其实他们各人的动作都有配合，所以船能平稳向前。

这一项工作，一看就知道很辛苦，所以通常撑了一程，就得换班，备有六个船夫的一条船通常只能有四个人在撑，盖要留二人作为轮流换班时补充之用。如果六人一齐上马，那只好撑一程歇一程了。上水每小时仅能行五里，船夫日须吃四顿饭，船老板倘不带点货，兼做生意，除了开销，就没有好处了。

东江枯水期行船，掌舵的非内行不可，要能熟识“航线”，方不致搁浅在江中的暗滩上。表面看极其宽阔的江面，往往只有一条狭路可供木船安全通行，如果偏了就会搁浅，船底被沙砾胶住，进退不得，那时惟有减少船的载重量，雇人下水把船抬起，方能出险。用人力撑的时候，掌舵者仍在工作，原因即在船须觅路前进，而此路惟舵工熟识。

东江路上，时有土匪抢劫客商。瘦狗垅，离惠阳八十里，曾为那些拦江劫掠者出没之所，后经独九旅痛剿，这才好些，然而船家倘非不得已，必不泊瘦狗垅宿夜。旧历大年初四，早七时发水口，十时三十分至横沥，水口至横沥仅二十里，十二时发横沥，北风甚劲，三十里至瘦狗垅，天已黑，遂不得不在此地寄泊。时同行者三船，船家请客人们公摊些钱出来，给他们在岸放哨的人作点心钱，于是每客人出一元。那一晚上，平安无事。岸上究竟有没有人放哨，不得而知，但三条船的船主和大部分伙计那夜确实辛苦了个通宵，却不是守望，而是赌博，大概是借赌博来防盗，因为惟有赌博能使他们通宵不睡。这一次开了头，以后就像有瘾，晚饭后，既冲了凉，客人们都睡了，三条船的船主伙计们便集中在一条船上赌博起来，这阵赌风，过了河源以后，方才平息了。

从惠阳到观音阁，约一百三十里，敌人犯惠阳时，横沥很是吃紧，逃难的人们以及疏散的货物都以观音阁为安全起点，若过观音阁，便没有事了。这一理论，不知从何而来，但倘就平时的安全标尺来估计，观音阁以下，地方荒凉，沿途隔三四十里始有一小村镇，亦无驻军，当然安全的程度是有限的。观音阁以上，步步热闹起来，村镇多了，相距近了，治安状态自然比较好多了，而且据船家说，此后水路也较平易，不像观音阁以下那么暗滩多而且水流急。中央赈济委员会招待归国侨胞的招待站第一次出现的地方，就是观音阁。

六　老隆

老隆，十足一个暴发户。这无名的小镇，在太平洋战争以前，当沙鱼涌还是“自由港”的时候，成为走私商人的乐土。而老隆之繁荣，其意义尚不止此。

除了穿心而过的一条汽车路，其余全是湫隘的旧式街道。没有一家整洁的旅馆，也没有高楼大厦的店铺，全镇只有三四家理发店，其简陋也无以复加；然而，不要小看了这外貌不扬的小镇，它那些矮檐的铺子简简单单挂了一块某某号或某某行的小小木牌子的，每天的进出，十万八万不算多。请注意，这还是六七人在曲江花三十多元可吃一席的时候。如果和湘桂路两端的衡阳和柳州来比较，那末，老隆自不免如小巫之见大巫，可是，在抗战以后的若干“暴发”的市镇中间，老隆总该算是前五名中间的一个。

这里的商业活动范围，倘要开列清单，可以成为一本小册子。有人说笑话，这里什么都有交易，除了死人。但这里的所有的买卖，其为就地消耗且为当地流动的冒险家而设者，却只有两项：酒饭馆和暗娼。而这两者，又都不重形式。在发财狂的“现实主义”的气氛中，食色两事的追求也是颇为原始性的了。而这，完成了老隆这暴发户的性格。

离惠阳三十里的一家杂货店里朝外贴了一副红纸的对联，上句是“目下一言为定”，下句是“早晚时价不同”。当时看了，颇为憬然。及至老隆，一打听到曲江的汽车票价，这才知道这两句话倘以形容老隆的车票行市，实在再确切也没有了。从老隆到曲江，有没有公路局的定期客车，我不大明白，但事实上，在老隆打算走曲江，你去打听车子的时候，决不会听到有公路客车（现在如何，我可不知道），因而虽有官定的票价，实际上只足备参考罢了。老隆有不少车票掮客，到处活动，嗅觉特别灵，当你在街上昂首踌躇的当儿，他们就会踅进身来兜搭道：去曲江么？有票，车子顶括括！于是他就会引你去看车子，讲价。“早晚时价不同”的意义这时你就真正体味到了。因为今天有多少车开出，有多少客人要走，就决定了票价的上落。掮客们对于今天有多少车开出，自然能知道，而对于客人的数目则因他们自伙中互通情报，所以也能估计得差不了多少。此外，车子的好坏，新旧，也参加着决定票价的高低。但这上头，掮客们颇能要花样。往往你看定了是某车，抄下号码，而临时则该车没有了，或者说是今天不开了，那时候，你对掮客发脾气也不中用，他会劝诱你去坐另一部车，今天仍能动身，或者，你就等待那不可知的明天，客人们往往不愿等待，便只好迁就。

掮客们作成一桩买卖，向客人取佣金十分之一或不到十分之一，这在车票以外，也是临时讲定的。车票呢，掮客不过手，所以客人们即使有损失也不过舒服与时间而已。至于掮客向司机取多少佣金，那就要看司机先生的高兴了。

［附记］

这是我在一九四二——一九四四年间所写的关于东江游击队奉党中央的命令抢救一二千（有人说二三千）沦陷于香港的文化人的第一篇杂记。在这以前，即在一九四二年，我写过两个短篇，也是属于同一题材。后来（大约是一九四五年或更后些），我又把香港战时及战后我离开香港以前约十来日的经历写成《生活之一页》（一九四七年三月上海新群出版社有单行本），而在一九四八年夏秋之交（那时我在香港）方才有时间把在东江游击队保护之下如何逃出沦陷区到达惠阳的一段过程比较详细地写了出来，发表时也题为《生活之一页》（这一部分，后来稍有修改，用《脱险杂记》的题目收入一九五二年四月开明书店出版的《茅盾选集》，“新文学选集”第二辑）。《脱险杂记》

所记，有极小部分和此篇的第一、二段可以参看。此篇第三段以下，记录了从惠阳到老隆的见闻，而从香港脱险到当时的后方桂林，这一整段的行程中，此篇所记，实属于最后一阶段，故虽写作时间最早，现在却不能不把它编在《脱险杂记》的后边。特此说明。

狂欢的解剖

从前欧洲中世纪的“黑暗时代”，十三世纪那时候，有些青年人——大都是那时候几个新兴商业都市新设的大学校的学生，是很会寻快乐的。流传到现在，有一本《放浪者的歌》，算得是“黑暗时代”这班狂欢者的写真。

《放浪者的歌》里收有一篇题为《于是我们快乐了》的长歌，开头几句是这样的：

且生活着罢，快活地生活着，
当我们还是年青的时候；
一旦青春成了过去，而且
潦倒的暮年也走到尽头，
那我们就要长眠在黄土荒丘！

朋友，也许你要问：这班生在“黑暗时代”的年青人有什么可以快乐的？他们寻快乐的对象又是什么呢？这个，哦，说来也好像很不高明，他们那时原没有什么可以快乐的，不过他们觉得犯不着不快乐，于是他们就快乐了，他们的快乐的对象就是美的肉体（现世的象征），——比之“红玫瑰是太红而白玫瑰又太白”的面孔，“闪闪地笑着……亮着”像黑夜的明星似的眼睛，“迷人的酥胸”，“胜过珊瑚梗的朱唇”。

一句话，他们什么也不顾，狂热地要求享有现实世界的美丽。然而他们不是颓废。他们跟他们以前的罗马人的纵乐，所谓罗马人的颓废，本质上是不同的；他们跟他们以后的十九世纪末年的要求强烈刺激，所谓世纪末的颓废，出发点也是完全不同的。他们的要求享乐现世，是当时束缚麻醉人心的基督教“出世”思想的反动，他们唾弃了什么未来的天堂，——渺茫无稽的身后的“幸福”，他们只要求生活得舒服些，像一个人应该有的舒服生活下去。他们很知道，当他们的眼光只望着“未来的天堂”的时候，那几千个封建诸侯把这世界弄得简直不像人住的。如果有什么“地狱”的话，这“现世”就是！他们不希罕死后的“天堂”，他们却渴求消灭这“现世”的活地狱；他们的寻求快乐是站在这样一个积极的出发点上的。

他们的“放浪的歌”是“心的觉醒”。而这“心的觉醒”也不是凭空掉下来的。他们是趁了十字军过后商业活动的涨潮起来的“暴发户”，他们看得清楚，他们已经是一些商业都市里的主人公，而且应该是惟一的主人公。他们这种“自信”，这种“有前途”的自觉，就使得他们的要求快乐跟罗马帝国衰落时代的有钱人的纵乐完全不同，那时罗马的有钱人感得大难将到而又无可挽救，于是“今日有酒今日醉”了；他们也和十九世纪的“世纪末的颓废”完全不同，十九世纪末的“颓废”跟“罗马人的颓废”倒有几分相似。

所谓“狂欢”也者，于是也有性质不同的两种：向上的健康的有自信的朝气蓬勃的作乐，以及没落的没有前途的今日有酒今日醉的纵乐。前者是“暴发户”的意识，后者是“破落户”的心情。

这后一意味的“狂欢”我们也在“世界危机”前夜的今年新年里看到了。据路透社的电讯，今年欧美各国的“庆祝新年”的热烈比往年“进步”得多。华盛顿、纽约、罗马、巴黎这些大都市，半夜里各教堂的钟一齐响，各工厂的汽笛一齐叫，报告一九三五年“开幕”了；几千万的人在这些大都市的街上来往，香槟酒突然增加了消耗的数量，……真所谓满世界“太平景象”。然而同时路透社的电讯却又报告了日本通告废除《华盛顿海军条约》，美国也通过了扩充军备的预算，二次世界大战的“闹场锣鼓”是愈打愈急了。在两边电讯的对照下，我们明明看见了“今日有酒今日醉”那种心情支配着“今日”还能买“酒”的人们在新年狂欢一下。

我记起阳历除夕“百乐门”的情形来了。约莫是十二时半罢，忽然音乐停止，跳舞的人们都一下站住，全场的电灯一下都熄灭，全场是一片黑，一片肃静，一分钟，二分钟，突然一抹红光，巨大的“1935”四个电光字！满场的掌声和欢呼雷一样地震动，于是电灯又统统亮了，音乐增加了疯狂，人们的跳舞欢笑也增加了疯狂。我也被这“狂欢”的空气噎住了，然而我听去那喇叭的声音，那混杂的笑声，宛然是哭，是不辨哭笑的神经失了主宰的号啕！

我又记起废历年的前后来了。这一个“年关”比往年困难得多，半个月里倒闭的商店有几十，除夕上一天，又倒闭了两家大钱庄，可是“狂欢”的气势也比往年“浓厚”得多。下午二点钟，几乎所有的旅馆全告了客满。并不是上海忽然多了大批的旅客，原来是上海人开了房间作乐。除夕下午市场上突然流行的谣言——日本海军陆战队要求保安队缴械的消息，似乎也不能阻止一般市民疯狂地寻求快乐；不，也许因此他们更需要发狂地乐一下。影戏院有半夜十二时的加映一场，有新年五日内每日上午的加映一场，然而还嫌座位太少。似乎全市的人只要袋里还有几个钱娱乐的，哪怕是他背上有千斤的债，都出动来寻强烈刺激的快乐。在他们脸上的笑纹中（这纹，在没有强笑的时候就分明是愁纹，是哭纹），我分明读出了这样的意思“今天不知明天事，有快乐能享的时候，且享一下罢，因为明天你也许死了！”

而这种“有一天，乐一天”的心理并不限于大都市的上海呵！废历新年初六以后的报纸一边登着各地的年关难过的恐慌，一边也就报告了“新年热闹”胜过了往年。“越穷是越不知道省俭呵！”这样慨叹着。不错，从不穷而到穷，明明看见没有前途的“破落户”，是不会“省俭”的，他们是“得过且过”，现在还没“穷”，然而恐怖着“明天”的“不可知”的人们，也是不肯“省俭”的，他们是“有一天，乐一天”！例外的只有生来就穷的人，饿肚子的人，他们跟发疯的“狂欢”生不出关系。

我又记起废历元旦瞥见的一幕了。那是在“一·二八”火烧了的废墟上，一队短衣的人们拿着钢叉、关刀、红缨枪，带一个彩绘的布狮子。他们不是卖艺的，他们是什么国术团的团员，有一面旗子。我看见他们一边走，一边舞他们的布狮子，一边兴高采烈地笑着叫着。我觉得他们的笑是“除夕”晚上以及“元旦”这一日我所听到的无数笑声中唯一的例外。他们的，没有“今日有酒今日醉”的音调，然而他们的笑，不知怎地，我听了总觉得多少是原始的、蒙昧的，正像他们肩上闪闪发光的钢叉和关刀！

“今日有酒今日醉”的“狂欢”，时时处处在演着，不过时逢“佳节”更加表现得尖锐罢了。我好像听见这不辨悲喜的疯狂的笑，从伦敦，从纽约，从巴黎、柏林、罗马，也从东京，从大阪，……我好像看见他们看着自己的坟墓在笑。然而我也听得还有另一种健康的有自信心的朝气的笑，也从世界的各处在震荡；我又知道这不是为了“现世”的享乐而笑，这是为了比《放浪者的歌》更高的理想，因为现在到底不是“中世纪”了。

雨天杂写之一

报载希特勒要法国献出拿翁当年侵俄时的一切文件。在此欧非两战场烽火告急的时候，这一个插科式的消息，别人读了作何感想，自不必悬猜，而在我看来，这倒是短短一篇杂文的资料。大凡一个人忽然想到要读一些特别的东西，或对于某些东西忽然厌恶，其动机有时虽颇复杂，有时实在也单纯得可笑。譬如阿Q，自己知道他那牛山濯濯的癞痢头是一桩缺陷，因而不愿被人提起，由讳癞痢，遂讳“亮”，复由讳“亮”，连人家说到保险灯时，他也要生气。幸而阿Q不过是阿Q，否则，他大概要禁止人家用保险灯，或甚至要使人世间没有“亮”罢？倘据此以类推，则希特勒之攫取拿翁侵俄文件，大概是失败的预感已颇浓烈，故厌闻历史上这一幕“英雄失败”的旧事，因厌闻，故遂要并此文件而消灭之——虽则他拿了那些文件以后的第二动作尚无“报导”，但不愿这些文件留在他所奴役的法国人手中，却是现在已经由他自己宣告了的。

但是希特勒今天有权力勒令法国交出拿翁侵俄的文件，却没有方法把这个历史从法国人记忆中抹去。爱自由的法兰西人还是要把这个历史的教训反复记诵而得出了希特勒终必失败的结论的。不能禁止人家思索，不能消灭人家的记忆，又不能使人必这样想而不那样想，这原是千古专制君王的大不如意事；希特勒的刀锯虽利，戈培尔之辈的麻醉欺骗造谣污蔑的功夫虽复出神入化，然而在这一点上，暂时还未能称心如意。

我不知轴心国家及受其奴役的欧洲各国的报纸上，是否也刊出了这一段新闻，如果也有，这岂不是一个绝妙的讽刺？正如在去年希特勒侵苏之初，倘若贝当之类恭恭敬敬献上了拿翁的文件，便将成为堪付史馆纪录的妙事。如果真那么干了，那我倒觉得贝当还有百分之一可取，但贝当之类终于是贝当，故必待希特勒自己去要去。

历史上有一些人，每每喜以前代的大人物自喻。欧洲历史上第一次出现了一个大野心家亚历山大，后来凯撒就一心要比他。而拿破仑呢，又思步武凯撒的遗规。从拿翁手里掉下来的马鞭子，实在早已朽腐不堪，可是还有一个蹩脚的学画不成的希特勒，硬要再演一次命定的悲喜剧。亚历山大的雄图，到凯撒手里已经缩小，但若谓亚历山大的射手曾经将古希腊的文化带给了当时欧亚非的半开化部落，则凯撒的骁骑至少也曾使不列颠岛上的野蛮人沐浴了古罗马文化的荣光。便是那位又把凯撒的雄图缩小了的拿翁罢，他的个人野心是被莫斯科的大火，欧俄的冰雪，烧的烧光，冻的冻僵了，虽然和亚历山大、凯撒相比，他十足是个失败的英雄，但是他的禁卫军又何尝不将法兰西人民的自由、平等、博爱的精神，法兰西大革命的理想，带给了当时尚在封建领主压迫下的欧洲人民？“拿破仑的风暴”固然有破坏性，然而，若论历史上的功罪，则当时欧洲的自中世纪传来的封建大垃圾堆，不也亏有这“拿破仑的风暴”而被摧毁荡涤了么？即以拿翁个人的作为而言，他的《拿破仑法典》成为后来欧陆“民法”的基础，他在侵俄行程中还留心着巴黎的文化活动，他在莫斯科逗留了一星期，然而即在此短暂的时间，他也曾奠定了法兰西戏院的始基，这一个戏院的规模又成为欧陆其他戏院的范本。拿破仑以“共和国”的炮兵队长起家，而以帝制告终，他这一生，我们并不赞许，——不，宁以为他这一生足使后来的神奸巨猾知所炯戒，然而我们也不能抹煞他的失败了的雄图，曾在欧洲历史上起了前进的作用；无论他主观企图如何，客观上他没有使历史的车轮倒退，而且是推它前进一步。拿破仑是失败了，但不失为一个英雄！

从这上头看来，希特勒连拿翁脚底的泥也不如。希特勒的失败是注定了的，然而他的不是英雄，也已经注定。他的装甲师团，横扫了欧洲十四国，然而他带给欧洲人民的，是什么？是中世纪的黑暗，是瘟疫性的破坏，是梅毒一般的道德堕落！他的猪爪践踏了苏维埃白俄罗斯与乌克兰的花园，他所得的是什么？是日耳曼人千万的白骨与更多的孤儿寡妇！他的失败是注定了的，而他的根本不配成为“失败的英雄”不也是已经注定了么？而现在，他又要法国献出拿翁侵俄的文件，如果拿翁地下有知，一定要以杖叩其胫曰：“这小子太混账了！”

前些时候，有一个机会去游览了兴安的秦堤。这一个二千年前的工程，在今日看来，似亦没有什么了不起，但在二千年前，有这样的创意（把南北分流的二条水在发源处沟通起来），已属不凡，而终能成功，尤为不易。朋友说四川的都江堰，比这伟大得多，成都平原赖此而富庶，而都江堰也是秦朝的工程。秦朝去我们太久远了，读历史也不怎么明了，然而这一点水利工程却令我“发思古之幽情”。秦始与汉武并称，而今褒汉武而贬秦始，这已是听烂了的老调，但是平心论之，秦始皇未尝不替中华民族做了几桩不朽的大事，而秦堤与都江堰尚属其中的小之又小者耳！且不说“同文书”为一件大事，即以典章法制而言，汉亦不能不“因”秦制。焚书坑儒之说，实际如何，难以究诘，但博士官保存且研究战国各派学术思想，却也是事实。秦始与汉武同样施行了一种文化思想的统制政策，秦之博士官虽已非复战国时代公开讲学如齐稷下之故事，但各派学术却一视同仁，可以在“中央的研究机关”中得一苟延喘息的机会。汉武却连这一点机会也不给了，而且定儒家为一尊，根本就不许人家另有所研究。从这一点说来，我虽不喜李斯，却尤其憎恶董仲舒！李斯尚不失为一懂得时代趋向的法家，董仲舒却是一个儒冠儒服的方士！然而“东门黄犬”，学李斯的人是没有了，想学董仲舒的，却至今不绝，这也是值得玩味的事。我有个未成熟的意见，以为秦始和汉武之世，中国社会经济都具备了前进一步、开展一个新纪元的条件，然而都被这两位“雄才大略”的君主所破坏；不过前者尚属无意，后者却是有计划的。秦在战国后期商业资本发展的基础上统一了天下，故分土制之取消，实为适应当时经济发展的趋向，然而秦以西北一民族而征服了诸夏与荆楚，为子孙万世之业计，却采取了“大秦主义”的民族政策，把六国的“富豪”迁徙到关内，就为的要巩固“中央”的经济基础，但是同时可就把各地的经济中心破坏了。结果，六国之后，仍可利用农民起义而共覆秦廷，而在战国末期颇见发展的商业资本势力却受了摧残。秦始皇并未采取什么抑制商人的行动，但客观上他还是破坏了商业资本的发展的。

汉朝一开始就厉行“商贾之禁”。但是“太平”日子久了，商业资本还是要抬头的。到了武帝的时候，盐铁大贾居然拥有原料、生产工具与运输工具，俨然具有资产阶级的雏形。当时封建贵族感到的威胁之严重，自不难想象。只看当时那些诸王列侯，在“豪侈”上据说尚相形见绌，就可以知道了。然而“平准”、“均输”制度，虽对老百姓并无好处，对于商人阶级实为一种压迫，盐铁国营政策更动摇了商人阶级中的巨头。及至“算缗钱”，一时商人破产者数十万户，蓬勃的商业资本势力遂一蹶而不振。这时，董仲舒的孔门哲学也“创造”完成，奠定了“思想”一尊的局面。

所以，从历史的进程看来，秦皇与汉武之优劣，正亦未可作皮相之论罢？但这，只是论及历史上的功过。如在今世，则秦始和汉武那一套，同样不是我们所需要，正如拿破仑虽较希特勒为英雄，而拿破仑的鬼魂却永远不能复活了。

雨天杂写之二

佛法始来东土，排场实在相当热闹。公元三五〇年到四五〇年这不算短的时期中，南北朝野对于西来的或本土的高僧，其钦仰之热忱，我们在今天读了那些记载，还是活灵活现。石虎自谓“生自北鄙，忝当期运，君临诸夏，至于飨祀，应从本俗，佛是戎神，所应兼奉”，他对佛图澄的敬礼，比稗官小说家所铺张的什么“国师”的待遇，都隆重些；他定了“仪注”：朝会之日，佛图澄升殿，常侍以下，悉助举舆，太子诸公扶翼而上，主者唱大和尚，众坐皆起。我们试闭目一想，这排场何等阔绰！

其后，那些“生自北鄙，忝当期运，君临诸夏”的国主，什九是有力的护法。乃至定为国教，一道度牒在手，便列为特殊阶级。佛教之盛，非但空前，抑且绝后。然而那时候，真正潜心内典的和尚却并不怎样自由。翻译了三百多卷经论的鸠摩罗什就是个不自由的和尚。他本来好好地住在龟兹国潜研佛法，苻坚闻知了他的大名，便派骁骑将军吕光带兵打龟兹国，“请”他进关。龟兹兵败，国王被杀，鸠摩罗什做了尊贵的俘虏，那位吕将军异想天开，强要以龟兹王女给鸠摩罗什做老婆。这位青年的和尚苦苦求免。吕光说：“你的操守，并不比你的父亲高，你为什么不肯听我的话?”原来鸠摩罗什的父亲鸠摩炎本为天竺贵族，弃嗣相位而到龟兹，极为那时的龟兹国王所尊重，逼以妹嫁之乃生鸠摩罗什，所以吕光说了这样的话，还将鸠摩罗什灌醉，与龟兹王女同闭禁于一室，这样，这个青年和尚遂破了戒。后来到姚秦时代，鸠摩罗什为国王姚兴所敬重，姚兴对他说：“大师聪明，海内无双，怎么可以不传种呢?”就强逼他纳宫女。这位“如好绵”的大师于是又一次堕入欲障。这以后，他就索性不住僧房，另打公馆，跟俗家人一样了。这在他是不得已，然而一些酒肉和尚就以他为借口，也纷纷畜养外室；据说鸠摩罗什曾因此略施吞针的小技，警戒那些酒肉和尚说“你们如果能够像我一样把铁针吞食，就可以讨老婆。”每逢说法，鸠摩罗什必先用比喻开场道：“譬如臭泥中生莲花，但采莲花，不用理那臭泥。”即此也可见他破戒以后内心的苦闷了。姚兴这种礼贤的作风，使得佛陀耶舍闻而生畏。耶舍是鸠摩罗什的师，鸠摩罗什说姚兴迎他来，耶舍对使者说：“既然来请我，本应马上就去，但如果要用招待鸠摩罗什的样子来招待我，那我不敢从命。”后来还是姚兴答应了决不勉强，佛陀耶舍方到长安。

但是姚兴这位大护法，还做了一件令人万分惊愕的事。这事在他逼鸠摩罗什畜室之后五六年。那时有两个中国和尚道恒道标被姚兴看中，认为他们“神气俊朗，有经国之量”，命尚书令姚显强逼这两个和尚还俗做官。两个和尚苦苦求免，上表陈情，举出了三个理由：一，他们二人“少习戒法，不闲世事，徒发非常之举，终无殊异之功，虽有技能之名，而无益时之用”；二，汉光武尚能体谅严子陵的志向，魏文亦能顾全管宁的操守，所以圣天子在上，倒并不需要大家都去捧场；三，姚兴是佛教的大护法，他们两个一心一意做和尚，正是从别一方面来拥护姚兴，帮他治国，所以不肯做官并非有了不臣之心。然而姚兴不许，他还教鸠摩罗什和其他的有名大师去劝道恒道标。鸠摩罗什等要替道恒道标说话求免，说：“只要对陛下有利，让他们披了袈裟也还不是一样?”但是姚兴仍不许，再三再四叫人去催逼，弄得全国骚然，大家都来营救，这才勉勉强强把两领袈裟保了下来。道恒道标在长安也不能住了，逃避荒山，后来就死在山里。

这些故事，发生在“大法之隆，于兹为盛”的时代，佛教虽盛极一时，真能潜心内典的和尚却有许多不自由。而且做不做和尚，也没有自由。但姚兴这位护法还算是有始有终的。到了后魏，起初是归宗佛法，敬重沙门，忽而又尊崇道教，严禁佛教，甚至下诏“诸有佛图形象及胡经，悉皆击破焚烧，沙门无少长悉坑之”。但不久复兴佛教，明诏屡降，做得非常热闹。当此时也，“出家人”真也为难极了。黄冠缁衣大概只好各备一套，看“早晚市价不同”随机应变了。

雨天杂写之三

不知不觉，在桂林已经住了三个月。什么也没有学得，什么也没有做得，就只看到听到些；然亦正因尚有见闻，有时也感到哭笑不得。

近来有半月多，不拉警报了，这是上次击落敌机八架的结果；但也有近十天的阴雨，虽不怎么热，却很潮湿，大似江南梅雨季节。斗室中霉气蒸郁，实在不美，但我仍觉得这个上海人所谓“灶披间”很有意思；别的且不说，有“两部鼓吹”[①]，胜况空前（就我个人的经验言）。而“立部”之中，有淮扬之乐，有湘沅之乐，亦有八桂之乐，伴奏以锅桶刀砧，十足民族形式，中国气派。内容自极猥琐，然有一基调焉，曰：“钱”。

晚上呢，大体上是宁静的。但是我自己太不行了，强光植物油灯，吸油如鲸，发热如锅炉，引蚊成阵，然而土纸印新五号字，贱目视之，尚如读天书。于是索性开倒车，废此“中学为体，西学为用”之强光植物油灯，而复古于油盏。九时就寝，昧爽即兴，实行新生活。但又有“弊”：午夜梦回，木屐清脆之声，一记记都入耳刺脑，于是又要闹失眠；这时候，帐外饕蚊严阵以待，如何敢冒昧？只好贴然僵卧，静待倦极，再寻旧梦了。不过人定总可以胜“天”，油灯之下，可读木板大字线装书；此公[②]为我借得《广西通志》，功德当真不小。

而且我又借此领悟了一点点。这一点点是什么呢？说来贻笑大方，盖即明白了广西山水之美，不在外而在内；凡名山必有佳洞，山上无可留恋，洞中则幽奇可恋。石笋似的奇峰，怪石嶙峋，杂生羊齿植物，攀登正复不易，

---

① “两部鼓吹”：当时，我住的小房楼上，经常是两三位太太，有时亦夹着个把先生，倚栏而纵谈赌经，楼下则是三四位女佣在洗衣弄菜时，交换着各家的新闻，杂以诟谇，楼上楼下，交相应和；因为楼上的是站着发议论，而楼下的是坐着骂山门，这就叫我想起了唐朝的坐部伎和立部伎，而戏称之为“两部鼓吹”。——作者原注。

② 此公：陈此生同志也。——作者原注。

即登临了，恐除仰天长啸而外，其他亦无足留恋。不过“石笋”之中有了洞，洞深广曲折，钟乳奇形怪状，厥生神话，丹灶药炉，乃葛洪之故居，金童玉女，实老聃之外宅，类此种种，不一而足，于是山洞不但可游，且予人以缥缈之感了；何况洞中复有泉、有涧、乃至有通海之潭？

三星期前，忽奋雄图，拟游阳朔；同游十余侣，也“组织”好了，但诸君子皆非如我之闲散，故归途必须乘车，以省时间。先是曾由宾公设法借木炭车，迨行期既迫，宾公忽病，脉搏每分钟百八十至，于是壮游遂无期延缓。但阳朔佳处何在呢？据云：“阳朔诸峰，如笋出地，各不相倚。三峰九嶷析成天柱者数十里，如楼通天，如阙刺霄，如修竿，如高旗，如人怒，如马啮，如阵将合，如战将溃，漓江荔水，捆织其下，蛇龟猿鹤，焯耀万态”（《广西通志》），这里描写的是山形，这样的山，当然无可登临，即登临亦无多留恋，所以好处还是在洞；至于阳朔诸峰之洞，则就不是几句话所可说完的了。记一洞的一篇文章，往往千数百言，而有些我尚觉其说得不大具体呢！

还有些零碎的有趣的记载：太真故里据说在容县新塘里羊皮村，有杨妃井，“井水冷冽，饮之美姿容”。而博白县西绿萝村又有绿珠井，“其乡饮是水，多生美女，异时乡父老有识者，聚而谋窒是井，后生女乃不甚美，或美矣必形不具”。然而尤其有意思的，乃是历史上的一桩无头公案，在《广西通志》内有一段未定的消息，全文如下：

“横州寿佛寺，即应天禅寺，宋绍兴中建，元明继修之。相传，建文遇革除时，削发为佛徒，遁至岭南；后行脚至横之南门寿佛寺，遂居焉。十五余年，人不之知，其徒归者千数，横人礼部郎中乐章父乐善广，亦从受浮屠之学。恐事泄，一夕复遁往南宁陈步江一寺中，归者亦然，遂为人所觉，言诸官，达于朝，遣人迎去。此言亦无可据，今存其所书寿佛禅寺四大字。”

建文下落，为历史疑案之一，类如上述之“传说”颇多，大抵皆反映了当时“臣民”对于建文之思慕。明太祖晚年猜疑好杀，忆杂书曾载一事，谓建文进言，以为诛戮过甚，有伤和气。异日，太祖以棘杖投地，令建文拾之，建文有难色，太祖乃去杖上之刺，复令建文拾之，既乃诏之曰：“我所诛戮，皆犹杖上之刺也，将以贻汝一易恃之杖耳？”这一故事，也描写到建文之仁厚及太祖之用心，可是太祖却料不到最大之刺乃在其诸王子中。

明末最后一个小朝廷乃在广西，故广西死难之忠臣亦不少；这些前朝的孤忠，到了清朝乾隆年间，皆蒙“恩”与死于“流贼”诸臣，同受“赐谥”之褒奖。清朝的怀柔政策，可谓到家极了。

说到这里，似乎又触及文化什么的了，那就顺笔写一点这里的文化市场。

桂林市并不怎样大，然而“文化市场”特别大。加入书业公会的书店出版社，据闻将近七十之数。倘以每月每家至少出四种（期刊亦在内）计，每月得二百八十种，已经不能说不是一个相当好看的数目。短短一条桂西路，名副其实，可称是书店街。这许多出版社和书店传播文化之功，自然不当抹煞。有一位书业中人曾因作家们之要赶上排工而有增加稿费之议，① 遂慨然曰：“现在什么生意都比书业赚钱又多又稳又快，若非为了文化，我们谁也不来干这一行！”言外之意，自然是作家们现在之斤斤于稿费，毋乃太不“为了文化”。这位书业中人的慨然之言，究竟表里真相如何，这里不想讨论，无论主观企图如何，但对文化“有功”，则已有目共睹，至少，把一个文化市场支撑起来了，而且弄得颇为热闹。

然而，正如我们不但抗战，还要建国，而且要抗建同时进行一样，我们对于文化市场，亦不能仅仅满足于有书出，我们还须看所出的书质量怎样，还须看看所出之书是否仅仅为了适合读者的需要，抑或同时亦适合于文化发展上之需要。举个浅近的例，目前大后方对于神仙剑侠色情的文学还有大量的需要，但这是读者的需要，可不是我们文化发展上的需要，所以倘把这两个需要比较起来，我们就不能太乐观，不能太自我陶醉于目前的热闹，我们还得痛切地下一番自我批判。

大凡有书出版，而书也颇多读者，不一定就可以说，我们有了文化运动。必须这些出版的东西，有计划，有分量，否则，我们所有的，只是一个文化市场；如果是这样，我们就不能不说我们对文化运动无大贡献，我们只建立了一个文化市场。这样一桩事业，照理，负大部责任者，应是所谓“文化人”，但在特殊情形颇多的中国，出版家在这上头，时时能起作用，过去实例

---

① 那时候，排字工人排一千字的工资高于作家一千字所得的稿酬，故作家有“赶上排工”之议。——作者原注。

颇多，兹可不赘。所以，我在这里想说的话，决非单独对出版家——宁可说主要是对我们文化人自己，但也决不想把出版家开卸在外，因为一个文化市场之形成，不能光有作家而无出版家，进一步，又不能说与读者无关。

我想用八个字来形容此间文化市场的几个特点。这八个字不大好看，但我决不想骂人，我之所以用此八字，无非想把此间文化市场的几个特点加以形象化而已，这八个字便是："鸡零狗碎，酒囊饭桶"！

这应当有一点说明。

前些时候，此间书业公会开会，据闻曾有提案，拟对抄袭他家出版品而成书的行为，筹一对策，结果如何，我不知道。说到剪刀浆糊政策在书业中之抬头，似乎由来已久，但在目前桂林文化市场上，据说已经相当令人头痛，目前有几本销路不坏的书，都是剪刀浆糊之结果。剪刀浆糊不生眼睛，于是乎内容之庞杂芜秽，自属难免。尤其异想天开的，竟有抄取鲁迅著作中若干段，裒为一册，而别题名为《鲁迅自述》以出版者。这些剪来的东西，相应不付稿费版税，所以获利尤厚，据说除已出版者外，尚有大批存货，将次第问世。当作家要求增加版税发议之时，就有一位书业中人慨然认为此举将助长了剪刀政策。这自然又是作品涨价毋乃"太不为了文化"同样的口吻，但弦外之音，却已暗示了剪刀之将更盛。呜呼，在剪刀之下，一部书将被依分类语录体而拆散，而分属于数本名目不同之书中；文章遭受了凌迟极刑，又复零碎拆卖，这表示了文化市场的什么呢？我不知道。但这样的办法，既非犯法，自难称之曰鸡鸣狗盗，倒是这样的书倘出多了，若干年以后也许会有另一批人按照从"永乐大典"中辑书之例，又从而辑还之，造成一"新兴事业"，岂不思之令人啼笑皆非么？但书本遭受凌迟极刑之现象既已发生，而且有预言将更发展，则此一特点不能不有一佳名，故拟题曰"鸡零狗碎"云尔。

其次，目前此间文化市场除了作家抱怨出版家只顾自己腰缠不顾作家肚饿，而出版家反唇相讥谓作家"太不为了文化"而外，似乎都相安无事，皆大欢喜。文化市场被支撑着，热热闹闹，正如各酒馆之门多书业中人一样热闹。热闹之中，当然亦出了若干有意义的好书，此亦不容抹煞，应当大书特书。不过，这种热闹空气，的确容易使人醉——自我陶醉，这大概也可算是一个特点。无以名之，姑名之曰："酒囊"。而伴此来者，七十个出版家每月还出相当多的书，当然也解决了直接间接不少人的生活问题，无怪在作家要求维持版税旧率时，有一先生曾经以“科学”方法证明今天一千元如果可出一本书到明天便只能出半本，何以故？因物价天天在涨，法币购买力天天在缩小。由此所得结论，作家倘不减低要求，让出版家多得利润，则出版家经济力日削之后，作家的书也将不能再出，那时作家也许比现在还要饿肚子些罢？这笔账，我是不会算的，因为我还没干过出版，特揭于此，以俟公算。而且我相信这是一个问题，值得专家们讨论。不过可喜者，现在还不怎样严重，新书店尚续有开张，新书尚屡有出版，这大概不能不说是出版家们维持之功罢？文化市场既然还撑住，直接间接赖以生活者自属不少；而作家当然也是其中之一。近来还没有听见说作家中发现了若干饿殍，而要“文协”之类来布施棺材，光这一点，似乎已经值得大书特书了罢？用一不雅的名儿，便是“饭桶”，这一个文化市场，无论其如何，“大饭桶”的作用究竟是起了的。于是而成一联：

饭桶酒囊亦功德，
鸡鸣狗盗是雄才。